Sue Miller

WÄHREND ICH FORT WAR

Sue Miller

WÄHREND ICH FORT WAR

Roman

*Aus dem Amerikanischen
von Elke vom Scheidt*

Goldmann Verlag

Die Originalausgabe erschien unter dem Titel
»While I Was Gone« bei Alfred A. Knopf, New York

Umwelthinweis:
Dieses Buch und sein Schutzumschlag wurden
auf chlorfrei gebleichtem Papier gedruckt.
Die Einschrumpffolie (zum Schutz vor Verschmutzung)
ist aus umweltschonender recyclingfähiger PE-Folie.

Der Goldmann Verlag ist ein Unternehmen der
Verlagsgruppe Bertelsmann GmbH

1. Auflage
Copyright © 1999 by Sue Miller
Copyright © der deutschsprachigen Ausgabe 1999
by Wilhelm Goldmann Verlag, München,
in der Verlagsgruppe Bertelsmann GmbH
Satz: Uhl + Massopust, Aalen
Druck und Bindung: Graphischer Großbetrieb Pößneck
Printed in Germany
ISBN 3-442-30778-3

FÜR BEN

Cedar waxwings dart among the swallows
Iridescent fish with wings,
Layers of life above the water.
Under, the trout.

JUDITH BEACH NICHOLS
(1919–1979)

1

Denke ich an all das zurück, was während dieser schwierigen Zeit passiert ist, so erinnere ich mich am deutlichsten an einige wenige Augenblicke jenes Tages, bevor alles begann. Das mag eigenartig klingen, aber es ist so. Rufe ich mir diese Wochen, ja Monate ins Gedächtnis zurück, so sind diese Momente das erste, was mir einfällt, wenn sie auch scheinbar in keinem Zusammenhang stehen mit dem, was folgte. Sie waren die Ouvertüre, eine lange, schöne und zugleich dunkle Note, die ich hörte, aber nicht beachtete.

Ich erinnere mich an diese Stille zwischen uns. Nur das Quietschen der Ruderhalter, wenn mein Mann die Ruder bewegte, das fast unhörbare Knarren des hölzernen Sitzes unter ihm, dann das Plätschern und Wirbeln der Ruder im Wasser, das leise Rauschen, mit dem das Boot vorwärts glitt, waren zu hören.

Mein Mann hatte mir den Rücken zugewandt, da ich in der harten Wölbung des Bugs lag. Zwischen den einzelnen Ruderschlägen hielt er immer wieder inne. Wasser tropfte von den Ruderblättern, erst schnell, um dann zu versiegen. Alles wurde wieder still. Manchmal nahm er seine Angel und rollte etwas Schnur auf oder zog den Köder auf diese oder jene Seite. Manchmal stand er auf und warf die Angel neu aus, hoch über mir, so daß die leichte Schnur einen hohen Bogen beschrieb und leise durch die Luft pfiff, ehe sie wieder absank.

Es war mitten im Herbst. Die Blätter hatten sich schon lange verfärbt. Das Wetter war herrlich. Wir nahmen uns immer einen Tag in der Woche zusammen frei, und bei gutem Wetter gingen wir häufig angeln. Das heißt, mein Mann angelte, und ich leistete ihm Gesellschaft, meistens mit einem Buch, das ich schon lange lesen wollte. Selbst als die Mädchen noch klein und die freien Tage schwer zu arrangieren waren, schafften wir es, wenigstens ein paar Stunden allein miteinander zu verbringen. In diesen frühen Jahren liebten wir uns manchmal im Boot, wenn wir angelten, oder auch im Wald – zu Hause hatten wir so wenig Spielraum für Zärtlichkeiten.

Es war Montag. Der freie Tag war immer Montag, weil Sonntag Daniels anstrengendster Arbeitstag war und meiner der Samstag. Montag war unser Ruhetag. Und was ich von diesem Montag noch in Erinnerung habe, ist, daß mir in einigen langen Momenten im Boot plötzlich mein *Zustand* auf eine Weise bewußt wurde, wie das nur selten geschieht. Das heißt, ich war mir von einer Sekunde auf die andere höchst intensiv und durchdringend meiner Umgebung bewußt, und doch fühlte ich mich weder als Teil davon noch wirklich von ihr getrennt. Irgendwie unparteiisch, losgelöst – ein Beobachter. Der doch alles spürt. Sehr intensiv spürt, jedoch ohne erkennbare Absicht.

Wenn ich versuchen sollte, dieses Gefühl zu erklären, könnte ich behaupten, es läge an der Art wie ich im Bug auf Kissen gebettet, halb saß, halb lag. Wie die gewölbten Seitenwände des alten Ruderbootes das, was ich wahrnahm, einrahmten. Ich sah die hölzernen Innenwände, von denen der Anstrich abblätterte, und dann die vertraute Gestalt meines Mannes. Über ihm war der weite, milchig blaue Himmel, und manchmal, wenn wir dem Ufer nahe genug waren, sah ich die dunkle, fast schwarze Linie der Tannen und Fichten vor dem Himmel. In der Luft über uns schossen Schwalben hin und her – dunkle, schnelle Silhouetten –, und einmal schwebte mühelos ein Seidenschwanz zwischen ihnen dahin. So viel Leben über mir. Unter mir konnte ich durch die Bootswände das Plätschern des tiefen Wassers hören.

Ich fühlte mich, sagen wir, als ob ich in der Luft hinge und wartete. Zwischen all diesen Welten und Teil von keiner.

Aber das ist noch nicht alles. Ich spürte, dieses Gefühl entsprang irgendwo aus meinem Inneren.

Als Jugendliche ging es mir oft so, und sicher können die meisten Menschen sich daran erinnern. Damals erwartete man mit brennender Ungeduld, das nächste Erlebnis möge Gestalt annehmen, und was immer man im Begriff war zu werden und zu sein, möge sich ankündigen. Jetzt war dieses Gefühl anders: Es gab, so glaubte ich, kein nächstes Erlebnis mehr.

Diese Stimmung war nicht neu für mich. Schon im letzten Jahr hatte sie mich ab und zu gepackt, während meiner Arbeit in der Praxis, wenn ich eine Wunde nähte oder eine Spritze aufzog. Ich erlebte dann ganz bewußt, bestimmte Dinge tausendmal zuvor getan zu haben und sicherlich noch tausendmal so tun zu müssen. Gründlich und ordentlich, wie ich Dinge gern erledige, und gleichzeitig losgelöst von meinen eigenen Handlungen.

Oder zu Hause, wenn ich den Tisch deckte, mich mit meinem Mann zum Abendessen niedersetzte und unser friedliches Gespräch über den Tag begann, eingebettet in die Stille des Hauses. Die alten Hunde dösten unter dem Tisch oder drückten gelegentlich die Schnauze gegen unsere Füße. Und dann das plötzliche Gefühl, überaus präsent zu sein und gleichzeitig weit, weit weg.

Ich bewegte mich vorsichtig und verlagerte mein Gewicht. Mein Mann drehte sich um, und ich sah in sein Gesicht, in dem mir jeder Zug so vertraut und wertvoll war. »Schmerzen?« fragte er.

Und mit dieser Frage, so plötzlich, wie mich die Stimmung gepackt hatte, verflog sie wieder. Ich war zurück, solide in der Zeit verankert, genau da, wo wir uns befanden. Es wurde kühl. Obwohl ich Kissen unter mir hatte, konnte ich mich kaum rühren. Ich litt an Hüftbeschwerden. Wir hatten über ein künstliches Hüftgelenk diskutiert, aber alle sagten, dafür sei ich noch zu jung. Ich begrüßte nur diesen Teil des Problems – für etwas noch zu jung zu sein.

»Ein bißchen«, sagte ich.

»Wir fahren zurück.«

»Bist du sicher?«

»Ich habe zwei annehmbare Fische gefangen. Ich bin ein Glückspilz.« Er holte langsam die Angelschnur ein.

Ich drehte mich um und streckte mich. »Wie schön, ein Glückspilz zu sein«, sagte ich.

Er sah über die Schulter zu mir hin, durch meinen Ton aufmerksam geworden. »Es *ist* schön«, sagte er.

»Das habe ich ja gemeint«, antwortete ich.

Während wir zurückruderten und später auf der Heimfahrt ertappte ich mich dabei, daß ich meinem Mann gern von dem Gefühl erzählt hätte, aber nicht wußte, wie ich es nennen sollte. Ein Schatten meiner Stimmung blieb, doch ich sagte nichts zu Daniel. Er würde es als Ausdruck einer Bitte und eines Bedürfnisses auffassen. Er würde sich aufgerufen fühlen, Trost zu spenden. Daniel ist Geistlicher, Prediger, Pastor. Sein Beruf ist die Fürsorge für seine Herde, sein Werkzeug sind Worte – begeisternde Worte, ermahnende oder tröstende Worte. Ich wußte, er könnte mich trösten, aber ich hatte nicht das Gefühl, daß es Trost war, den ich wollte. Und so fuhren wir schweigend dahin, und ich schaute aus dem Fenster auf die abgelegenen Straßen, die manchmal überaus ländlich wie aus dem 19. Jahrhundert wirkten, dann aber abrupt die schlimmsten Wunden modernen Vorortlebens aufwiesen: die weiten Felder zerstückelt, um viel zu breite, geschwungene Asphalteinfahrten vor allzu prunkvollen Kolonialhäusern anzulegen.

Wir wohnten im Zentrum des Ortes, eines sehr, sehr alten Dorfes oder Städtchens – Adam Mills. Die Adams sind schon lange tot, ihre Mühlen längst niedergebrannt. Unser Haus war ein schlichtes quadratisches Farmhaus, im Laufe der Jahre auf der Rückseite des Erdgeschosses immer wieder mit Anbauten versehen, wie es bei diesen Neuenglandhäusern üblich war. Hinter dem Haus hatten wir eine ungestrichene Scheune, und dahinter lag eine kleine Wiese, die am hinteren Ende in einen Fichtenwald überging. Der Wald verbarg unsere Nachbarn auf dieser Seite, obwohl wir sie im Sommer streiten hören konnten. Sie belegten einander mit Schimpfnamen, bei denen die Mädchen immer vor Entzücken lachten. »Du fettärschiges Schwein!« ahmten sie die Nachbarn nach. »Du blödes Arschloch!« Was sie einige Jahre unkorrigiert mit »Arschler« wiedergaben.

Jetzt benutzten wir die Scheune als Garage, und Daniel hatte sein Arbeitszimmer dort in einem kleinen, beheizbaren Raum auf der Rückseite. Als wir einzogen, war sie vollgestopft mit rostigem altem Werkzeug und Dingen, die manche Leute säubern und als Heimatkunst an ihre Wände hängen. Es gab noch immer Krüge für Früchte und Gemüse in dem alten Erdkeller, einer dunklen Höhle, die man durch eine Art Falltür im Küchengarten betrat. Wir fühlten uns dadurch mit der Geschichte des Hauses als bewirtschaftete Farm verbunden.

Doch zur Straße hin lebten wir als Städter, mit dem Rhythmus unseres Städtchens im Einklang. Unsere Fenster gingen auf den Platz vor der alten Gemeindekirche hinaus. Das war zwar nicht Daniels Kirche, und wir sahen auch nur die Rückfront – ihren *Hintern*, hatten die Mädchen das genannt –, aber der Blick war trotzdem schön. Jenseits der Kirche blickten wir auf prächtige georgianische Häuser, die der Kirche gegenüber standen.

Auf einer Seite des Platzes lag ein Gasthof, in dem man schick aussehende, aber nach nichts schmeckende Mahlzeiten bekommen konnte. In der abgetrennten Bar, wo auf einem riesigen Fernseher immer das Programm eines Sportsenders lief, gab es aber auch Bier und gute Hamburger. Auf der anderen Seite des Platzes waren die Geschäfte – ein kleiner, teurer Lebensmittelladen, eine Videothek, ein Boutique mit teurem Kitsch – Steingut, niedliche Gartengeräte, Briefpapier, Gummistempel, Bücher für den Couchtisch, venezianische Briefbeschwerer aus Glas. Alle Häuser im Städtchen waren mit Schindeln gedeckt, weiß gestrichen, grün oder schwarz eingefaßt. Entschied man sich für eine andere Farbe, wurde man vom historischen Komitee aufgesucht und bereute den Entschluß sofort.

Wir bogen nun in unsere Einfahrt und parkten neben der Roßkastanie, die den Vorgarten beschattete. Jedes Jahr verlor sie früh ihre Blätter. Der Vorgarten war damit übersät, und das Laub raschelte bei jedem Schritt, als wir zur Hintertür gingen. Die fast kahlen Zweige, die sich über uns schwarz vom dämmrigen Himmel abhoben, ließen mich an Winter denken. Als wir die Tür öffneten, war es still im Haus. Daniel räumte seine Ausrüstung in das freie Zimmer neben der Diele und sprach dabei laut mit mir.»Junge, es ist wirklich toll, Hunde zu haben! Hunde sind einfach fabelhaft. Wenn du nach Hause kommst, rennen sie los, um dich zu begrüßen, und geben dir das Gefühl, du wärst wichtig, auch wenn du das gar nicht bist.« Das war ein vertrauter Scherz, und während ich auf die Toilette zuging, rief ich meine Antwort:»Hunde! Hunde! Der beste Freund des Menschen!«

Als ich ein paar Minuten später wieder herauskam, hatten alle drei Hunde ihre Ruheplätze verlassen und wedelten in der Küche glücklich mit den Schwänzen. Daniel säuberte an der Spüle die Fische – ihr Geruch erfüllte die Luft –, und die Hunde hofften erwartungsvoll auf ihr Futter. Nichts erregte sie mehr. Mich begrüßten sie kaum.

13

Der Anrufbeantworter blinkte. Ich schaltete ein. Es gab drei Nachrichten, alle für Daniel, was fast immer so war, außer ich hatte Bereitschaft. Ich bin Tierärztin, und die Probleme der Tiere sind weniger komplex und leichter zu handhaben als die der Menschen – was meine Berufswahl stark beeinflußt hat.

Daniel stand vom Spülbecken abgewandt, um sich die Anrufe anzuhören, und ich beobachtete sein Gesicht, mit dem er sie aufnahm – einer ging um die Verlegung des Konfirmationsunterrichts, weil er sich mit einem anderen Kurs überschnitt, einer war von Mortie, seinem Hilfspastor, der von dem kritischen Zustand eines sterbenden Gemeindemitglieds berichtete. Es handelte sich um eine junge Mutter, die an Krebs litt und die Daniel sehr mochte. Der letzte war von einem Kollegen, der vorschlug, er und Daniel sollten wegen rassistisch motivierten Anschlägen in drei benachbarten Orten »irgend etwas auf die Beine stellen«. Daniels Gesicht war mager, scharf geschnitten und intelligent, seine Augen graublau, die Haut weiß und straff. Ich liebte es, sein Gesicht zu betrachten. Er nahm alles schnell und mit offenkundigen Reaktionen auf – bei diesen Anrufen zuerst Ärger, dann Kummer, dann ein überlegtes, zustimmendes Nicken –, aber er hatte auch etwas durchaus Selbstgenügsames an sich. Ich hatte oft gedacht, daß er deswegen in seinem Beruf so gut war, weil er, egal was auch geschah, an irgendeinem Teil seiner selbst festhielt. Er konnte drei Anrufe wie diese entgegennehmen, auf jeden einzelnen reagieren und sich dann wieder abwenden, um seine Forellen fertig zu säubern. Was er jetzt auch tat.

»Wirst du Amy besuchen?« fragte ich.

Daniel neigte seinen Kopf konzentriert nach vorne. »Ich weiß nicht«, sagte er, ohne mich anzusehen. »Ich werde Mortie zurückrufen und mal sehen, wenn ich hier fertig bin.«

Ich füllte die Näpfe der Hunde mit Wasser und Trockenfutter nach. Daniel arbeitete schweigend an der Spüle, mit seinen Gedanken anderswo. Ich ging zur Haustür hinaus und holte die Post aus dem Briefkasten an der Straße. Die Luft wurde kühl, Dunkelheit umhüllte das Haus. Ich schaltete im Wohnzimmer die Lichter an und setzte mich. Ich sah die Post durch, Rundschreiben, Rechnungen, Werbung, die ich wegwarf. Währenddessen hörte ich Daniel die

Küche verlassen und durch den Garten zu seinem Arbeitszimmer in der Scheune gehen, um seine Anrufe zu erledigen.

Sobald die Tür zugefallen war, fühlte ich mich vom Sog seines Kummers befreit, der mich gleichsam gelähmt hatte. Ich ging mit den Hunden durchs Haus. Ein rastloses Gefühl, das mit diesem Moment im Boot verbunden zu sein schien, vielleicht aber auch mit den traurigen Nachrichten für Daniel, befiel mich. Ich stieg die steile, schmale Treppe in den ersten Stock hinauf zu den Zimmern der Mädchen.

Hier oben waren alle Türen geschlossen. Ich öffnete sie und stand nacheinander vor allen Zimmern. Die Mansardenräume lagen in tiefem Schatten. Das Licht aus der Diele fiel auf die alten, gestrichenen Böden aus Kiefernholz. In den Zimmern der älteren Mädchen waren die Betten gemacht. Ihre alten Sachen waren verschwunden – entweder in Kartons auf dem Speicher oder endgültig weggeworfen. Nur Sadies Zimmer machte noch einen bewohnten Eindruck. Eine Wand war völlig mit Bildern bedeckt, die sie aus Zeitschriften ausgeschnitten hatte. Fotos von Tänzern in extremen Posen, fast nackte Fotomodelle auf Werbeanzeigen für Parfüm oder Alkohol in Augenblicken stilisierter Leidenschaft, romantische oder weichgezeichnete Bilder von Orten, an die zu reisen sie sich erträumte – Cuzco, Venedig, Sansibar. Und Jungs: Daniel Day Lewis, Denzel Washington, Brad Pitt. In der Ecke des Zimmers, in der die Schräge fast bis zum Boden reichte, standen nach Größe aufgereiht alle kulleräugigen Stofftiere und Puppen, die sie je besessen hatte, wie eine bunt zusammengewürfelte Zuschauermenge auf der Tribüne bei irgendeinem Ereignis in der High-School.

Ich ging in Cass' leeres Zimmer und legte mich auf ihr Bett. Vielleicht waren es die Mädchen, nach denen ich mich sehnte. Vielleicht vermißte ich einfach den Trost ihres Lärms, ihrer Gerüche, ihrer Musik, ihrer Berührungen.

Und dann lachte ich laut auf, als ich daran dachte, wie wütend ich auf sie gewesen war, eben wegen dieser Dinge. Allie, unser alter Retriever, erschrak über mein Lachen und bellte los. »Tut mir leid«, sagte ich und ließ meine Hand vom Bettrand hängen, damit sie sie lecken konnte. »Tut mir leid, altes Mädchen.«

15

Plötzlich dachte ich an einen Morgen, der Jahre zurücklag, als alle Mädchen zu mir und Daniel ins Bett geklettert waren. Ich versuchte immer wieder aufzustehen und Frühstück zu machen, und das wurde zum Spiel. Die Zwillinge hielten mich mit ihren harten, knochigen Armen fest, umklammerten mich mit ihren langen, sehnigen nackten Beinen. Sie kreischten:»Nein! Nein, kein Frühstück! Du mußt im Nest bleiben! Du mußt!« Sadie, schläfrig, rundlich, ganz unser Baby, lag in Daniels Armbeuge, den dicken rosigen Daumen an die Lippe gedrückt. Die beiden – Daniel und Sadie – lagen uns zugewandt, um unseren wilden Ringkampf zu beobachten, aber sie waren an den Rand des Bettes gerückt, um nicht von einem Knie oder Ellbogen getroffen zu werden.

Ich streckte verzweifelt die Hand aus.»Hilf mir, Sadie«, krächzte ich dramatisch unter dem wimmelnden Hügel aus knochigem Fleisch hervor.»Hilfe, Hilfe!«

Sadie sah ernüchtert einen Augenblick zu ihrem Vater auf. War das echt? Sie glaubte alles. Er machte ein Gesicht, das sie beruhigte. Sie lachte.

Sie lag noch ein paar Sekunden nachdenklich still, aber dann stürzte auch sie sich zu meiner Rettung ins Getümmel. Und dann umschlangen Daniels Arme uns alle, und er packte jemanden von hinten – Nora, glaube ich – und schwang sie hoch. Ich spürte, wie ihre Beine kräftig gegen mich stießen.

All das dauerte nur eine Minute, das Kreischen, das Lachen, lauter hochgerutschte Nachthemden, all die nackte Haut und hervorstehenden Knochen, große und kleine Füße, Weichteile, feuchte Teile. Unsere vertrauten Gerüche.

Alltag. Körper. Das war damals meine Welt. Ich war darin eingehüllt, festgehalten. Und jetzt bin ich es nicht mehr, jetzt treibe ich ziellos umher.

Allie leckte immer noch meine Hand. Ich drehte mich um, und sie hielt inne und lächelte mich an, hechelnd, so daß sich die lange, gebogene Zunge bei jedem Atemzug ein wenig hob.»Lachende Allegra« haben wir sie genannt, weil ihr Gesicht immer dieses glückliche, zufriedene Grinsen aufwies, sobald sie ihre Schnauze öffnete.

»Es hat Spaß gemacht, nicht, Allie?« sagte ich. Sie stieß mich mit dem Kopf an und leckte mein Gesicht.

Ich ging nach unten in unser Schlafzimmer. Ganz früher war es das vordere Wohnzimmer gewesen. Es hatte einen Kamin mit bemaltem Holzsims, aber keinen Kleiderschrank, so daß wir eine Reihe von Haken an der Wand befestigt hatten und das, was wir regelmäßig trugen, daran aufhängten: Daniels Hosen und Jacken, Jeans und Hemden für mich und ein oder zwei Nachthemden; unsere beiden Bademäntel, altbekannte, faltige Umrisse. Auf der Hauptstraße knatterte rücksichtslos ein Motorrad vorbei, ungefähr ein Dutzend Meter von unserem Bett entfernt. Wir hatten davon gesprochen, nach oben auf die Rückseite des Hauses zu ziehen, jetzt, nachdem die Mädchen fort waren, hatten aber noch nichts unternommen.

Ich stand lange Zeit vor dem Spiegel und begutachtete meinen Körper. Ab und an fühlte Daniel sich bewegt, mir zu sagen: »Gott, du bist eine schöne Frau.« Aber das war Freundlichkeit oder Liebe. Wenn ich mich objektiv betrachtete, sah ich eine nett ausschauende Person in mittleren Jahren, die man nicht zweimal ansehen würde, wenn man ihr auf der Straße begegnet. Schön war ich nie gewesen. Ich war attraktiv, groß, blond und wirkte kräftig. Ich strahlte eine bemerkenswerte Art von Energie aus, und Leute – Männer – fühlten sich davon angezogen.

Aber jetzt, wenn mein Gesicht unbewegt war, sah ich müde aus. Die nach unten gebogenen Linien der Mundwinkel ließen mich kritisch und streng aussehen, sogar ein bißchen säuerlich. Manchmal fragte mich meine Sekretärin Beattie, die ich seit zwanzig Jahren kannte und schätzte, aus heiterem Himmel: »Was ist los?« Dann wurde mir klar, daß mein Gesicht wieder diesen Ausdruck hatte. »Nichts«, pflegte ich zu antworten. Dann bemühte ich mich bewußt, mein Gesicht zu öffnen, es angenehm zu machen. Jünger zu erscheinen.

Hinzu kam, daß ich nicht mehr ganz sicher war, welche Farbe genau mein Haar hätte, wenn ich es nicht regelmäßig aschgrau färben würde. Ich war etwa drei Zentimeter kleiner als in meiner Jugend, und mein Taillenumfang hatte sich um mindestens diese Spanne vergrößert, mein Körper war kompakter geworden. Ich hatte Arthritis in den Hüften, und im Rücken fing es auch schon an.

Dabei hatte ich noch Glück, das wußte ich. Es gab weder Krebs noch Blutdruck- oder Cholesterinprobleme in meiner Familie. Obwohl mein Vater in meiner Kindheit gestorben war, war das ein Unfall der Natur gewesen – ein kurzer, schmerzvoller Fall von Hepatitis. Nein, ich war ein gutes Pferd aus gutem Stall. Meine achtzigjährige Mutter arbeitete noch immer als Sekretärin und tippte Artikel und Papiere für zwei pensionierte Professoren, die sie noch als junge Frau kannten. Sie wohnte noch immer allein in dem Haus, in dem ich aufgewachsen war. Praktisch gesehen war sie nicht allein, denn sie vermietete Zimmer an Studenten, und ich hatte den Verdacht, daß es mehr und mehr ihre Untermieter waren, die das Haus in Ordnung hielten. Trotzdem schaffte sie all das und überstand die langen Winter in Maine.

Als ich jetzt an sie dachte und mich selbst begutachtete, fragte ich mich, ob sie je dieses Gefühl der Loslösung von ihrer Vergangenheit, von ihrer Gegenwart, von ihrem eigenen Bild im Spiegel gefühlt hatte. Dieses leere Unbehagen, das ich verspürte. Und dann lächelte ich mir selbst zu, als mir ihre Antwort auf Fragen dieser Art einfiel. »Warum sollte ich mich wohl damit aufhalten?« pflegte sie zu sagen. Nie hörte sie auf mit dem, was sie gerade tat, sie drehte sich nicht um, um das achtjährige, zehnjährige oder dreizehnjährige Mädchen anzusehen, das neben ihr stand und Fragen stellte. Sie wunderte sich nie, woher die Frage wohl kam oder was ihre tiefere Bedeutung sein mochte. Sie siebte das Mehl oder attackierte mit dem Bügeleisen eine Bluse, sie hieb noch kräftiger in die Tasten der Schreibmaschine: »Warum sollte ich mich wohl damit aufhalten?«

»Einfach *so,* Ma«, sagte ich jetzt laut. Und dann drehte ich mich um und sagte es zu den Hunden, die sich im Kreis hinter mir versammelt hatten und mich anstarrten. »Einfach so, Jungs und Mädels.« Sie klopften mit ihren Schwänzen auf den Boden. Der Kleine, Shorty, jaulte vor Vergnügen, angesprochen zu werden. Ich fühlte mich irgendwie getröstet. Zweifellos lag meine Stimmung an diesem seltsamen Gefühl, das mich im Boot überkommen hatte. Alter, Eitelkeit und die Unmöglichkeit, wieder eine neue Identität zu akzeptieren, die einem das Leben anbot. Die Unfähigkeit, die alte Version zu vergessen.

Aber gut, nun war es ja wieder verschwunden, nicht wahr? So

sicher, wie die Zimmer oben leer und ordentlich in der Dunkelheit lagen.

Ich wusch mir das Gesicht und legte Make-up auf. Daniel kam aus der Scheune zurück, und wir gingen in die Küche und bereiteten das Abendessen. Mortie hatte er nicht persönlich erreichen können, mit allen anderen hatte er gesprochen. Jetzt schaltete er das Radio ein. Während wir unseren getrennten Aufgaben nachgingen, hörten wir Nachrichten und gaben müßige Kommentare ab – zur Politik, zu den Flugzeugabstürzen und Verbrechen, zu den großen Katastrophen des Tages, die wir benutzten, um die kleineren, langfristigen Kümmernisse in Schach zu halten.

Als wir endlich bei einem Curry, das ich rasch gekocht, und einem Salat, den er zubereitet hatte, am Küchentisch saßen, sah er zu mir hinüber und runzelte die Stirn.»Was ist los?« fragte er.

Beatties Frage. Ich lachte.

»Was ist so lustig?« hakte er nach.

»Moment«, sagte ich.»Entweder: ›Was ist los?‹ Oder: ›Was ist so lustig?‹ Beides gleichzeitig kann ich unmöglich beantworten.«

»Aber es ist beides. Ich kann nicht Schritt halten mit dem, was sich auf deinem Gesicht abspielt, es wechselt so schnell.«

»Nun, nichts ist *los*«, sagte ich.

»Aha! Aber *irgend etwas*«, er schwenkte rhythmisch seine Gabel, »stimmt doch nicht.« Und wir lächelten uns an, da wir uns beide an Sadies Lieblingsbuch erinnerten. Wir begannen mit dem Essen.

»Genauso ist es«, sagte ich nach einem Augenblick.»Das unbenennbare Etwas.«

»Versuch's doch«, sagte er.»Gib ihm einen Namen.«

Ich holte Luft. Und dann wurde mir bewußt, wie sehr ich das liebte, unsere Unterhaltungen, befreit von den Berichten darüber, was die Mädchen an diesem Tag in der Schule gemacht hatten, was sie sich wünschten oder *haben mußten* vor dem Schulabschluß oder dem Klassenfest oder der Party bei Sarah Malone. Wir genossen dies jetzt seit fünf Monaten, allein miteinander, und es gab Zeiten wie diesen Augenblick, in denen Daniel mich wieder kennenlernen wollte, die mir das Gefühl gaben, mein Leben sei ausgefüllt. Er würde alles hervorholen, was in mir war. Später würde ich mich auch an diesen Moment erinnern und mir wünschen, ich hätte an diesem Gefühl der Zufriedenheit festgehalten.

»Ich weiß nicht«, sagte ich. Ich zuckte mit den Schultern. »Vorhin, heute im Boot, hatte ich ein merkwürdiges Gefühl. Einfach ein Gefühl von… Loslösung in meinem Leben.«

»Von was?« Und als ich nicht gleich antwortete: »Loslösung von was?«

»Die Loslösung von allem. Ich weiß nicht.« Ich sah ihn an und zog ein Gesicht. Plötzlich schien es peinlich, sogar töricht, sich ein solches Gefühl gestattet zu haben. Ich begnügte mich mit einer einfachen Antwort. »Im Grunde geht es wahrscheinlich um die Mädchen. Ich vermisse sie in gewisser Weise. Aber mehr noch… einfach all diese Energie, all diese Arbeit und Nähe. Wohin hat das geführt?«

»Dazu, daß sie wunderbar sind. Daß sie sind, wer sie sind.«

Ich machte ein Geräusch, und er runzelte die Stirn, was bei Daniel im Runzeln seiner Augenbrauen bestand. »Sag nicht *pfft*. Es stimmt«, sagte er. »Ich will dich nicht trösten, Joey. Ich will dich nicht aufheitern, also tu nicht so, als wäre es lediglich das.«

»Ich weiß«, sagte ich. »Ich weiß.«

Sanfter meinte er: »Du machst immer *pfft*, wenn ich etwas Nettes sage. Du solltest zulassen, daß ich liebevoll zu dir bin.«

»Ich weiß«, wiederholte ich. »Ich muß lernen, einfach danke zu sagen.« Ich streckte die Hand aus und legte sie auf seinen Arm. Ich konnte die Sehnen unter seiner Haut spüren. »Danke«, sagte ich.

»Nichts zu danken, ich danke dir«, sagte er. Nach einer Minute: »Aber gib der Sache einen besseren Namen.«

»Oh, Daniel!« rief ich.

Aber dann hielt ich inne und dachte einen Moment nach. »Ich weiß es wirklich nicht. Ich habe mich einfach merkwürdig gefühlt. Unheimlich. Wie in einer Art Dämmerzustand. Es war… eine Mahnung oder Vorahnung oder so.«

»Was von beiden?«

»Worin genau liegt denn der Unterschied?«

Und er, Lateinliebhaber, der er war, erklärte die Ableitungen beider Begriffe. »Aber ich glaube nicht an Vorahnungen«, sagte er nach einem Moment nachdenklich.

20

»Ich eigentlich auch nicht.« Und dann erinnerte ich mich. »Weißt du noch, als Cass und Nora aufs Dach gestiegen sind?«

»Aber das war doch keine Vorahnung.«

»Ich habe sie *gesehen.* Vor meinem geistigen Auge habe ich sie dort gesehen, wie sie herumkrabbelten, und den Himmel hinter ihnen.«

»Aber das war das Resultat deines Nachdenkens. Du hattest sie seit einer Weile nicht mehr gehört, also bist du ein paar Möglichkeiten durchgegangen, was ihnen vielleicht in den Sinn gekommen sein könnte. Du dachtest an die Leiter und das Dachfenster…«

»Nein, Daniel, so war es nicht. Ich sah sie vor meinem inneren Auge und rannte nach oben. Ich *wußte* es. Ich wußte, daß sie dort waren, und ich wußte, daß ich sie herunterholen mußte.«

Daniel nahm sich ein zweites Mal von dem Curry und schaute zu mir herüber. »Ja, aber ich bin sicher, daß du diese Gedankenschritte vollzogen hast, auch wenn du dich nicht daran erinnerst.«

»Kann schon sein. Aber woran ich mich erinnere, ist, daß ich den Kopf durchs Dachfenster streckte und sie genauso sah, wie ich sie in meiner Vorstellung gesehen hatte. Sie krabbelten herum und waren quietschfidel, und dem Tod so nahe.« Ich hielt zwei Finger hoch und erinnerte mich, wie ihre Gesichter entzückt aufleuchteten, als sie mich sahen, zuerst nur meinen Kopf durch das offene Dachfenster, dann auch meine Hände. Sie lachten, als hätte ich eine Art Zaubertrick vollführt und mich aus dem Nichts materialisiert. Ich blieb auf der Leiter stehen, damit sie nicht in Versuchung gerieten, mich zu ärgern, indem sie wegliefen, was eines ihrer Lieblingsspiele war. Damit sie nicht nach hinten traten, über die Kante fielen und nach unten stürzten. Ich gab meiner Stimme den heitersten und verlockendsten Ton und sprach so ruhig wie ich es in meiner Panik vermochte. Langsam sagte ich: »Hallo! Hallo, ihr Süßen. Kommt her und erzählt mir, was ihr gemacht habt. Ich habe euch *so* lange nicht gesehen. Kommt her zu mir, kommt zu Mumma. Kommt und laßt euch ein Küßchen geben, meine Dummchen.« Und als sie in meine Arme gelaufen kamen: »Ach, meine lieben Mädchen, meine Schätzchen.«

»Aber du weißt doch, wie das Gedächtnis arbeitet«, sagte Daniel. »Du könntest dieses Bild mit deinem früheren Denken verbunden haben.«

»Und es war doch eine Vorahnung.«

»Ja, vielleicht nicht so genau, nicht so bildlich.«

Ich verstummte einen Moment und sah ihn an. »Warum argumentierst du endlos mit mir, Daniel?«

»Tu ich doch gar nicht. Jedenfalls nicht mit Absicht«, sagte er kleinlaut. »Ich finde es bloß interessant, weil ich sehr viel über das Gedächtnis gelesen habe. Wie Dinge sich einprägen und dann mit der Zeit verändern. Das ist faszinierend. *Memory*«, sang er plötzlich mit seiner hellen Tenorstimme, *»lights the corners of my mind...«* Er ließ den Song verklingen. Ich lächelte ihn an. »Und außerdem«, erwiderte er rasch mein Lächeln, »rede ich gern. Reden ist Leben. Richtig?«

»Für dich, ja.«

»Also, was war das für ein Gefühl heute? Sag es mir.«

»Oh, ich weiß nicht. Es war dumm.« Ich lehnte mich zurück. »Es war ungefähr so, als hätte ich mich selbst im Spiegel betrachtet, und ich habe mich *gesehen,* und ich weiß nicht, wie ich so geworden bin.« Mit einer dramatischen Geste zeigte ich an meinem Körper hinunter. Ich wollte ihn amüsieren, denn er hatte mich auch amüsiert.

Er musterte mich von oben bis unten. »Wie denn?«

»Älter. Nicht jung, Nicht, was ich einmal war.«

»Ach, wer von uns ist das schon?« Er grinste ironisch.

»Ich weiß, daß es albern klingt. Aber wirst du nicht auch von Zeit zu Zeit irgendwie davon *überschwemmt?* Von dem Gefühl, daß die Bestandteile des Lebens sich auflösen? Geht es dir nicht so? Daß der Teil von dir, der in den sechziger Jahren verrückt war und Drogen nahm und herumschlief, sich auf einmal aufrichtet und fragt, was du eigentlich hier machst? Schau dir das an«, sagte ich. Ich wies auf die Arbeitsfläche. »Da steht eine Küchenmaschine. Da steht eine Geschirrspülmaschine. Das ist unverzeihlich.«

Er lachte. Und dann sagte er: »Menschen verändern sich, liebe Jo. Das ist alles, was du sagst.«

»Nein, ich glaube nicht, daß es nur das ist. Was ich sage, ist, daß es mir nicht gefällt, wie mir das ganze Leben weggenommen wird.«

»Wer nimmt dir irgend etwas weg?« Er verzog das Gesicht. »Du bist immer so melodramatisch. Das Leben ist einfach so.«

Ein paar Augenblicke sprachen wir über das Essen, ich schenkte mir noch Wein nach. Daniel trank nichts, weil er dachte, er müsse vielleicht später noch mal zu einer Betreuung.

Abrupt wies er mit seiner Gabel auf mich. »Ich meine, Jo, denk doch mal an meine Eltern. Beide sind auf einer Farm aufgewachsen. Sie werden auch Farmer und ziehen ihre Kinder auf einer Farm groß. Und dann wollen die Kinder nicht Farmer werden. Also verkaufen sie die Farm. Sie ziehen in die Stadt, sie werden alt und schauen auf den Parkplatz bei Meadow Green Acres hinaus. Das sind zwei völlig unterschiedliche Welten. Aber so ist das Leben.«

»Ich glaube nicht, daß es so sein muß. Ich denke, man kann mehr Zugehörigkeit empfinden. Früher war das bestimmt so. All dies hängt mit der gottverdammten *Moderne* zusammen.«

»Könnte sein«, sagte er.

Ich seufzte und trank einen Schluck Wein.

»Es ist das Leben, Jo«, sagte er nach einem kurzen Schweigen.

»Nein, ist es nicht«, sagte ich.

Und dann lachten wir beide, leise und wehmütig.

»Fertig zum Abräumen?« fragte er.

Nach dem Abendessen rief Mortie zurück. Daniel wandte mir den Rücken zu, während er sprach. Seine Stimme war ernst, die Antworten schnell und kurz. Okay, okay. Ja. Okay.

Als er aufgelegt hatte, sagte ich: »Sie stirbt.«

»Ja«, sagte er.

»Es tut mir so leid«, sagte ich.

»Ich weiß.« Er ging, um sich umzuziehen, und ich ging langsam in die Küche zurück. Ich dachte an Amy, sein Pfarrmitglied. Ich hatte sie nur ein paarmal getroffen. Als ich sie zuletzt im Chor gesehen hatte, war sie schwanger gewesen. Ihre Hände, die die Noten hielten, hatten sich auf die Wölbung gestützt, die ihr dicker Bauch in einem braunen Gewand bildete.

Als er wiederkam, sagte er: »Ich weiß nicht genau, wie spät es wird.« Sein Gesicht war schmerzerfüllt und sah ängstlich aus, und ich dachte bei mir, wie schwierig sein Job sei.

»Ich weiß«, sagte ich.

»Warte nicht auf mich.«

»Ich möchte aber«, sagte ich.

Er nickte, ergriff für eine Sekunde meinen Arm und ging hinaus.

Nachdem er eine Weile fort war, rief Sadie an, und ihre junge, helle Stimme bewirkte, daß ich sie vor mir sah und mich nach ihr sehnte. Sie war die jüngste und die einfachste meiner Töchter, und meine Liebe zu ihr war am unkompliziertesten.

Die Zwillinge waren immer viel schwieriger gewesen. Cass und Nora waren ungeplant zur falschen Zeit in unserer Ehe gekommen. Ich fing gerade als Tierärztin an, und als Juniorpartnerin der Praxis blieben fast alle Überstunden an mir hängen. Daniel mußte sich mehr um die Zwillinge kümmern als ich, und manchmal fühlte ich mich von ihrem Leben ausgeschlossen. Und auch von den beiden, ihrer geheimnisvollen, dunklen Zwillingsschaft. Am meisten lag ihnen aneinander.

Und dann auf einmal, als sie ungefähr zwei waren, fingen sie an, sich zu streiten. Binnen Sekunden konnten sie von gemeinsamer Freude zu mörderischer Gewalt übergehen. Sie hinterließen Spuren ihrer winzigen Fingernägel auf dem Gesicht der anderen, den gleichmäßigen, roten Halbkreis ihrer Zahnabdrücke in weichem Fleisch. Sie rissen einander büschelweise das dünne schwarze Haar aus. Sie stießen und kratzten und verkrallten sich ineinander, wollten nicht loslassen und wehrten jeden ab, der sie zu trennen versuchte. Selten überstanden wir eine Mahlzeit, ohne daß eine die andere attackierte, ohne Jammern und ohne Schreien.

Zwischendurch waren sie wieder für eine Weile ein Herz und eine Seele. *Oh, vielleicht ist es vorbei,* sagten wir uns dann. *Oh, Gott sei Dank.* Aber dann, bei der geringsten Kränkung, der leisesten Meinungsverschiedenheit, fingen sie wieder an. »Warum müssen wir so leben?« pflegten Daniel und ich uns gegenseitig zu fragen. Ich weinte manchmal, es war so anders als das, was ich erhofft hatte, als sie geboren wurden, als diese beiden hilflosen Geschöpfe noch friedlich Seite an Seite lagen.

Und dann, als sie fünf waren, kam Sadie. Geplant, von uns allen angebetet, nachgiebig und lieb saß sie wie ein kleiner hellhäutiger Buddha in unserer Mitte. Diesmal nahm ich drei Monate Mutterschaftsurlaub, und lange Vormittage lag ich im Bett, stillte sie und schlief, während die Zwillinge im Kindergarten und dann beim Nachmittagsprogramm waren. Wenn sie nach Hause kamen, fielen sie wie ein Mückenschwarm über Sadie her. Sie trugen sie überall mit sich. Sie war ihre Puppe, ihr Spielzeug, ihr Liebling. Sie lief und sprach spät, weil die Zwillinge sie so eifrig bedienten und jedes ihrer Bedürfnisse vorhersahen.

Sie wetteiferten um ihre Zuneigung, und Nora war schließlich die Gewinnerin, diejenige, der Sadie sich am häufigsten zuzuwenden schien. Ich denke, für Nora war Sadie vielleicht eine Möglichkeit, den Ansprüchen ihrer Bindung an Cass zu entfliehen – ihrer wilden Liebe, ihrer wahnsinnigen Eifersucht. Jedenfalls wurde sie für Sadie zu einer zweiten Mutter, und als Sadie älter wurde, wandte sie sich für Hilfe und Information oft eher an sie als an Daniel oder mich.

Cass war wütend, sie fühlte sich übergangen. Sie wollte weiter kämpfen. Und tatsächlich *tat* sie das auch – mit sich selbst, mit uns, mit der Welt. Mit erhobenen Fäusten ging sie auf jeden und alles los. Sie wurde die Außenseiterin, die Zähe, die, um die wir uns Sorgen machten. Das war auch heute noch so. Nora lebte mit einem jungen Mann, den wir alle mochten, in New York und besuchte die Filmschule. Sadie besuchte im Westen Massachusetts das College, noch immer liebevoll, noch immer einfach, freiwillig immer in Kontakt mit uns. Und Cass?

Cass spielte in einer Band Gitarre. Als ich sie zuletzt sah, war ihr Haar tiefschwarz gefärbt und stand in wildem Durcheinander von ihrem Kopf ab. Ihr Lippenstift war so dunkel, daß er aussah wie die Verkörperung von Gewalt – automatisch dachte man an Blutergüsse und getrocknetes Blut. Mit ihrer Musik verdiente sie kaum Geld. Wer weiß, was sie aßen? Oft schliefen sie alle zusammen in ihrem Kleinbus auf Parkplätzen am Highway oder in leeren, verlassenen Straßen entlegener Städte. Manchmal wußten wir zwei oder drei Monate lang nicht, wo sie war. Dann ging einer von uns mitten in der Nacht ans Telefon, und es war Cass, per R-Gespräch, aus einer Telefonzelle in Louisiana oder North Dakota, und sie sagte, sie könne nur eine Minute sprechen, sie würden gleich weiterfahren, es läge mehr Schnee, als sie in ihrem ganzen verdammten Leben gesehen habe, sie habe ihr Haar blond gefärbt, der Lieferwagen sei zusammengebrochen, sie habe sich von Ted getrennt und sei jetzt mit Raimondo zusammen, und hoppla, jetzt werde sie gerufen, alles Liebe, sie müsse Schluß machen.

Sadie war ganz anders. Sadie rief an und redete und redete in aller Muße. Was gibt's Neues? pflegte sie zu fragen. Was macht ihr so? Obwohl sie eigentlich nur hören wollte, daß alles unverändert sei.

»Hi, Mom, hier ist Sade«, sagte sie an diesem Abend mit ihrer piepsigen Stimme. (*Wenn das nicht Betty Boop ist,* pflegte Cass zu scherzen.) »Oh!« rief ich erfreut. »*Sadie, Sadie, my shady lady.*«

Eine Sekunde Schweigen. Dann sagte sie: »Gott, ist es nicht schlimm genug, daß ihr mir den *Namen* gegeben habt?«

»Es ist ein schöner Name.« Es war der Vorname von Daniels Mutter. Sie weinte, als wir es ihr sagten, aber sie warnte uns auch, der Name mache ihr das Leben schwer.

Jetzt schnaubte Sadie.

»Was gibt's?« fragte ich. Ich konnte im Hintergrund Geräusche hören – Musik, ein gedämpftes Gespräch. Sie hatte eine Mitbewohnerin, sie hatte einen Freund, sie hatte ihr eigenes Leben, nur etwa vierzig Meilen von uns entfernt.

»Na ja, also, ich wollte dich um eine Art Gefallen bitten.«

»Okay«, sagte ich. »Worum geht's?«

»Ich habe doch diese Professorin in meinem Kurs für Politische Wissenschaften. Du weißt schon, ich habe dir von ihr erzählt, Jean Bennett. Sie ist einfach *brillant.* Und wie sich herausstellte, wohnt sie in *Adam Mills!* Ich meine, sie ist neu. Sie ist eben erst dorthin gezogen.«

»Aha«, sagte ich.

»Nachdem ich das erfahren hatte, habe ich euch ihr gegenüber erwähnt. So in dem Sinne, wenn sie jemals einen Glauben bräuchte, könnte sie Dad rufen, und wenn sie je eine Tierärztin bräuchte, dich. Ich denke doch, das war in Ordnung.«

»Selbstverständlich.«

»Obwohl es im Grunde, weißt du, eigentlich bloß Höflichkeit war. So, wie man sich eben verhält. Aber heute, nach dem Unterricht, hat sie mir gegenüber erwähnt, daß ihr Hund Probleme hat. Sie hat mir auch gesagt, welche, aber ich habe vergessen, was es war. Jedenfalls wollte sie deinen Namen, und ich habe ihn ihr gegeben.«

»Okay«, sagte ich.

»Was wohl bedeutet, daß sie dich anrufen wird. Also, ich wollte nur, daß du Bescheid weißt.«

»Okay«, sagte ich noch einmal.

»Mom, sie ist so erstaunlich. Sie ist einfach ganz außergewöhnlich.«

»Nun, ich werde versuchen, dich nicht in Verlegenheit zu bringen, Liebes.«

»Du denkst, ich übertreibe, aber es stimmt, Mom. Es ist wahr. Du wirst sie mögen.«

»Wie hieß sie noch, dieses Musterexemplar?«

»Jean Bennett. Jean. Das ist auch so cool, daß wir sie beim Vornamen nennen.«

»Aber du hast immer alle beim Vornamen genannt, nicht? Erwachsene, meine ich.«

»Hier nicht, Mom. Nicht die Professoren. Jeder heißt Doktor Dies oder Professor Das.«

»Ich verstehe. Nun, ich freue mich darauf, sie kennenzulernen«, sagte ich. »Jean Bennett, ja?« Sie gab einen bejahenden Laut von sich.

»Und was gibt es bei dir Neues, Schatz?« fragte ich.

Plötzlich ein tiefer Seufzer. »*Das* ist ja gerade mein Problem«, sagte sie. »Es gibt absolut nichts Neues.«

»Aber alle kleinen Dinge, die du tust, sind neu für uns.«

»*Mutter.*«

»Das meine ich ehrlich.« Ich schwieg einen Moment. »Und auch wieder nicht.«

Sie lachte. Und dann seufzte sie wieder, weniger dramatisch diesmal. »Also, wenn du es wissen mußt, ich bin wirklich gestreßt. Ich muß Arbeiten schreiben, ich habe diese Vorführung« – eine Tanzveranstaltung, bei der sie mitwirkte. Daniel und ich wollten hinfahren. Wir würden unterwegs in einem Restaurant, das wir kannten, nett essen, und dann würden wir uns Sadie ansehen. »Ich habe Tonnen von Lesestoff, und ich bin im Rückstand. Und ich habe diese Träume, weißt du, wo du eine Prüfung machen mußt, auf die du nicht vorbereitet bist.«

»Oje«, sagte ich.

Sie erzählte mir, wie unfair ihr Lehrer für Geisteswissenschaften sei, weil er ihr keine Fristverlängerung gewähre.

Während ich ihr lauschte und Mitgefühl äußerte, konnte ich hören, daß die Hunde sich wegen irgendeines Geräuschs im Wohnzimmer bewegten. Sadies süße Stimme, kombiniert mit allen standardisierten Tonfällen und Ausdrücken der Jugend, plapperte in ihrer eigenen Welt weiter. In der Küche rauschte die Geschirrspülmaschine. Daniels Kleider hingen neben meinen am Bücherregal. Ich war lebendig, ich war in all diesen Welten gleichzeitig. *Ein Finger in jeder Pastete,* dachte ich. Das ist es, wofür es sich lohnt, alt zu werden.

Sadie fragte nach unseren Neuigkeiten, und ich berichtete sie so harmlos, wie ich konnte. Nicht nötig, Amy zu erwähnen, sinnlos, mein merkwürdiges Gefühl am Nachmittag beschreiben zu wollen. Es war jetzt ohnehin verschwunden.

Schließlich sagte sie, sie müsse Schluß machen. »Oh, aber Mom, also, wenn Jean kommt, *falls* sie kommt, rede nicht über mich, okay?«

»Niemals, nicht in einer Million Jahren.«

»Und erzähl ihr bloß nicht, wie sehr ich für sie *schwärme.* Sonst falle ich in Ohnmacht.«

»Nun, dann müßte ich ja über dich reden, Sade.«

»Stimmt, Mom.« Ihre Stimme klang trockener.

»Gute Nacht, Schatz.«

»Nacht.«

Als Daniel um elf noch nicht zurück war, führte ich die Hunde aus. Die Luft war kühl, und ich zog meine Jacke eng um mich. Licht fiel aus den Fenstern hinter mir in den Garten, dahinter war alles schwarz. Ich trat in die Dunkelheit hinein.

Als die Mädchen noch zu Hause waren, hatten Daniel und ich die Hunde oft gemeinsam ausgeführt, glücklich, am Ende eines langen Tages miteinander allein zu sein und ihnen, dem Telefon und den Pflichten des Hauses zu entkommen. Wir stolperten durch die Dunkelheit, erzählten uns gegenseitig unseren Tagesablauf und ignorierten die Hunde, die vor oder hinter uns herliefen. Wir gingen an den Läden und den schicken Häusern vorbei, schauten durch die Fensterscheiben in das Leben anderer Leute wie umherschweifende

Götter, gaben unsere Kommentare dazu. Dann verschwanden wir in den schwarzen Straßen jenseits des Platzes, die allmählich in holperige Wege und Felder übergingen. Wir gingen langsamer, stießen häufiger gegeneinander, unsicher und benommen in der Dunkelheit. Und dann pflegte Daniel schließlich zu sagen:»Also, wir sollten besser nach Hause gehen und sehen, ob noch alle am Leben sind.« Widerstrebend, aber jetzt auch eifrig pfiffen wir in der milden Nachtluft nach den Hunden und machten uns auf den Rückweg.

Daran mußte ich an diesem Montag abend denken, bevor sich alles veränderte, bevor mein anderes Leben mich einholte. Ich hatte diesen Moment im Boot beiseite geschoben, ich hatte nur an Daniel gedacht, der im Angesicht des Todes Trost zu geben versuchte; an Sadie, die in ihre Welt zurückgekehrt war; an Cass und Nora, die sich in ihren Welten bewegten; sogar an die Hunde, die im dunklen Städtchen hintereinander Lauten und Gerüchen nachliefen, die ich nicht erraten konnte. Und ich erinnerte mich an diese Zeit in unserem gemeinsamen Leben, die Zeit unserer rituellen Spaziergänge. Ich erinnerte mich, wie sich der exakte Moment anfühlt, in dem man umzukehren beginnt – wenn man genau zwischen den Dingen im Leben steht, die man tun möchte und tun muß, und wenn es für ein paar erfüllte Sekunden so scheint, als wäre es dasselbe.

2

Als ich am nächsten Morgen zur Arbeit kam, stand Beattie schon hinter dem Empfangstisch, und um ihre Füße wuselten drei aufgeregte Hunde. Wir ließen unsere gutmütigen Schützlinge tagsüber frei herumlaufen, damit sie einander Gesellschaft leisten konnten, und so schnüffelten immer drei oder vier eifrig umher oder schliefen unter Beatties Schreibtisch. »Die Aufseher«, nannte sie sie. Die Kläffer und die Kämpfer ließen wir in den Zwingern im hinteren Teil des Hauses. Die Katzen hatten ihren eigenen Raum, damit sie beim Lärm der Hunde nicht ständig in Panik gerieten.

Beattie sprach mit jemandem am Telefon und gab dabei tröstende Laute von sich. Sie würde fast den ganzen Vormittag am Telefon sein.

Dienstag war der Tag, an dem ich alles nachzuarbeiten hatte, was den Haustieren meiner Klienten während meiner freien Tage zugestoßen war. Meine Partnerin, Mary Ellen, befaßte sich montags mit dem Schlimmsten – den wirklichen Notfällen, die vom Wochenende übrig waren: Kämpfe, Vergiftungen, Geburten, Erbrechen, Durchfall oder Ausschlag. »Partyzeit« nannte Beattie die Montage. Mary Ellen sagte immer, ihr gefalle das.

Doch auch an Dienstagen versuchten wir, nachmittags zwei Stunden für unangemeldete Patienten freizuhalten. Termine legten wir so, daß wir unvorhergesehene Katastrophen einschieben konnten.

Ich legte allerdings keinen Wert auf unerwartete Aufregungen. Mir war die Alltagsroutine am liebsten, einfach wieder die Praxis mit ihrem vertrauten Geruch nach Tieren und Medikamenten zu betreten, den Tieren und ihren Besitzern soviel Trost und Hilfe zu geben, wie ich konnte, mich zwischen den neugierigen Hunden zu bewegen, die bei uns untergebracht waren. Ich genoß sogar die Art, wie Beatties laute, gackernde Stimme mich während des Tages begleitete. Jetzt winkte ich ihr zu und ging durch den Gang ins Untersuchungszimmer, um zu sehen, wer meine ersten Klienten waren.

Tiere waren durch einen Zufall in mein Leben getreten, als ich dreiundzwanzig war. Ich hatte mich soeben von meinem ersten Mann getrennt, aus den verschiedensten Gründen, und ich hatte das Gefühl, mein Leben sei ruiniert. Damals glaubte ich nicht an eine zweite Chance. Ohne Geld und verzweifelt ließ ich alles hinter mir zurück und ging nach Maine in das Haus meiner Mutter. Dort würde ich mich eine Weile nicht um Miete oder Essen sorgen müssen.

Aber ich brauchte trotzdem einen Job. Ich war bereit, jeden Job anzunehmen, außer Kellnerin. Alles, nur das nicht. Was mir vorschwebte, war ein monotoner Job als Schreibkraft. Die Stelle als Empfangsassistentin in einer Tierarztpraxis kam dieser Vorstellung sehr nahe.

Und so begann, ohne daß ich es merkte, meine zweite Chance.

Dr. Moran, mein Chef, war damals etwa fünfundsechzig. Natürlich kam er mir steinalt vor. Er war unsentimental, aber sanft und bedächtig in seinen Reden. Die Tiere, die wir sahen – die Katzen, Hunde, sogar Schlangen und Meerschweinchen – waren für ihn »unsere Freunde« oder auch »unsere schweigenden Freunde«. Er selbst war ebenfalls schweigsam, aber ich lernte zu beobachten, wie seine Hände mit den Tieren sprachen. Er war klein, untersetzt und fast völlig kahl, aber er hatte große, breite Hände, die Hände eines jungen Mannes. Wenn er mit ihnen die Tiere berührte, wurden diese sanft und ruhig. Er arbeitete auch mit seiner Stimme, aber es waren hauptsächlich seine Hände, die ihre Wirkung taten. Es war die Art, wie er seine Hände benutzte, die ich später nachahmte, als ich mit den Tieren zu arbeiten anfing.

Ich arbeitete sieben Tage in der Woche und übernahm auch das Putzen und Füttern an den Sonntagen. Jede einzelne Minute, in der ich nicht an meine eigenen Fehlschläge denken mußte, erfüllte mich mit Dankbarkeit. Allmählich durfte ich in der Klinik mehr Verantwortung übernehmen: Medikamente verabreichen, Verbände wechseln, Fäden ziehen, Injektionen vorbereiten. Ich hatte als Kind nie Haustiere gehabt – mein Vater, ein Pflanzenliebhaber, hielt nichts davon –, und so war ich überrascht, wie mühelos ich mit Tieren umgehen konnte, selbst wenn sie anfangs aggressiv waren. Ich lernte, sie zu berühren und mich in ihrer Anwesenheit selbstsicher zu bewegen. Ich war überrascht, wie sehr ihre Bedürftigkeit und ihr Vertrauen mich berührten. Ich freute mich, wenn sie meine Berührungen erwiderten – das unerwartete Lecken einer rauhen, warmen Zunge, der absichtlich sanfte Stups einer feuchten Nase. Beim ersten Mal fuhr ich zusammen, und dann mußte ich mehrmals schlucken, um nicht loszuweinen, so eigenartig gerührt war ich.

Während der ersten Wochen und Monate in der Tierklinik kehrte in mir der Glaube an eine Art von Güte zurück, an die Unschuld, die in der Abhängigkeit und im Vertrauen der Tiere lag. Ich verspürte in mir auf einmal eine Öffnung dessen, was ich als mein verhärtetes Selbst betrachtet hatte. Ich erinnere mich daran, daß ich morgens aufwachte und mir meiner *Vorfreude* bewußt wurde, des eifrigen Dranges, aufzustehen und zur Arbeit zu gehen: nur, um einen jungen Jagdhund zu versorgen und zu berühren, den ich wegen einer Brustverletzung gepflegt hatte. Er hatte sich die Verletzung zugezogen, als er über einen Stacheldrahtzaun sprang.

Ein paar Monate nachdem ich bei Dr. Moran angefangen hatte, schrieb ich mich an der Universität für den ersten Kurs ein, den ich für mein Studium der Tiermedizin brauchen würde.

Auch heute noch, wo ein Großteil meiner Arbeit Routine war – in meiner vorstädtischen Praxis gab es wenig, was ich nicht schon Dutzende Male gesehen und bewältigt hatte –, genoß ich es, wenn alle meine Sorgen abfielen, sobald ich in die Praxis kam, genoß die Unterschiede zwischen den Tieren, unseren *schweigenden Freunden*. Mir gefiel der Humor in vielem von dem, was passierte, und ich fühlte mich bekümmert aber auch bereichert durch das, was traurig oder schmerzhaft war in der starken Bindung zwischen Tier und Mensch.

An diesem Dienstag morgen begann ich mit einer Welpenimpfung, dann waren Fäden zu ziehen, zwei Impfungen gegen Tollwut, eine Darmentleerung, die Katheterisierung einer Katze und ein Abszeß bei einem Kater namens Henry, der mir überaus vertraut war. Zum sechsten oder siebenten Mal versuchte ich seine Besitzerin zu überreden, das Tier kastrieren zu lassen.

Sie beharrte darauf, von »Neutralisieren« zu reden, als handele es sich um eine Science-fiction-Operation mit Laserstrahl. Sie war der Typ, der noch immer Flanellhemden trägt, statt sich piercen zu lassen. Sie lehnte eine Kastration kategorisch ab. »Ich möchte, daß er weiß, daß er ein Junge ist«, sagte sie in geziertem Ton.

»Louise, er weiß, daß er ein Junge ist!« sagte ich. »Es quält ihn, daß er ein Junge ist. Wie oft habe ich ihn wegen Abszessen behandelt? Glauben Sie, er genießt das? Und was ist mit den Kämpfen? Wenn man ein Kater ist, Louise, geht es nicht um *Rendezvous*.«

Sie streichelte seinen narbigen orangefarbenen Kopf. Schon vor langer Zeit hatte er ein Stück von seinem Ohr verloren. Heute sah er müde aus. Müde und staubig. »Wir wissen nicht, wie es für ihn ist«, sagte sie.

»Ich denke, man kann fairerweise sagen, daß das hier weh tut. So viel steht fest.«

»Aber Sie können nicht sagen, daß er sich dafür entscheiden würde, es nicht zu tun.«

»Es ist *Ihre* Entscheidung, Louise. Nicht seine.«

»Nun, ich mag ihn so, wie er ist.« Sie preßte ihr Gesicht an seinen Kopf. Er kniff vor Vergnügen die Augen zu und schlug mit dem Schwanz auf den Tisch.

Ich stieß einen Seufzer aus. »Nun, ich muß das akzeptieren, aber ich muß auch sagen, daß es mir nicht gefällt. Es ist gegen den medizinischen Rat, und es widerspricht der Vernunft. Außerdem ist es nicht sehr verantwortungsvoll.« Ich zeigte auf sie. »All diese Jungen, und keine Alimente.«

Fröhlich lachend trug sie Henry hinaus.

Beim Lunch erzählte Beattie von ihrer älteren Schwester, die seit ihrer Pensionierung bei ihr lebte und konsumsüchtig war. Beattie sagte, es triebe sie in den Wahnsinn. »Es sollte behandelt werden wie Spielen«, verkündete sie. »Man sollte an einen besonderen Ort fahren müssen, um sich therapieren zu lassen.« Ihre Schwester machte sich oft gar nicht mehr die Mühe, die Pakete zu öffnen. Sie standen in der Diele oder waren hinter der Schlafcouch gestapelt.

Während sie sprach, machte Beattie eine Geste nach hinten über die Schulter, wo sich zufällig die Hundezwinger befanden. Wir saßen an einem Picknicktisch hinter dem Haus und trugen warme Pullover gegen die Herbstkühle. Gelegentlich bellte ein Hund. Unsere Praxis befand sich in einem der kleinen Einkaufszentren, die überall in den alten Städtchen aus dem Boden geschossen waren wie Pilze nach dem Regen. Daneben lag ein Bagel-Shop und eine Reinigung, und das Gelände hinter uns fiel sacht zu einem Bach ab, dessen Namen ich liebte: Brother Brook. Wenn die Hunde still waren, konnte man sein stetiges Plätschern hören.

»Gibt es nicht so etwas wie anonyme TV-Shopper?« fragte ich. »Irgendeine Selbsthilfegruppe?«

Sie gab ein schnaubendes Geräusch von sich. »Wenn es das noch nicht gibt, sollte man es gründen«, sagte sie. Sie nahm einen winzigen Bissen von ihrem Sandwich und kaute zierlich. »Und wie geht es Ihrer Familie?« fragte sie nach einem Augenblick, als gehörten alle dem gleichen Unternehmen an. Beattie war weißhaarig, klein und von vogelartiger, flinker Zierlichkeit. Sie kannte die Mädchen von klein auf.

»Gut«, sagte ich. »Cass meldet sich nie, aber Nora und Sadie geht es gut. Sie gedeihen, würde ich sagen.«

»Und wie geht's meinem Jungen?« fragte sie grinsend. Der Wind plusterte ihr dünnes Haar rund um die Ohren merkwürdig auf, und ich wandte den Blick ab.

»Daniel? Dem geht es gut. Er hat gestern zwei Forellen gefangen und gesagt, er sei ein Glückspilz.«

»Glückspilz«, sagte sie wie aus weiter Ferne, als sei das ein Gefühl, an das sie sich nur vage erinnern könne. »Reizend.«

Nachmittags war dann ziemlich viel los. Eine Katze, die von einem Auto angefahren worden war, mußte genäht werden; ein Hund war in einen Kampf geraten; eine Boa constrictor litt an Depressionen, wie ihr jugendlicher Besitzer meinte. Meiner Meinung nach war sie erkältet. Es war bereits nach vier, als Beattie den Hefter mit Jean Bennetts Namen darauf auf den stählernen Untersuchungstisch warf, und ich mich an Sadies Anruf erinnerte.

Der Hund hieß Arthur, ein Mischling. Er war neun Jahre alt und hatte schon eine Zeitlang Schwierigkeiten beim Laufen. Ich trat auf den Flur und rief den Nachnamen auf.

Zu meiner Überraschung war Jean Bennett etwa in meinem Alter – ich hatte mit einer hübschen, jüngeren Frau gerechnet. Im Vergleich zu meinen zweiundfünfzig hätte ich sie auf sechs- oder siebenundvierzig geschätzt. Sie war ein ganz anderer Typ. Ihr langes, krauses graues Haar reichte bis zu den Schultern. Ich sah, wie sie durch den Gang auf mich zukam, den Hund, der viel vom Cockerspaniel hatte, im Arm. Ihre langen, baumelnden Ohrringe und Perlenketten waren abgestimmt zur schwarzen Lederhose, die sie mit einer langen, gestrickten Tunika und teuren Lederstiefeln trug.

»Hallo«, sagte sie, während sie auf mich zukam.

Ich sagte »Hi« und trat zurück, um sie ins Behandlungszimmer zu lassen. Unbeholfen ging sie an mir vorbei zum Tisch, wo sie den winselnden Hund absetzte. Er legte sich sofort hin.

»Ich bin Jean Bennett«, sagte sie und wandte sich um. Sie glättete ihr Haar.

»Es freut mich sehr, Sie kennenzulernen«, sagte ich. »Ich bin Dr. Becker, die Mutter der berühmten Sadie.«

Ihre Armbänder klapperten metallisch, als sie mir die Hand reichte. Sie hatte glatte olivfarbene Haut und dunkle Augenbrauen.

»Mir ist bei Todesstrafe verboten, mit Ihnen über Sadie zu reden« – ich machte eine Geste, als ob ich mir die Kehle durchschnitte, und sie lächelte –, »also wollen wir uns gleich mit unserem Freund Arthur hier beschäftigen. Was fehlt ihm denn?« Ich ging auf meine Seite des Tisches und legte eine Hand auf seine Schultern. Er zitterte vor Angst. Er war kurzhaarig, sein Fell hatte eine Farbe fast wie Marmelade, und er sah mich mit lieben, vorwurfsvollen Augen an, die so typisch für einen Cockerspaniel sind. Seine Ohren lagen flach am Kopf.

»Tja, Arthur.« Sie zuckte in übertriebener Hilflosigkeit mit den Schultern. »Alles geschah ganz plötzlich, er kann seine Hinterbeine nicht mehr bewegen. Die meiste Zeit schleppt er sich auf den Vorderbeinen herum.«

»Seit wann?«

»Nun, eigentlich erst seit ein paar Tagen. Er leidet schon seit einigen Jahren an Arthritis – er bekommt Medikamente –, und diesen Herbst ist es viel schlimmer geworden. So schlimm wie noch nie. Ich dachte, die Arthritis sei schuld. Sein Zustand wechselte ständig, mal war es besser, dann wieder schlechter. Und mein Leben ist im Augenblick so hektisch, daß ich es wohl einfach ignoriert habe und hoffte, es würde von alleine weggehen. Aber jetzt ist es extrem, und ich habe schreckliche Schuldgefühle. *Mea culpa.*« Sie schlug sich an die Brust.

»Ist er inkontinent?«

Jetzt hob sie die Hand an die Kehle. »Nun, das ist schwer zu sagen, da er nicht mehr bis zur *Tür* kommt.«

»Also hat es Malheurs gegeben.«

»O ja. Jede Menge.« Sie klang grimmig amüsiert.

»Wissen Sie von irgendeinem Trauma? Ist er gestürzt oder von einem Auto angefahren worden? Vielleicht auch nur ein leichter Schlag?«

»Nein, nichts. Nichts. Nichts, wovon ich wüßte. Arthur führt ein ruhiges Leben. Er ist den ganzen Tag allein im Haus. Und abends führe ich ihn wahrscheinlich auch nicht lange genug aus. Am Freitag ist er einfach aufgestanden… nein, er konnte am Freitag eben *nicht* aufstehen. Ich dachte, es wäre nur eine Frage der Zeit und würde von selbst wieder besser. Also ging ich wie gewohnt zur Arbeit. Am Wochenende war ich wieder unterwegs und habe ihn nicht genug beachtet. Ich mußte ihn hin und her tragen, weil er selbst nicht laufen wollte. Aber das war normal, wenn seine Arthritis schlimm war. Und er schien eigentlich keine Schmerzen zu haben, also habe ich einfach gewartet. Jetzt sieht es so aus, als hätte ich zu lange gewartet.« Während sie sprach, bewegte sie nervös die Hände vor ihrem Körper. Die Bestürzung war ihr deutlich anzumerken.

Ich wandte mich dem Hund zu. »Nun, dann wollen wir dich mal untersuchen, Arthur.« Sanft kraulte ich seine seidigen Ohren. Er sah mich zweifelnd an. Er knurrte laut, als ich den vorderen Teil seines Körpers hochzog. »Ich weiß, ich weiß«, sagte ich zu ihm. »Das macht keinen Spaß, nicht?«

»Er mag es nicht besonders, wenn man ihn bewegt«, sagte Jean.

Arthur konnte die Hinterbeine nicht anspannen, und sobald ich ihn losließ, legte er sich wieder hin. Ich bewegte sie sanft, die Hinterbeine waren völlig schlaff. Er drehte den Kopf zu mir hin, vielleicht ein Versuch, mich abzuschrecken. Aber er hatte eindeutig keine Schmerzen. »Guter Junge«, sagte ich.

Ich testete seine Schmerzreaktionen, ohne jedes Resultat, bis ich beim Rücken angelangt war. Währenddessen erklärte ich Jean, daß

Arthur anscheinend eine Verletzung der Wirbelsäule habe, die eine Lähmung verursache. Die Schmerzreaktion in der Wirbelsäule deutete darauf hin. Sie zuckte zusammen, als ich mit einem Hämostat in seine Zehen stach, aber Arthur sah regungslos zu. Seine Ohren hingen herab, er war noch immer nervös, aber weder versuchte er mich zu beißen noch winselte er.

Jean hatte inzwischen auf einem Stuhl Platz genommen. Ich fragte sie noch einmal, wann Arthur umgefallen sei.

»Umgefallen?« sagte sie.

»Wann konnte er nicht mehr laufen?«

»Nun, ich denke, er hatte die ganze Wochen Schmerzen. Aber am Freitag wollte er einfach nicht mehr laufen. Oder konnte es nicht. Er schien sich jedoch besser zu fühlen, also dachte ich... ich dachte, es ist ein gutes Zeichen, daß er nicht mehr so starke Schmerzen hat, und ohnehin...« Sie verstummte. »Ich hab's vermasselt, stimmt's?«

»Sie hätten nicht so lange warten dürfen. Wenn wir ihn sofort bekommen hätten – wenn er am Freitag gekommen wäre –, hätte ich Sie gleich zur Rückenoperation ins Angell Memorial geschickt.«

»Angell Memorial...?«

»Eine der am besten ausgestatteten Tierkliniken in Boston, wo sie solche Operationen vornehmen. Ich mache im Prinzip nur Routineoperationen. Aber ich fürchte, zum jetzigen Zeitpunkt wäre damit nichts mehr auszurichten.«

»Sie denken also, es ist irreparabel.«

»Ich fürchte ja.« Sie sah schockiert aus. Ich versuchte sanft zu klingen. »Das war wirklich eine schwere Entscheidung für Sie, wegen der Arthritis. Sie haben Schmerz gegen Beweglichkeit abgewogen; für uns ist es immer schlimmer, wenn ein Tier Schmerzen hat, und deswegen sind wir erleichtert, wenn sie aufhören. Aber in diesem Fall ist leider die Abwesenheit von Schmerzen das schlechte Zeichen.«

Sie saß einen Moment still und sah Arthur an. Dann ballte sie die Fäuste und schlug sich auf die Schenkel. »Scheiße! Scheiße! Scheiße!« sagte sie erregt.

Ich trat zu ihr hin und legte ihr meine Hand auf ihre Schulter.

Sie schaute zu mir auf. »Nein, ich bin okay«, sagte sie und lächelte müde. Nach ein paar Sekunden richtete sie sich auf und sagte:»So, und was machen wir jetzt?«

Ich ging zu Arthur zurück und streichelte ihn.»Ich fürchte, es ist Ihre Entscheidung, ob Sie ihn auf sehr eingeschränkte Weise am Leben erhalten oder nicht. Und wenn ja, wird viel Pflege nötig sein, Saubermachen, die Unterlagen an seinem Schlafplatz wechseln und was nicht alles.« Ich konnte sehen, daß sie litt.»Wir könnten es, wenn Sie wollen, mit einer Serie von Steroiden versuchen«, bot ich an.

»Würde das helfen?«

»Die Chancen sind gering, aber die Möglichkeit besteht. Unwahrscheinlich, aber nicht unmöglich.«

»Ich möchte tun, was immer ich tun kann. Also versuchen wir es damit.« Sie strich sich das Haar aus dem Gesicht.»Gott, ich fühle mich so *schuldig*.«

»Das sollten Sie nicht.« Ich wollte sie trösten.»Wenn ein Hund so behindert ist, ist es manchmal schwer festzustellen, was ihm fehlt.«

Sie schüttelte den Kopf.»Nein. Ich denke, es ist eher, was Sie eben sagten. Daß ich einfach erleichtert war, weil er keine Schmerzen hatte.« Sie preßte verbittert die Lippen zusammen.»Feigheit«, sagte sie.

»Also versuchen wir es mit den Steroiden«, sagte ich sanft. Ich glaubte nicht, daß sie wirklich helfen würden, aber ich hatte das Gefühl, es würde ihr helfen – oder ihr zumindest Zeit geben, sich an den Gedanken zu gewöhnen.

Sie schien sich aufzurichten.»Ja«, sagte sie.»Ja, wir sollten es auf jeden Fall versuchen. Und dann, wenn es nicht hilft...«

»Dann werden wir über den nächsten Schritt sprechen«, sagte ich.

»Ja«, sagte sie.»Armer alter Arthur.« Sie stand auf und streichelte ihn ebenfalls, also zog ich meine Hände zurück.

Plötzlich runzelte sie die Stirn und sah mich an.»Sie werden in Zukunft gar nicht mit *mir* sprechen. Es wird nicht einmal meine Entscheidung sein.«

»Ach ja?«

»Nein. Arthur gehört meinem Mann.« Sie stieß ein tiefes, kehliges, bekümmertes Lachen aus. Ihr Gesicht sah traurig aus.»Die beiden sind schon viel länger verheiratet als wir. Ich kümmere mich nur gegenwärtig um den Hund, weil er viel reist – oder kümmere mich vielmehr nicht, sollte ich wohl sagen. Aber er müßte bis Freitag zu Hause sein. Also wird er entscheiden müssen, falls eine Entscheidung nötig wird. Und im Grunde«, meinte sie, »sollten Sie wohl den Namen auf dem Aktendeckel ändern. Mein Mann ist derjenige, mit dem Sie besprechen müssen, was geschehen soll.«

Ich nahm einen Stift und strich ihren Namen durch. Meine Hand schwebte in der Luft. »Und er heißt...?«

»Mayhew. Eli Mayhew.«

Es dauerte ein paar Sekunden, bis ich den Namen einordnen konnte. Dann schaute ich zu ihr auf. »Wirklich!« sagte ich. »Eli Mayhew?«

Sie nickte.

»Ich kannte einmal jemanden, der so hieß.«

»Ach ja? Das ist ein eher seltener Name.«

»Ja, das stimmt.« Ich schrieb ihn jetzt auf den Aktendeckel unter das durchgestrichene *Jean Bennett* und sah sie wieder an. »Ich frage mich, ob es derselbe Eli Mayhew sein könnte. Er besuchte in Harvard die Graduate School. Wir lebten zusammen. In einer Wohngemeinschaft, meine ich. So eine Art Kommune.«

»Das ist aber seltsam.« Sie schüttelte den Kopf, und ihr ausladender Haarschopf bewegte sich leicht. »Vermutlich *ist* er es wirklich. Mein Mann war in Harvard. Er hat dort studiert, Biochemie.«

»Ja, das muß er sein. Er arbeitete in einem wissenschaftlichen Labor. Damals konnte ich nicht viel damit anfangen. Er müßte jetzt wohl so Mitte Fünfzig sein, nicht?«

Sie lächelte schnell. »Erstaunlich! Die Welt wird ständig kleiner, nicht?«

»Also, bitte grüßen Sie ihn von mir. Ich bin Jo. Joey Becker. Sagen Sie ihm herzliche Grüße von mir.« Ich schaute auf Elis Namen auf dem Ordner, die großen schwarzen Buchstaben, und versuchte, mich an sein Gesicht zu erinnern. Statt dessen sah ich plötzlich Dana und Larry vor mir. Und dann fiel es mir ein: »Eigentlich kennt er mich als Licia. Felicia. Sagen Sie ihm, daß Licia Stead ihn grüßen läßt.«

»Oh!« sagte sie neugierig. »Ein *nom de plume?*«

»Das ist kompliziert.« Ich lächelte kleinlaut. »Es ist mehr wie ein Deckname. Jedenfalls ein anderes Leben.« Ich merkte, daß meine

Hände zitterten. Ich griff hinüber und streichelte Arthurs Kopf, nicht nur um ihn zu trösten, sondern um mich zu beruhigen. »Was macht er jetzt?« fragte ich. »Eli.«

»Nun, im *Augenblick* hat er ein Ferienjahr. Wir haben beide unsere Jobs an der Westküste aufgegeben, aber er hat seinen neuen noch nicht angetreten. Er hat das Semester freigenommen, und ist deshalb viel unterwegs und hält Vorträge. Im Januar beginnt das Semester an der Beth Israel in Boston, Lehre und Forschung. Sein Schwerpunkt ist die Forschung. Auf seinem Gebiet ist er eine Autorität. Einen Moment dachte ich, Sie hätten seinen Namen aufgrund seiner Publikationen erkannt.«

»Nein. Für mich ist er nur der alte Eli.« Arthur lag bewegungslos unter meinen Händen. Mir schwindelte fast vom Ansturm der Erinnerungen.

»Nun, ich werde ihm auf jeden Fall sagen, daß ich Sie getroffen habe«, sagte sie.

»Ja, bitte tun Sie das.«

Ich konzentrierte mich für einen Augenblick wieder auf die Unterlagen, machte mir einige Notizen zu Arthur, hauptsächlich, um meine Gedanken wieder auf ihn zu lenken. Dann besprach ich mit Jean die Steroidbehandlung. Sie wollte Arthur die Pillen zu Hause geben. »Das ist das mindeste, was ich für Eli tun kann«, sagte sie. Wir einigten uns, ihm die erste Spritze sofort zu geben. Am nächsten Tag würde sie ihn wieder zur Behandlung bringen. Die oralen Dosen würde Jean ihm zu Hause verabreichen. Ich zeigte ihr, wie sie seine Blase entleeren konnte, und wies sie an, ihn sauber zu halten. Sie hatten einen Käfig, »irgendwo im Haus«, sagte sie, und ich erklärte ihr, Arthur müsse eingesperrt werden, außer, wenn sie ihn nach draußen trage.

Als alle ihre Fragen beantwortet waren, ging ich in die Diele und bereitete unter den wachsamen Blicken der anderen Hunde die Steroidspritze vor. Jean war über Arthurs Kopf gebeugt als ich zurückkam, und wie immer konnte ich den Schmerz nachempfinden. Rasch gab ich Arthur die Spritze – er zeigte keine Reaktion –, und wir einigten uns auf die Uhrzeit für den nächsten Tag. Ich öffnete für Jean die Haustür und folgte ihr auch noch zum Auto, um

Arthur zu halten, während sie die Schlüssel herausnahm. Auf dem Rücksitz lag eine alte geblümte Bettdecke, und sie setzte ihn sanft darauf. Ich riet ihr, mich anzurufen, wenn in der Nacht irgend etwas passieren sollte.

»Das werde ich«, sagte sie. Und dann schüttelte sie wieder den Kopf. »Wir sehen uns morgen«, sagte sie schließlich.

Ich nickte und ging in die Praxis zurück, während sie den Wagen anließ.

Im Haus mußte ich mich einen Moment ausruhen. Ich fühlte mich benommen. Im Wartezimmer saßen noch zwei Patienten. Ich sagte Beattie, sie solle nach Hause gehen, ich würde abschließen. Ned, der schlaksige Student der High-School, der die Zwinger säuberte und die Tiere morgens und abends fütterte, war gekommen und hatte die Pensionsgäste ins Freie gelassen. Jetzt räumte er Müll und Abfall in Tüten und sang laut bei den Liedern mit, die in seinem Walkman liefen. Ich ordnete Unterlagen wieder ein und säuberte den Untersuchungstisch. Ich sah die Liste meiner Routineoperationen für Mittwoch durch. Dabei dachte ich die ganze Zeit an Eli Mayhew und Dana und Larry und Duncan und mich und unser Leben in dem Haus. An das schreckliche Ende. Ob Jean etwas davon wußte? Es hatte nicht den Anschein.

Wieder versuchte ich, mir Elis Gesicht in Erinnerung zu rufen. Dabei fiel mir ein gemeinsames Abendessen ein, als Eli lachend hereinkam und uns allen von einem Traum erzählte, in dem er ein Bestandteil einer Maschine gewesen war – einer Maschine, deren Funktion darin bestand, kleine, quadratische Scheißhaufen aus Metall auszustoßen. Wir lachten mit ihm, weil wir in dem Traum Elis anale Fixierung wiedererkannten, und das war eine Art Scherz zwischen uns, ein Scherz, bei dem auch er mitspielte.

Wir alle hatten unsere Rollen im Haus. Mit Ausnahme von Eli waren wir alle Bohemiens der einen oder anderen Art, Linke, Drogenkonsumenten, Künstler. So jedenfalls sahen wir uns selbst. Eli war der einzige Wissenschaftler, der lange Arbeitstage im Labor verbrachte. Wir betrachteten ihn – und er sich – als grundehrlichen und steifen Menschen. Unfairerweise machten wir uns in seiner Anwesenheit über ihn lustig. Wir selbst erwarteten großartige Dinge von der

Zukunft. Für Eli stellten wir uns *mehr vom selben* vor. Er schien dankbar, unter uns zu sein, und manchmal, wie an diesem Abend, versuchte er uns zu amüsieren, indem er den Clown spielte.

Wir hatten Kerzen aufgestellt, wie wir es oft zu diesen gemeinsamen Mahlzeiten taten, Duftkerzen mit süßem Vanillegeruch, an den ich mich heute noch erinnere. Wir hatten Freunde eingeladen, das Haus vibrierte in der ausgelassenen Stimmung. Sara war high – das war sie gewöhnlich, wenn sie von der Arbeit kam –, und auch Dana und Duncan hatten etwas geraucht. Elis Traum ließ sie vor Lachen kreischen, bis ihre Gesichter rot und tränennaß waren und Sara aufstehen und im Zimmer umhergehen mußte, um sich zu beruhigen. Eli malte seine Geschichte inzwischen mit ernster, gepreßter Stimme weiter aus, versuchte, das Lachen in Gang zu halten, und imitierte sogar die Maschine bei der Arbeit. Die Ellbogen abgewinkelt, den Kopf zwischen die Schultern gezogen, gab er mit steifen Bewegungen eigenartige, mechanische Geräusche von sich: »Kkkkk, *peng!* Kkkkk, *peng!*«

An diesen Abend kann ich mich gut erinnern. Genauso an seine Bereitschaft, über sich selbst zu lachen, seine Freude, wenn er uns zum Lachen brachte. Und ich erinnerte mich, daß er weinte, als ich ihn nach Danas Tod das erste Mal sah. Sein Gesicht – ich erinnerte mich nun, daß er ziemlich gutaussehend war – verzog sich wie das eines Kindes, und er weinte.

Ich traf Eli – Eli und Dana und die anderen – in einer Zeit, in der ich vor meinem Leben davonlief. Ich hatte so etwas nie zuvor getan und habe es auch nie wieder getan. Es fällt mir schwer, mich daran zu erinnern, wie es sich anfühlte, damals *ich* zu sein. Ein anderes Ich, ein anderes Leben.

Es war zur Zeit meiner ersten Ehe, einer eigentlich vielversprechenden Ehe mit einem Medizinstudenten, Ted. Im Grunde genommen ging es mir ganz gut. Eine zukünftige Arztfrau und High-School-Lehrerin. Aber mir erschien meine Zukunft wie ein langer, enger Tunnel. Ein Haus, Kinder nicht zu vergessen, Hunde, Geld. Von all dem hatte ich vor meiner Heirat geträumt. All das machte mich glücklich, als ich es Jahre später mit Daniel tatsächlich hatte.

Doch damals fühlte der Gedanke daran sich an wie das Ende der Hoffnung, wie der Tod aller Erwartungen. Es war mein erster Tag als Lehrerin in der High-School, als ein Schüler – ich erinnere mich noch an sein pickeliges, zerknirschtes Gesicht, aber nicht an seinen Namen – die Hand hob und rief:»Mrs. Norris?« Er war höchstens drei oder vier Jahre jünger als ich. Spätestens da merkte ich, daß ich in der Sackgasse steckte. Das war ich. Mrs. Norris. Josephine Norris. Josephine Becker Norris. Genausogut hätte er eine Waffe ziehen und mich erschießen können.»Ja?« sagte ich, aber ich dachte: *Ich muß hier raus.* Das also war der erste Schritt – meinen hart errungenen Job zu kündigen.

Der zweite Schritt war, den erstbesten Job anzunehmen, den ich in den Anzeigen unter der Rubrik»Aushilfen gesucht« fand: als Kellnerin in einer zweifelhaften Bar am Stadtrand von Philadelphia in der Nähe unserer Wohnung. Bei der Arbeit trug ich ein drittklassiges Playboy-Hasenkostüm: sehr hohe Absätze, Netzstrumpfhosen und eine kurze Tunika über einem eng anliegenden Trikot. Wenn ich diese Uniform am Ende des Abends auszog, stank sie nach Nikotin. Ich stank ebenfalls nach Nikotin, dennoch machte ich mir selten die Mühe, vor dem Zubettgehen zu duschen. Es war zu spät, wenn ich nach Hause kam. Ted schlief gewöhnlich ohnehin, und ich war immer müde, nachdem ich den ganzen Abend in diesen Schuhen herumgestakst war. Schnell schlief auch ich ein, das Gesicht in meine langen, wirren, stinkenden Haare gehüllt, und fiel in Träume, in denen ich von Schnapsgerüchen verfolgt wurde.

Es mag den Anschein haben, ich hätte mich mit diesem Job unter das gemeine Volk mischen wollen, und in gewisser Weise war das wohl auch zutreffend. Ich hatte ein gutes College besucht. Danach hatte ich mich weiterqualifiziert, um an High-Schools unterrichten zu können. Ich hatte meinen vielversprechenden Mann geheiratet. Ted war der Meinung, ich würde mich sozial deklassieren. Aber er sah meinen Job auch als eine Art perversen Spaß und war auf maliziöse Weise stolz darauf. Mir sollte das recht sein. Er konnte denken, was er wollte. Sollte sich doch jeder denken, was er wollte. Für mich ging es unter anderem darum, daß ich ein einziges Mal nicht die geringste Ahnung hatte, warum und wofür ich etwas tat. Und auch darum, daß meine Zeit von etwa fünf Uhr nachmittags bis weit nach Mitternacht nun davon in Anspruch genommen wurde, und nicht etwa damit, eine schöne Mahlzeit zu kochen, Aufsätze zu korrigieren, Vorhänge zu nähen, mit meinem Mann zu reden. All jene Dinge nämlich, auf die ich mich vorbereitet und die zu tun ich anderen versprochen hatte.

Das Lokal, es hieß Pik As, war eine Welt, die mir unbekannt war. Ich fühlte mich wie bei einem Seitensprung. Die Atmosphäre war sexualisiert, aufregend. Wenn es voll war, drängelten die Kellnerinnen aneinander vorbei und streiften sich wie Liebende, eine lässige Art der Berührung unter Frauen, die ich nicht kannte. Es faszinierte mich. Und noch etwas liebte ich, das gewöhnlich passierte, nachdem wir gerade geschlossen hatten. Das war gegen halb eins oder eins. Die Kundschaft war bereits gegangen. Unser Arbeitstag war zu Ende, wir waren bereit für ein bißchen Spaß, aber alle anderen Lokale der Stadt waren ebenfalls geschlossen. Und so saßen wir herum und nahmen einen Drink mit dem Besitzer. Oft saßen die Jungs von der Band mit dabei. Niemand wollte heimgehen. Die Drinks gingen auf Kosten des Hauses. Alle waren zum Flirten aufgelegt. Die meisten waren wie ich verheiratet, aber in diesem Moment spielte das keine Rolle. Suchende, tastende Finger, wo immer es nacktes Fleisch gab. Ich ließ mich auf nichts ein, ich ging immer allein nach Hause, dennoch liebte ich es, die Spannung in der Luft zu spüren, zu beobachten, wie sich im Laufe der Monate immer neue Paare zusammenfanden.

Die Anziehungskraft bestand darin, daß keine der Regeln aus meiner Welt Gültigkeit hatte. Bei allem, was ich sah und tat, hatte ich das Gefühl, daß sich neue Türen öffneten. Mein Leben war so ordentlich gewesen, ein vorsichtiges, verantwortungsvolles Voranschreiten, ein höflicher Schritt, der logisch zum nächsten führte. In dieser schmuddeligen, halbseidenen Welt hatte ich ein Gefühl von Freiheit, von Möglichkeiten, und mir waren sogar ihre zweifelhaftesten Aspekte willkommen. Einmal beklagte ich mich bei dem freundlichen, kräftigen Barmann Eddie über die Sprache, die ein paar meiner Kunden mir gegenüber benutzten. Er schwieg eine Minute und machte meine Bestellungen fertig. Als er mir meinen Kassenbon zurückgab, sah er mir in die Augen und sagte:»Werde erwachsen, Schätzchen.« Ein paar Sekunden lang war ich schockiert, dann lachte ich. *Natürlich!* dachte ich, und er grinste zurück.

In einer Nacht kam es kurz vor Lokalschluß zu einem Streit an der Bar. Ich hatte nie vorher einen Kampf unter erwachsenen Männern gesehen. Ich gab gerade meinen letzten Bestellzettel an der Kasse ab, als es losging. Im Laufe des Abends hatte ich gemerkt, daß die Männer, die zu meiner Linken saßen, immer lauter wurden. Jetzt entlud sich die Spannung in einer Explosion, und jemand schlug mich in den Rücken. Eddie ließ seinen Shaker fallen und war binnen einer Sekunde über die Bar gehechtet. Er zerrte an einem riesigen Mann, der sich über den harmlosen alten Stammkunden beugte, den wir den Richter nannten. Er hatte mir im Fallen den Schlag versetzt und lag jetzt auf dem Boden unter dem Riesen. Deutlich hörte man den dumpfen, feuchten Aufprall, als er dem Richter immer wieder auf den Kopf schlug.

Genauso schnell, wie es begonnen hatte, war es zu Ende. Mehrere Männer zogen den großen Mann gewaltsam hoch und brachten ihn aus der Bar. Mit brutaler Gewalt drehten sie ihm die Arme auf den Rücken. Eddie half dem Richter sich aufzurichten und brachte ihm einen kühlenden Eisbeutel. Trotz seiner Platzwunde saß er fröhlich und erstaunt auf seinem Barhocker. Der Schreck hatte sich gelegt und schon lachten alle und unterhielten sich aufgeregt. Es entwickelte sich eine *Geschichte* aus dem Vorfall.

Ich stand eine Minute lang benommen da. Im Spiegel der Damentoilette sah ich, daß ich von oben bis unten voll kleiner, dunkler Flecken war. Ich brauchte einen Moment, bevor mir bewußt wurde, daß es das Blut des Richters war.

Ich spürte eine seltsame Erregung. Ich beschloß, um meinen Mann zu ängstigen, die Flecken mit nach Hause zu nehmen. Ich wollte ihm etwas von der Welt zeigen, in der ich mich jetzt bewegte. Ich wollte einen Zeugen, und hoffte sogar, ein Polizist würde mich bemerken und anhalten.

Doch die Stadt war wie ausgestorben. An einer Ampel hielt ein Wagen neben mir. Ein Paar saß darin. Sie schaute hinüber und wandte sich dann zu ihm. Er beugte sich vor und schaute ebenfalls hinüber. Dann wechselte das Licht, und sie fuhren rasch an, um in der engen Straße vor mir zu sein.

Ted schlief, als ich nach Hause kam. In unserem rosafarbenen Waschbecken sah das Blut merkwürdig rostfarben aus, als ich es langsam und gründlich abwusch.

Dort, im Pik As, kam mir die Idee wegzugehen. Anita, die Oberkellnerin, hatte mich am Nachmittag angerufen und gebeten, die Schicht für eine Kollegin zu übernehmen. In dramatischem Flüsterton hatte sie gesagt:»Wenn jemand fragt, du hast keine Ahnung, warum Judy nicht da ist.«

Ich wollte ihr gerade erklären, daß ich sowieso nicht wüßte, was mit Judy war, aber ich beherrschte mich, wie ich es oft meinen Kolleginnen gegenüber tat, weil ich nicht als arrogant gelten wollte. Aus Sorge, so zu klingen, wie ich war.

Die Nacht verlief ohne Zwischenfälle. Es war so ruhig, daß die Band sich kaum die Mühe machte, etwas zu spielen, und statt dessen an der Bar saß und»ihre Gage versoff«, wie Eddie sagte. Ungefähr gegen halb elf kam Tony Zadra – wir nannten ihn Tony Z. Er war einer der Besitzer und zugleich Judys Liebhaber. Er sah mich und kam direkt auf mich zu.»Wo ist Judy?« fragte er.

Ich stand an der Bar und füllte meine Gläser, ein Ginger-ale, ein Soda mit Schuß.»Ich weiß nicht«, sagte ich.

»Du weißt es nicht«, sagte er.

»Richtig«, sagte ich. Ich sah ihn an. Er war ein kleiner Mann mit dickem Hals und einer großen Schmachtlocke. Um irgendwie attraktiv zu sein, mußte er schon lächeln, und er lächelte nicht.

»Hat sie dich angerufen?« fragte er. Ein Rest Rasierschaum klebte an seinem Ohrläppchen.

»Nein.« Ich zeigte ins Innere der Bar.»Anita hat mich gebeten, für sie einzuspringen.«

Er drehte sich um und ging durch die Bar in die Küche, wo Anita eine Zigarettenpause machte.

Sie waren eine Weile dort drinnen. Für ein oder zwei Runden mußte ich zusätzlich zu meinen auch noch Anitas Tische bedienen, und als sie wieder auftauchte, war ich erleichtert genug, um für den Augenblick nicht neugierig zu sein.

Tony Z. kam ein zweites Mal zu mir. Ich ruhte gerade am Tresen aus, ich hatte alle Bestellungen erledigt.

»Du hast also nicht mit Judy gesprochen.«

»Nein«, sagte ich.

»Du hast keine Ahnung, wo sie ist.«

»Ich hab's doch gesagt, nein.«

»Was für ein Blödsinn«, sagte er. Er zeigte mit dem Finger auf mich. Ich sah, wie sich die Sehnen an seinem Hals spannten. »Was für ein kompletter Blödsinn, Jo.«

Natürlich war sie weggelaufen, durchgebrannt. Und jetzt, nachdem sie fort war, häuften sich die Gerüchte. Jeden Tag gab es neuen Klatsch. Tony Z. war so eifersüchtig, daß Judy nicht einmal mit einer Freundin einkaufen gehen konnte. Er überwachte alle ihre Telefongespräche und ließ sie beobachten. Manchmal parkte er die ganze Nacht vor ihrem Haus, und wenn sie aus dem Fenster schaute, konnte sie im Wagen seine Zigarette glühen sehen. Ein paarmal hatte er sie geschlagen.

Und jetzt war sie fort, aus dem goldenen Käfig geflohen.

Auf mich hatte Judys Flucht die Wirkung wie der Gesang der Sirenen. Ich konnte an nichts anderes mehr denken. Das Pik As war ein Fuß aus der Tür meines gewöhnlichen Lebens gewesen, aber jetzt sah ich, wozu das führen konnte. Ich konnte die Tür auch von außen zuschlagen.

Es war plötzlich mein dringlichster Wunsch fortzugehen. Mir wurde die Armseligkeit all dessen bewußt, was ich bisher getan hatte. Nachts lag ich neben meinem unschuldigen, träumenden Ehemann und stellte mir vor, wohin ich verschwinden und welche Nachricht ich hinterlassen würde.

Man könnte annehmen, ich hätte mir Sorgen um ihn gemacht, weil ich ihm Schmerzen zufügte, oder mich zumindest schuldig gefühlt. Doch das tat ich nicht. Ich empfand vielmehr die Art von Verzweiflung, die jedes Mitgefühl erstickt. Wenn ich Daniel von meiner ersten Ehe erzählte, sagte ich oft zu ihm: »Damals hättest du mich nicht gemocht.«

Er schüttelte dann den Kopf. »Unmöglich.«

»Ich hätte *dich* auch nicht gemocht«, sagte ich einmal, nur, um ihn zu verblüffen, um ihm zu zeigen, wie gemein ich gewesen war.

Der Hieb saß. Sein Gesicht verzog sich. Er war verletzt und versuchte es zu verbergen. Und dann sagte er:»Nun, das ist was anderes, nicht?«

Mein Entschluß fortzugehen wurde dadurch bestärkt, daß ich begriff, wie oberflächlich und belanglos Teds und meine Bindung aneinander war. Naivität und ein eklatanter Mangel an Phantasie hatten uns zur Heirat bewogen. Das College und ein Jahr lang flüchtiger Sex banden uns aneinander. Als Ted in die medizinische Fakultät aufgenommen wurde, wollten wir weiterhin Sex haben und zusammenleben. In der Welt, in der wir aufgewachsen waren, ging das jedoch nicht ohne Heirat. Und so, von unserem Verlangen in die Falle gelockt, verliebten wir uns absichtlich ineinander und heirateten.

Rückblickend denke ich, daß Ted nicht unglücklich war. Er hatte seine Arbeit, die er liebte und mit der er zu sehr beschäftigt war, um über sein Leben nachzudenken, sein *Schicksal* – wie ich es beständig tat. Außerdem gab mein Job seinem Leben sowieso eine gewisse Spleenigkeit, die die anderen Medizinstudenten nicht für sich in Anspruch nehmen konnten. Sie kamen nach Hause zu Ehefrauen, die *wirklich* Lehrerinnen waren. Oder Sozialarbeiterinnen oder Krankenschwestern oder Doktorandinnen. Oder in ihre Zimmer in Studentenheimen – wo ein Bett und ein Schreibtisch auf sie warteten. Sie kehrten in ihre Zimmer zum Essen und zum Arbeiten zurück, oft bis spät in die Nacht. Ted hatte vielleicht das Gefühl, ungewöhnlich zu sein, weil er eine Frau mit einem so faszinierend ungesunden Job hatte. Ich sah mein Verschwinden als etwas, für das er vielleicht sogar dankbar sein würde. Eine weitere Geschichte, die er erzählen konnte, um sich interessant zu machen.

Ich ging an einem Montag fort. Ein oder zwei Tage vorher hatte ich Anita angerufen und ihr gesagt, meine Mutter sei krank, ich müsse nach Maine fahren und wisse nicht, wann ich zurück sein werde. Ted sagte ich, ich führe für ein paar Tage nach Washington, um dort eine Collegefreundin zu besuchen. Mit einer Hinfahrkarte bestieg ich den Bus nach Boston. Ich kannte die Stadt von zahlreichen Besuchen während meiner Collegezeit, aber ich kannte niemanden, der dort wohnte. Ich dachte, ich würde mich leicht zurechtfinden und gleichzeitig völlig anonym sein.

Meinen Mann sah ich sieben Monate lang nicht wieder. An einem regnerischen Abend im Mai kam ich mit einem einzigen Koffer in Boston an. Binnen drei Tagen saß ich in einem hellen, sparsam möblierten Wohnzimmer in Cambridge und wurde von vier Leuten als potentielle Mitbewohnerin eines gemeinsamen Hauses interviewt. Eine davon war Dana, die ich liebgewinnen sollte. Die anderen waren Duncan und Larry. Und einer von ihnen, ein großer, schlaksiger Mann Mitte Zwanzig mit sorgenvollen braunen Augen und dunklem, gelocktem Haar, das ihm bis an den Rand des Kragens reichte – jetzt erinnere ich mich deutlich an ihn –, war Eli Mayhew.

3

Die erste Lüge, die über meine Lippen kam, war mein Name. »Felicia«, sagte ich. Und weil mir plötzlich klarwurde, daß dies ein ausgesprochen lächerlicher Name war, fügte ich hinzu: »Wie in ›Glück und Segen auf all deinen Wegen‹«, und neigte höflich den Kopf. »Meine Freunde nennen mich Licia. Oder Lish.« Ich weiß nicht, wie mir das alles einfiel. Geplant hatte ich es jedenfalls nicht. Aber es schien plötzlich am klügsten, jemand anderer zu sein. Danach war es einfach, weiter zu lügen. Als *Die Geschichte der Licia Stead* kam es mir nicht so verlogen vor. Und einiges davon stimmte sogar. Ich hatte einen Job im Red Brown's Blues gefunden, einer Bar am Inman Square. Ich wohnte vorläufig beim CVJM. Und wenn ich nicht aus Montpelier war und nicht die Universität von Vermont besucht hatte, so hätte Licia Stead das sehr gut tun können.

Die Annonce für das Haus hatte ich am Schwarzen Brett einer staubigen Reparaturwerkstatt für Fahrräder gefunden, wo ich auf der Suche nach einem billigen Transportmittel gelandet war. Sie hing neben Anzeigen für gebrauchte Möbel, Stenotypistinnen und drei oder vier weiteren Mietangeboten. Ich riß die Telefonnummer am unteren Rand ab und machte von einem Münztelefon beim CVJM einige Besichtigungstermine aus.

Das Wohnzimmer, in dem das Gespräch stattfand, war groß und quadratisch. Es war ein sonniger Tag, das Licht fiel durch zwei hohe Fenster auf der Straßenseite, die vom Boden bis zur Decke reichten, und bestrahlte den nacken Fußboden. In den Ecken war der Boden noch dunkel, an den viel begangenen Stellen war er zu einem Grauweiß verblaßt. Es gab einen großen Kamin, dessen Feuerstelle, falls es je eine gegeben hatte, zugemauert war. Davor standen zwei durchgesessene Sofas, die mit indianisch bedrucktem Stoff bedeckt waren. Dazwischen war eine Holzkiste, die gleichzeitig als Couchtisch und Fußhocker zu dienen schien. Meine Interviewer saßen auf diesen Sofas – tatsächlich sah es aus, als würden sie in ihnen versinken. Ich hatte einen der beiden metallenen Klappstühle gewählt und saß mit dem Gesicht zum Kaminsims. Während ich sprach, fühlte ich mich unwohl und war mir meiner erhöhten Position sehr bewußt. Das Mädchen stellte die meisten Fragen. Dana. Auf den ersten Blick war ich verblüfft – sie hätte meine Zwillingsschwester sein können. Sie war wie ich groß, hatte schulterlanges, glattes, blondes Haar, wie es damals alle trugen. Sie war jedoch kräftiger und vollbusiger als ich. Trotzdem war die Ähnlichkeit nicht zu übersehen. Das lange ovale Gesicht, die etwas zu große Nase, die dunklen Brauen. Aber Dana hatte Sommersprossen, ich nicht. Wenn sie sprach, runzelte sie konzentriert die Stirn, mein Gesicht dagegen war verschlossener, schweigsamer.

Rauchte ich? Oh. Wie viele ungefähr? (Im Haus war Rauchen erlaubt, ich hatte mich erkundigt, denn damals rauchte ich gelegentlich.) Wie würden meine Arbeitszeiten sein? Während ich sprach, lächelte sie mich dauernd an, ein ungewöhnlich herzliches, ermutigendes Lächeln. Und dann legte sie wieder los. Kochte ich gern? Ging ich gern ins Kino? Was waren meine Lieblingsfilme?

Ab und an grunzte einer der Männer hörbar nach einer Frage oder sagte: »Herrgott, Dana.« Einmal sagte einer von ihnen – Duncan – in singendem Tonfall: »Was ist deine Lieblingsfarbe? Was ist deine Lieblingsspeise?«

Dana drohte ihm mit dem Finger und wandte sich dann an mich. »Ich weiß, daß das doofe Fragen sind, aber wir müssen dich einfach *reden* hören. Hast du vielleicht Fragen an uns?«

Ich hatte mir vorher zwei andere Häuser angesehen. Die nüchtern-sachliche Atmosphäre hatte mich dort eingeschüchtert. Jetzt merkte ich, daß es die Leute waren, die ich nicht gemocht hatte.

Hier gefiel mir die Leichtigkeit, mit der miteinander umgegangen wurde. Dana mochte ich gleich. Im Grunde war meine einzige Frage: »Werdet ihr mich nehmen?« Doch solch eine direkte Frage wäre zu peinlich gewesen. Ich wollte jedoch interessiert wirken und dachte mir ein paar fast genauso alberne Fragen wie Dana aus.

Regeln?

Es gab nicht viele. Rauchverbot in den Schlafzimmern, aus Angst vor Bränden. Jeder kochte einmal in der Woche eine Mahlzeit für alle. Man mußte sich für jedes Gruppenessen zwei Tage vorher eintragen, damit der Küchenchef wußte, wieviel er zubereiten mußte. Besuch durfte man nur einmal in der Woche bei sich übernachten lassen, sonst wurde die Miete erhöht. Kein Sex mit anderen Hausbewohnern, es sei denn, man lebte offiziell zusammen. Die Männer räusperten sich geräuschvoll, und Dana lief unter ihren Sommersprossen dunkelrot an.

Wie würde mein Zimmer sein?

Dana zeigte es mir.

Es sei ein hübsches Zimmer und sehr hell, sagte Dana, als sie mich die Treppe hinaufführte. Zwischen den Männern war eine Unterhaltung in Gang gekommen, kaum daß wir das Wohnzimmer verlassen hatten, und jetzt hörte ich von unten gedämpftes Lachen. Dana sagte gerade, sie wünschte, mein Zimmer sei verfügbar gewesen, als sie einzog, aber jetzt habe sie sich häuslich eingerichtet und wolle nicht mehr wechseln.

Die Treppe führte zu einer großen Diele, von der drei weitere Zimmer abgingen. Wir wandten uns nach links und dann wieder nach links und gingen durch einen schmalen Gang zwischen Treppe und einer Wand zu einer Tür, die zu einem Zimmer auf der Frontseite des Hauses führte.

»Das Zimmer liegt ziemlich abgeschieden«, sagte Dana und lächelte wieder.

Das Zimmer war klein, aber auf beiden Seiten waren Fenster. Von einem Fenster blickte man auf die Einfahrt, das andere gab die Sicht auf eine Straße mit baufälligen Häusern frei. Ein Bett, eine Kommode und ein ramponierter Schreibtisch standen im Raum. Eines der pergamentfarbenen Rollos war zerrissen. Das andere hatte ebenfalls Löcher, durch die hier und da winzige Lichtfunken drangen.

»Duncans Zimmer ist nebenan. Da *hättest* du theoretisch Glück. Er ist ruhig. Meine Nachbarn sind John und Sara. Ich mag sie beide sehr, aber sie sind furchtbar laut.«

»Wobei?« fragte ich.

Sie zuckte mit den Schultern. »Na ja, stehen beide auf Drogen. Das läuft bei ihnen unter dem Motto ›Bewußtseinserweiterung‹.« Sie machte Anführungszeichen in der Luft. »Du könntest ihnen alles mögliche anbieten, Meditation gegen Akne oder sonstwas, und sie würden es ausprobieren.« Sie beugte den Kopf nach hinten und tat so, als schlucke sie etwas. »Gluck, gluck, gluck.« Dann sah sie mich mit großen Augen an. »Außerdem«, sagte sie, »ficken sie sehr oft.« Ihre Stimme klingt komisch, dachte ich. Rauh und abgehackt, aber irgendwie rührend. »Ich bin still wie eine Maus«, verkündete sie. »Und du?«

»Keine Ahnung. Ich habe nie mit jemandem zusammengelebt.« Die Worte waren draußen, ehe ich merkte, daß ich wieder log. Aber mir schien es nicht gelogen, wahrscheinlich weil meine Ehe eigentlich nicht als ein Zusammenleben betrachtet werden konnte. Ted und ich lebten von Anfang an in so verschiedenen Welten, daß ich über mich als Mitbewohnerin nichts sagen konnte und über mich als Ehefrau noch viel weniger. »Doch, ich denke schon«, sagte ich jetzt, »ich denke, ich bin ruhig. Aber wenn ich einen Plattenspieler besäße, wäre ich es nicht.« Ich erinnerte mich an die Dachwohnung in Philadelphia. Oft hatte ich allein Musik gespielt und getanzt, bis mein Haar schweißnaß war.

»Ach ja, das ist noch eine Regel. Nach elf ist keine Musik mehr erlaubt. Tatsächlich ist Duncan der einzige, der überhaupt einen Plattenspieler hat. Eli hatte einen, aber er hat ihn dem Haus geschenkt, also steht er unten, und wir benutzen ihn alle.«

»Nett von ihm«, sagte ich.

»Eli kann gar nicht anders als nett sein«, sagte Dana.

Man schickte mich hinaus auf die Veranda, während sie ihre Entscheidung trafen. Ich saß auf der Treppe und beobachtete eine Gruppe von Kindern auf dem benachbarten Spielplatz. Sie waren schon älter und wirkten hartgesotten. Zu alt, wie es mir schien, für eine einsame Schaukel und eine Wippe. Es hatte den Anschein, als ob sie in der Ecke des Spielplatzes, wo sie zusammengekauert saßen, etwas Verbotenes taten – vielleicht zündeten sie ein Feuer an. Oder ließen einen Joint herumgehen. Eines der Kinder schaute flüchtig zu mir herüber, und ich wandte mich schnell ab. Ich betrachtete das Haus. Mein Haus.

Es war blaßgrün gestrichen, und Wasser oder Schimmel hatten

unter den Fenstern Flecken hinterlassen, die aussahen wie grauschwarze, schmutzige Schürzen. Die breite, abgenutzte Veranda zog sich über die Vorderfront. Die Bodendielen waren zersplittert, das Geländer hatte Lücken. An den Eingangsstufen war es durch Schmiedeeisen ersetzt worden.

Ich konnte es nicht vermeiden, darüber nachzudenken, was die Leute im Haus wohl über mich sagten. Ich hatte das Gefühl, nicht genug geredet zu haben. Sie hielten mich sicher für depressiv. Was nicht ganz falsch wäre, schließlich *war* ich ja depressiv, nicht wahr? Und schweigsam wie eine Maus. Aber vielleicht war es genau das, was sie von einer Mitbewohnerin wünschten, vielleicht war es mein Vorteil. Ich versuchte mir sie alle vorzustellen, aber Danas Gesicht war das einzige, an das ich mich genau erinnerte. Ich suchte in meiner Tasche nach den Zigaretten und zündete mir eine an.

Ich hatte sie gerade ausgedrückt und wollte eine neue anzünden, als Dana auf die Veranda herauskam. Ich drehte mich nach ihr um. »Die Antwort ist ja!« rief sie. »Ach, ich freue mich ja so, Licia.«

Ich stand auf und grinste sie an. »Ich auch«, sagte ich und merkte erst in diesem Moment, wie erleichtert ich war. Meine Gliedmaßen schienen auf einmal lang und geschmeidig zu sein.

Dana führte barfuß einen kleinen Tanz auf. Ihr Haar flog ihr um die Schultern. »Ha, ich habe mich bei ihnen durchgesetzt!« krähte sie, während sie sich drehte.

»Aha«, sagte ich. »Gab es Widerstand?«

Dana blieb stehen. »O nein! Das darfst du nicht denken! Keine Gegenstimme!« rief sie. »Keine einzige! Ich habe bloß gemeint, daß ich die einzige war, die die Sache so wichtig nahm.«

Mir wurde plötzlich klar, daß ich von Anfang an gewußt hatte, daß sie mich im Haus haben wollte. »Warum *war* es dir denn so wichtig?«

Dana zuckte mit den Schultern. »Erstens wollte ich unbedingt noch eine Frau. Außer Sara, meine ich. Die ist im Grunde nur ein Anhängsel von John. Ich fühle mich dauernd überstimmt.« Und dann öffnete ein breites Grinsen ihr Gesicht – man konnte jeden einzelnen ihrer starken weißen Zähne in ihrem Mund sehen. »Und in dem Augenblick, als ich dich sah, habe ich gedacht: ›Sie könnte meine Freundin sein.‹« Ihre Hände hoben sich, Handflächen nach oben, zur anmutigen Geste einer Tänzerin. Es war, als wolle sie mir feierlich etwas überreichen.

Ich wandte rasch den Blick ab, um meine Verlegenheit zu verbergen.

Als ich am nächsten Tag einzog, stand auf dem abgenutzten alten Schreibtisch eine Kaffeedose mit einem Strauß weißer Margeriten.

All das geschah im Frühsommer 1968, als in ganz Cambridge, in Berkeley, Chicago, Philadelphia und San Francisco Dutzende solcher Wohngemeinschaften entstanden. Einige waren politischer als unsere oder standen unter einer Art Motto – alle Mitglieder befaßten sich mit Naturkost, politischen Aktionen oder alternativem Theater oder gaben eine Kunstzeitschrift heraus. Manche waren, wie unsere, gemischt, ein buntes Gemisch. An die Zimmer kam man wie ich, durch Anschlagbretter oder durch Freunde, politische Organisationen oder Untergrundinformationen. Häufig kam es zu Schwierigkeiten mit den Nachbarhäusern, deren Bewohner meist der Arbeiterklasse angehörten. Leute, die ihre Gärten pflegten, ihre Geländer reparierten, kombinierte Fliegengitter- und Sturmfenster hatten und ihre Türen nachts verschlossen hielten.

Nicht so jedoch bei uns. Die Tür stand rund um die Uhr offen. Musik dröhnte aus den Fenstern auf die Straße – Jefferson Airplane, Otis Redding, Pablo Casals, die Stones, Julian Bream, die Beatles, Brahms, Janis Joplin. Überall auf der Veranda und im völlig verwilderten Vorgarten standen Fahrräder herum, unverschlossen versteht sich.

Ich erlebte diesen Sommer wie einen glücklichen Traum. Ich arbeitete jeden Abend lange im Blues-Club und blieb danach oft noch stundenlang auf, um mich mit meinen Hausgenossen zu unterhalten. Langsam hatte ich das Gefühl, daß ich sie alle besser kennenlernte, als ich Ted oder sonst jemanden je in meinem bisherigen Leben gekannt hatte. Gewöhnlich standen wir alle spät auf – niemand außer Sara hatte normale Arbeitszeiten –, und oft unternahmen zwei oder drei von uns tagsüber etwas zusammen. Wir fuhren nach Singing Beach, nahmen ein Picknick und eine Frisbee-Scheibe mit hinunter an den Fluß. An einem regnerischen Tag gingen wir ins Kino. Oder spielten im Wohnzimmer lange, mörderische Partien Scrabble, die Fenster zur

Veranda hin geöffnet, während der Regen stetig auf das Vordach prasselte und von den Blättern der hohen Fliederbüsche tropfte. Den ganzen Sommer über gaben wir fast jedes Wochenende eine Party. Ich erinnere mich an ein besonders gelungenes Fest, als das Wohnzimmer so voller Menschen war – Leute, die jemand kannte oder mitgebracht hatte, Leute, die einfach den Lärm gehört hatten und hereinspaziert waren –, daß der ganze Raum zu beben schien. Ich hatte das Gefühl, mich darin zu verlieren. Ich dachte nicht länger darüber nach wie ich aussah und wie ich anderen erschien, ein Gedanke, der mich früher stets begleitet hatte.

Außer mir wohnten noch sechs weitere Leute im Haus. Duncan war Gitarrist. Er war groß und elegant und oft schien er sich in unserer Gegenwart zu langweilen. Seine Freundin lebte an der Westküste, sie war Schauspielerin. Zwei ihrer Werbefotos waren an die Wand neben seinem Bett gepinnt. Darauf hatte sie den Mund mit den glänzenden dunklen Lippen geöffnet und die Augenlider gesenkt, als sei sie im Begriff zu niesen. Es fiel mir schwer zu glauben, daß dies ein Mensch war, den irgend jemand *kannte,* aber Duncan sprach so beiläufig und mühelos von Sheree, als wohnte sie bei uns.

Er studierte in Berkeley Komposition. Seinen Lebensunterhalt verdiente er mit Musikunterricht und abendlichem Musizieren in einem spanischen Restaurant – Flamenco und gelegentlich, wenn man ihn ließ, klassische Stücke. Er trug einen kleinen, schmalen Schnurrbart und erinnerte mich an die Filmstars der vierziger Jahre, gutaussehend und mondän. Tatsächlich verbrachte ich eine Menge Zeit mit ihm, weil wir zur gleichen Zeit nach Hause kamen, aufgekratzt von der Arbeit und noch nicht bereit, ins Bett zu gehen. Aber eine Unterhaltung mit ihm war so anstrengend, daß ich immer froh war, wenn noch jemand wach war. Ich erinnere mich, wie er mir eines Nachts vom anderen Ende des Häuserblocks aus entgegenkam, eine große, dunkle Gestalt mit einem Gitarrenkasten. Selbst aus weiter Entfernung wußte ich, wer das war, und überlegte, auf welcher Höhe ich einen Gruß rufen sollte. Am Ende schwieg ich, aus Angst, er könne irgendwie gekränkt oder verächtlich reagieren. Tatsächlich bogen wir zur gleichen Zeit in die Einfahrt ein und gingen bereits auf das erleuchtete Haus zu, als ich ihn fragte: »Guter Abend?« Er zuckte mit den Achseln. Eigentlich mochte ich Duncan nicht besonders, er bemühte sich so wenig um andere. Als ich ihn zum ersten Mal spielen hörte, bekam ich einen ganz anderen Eindruck von ihm.»Mir ist es genauso gegangen«, gestand mir Dana. Wir saßen einmal sehr spätnachts in der Küche und redeten. Sie hatte nach der Arbeit auf mich gewartet. Duncan war ebenfalls spät nach Hause gekommen, hatte sich auf ein Bier zu uns gesetzt und war dann nach oben gegangen, um Sheree anzurufen.»Ich bin verrückt nach seiner Musik. Diese Finger!« Er hatte tatsächlich schöne Hände, das hatte ich bemerkt. Die Fingernägel waren sorgfältig poliert und glänzten von dem farblosen Lack, mit dem er sie für die Gitarre stärkte. Dana runzelte die Stirn.»Ich weiß nicht, warum mir das immer passiert – ständig verliebe ich mich in jemanden, der etwas Schönes macht. Dabei ist es völlig egal, was er macht. Es ist das Können, die Hingabe. Das törnt mich einfach an.«

Weshalb fühlst du dich dann zu mir hingezogen? Das hätte ich gern gefragt. Aber ich tat es nicht. Ich wollte mir nicht anmaßen, Danas Gefühle für mich zu benennen.

Larry war derjenige, bei dem ich mich von Anfang an am wohlsten fühlte. Er unterrichtete in Harvard Geschichte und war politisch aktiv. Er war viel unterwegs,»um den Mob aufzuwiegeln«, wie er das nannte, wobei er sich mehr über sich selbst als über den Mob lustig machte. Sein Zimmer war das kleinste im Haus. Er hatte ein riesiges Ho-Tschi-Minh-Poster an die Wand gehängt, und die Fläche, die das Bett freiließ, wurde von einer Trainingsbank und Gewichten eingenommen. Larry war klein und sehr muskulös. Sein Haar fiel ihm in einer öligen Locke in die Stirn. Er sah aus wie Gene Vincent oder wie Jerry Lee Lewis. Gegensätze gefielen ihm, erklärte er mir einmal, nämlich Kommunist und Bodybuilder mit pomadisierten Haaren zu sein. Er besaß als einziger im Haus ein Auto, und er hatte nichts dagegen, als Chauffeur betrachtet zu werden.»Larry könnte uns hinbringen«, pflegten wir zu sagen, und er tat das auch immer, wenn er Zeit hatte. Wir zwängten uns in seinen Wagen, schoben die Stapel von Flugblättern auf die Seite, räumten die Poster auf die Ablage unter dem Rückfenster, und er fuhr uns – zum North End in ein italienisches Restaurant, zum Cape, ins Kino, zum Square.

Sara und John waren genau so, wie Dana sie beschrieben hatte. Sie hatte allerdings vergessen zu erwähnen, daß Sara Anwältin war. Sie hatte die Harvard Law School mit Bestnoten abgeschlossen und arbeitete jetzt für ein lächerliches Gehalt bei einem Rechtsbeistand für mittellose Mandanten. Sie verdiente den Lebensunterhalt für beide. Angeblich schrieb John einen Roman, aber da ich tagsüber meistens zu Hause war, wußte ich, daß er nichts dergleichen tat. »Seine Arbeitsgewohnheiten sind nicht gerade so, daß man sagen könnte, er hätte einen langen Atem«, bemerkte ich zu Dana. »Eigentlich hat er überhaupt keine Arbeitsgewohnheiten.«

Eli war der bestaussehende Mann im Haus, und doch machte er damals keinen Eindruck auf mich. Ich vermute, daß es allen anderen auch so ging. Ich erinnere mich, wie wir eines Abends nach dem Essen im Wohnzimmer ein Spiel spielten. Es war Danas Idee. Jeder schrieb ein Adjektiv pro Mitbewohner auf einen Zettel, und John sammelte die Zettel ein. Er hatte die Aufgabe, alle Adjektive über eine Person vorzulesen. Die zum Raten bestimmte Person mußte sagen, wer gerade beschrieben wurde und warum sie das annahm. Sara wurde dazu auserkoren, weil sie, wie Larry es ausdrückte, die einzige unter uns war, die ideologisch unvoreingenommen war.

»Was soll das heißen, ideologisch unvoreingenommen?« hatte Sara beunruhigt gerufen.

»Es bedeutet *heilig,* Sar«, sagte Dana. »Es bedeutet lieb und nett.«

»Es bedeutet ständig bekifft«, sagte Duncan.

Sara lachte. »Gemein, Dunkey. Für dich wäre mein Adjektiv gemein, gemein, gemein.«

»Du hast nur eines, Baby.«

Für Eli lauteten die Adjektive *sanft, ruhig, geheimnisvoll, grau, distanziert und transparent.*

»Einspruch«, sagte Sara und hob als Anwältin den Finger. »Wie kann jemand gleichzeitig geheimnisvoll *und* transparent sein?«

»Und wer war das mit diesen Farben?« fragte Duncan. Eines von Larrys Adjektiven war *rot* gewesen.

»Psst. Keine Fragen von uns. Sonst ist alles verraten.«

»Komm schon. Sara ist so weit weg, daß sie niemals zwei und zwei zusammenzählen könnte.«

»Außerdem könnte *rot* in Larrys Fall auch eine politische Orientierung bedeuten«, bot ich an.

»Vielleicht ist diese Person scheinbar geheimnisvoll, in Wirklichkeit aber transparent, oder scheinbar transparent, in Wirklichkeit aber geheimnisvoll.« Larry rauchte eine Zigarre und stieß dicke Rauchwolken aus, nachdem er daran gezogen hatte.

»Hat Sara nach Hinweisen gefragt?« sagte Dana. »Sollen wir ihr diese Hinweise geben?«

»Also, es spielt keine Rolle«, sagte Sara. »Ich weiß, daß es Eli ist.«

»Himmel, das chemisch veränderte Gehirn erweist sich schließlich doch als überlegen!« sagte Larry. »Woher weißt du das?«

»Ich weiß es einfach«, sagte Sara. »Nein.« Sie kniff konzentriert die Augen zusammen. Ihre Brillengläser waren voll verschmierter Fingerabdrücke. »Nein. Wegen *grau* und *transparent*. Das sind... *les mots justes.*« Sie wiederholte es noch einmal, sinnend: *»Les mots justes.«*

»Wer hat *grau* gesagt? War es derselbe, der *rot* gesagt hat? Hat es da jemand mit Farben?«

»*Grau* habe ich gesagt«, antwortete Eli. »Aber *rot* nicht.«

»Eli!« rief Dana. »Warum hast du über dich selbst *grau* gesagt? Das macht mich traurig.« Und tatsächlich war ihr Gesicht bekümmert. Sie saß auf dem Boden neben der Couch, in der Eli versunken war, und beugte sich jetzt vor, um sein Knie zu berühren.

»Eigentlich denke ich nicht, daß ich grau bin«, sagte Eli. Er war ganz ernst. »Aber ich habe mir vorzustellen versucht, wie ihr alle über mich denkt.«

»Aber das tun wir nicht, Eli. Schau dir die schönen Adjektive an. Ich hoffe, ich bekomme auch solche. Lies sie noch einmal John, alle, außer *grau.*«

»Sanft, ruhig, geheimnisvoll, transparent, distanziert.«

»Na ja, alle außer dem distanziert. Die anderen sind himmlisch!« sagte Dana. »Dafür würde ich meinen rechten Arm geben.«

»Wer hat *geheimnisvoll* gesagt?« fragte Sara.

»Ich«, sagte ich. Ich dachte an einen Moment, als ich barfuß aus dem Wohnzimmer gekommen war, zwei oder drei von uns waren lange aufgeblieben und hatte sich unterhalten, und beinahe auf Eli geprallt wäre, der vollkommen regungslos in der Diele stand und uns offenbar belauschte.

»Und *transparent?*«

»*C'était moi.*« Dana lächelte Eli an. »Eli der Transparente.«

»Transparent ist ein sehr interessantes Wort«, sagte Sara. »Wenn man nicht wüßte, was es bedeutet, würde man denken, es wäre etwas wie...« Ein langes Schweigen folgte. Ihre Augen schauten versonnen. John stieß sie an. »Transparent«, sagte er. »Du würdest denken, es bedeutet...?«

»Oh!« Sie kicherte. »So was wie wirklich stinkig, nicht?«

Meine Adjektive waren *reserviert, sexy, neugierig, fragil, blau* und *opak*.

»Wer ist das mit den Farben?«

»Es könnte traurig bedeuten«, sagte Sara. »Daß diese Person traurig ist. Blau. Nicht als Farbe gemeint.«

»Wer hat *opak* gesagt?« fragte Larry. »*Opak* ist feindselig.«

»Opak zu *sein* ist feindselig?« fragte ich ihn.

»Zu sagen, daß jemand anderer opak ist, ist feindselig. Es ist, wie man sagt, jemand ist grau.«

»Keiner hat das über einen anderen gesagt. Eli hat es über sich selbst gesagt.«

»Das weiß ich, Sara, das weiß ich.«

»Es ist entweder Duncan«, sagte Sara, »oder Licia. Das *fragil* ist verwirrend.«

»*Verwirrend.*« Larry nickte zustimmend. »Das ist ein tolles Adjektiv. Jemand hätte das benutzen sollen.«

»Ich möchte einen Tip«, sagte Sara.

»Das würde deinen Sieg abschwächen«, sagte John.

»Trotzdem, ich möchte wissen, wer *fragil* gesagt hat.«

»Ich«, sagte Eli. Er sah mich schnell an und dann wieder weg.

»Hmm. Gut. Ich bin sicher, daß Eli nicht Duncan für fragil hält, also muß es Licia sein. Richtig?«

Zustimmende Geräusche, Kopfnicken.

»Sara, du bist wahrhaftig erstaunlich«, verkündete Dana. Sie hob mit einer ihrer extravaganten Gesten die Hände und bot an: »Erstaunlich, scharfsinnig, intuitiv...«

»Orange«, unterbrach John.

»*Du* warst das mit den Farben?« Duncan zeigte mit seiner Zigarette auf John.

»Ich werde es nie verraten.«

»Es *gab* niemanden mit Farben. Eli hat sich selbst grau genannt, jemand hat Larry einen Kommunisten genannt, und jemand anderer denkt, daß Licia traurig ist.«

»Das ist *deine* Theorie. Nur bei Eli wissen wir Bescheid.«

»Wer hat *sexy* gesagt?« fragte Larry. »Wer ist scharf auf Licia?«

»Licia ist *sexy*«, sagte Duncan. »Das war von mir.«

Ich wunderte mich. Meines Wissens hatte Duncan niemals auch nur bemerkt, daß ich eine Frau war. Er sah mich auch jetzt nicht an, aber er schien nicht verlegen zu sein.

»Wer hat *opak* gesagt?« fragte Larry noch einmal.

Das Schweigen dauerte einen Moment zu lange. »Ich«, sagte Dana dann.

»Aber ihr beiden seid doch befreundet«, protestierte Sara.

»Trotzdem auf mich wirkt sie opak. Licia hat Geheimnisse.« Dana lächelte mich strahlend an. Auf einmal wirkte es falsch, sie zeigte zu viele Zähne.

»Siehst du, das macht sie ja so sexy«, sagte Duncan. »Diskretion wirkt manchmal Wunder.« Dana sah ihn scharf an, sichtlich verletzt.

»Was hast du gesagt, Licia? Über dich selbst?«

»*Reserviert.*«

»Dasselbe wie *opak*«, sagte Sara.

»Keineswegs«, sagte Larry.

»Ich möchte trotzdem wissen, wer dieses Arschloch mit den *Farben* ist«, sagte Duncan.

»Das ist feindselig.«

Später kam Dana in mein Zimmer und entschuldigte sich dafür, daß sie mich opak genannt hatte.

Ich sagte ihr, sie müsse sich nicht entschuldigen. Sie habe mich damit nicht gekränkt.

»Wirklich nicht?« sagte sie. »Ich möchte nicht, daß du denkst, ich wollte mich aufdrängen oder dich aushorchen.«

Ich sah sie an, meine schöne Freundin, und auf einmal wurde mir das Herz vor Liebe schwer. Wie konnte sie nur denken, sie könnte mich zu etwas zwingen, das ich nicht wollte, etwas von mir verlangen, das ich nicht zu geben bereit wäre?

Seit drei Monaten lebte ich nun im Haus, und ich fühlte mich bereits völlig verwandelt. Diese Veränderung war so tiefgreifend, daß es mir beinahe vorkam, als sei ich diejenige, die Drogen nahm. Es entsprach so sehr dem, was ich mir erhofft hatte, daß ich mich fast fürchtete. Alles ging so schnell, und manchmal fühlte ich mich einfach nur glücklich. Nichts war übriggeblieben von dem braven Mädchen, das pflichtbewußt High-School, College und Ehe absolviert hatte. Dessen Freundschaften und Leidenschaften stets nur oberflächliche Vernunftbeziehungen gewesen waren. Egal, ob die betreffende Person drei Türen weiter wohnte, meine Klasse besuchte oder ein Liebhaber war.

Wenn ich jetzt nach der Arbeit in die Lyman Street einbog und unsere Lichter im Erdgeschoß durch die Dunkelheit leuchten sah, fing ich oft an zu laufen, so sehr freute ich mich darauf, *dort* zu sein.

Ich genoß es, daß immer jemand wach war, selbst dann, wenn ich erst nach Mitternacht von der Arbeit zurückkehrte. Es herrschte eine Atmosphäre, in der Intimität leicht zustande kam. Mit Larry beispielsweise, eines Nachts beim Kaffee in der Küche. Er hatte lange gelesen und freute sich über eine Ablenkung und sei es auch nur eine »lange, blonde Säule aus konzentriertem Nikotin«. Wir verbrachten mehrere Stunden unter dem flackernden, summenden Neonring an der Decke, und er erzählte mir alles über seine vornehmen, kultivierten Eltern. Sie gingen, sagte er, an mehreren Abenden in der Woche in die Oper, ins Ballett oder Symphoniekonzert, »und dabei verstehen sie einen Scheißdreck von all dem«. Er würde irgendwann ein Stadthaus in der Marlborough Street erben, und es war sein persönlicher Ehrgeiz, so auszusehen, als gehöre er dort nicht hin. »Ich möchte zu den Leuten gehören, die immer angesprochen werden und gefragt werden: ›Kann ich Ihnen helfen?‹, womit eigentlich gemeint ist: ›Was zum Teufel willst du überhaupt hier, du mittelloser Abschaum?‹«

Duncan kam oft um die gleiche Zeit nach Hause wie ich, aber weil er so ungesellig war, wartete Dana zu Hause auf mich oder holte mich im Red Brown's ab. So saßen wir oft zu mehreren bis zwei oder drei Uhr morgens in der Küche und unterhielten uns. Ich liebte das.

Mir machte sogar die Hausarbeit Spaß, weil sie uns einander näherbrachte. Eines Nachmittags kam Eli früher aus dem Labor zurück, um etwas zu essen – er ging dann wieder zurück, um seine Experimente auszuwerten. Es war mein freier Abend, also war ich in der Küche und kochte. Eli half mir, grüne Paprika, Sellerie und Zwiebeln für ein Chili kleinzuschneiden. Die scharfen Zwiebeln trieben uns die Tränen in die Augen. Wir erfanden tausend Gründe, warum wir so heulten, falls jemand hereinkäme und fragte, was los sei. *Wir hatten entdeckt, daß unsere Sternzeichen nicht zusammenpaßten. Wir hatten entdeckt, daß Arbeitsbienen keinen Sex haben können.* Eli hatte ein wunderbares, offenes Lachen, es wirkte ansteckend.

Wir diskutierten über Bücher und dann über einen Film, den wir beide vor ein paar Jahren gesehen hatten – *Blow up.* Eli hatte die Passivität der Figuren mißfallen, er verurteilte ihre unverzeihliche Amoralität. Ich dagegen ergriff für sie Partei. Ich war der Meinung, man könne keine Schuld oder Verantwortung für etwas übernehmen, was bereits passiert war. Für mich zählte einzig und allein die Gegenwart, das Hier und Jetzt. Es schien mir, als müsse ich mein eigenes Leben und meine Entscheidungen verteidigen.

Wenn ich früh zu Bett ging, lag ich manchmal bei offener Tür im Dunkeln und lauschte den Geräuschen der anderen. Oft machte Duncan in seinem Zimmer Musik. Er spielte so gut, daß ich nicht immer sagen konnte, ob es Duncan war oder eine Platte. Sicher war ich erst, wenn die Musik abrupt verstummte und Duncans ärgerliches Murmeln ertönte, ehe er weiterspielte. Ich hörte Danas heisere Stimme unten im Wohnzimmer oder Saras zärtliches Gemurmel und dann das schwache Gestöhn sexueller Lust und dazwischen wieder Elis ernsthaftere Stimme.

Mitunter fühlte ich mich elend und isoliert durch den Abstand, den meine Situation mir aufbürdete. Dennoch war ich glücklicher als je zuvor. Endlich hatte ich gelernt, mit anderen zu leben, ohne mich ständig zu verstellen. Und alle Lügen, die ich erzählt hatte, tauchten in dieser Vision nicht auf. Oder aber sie wurden durch das ausgelöscht, was ich für die tiefere Wahrheit hielt.

In meinem vorherigen Leben war mir das wahre Ausmaß meiner Anpassung und Selbstverleugnung natürlich nicht bewußt. Heute bin ich mir nicht einmal sicher, ob ich damals ein Bewußtsein meiner selbst hatte. Meine Mutter sagt, ich sei ein eigenwilliges Kind gewesen, aber daran hatte ich keine Erinnerung. Woran ich mich erinnere, später, ist eine innere Zufriedenheit, daß ich *Erwartungen erfüllte*. Wenn es darum geht, anderen zu gefallen, so ist das Selbst nicht wichtig. Erst als ich mich traute, andere zu überraschen und zu enttäuschen, wurde ich mir meiner selbst bewußt – und begriff langsam, daß ich nicht die war, als die ich mich ausgegeben hatte. Und jetzt, da ich so tat, als sei ich jemand anderer, fühlte ich mich zum ersten Mal wohl in meiner Haut.

Wieviel von meinen Gefühlen für das Haus und mein neues Leben mit Dana zusammenhing, wußte ich nicht. Ohne sie wäre ich nicht in das Haus gezogen, das wußte ich. Ich hätte mich mit einem anderen Haus zufriedengegeben, wo Privatsphäre und Alleinsein normal gewesen wären. Einem Ort, wo sich nach dem Essen alle trennten und jeder die Tür zu seinem Zimmer schloß. Oder einem Haus, wo die Leute überhaupt nicht gemeinsam aßen, sondern ihre Lebensmittel in getrennten, mit Namensschildern versehenen Behältern in Kühlschrank oder Speisekammer aufbewahrten. Eines der Häuser, in denen ich interviewt worden war, war so organisiert gewesen. Auf den Etiketten standen Dinge wie: »Hände weg! Dies gehört Sheila!« Oder sie wiesen Zeichen für *Gift* und gekreuzte Knochen mit einem Totenschädel auf.

Von Anfang an hatte Dana bewußt meine Gesellschaft gesucht. Meist kam sie täglich. Sie half mir nach meinem Einzug, mein Zimmer in einem violettstichigen Rosaton anzustreichen. Sie hatte sich draußen gesonnt, als ich mit Farbeimer, Pinsel und Abtropfleiste an ihr vorbeiging. Ein paar Minuten später kam sie an meine Tür, noch immer in ihrem verblichenen blauen Bikini. »Brauchst du Hilfe?« fragte sie. »So was kann ich gut.« Sie zeigte auf meine Anschaffungen. Dankbar nahm ich ihr Angebot an.

Im Laufe des Nachmittags wurde ihr durchtrainierter sommersprossiger Körper fast einheitlich mit rosa Farbe besprenkelt. Sie schwatzte bei der Arbeit, und ihre harte Stimme hatte einen hektisch-nervösen Unterton, der, wie mir erst später bewußt wurde, ihrem Wunsch entsprang, mir zu gefallen. Sie bot sich mir an – ihre Geschichte, ihre Zuneigung. Sie erzählte mir von einem Mann, mit dem sie sich vor zwei Jahren getroffen hatte – damals wohnte sie noch allein, und der ihr die Nase brach. Sie drehte das Gesicht, so daß ich den leichten Höcker sehen konnte. »Sie haben sie wirklich gut wieder hingekriegt, nicht?«

»Aber das ist ja schrecklich!« sagte ich.

»Oh, ich hatte ihn zuerst geschlagen«, sagte Dana. »Ins Gesicht. Mehrmals hintereinander und so fest ich konnte.« Sie ballte eine Hand zur Faust und führte mehrere Boxhiebe vor. »Ich mache ihm überhaupt keinen Vorwurf. Hinterher hat es ihm unglaublich leid getan. Er selbst hat mich in die Notaufnahme gebracht.«

Sie erzählte mir, daß sie mit zweien der Hausbewohner geschlafen hatte – Eli und Duncan. Daß die Regel über Sex innerhalb des Hauses im Hinblick auf sie aufgestellt worden war. »Ich glaube, Larry hat sie vorgeschlagen, zu seiner eigenen Verteidigung«, sagte sie lachend. »Aber sie waren sich alle darin einig, daß ich einen destruktiven Einfluß ausübe.« Sie zuckte mit den Achseln. »Mir war das eigentlich egal. Es machte mich völlig konfus, wenn ich dauernd an Duncan dachte und wann wir wieder ficken würden. Und irgendwie gefiel mir die Idee, auf andere *Kraft* auszuüben.«

»Hast du nicht an Eli gedacht? Daran... mit ihm zu ficken?« Ich hatte mich noch nicht an diesen lockeren Gebrauch zotiger Ausdrücke gewöhnt, und es war mir neu, so offen über intime Dinge zu reden.

»Das mit Eli ist Ewigkeiten her«, sagte sie. »Es bedeutete nichts. Wir waren beide bloß einsam. Jetzt sind wir gute Freunde.«

Sie erzählte davon, wie sie das College abgebrochen und zusammen mit einer Freundin ihren Lebensunterhalt mit Singen auf zugigen Bahnhöfen verdient hatte. Einen Winter hatte sie mit einem Liebhaber auf dem Cape zugebracht und war dort in entlegene, geschlossene Sommerhäuser eingebrochen. »Wir ernährten uns vorwiegend von übriggebliebenen Konserven, weißt du? Ketchup und Marmeladen. *Chutney*. Ab und zu fanden wir Hafermehl oder Spaghetti oder so etwas. Das gefiel uns, wir betrachteten es als Festessen. Ich war damals so schlank! Ich war *schön!* Fast so schön wie du!«

Aber sie erwartete auch etwas von mir. Sie wollte meine Biographie, mein Selbstbewußtsein. Sie wollte wissen, wo ich aufgewachsen war und wo ich gelebt hatte, bevor ich nach Cambridge kam.

Ich vermute, es wäre nicht schlimm gewesen, es ihr zu erzählen. Warum habe ich es damals nicht getan? Ich hätte ihr erzählen sollen, daß ich in einer Universitätsstadt in Maine aufgewachsen war. Und daß mein Vater Botaniker gewesen war, ein lieber, zerstreuter Intellektueller, viel älter als meine Mutter, und daß er starb, als ich zehn war. Ich hätte auch erzählen sollen, daß mein Bruder und ich uns selbst großgezogen hatten, in einer Art emotionalem Vakuum, mit hohen Erwartungen belastet. Daß er diesen Erwartungen entsprochen hatte, während ich entschieden hatte, es nicht zu tun. Während ich mich verweigert hatte.

Ich erzählte nichts von all dem, denn ich war jetzt Licia Stead. Statt dessen vermischte ich Bröckchen der Wahrheit mit Halbwahrheiten und Lügen, so daß ich mich später nicht an alles erinnern konnte, was ich gesagt hatte. Manchmal beobachtete ich Dana dabei, daß sie mich fragend ansah, und dann wußte ich, daß mir wieder ein Fehler unterlaufen war.

Später dachte ich darüber nach, über die Lügen und was mich dazu bewegt hatte. Teilweise geschah es, um nichts über mein Leben preiszugeben, um nicht über bevorstehende Entscheidungen nachdenken zu müssen. Aber vermutlich lag es auch daran, daß ich mein altes Selbst nicht mochte, daß ich mir lieber eine andere Geschichte gewünscht hätte. Oder vielleicht keine Geschichte. Wir lebten schließlich in einer Zeit, in der die Geschichte nicht länger zu existieren schien. Und obwohl ich so unpolitisch war, wie man es nur sein kann, wünschte ich mir für mein Privatleben das, was Leute wie Larry politisch anstrebten.

Als wir mit dem Anstrich fertig waren, kam Duncan an meinem Zimmer vorbei und blieb in der Tür stehen. »Gott, das sieht ja aus, als betrete man das Innere eines Mundes«, sagte er, als er die rosa Farbe sah.

»Aber Duncan, das hattest du doch immer am liebsten«, sagte Dana, und dann fletschte sie ihre Zähne in seine Richtung.

»Gott, Dana!« sagte er, und ich wandte mich ab, verlegen und schockiert darüber, wie beiläufig sie intime Dinge in meiner Gegenwart sagte.

Diese Art von Offenheit war eine von Danas Strategien. Jeder im Haus wußte, mit wem sie wann und wie oft geschlafen hatte, und die intimen Details waren auch kein Geheimnis. Sie war in Chicopee aufgewachsen, das, wie sie mir grinsend erzählte, für seine großen geräucherten Würste berühmt sei. Sie wuchs in einer kleinen polnischen Gemeinde auf, in der Gerüchte ein Leben zerstören konnten, und ihre Verteidigungsstrategie war gewissenhafte, maßlose Ehrlichkeit. Niemand konnte sie für etwas bezichtigen, dessen sie sich nicht schon selber angeklagt hätte.

Sie war das jüngste von acht Kindern; der Altersabstand zum ältesten Kind betrug fünfundzwanzig Jahre. »Ich wurde von sechs oder sieben *Ersatz*eltern aufgezogen«, sagte sie mir einmal. »Und trotzdem fühlte sich nie jemand richtig zuständig. Meine Eltern hatten die Kindererziehung schon aufgegeben, und meine älteren Geschwister waren mit ihrem eigenen Leben beschäftigt. Ab und an sagte jemand: ›Dana, wie sind deine Zeugnisnoten? Und wer ist dieser Typ, der dauernd vorbeikommt?‹ Aber das war so ziemlich alles. Ich konnte gar nicht genug Unsinn machen, um ernsthafte Aufmerksamkeit zu erringen. Glaub mir, ich hab's versucht.«

Sie war in Amherst, Massachusetts eingeschrieben gewesen. Dann hatte sie ihr Studium abgebrochen und war nach Boston gegangen. Momentan studierte sie Bildhauerei an der Museum School. Um ihren Lebensunterhalt zu verdienen, stand sie bei Zeichenkursen Modell und arbeitete in einem Juweliergeschäft, wo sie Reparaturen und Entwürfe für Ringe, Anstecknadeln und Ohrringe ausführte. Ihre eigenen Skulpturen waren aus merkwürdig kleinen Stücken zusammengesetzt. Sie schien von ausgestorbenen prähistorischen Tieren inspiriert zu sein. Vielleicht waren es auch reine Phantasieprodukte. Auf mich jedenfalls wirkten sie wie Föten oder Embryonen, und ich konnte mich nicht entscheiden, ob ich sie schön oder einfach abstoßend fand.

Manchmal hatte ich das Gefühl, meine Anwesenheit im Haus gleiche einer Forschungsarbeit. Ich untersuchte verschiedene Lebensformen und die unterschiedlichen Sinngebungen des Lebens. Dana war meine wichtigste Versuchsperson, weil sie sich mir bereitwillig öffnete. Doch auch die anderen schienen dazu da zu sein, mir etwas zu zeigen, mich etwas zu lehren.

Als Duncan seinen und Sherees Anspruch auf sexuelle Freiheit erwähnte, war es mir wichtig, das zu verstehen.

»Was gibt es da zu verstehen? Ich liebe sie. Sie liebt mich. Das bedeutet nicht, daß wir einander gehören, oder?«

»Nein«, räumte ich ein. Wir waren von der Arbeit nach Hause gekommen und verloren uns in den tiefen Sofas im dämmrigen Wohnzimmer, rauchten und flüsterten, um die Schlafenden nicht zu stören. Unsere Füße lagen auf der Holzkiste und berührten sich beinahe.

»Also, was sollte das mit mir zu tun haben, wenn sie jemand anderen bumsen möchte?«

»Aber...«, protestierte ich.

»Werde erwachsen, Lish«, sagte er zu mir, und lächelnd dachte ich an den Barkeeper Eddie im Pik As, der dasselbe gesagt hatte.

Ich fragte mich, wie Larry seiner politischen Überzeugung so sicher sein konnte. Er saß vornübergebeugt am Küchentisch und sah in seinem engen T-Shirt und mit den fettigen Haaren aufgedunsen und billig aus. Leidenschaftlich beklagte er die spirituelle Korruption, die Reichtum mit sich bringe.

Sara klärte mich mit ihrer sanften Art über ihren Wunsch auf, die Grenzen des linearen Denkens zu verlassen. Sie suchte nach anderen Denkstrukturen, um das Universum zu verstehen. Und dann bot sie mir aus ihren Pillenflaschen die verschiedensten bunten Drogen an. Was das war, sie wußte es selbst nicht genau.

Als ich Dana nach ihrer Zukunft fragte, sagte sie, sie erhoffe sich vom Jenseits nichts Spezielles. »Ich mag mein Leben genauso, wie es ist. Natürlich würde ich gerne meinen Abschluß machen und vielleicht eines Tages ein paar Sachen ausstellen. Sogar verkaufen. Es wäre toll, mit meiner Arbeit etwas zu verdienen! Aber das würde nichts ändern, selbst wenn ich reich würde. Ich meine, was könnte besser sein als das hier?« Mit einer weiten, ausgreifenden Armbewegung und gespreizten Fingern wies sie um sich – eine Geste, die mir in ihrer Schönheit und tänzerischen Anmut stets in Erinnerung bleiben wird.

Dabei war das, worauf sie zeigte unser fast leeres Wohnzimmer. Möbel aus zweiter Hand mit indianischen Decken, eine eigenartige Ansammlung von Habseligkeiten, die wir miteinander teilten, der nutzlose Kamin, das Scrabblebrett, das immer auf einer Seite des Kartentisches stand, die Schallplatten, die in alten Milchkästen standen.

Das brachte mich zum Lachen. Und ich lachte.

Aber später sollte ich noch manches Mal davon träumen, von diesen Tagen und dem Haus, und in diesen Träumen führten die offenen, kahlen Zimmer durch geheime Gänge von einem zum anderen. Ich verspürte in diesen Träumen ein so starkes Gefühl von Verheißung und von drohender Gefahr, daß ich die Lyman Street immer sofort erkannte. Aber nicht etwa durch eine tatsächliche Ähnlichkeit mit meinen Erinnerungen an die Räume. Nein, nur durch dieses besondere Gefühl von Erregung, von Möglichkeiten – von Jugend –, das der Traum auf geheimnisvolle Weise enthielt.

4

Am Abend des Tages, an dem ich Arthur behandelt hatte – am Abend, nachdem ich zum ersten Mal seit fast dreißig Jahren Eli Mayhews Namen wieder gehört hatte –, ging ich nach oben durch Sadies Zimmer auf den Speicher unseres Hauses. Ich mußte mich durch eine Art Schranktür zwängen und landete in einem Raum, der wie ein Negativ des soeben verlassenen Zimmers aussah. Wände und Boden waren mit dunklem, unbehandeltem Holz getäfelt, eine einzige nackte Glühbirne *à la* Philip Guston hing an einem Kabel von der Decke. Wie kam es, daß es hier so anders roch, wo doch lediglich eine Trennwand diesen Raum von Sadies nach Talkum duftendem Reich trennte? Aber es roch eindeutig nach Schimmel, ein holziger, modriger Geruch.

Dort fand ich in einem Karton unter Studienplänen und Arbeiten für die veterinärmedizinische Fakultät und Briefen aus dieser Zeit die Fotos, an die ich mich erinnert hatte. Beide Aufnahmen waren an den Ecken abgenutzt, eine war in der Mitte gefaltet, so daß eine riesige weiße Linie die Abbildung teilte.

Auf dem ersten saßen die Hausbewohner geordnet in zwei Reihen auf den Stufen zur Veranda in der Lyman Street – bis auf Larry, der auf der rechten Seite eine Art krumme Klammer bildet. Er hatte den Selbstauslöser an seinem Fotoapparat eingestellt und war dann losgerannt, um sich neben uns auf die Stufen zu lümmeln.

Hinter uns stand schwarz und unscharf die Eingangstür weit offen. Ebenfalls unscharf und wie zu groß geratene, seltsam biegsame Blüten sind Johns und meine Füße nach vorn ausgestreckt und ruhen neben Larrys riesig wirkenden dunklen Motorradstiefeln. Eli, ebenfalls in der vorderen Reihe, sitzt mit angezogenen Knien und darauf gestützten Ellbogen. Wir alle tragen die eigenartige Verkleidung der Zeit – ausgefranste Jeans mit Schlag (meine mit gemusterten Nahtkanten), John und Duncan in gemusterten Hemden, Dana in einem

T-Shirt mit breiten Streifen; Eli und John haben schulterlanges Haar und Koteletten.

Die pflichtbewußte erste Reihe – John, Eli, Larry und ich – schaut in die Kamera, und wir lächeln angestrengt, während wir auf das verzögerte Klicken warten. Doch in der hinteren Reihe geht etwas vor sich. Sara, die in der Mitte sitzt, wendet sich interessiert Duncan zu, der wiederum Dana, die neben Sara postiert ist, sein Profil zuwendet. Anscheinend hat er gerade mit ihr gesprochen. Dana starrt in die Kamera, ohne auf Duncan zu achten. Der Wind hat ihr Haar ins Gesicht geweht, so daß man ihren Ausdruck nicht genau erkennen kann. Trotzdem sieht man, daß sie nicht lächelt. Sie wirkt isoliert, ohne Verbindung zu einem von uns oder zum Akt des Fotografierens.

Das andere Foto zeigt Dana allein. Larry hat sie in der Küche überrascht; ihre langen Beine stecken in hellen Jeans, und ein weites Männerhemd reicht ihr bis zur Mitte der Schenkel. Das Bild ist aus einem Winkel etwas oberhalb von ihr aufgenommen. Sie ist leicht unscharf und lacht, die Hand ist zur Stirn geführt, als wolle sie sich das Haar zurückstreichen. Das Gesicht ist hilflos zu Larry und seiner Kamera erhoben, als sei sie überrascht worden und habe nicht fotografiert werden wollen. Was läßt sich aus ihrem Gesicht sonst noch ablesen? Sie strahlt etwas Liebes, Fröhliches, Offenes aus, das mich an Sadie denken läßt. Ein temperamentvolles, schönes Mädchen, für immer verstummt in ungefähr Sadies Alter. Dieses Foto ist das mit dem Knick – schief zieht er sich über Danas Busen. Auf der Rückseite steht in Larrys Handschrift: *Dana Jablonski, Frühjahr '68. Für Joey.* Larry schenkte es mir später, nachdem er meinen richtigen Namen kannte.

Als ich Daniel kennenlernte und ihm meine verworrene Geschichte erzählte, sagte ich, es sei Dana, die mir beigebracht hätte, mit Kühnheit und Großzügigkeit zu lieben. »Dann wünschte ich, ich könnte ihr danken«, sagte er. Tränen traten mir in die Augen.

Doch damals kam es mir mitunter merkwürdig vor, mich von Dana so erwählt zu finden, merkwürdig und unbehaglich. Auch heute ist Dana für mich immer noch rätselhaft. Ich frage mich, ob vielleicht sogar unsere physische Ähnlichkeit etwas damit zu tun hatte: Vielleicht mußte Dana vor allem lernen, sich selbst zu lieben, und mich zu lieben war wie eine Generalprobe.

Aber so erklärte sie es mir nicht.

»Wieso magst du mich überhaupt?« fragte ich sie eines Abends. »Warum willst du so viel über mich wissen?« Wir kamen in der Dunkelheit einer Spätsommernacht aus dem Kino zurück. Die Luft war trocken und roch nach Staub und Müll.

»Weil du so viel Würde hast, Licia. Du hast genau das, was ich mir *wünsche.*«

»Ist das der Grund, warum man jemanden mag? Weil man etwas von dem anderen haben will?«

»Glaubst du nicht?« Sie schien bereit, ihre Meinung zu ändern, falls ich das von ihr forderte.

»Ich weiß nicht, darum frage ich ja. Ich würde es gern wissen.«

»Nun, das ist der Grund, warum ich dich mag. Niemand, den ich bisher kennengelernt habe, hat so viel Würde. Mit Ausnahme meiner Eltern. Die hatten so eine Art erschöpfter Würde.«

»Ich glaube, du verwechselst andere Eigenschaften oder Qualitäten mit dieser vielgepriesenen *Würde.*«

»Hmm. Was denn zum Beispiel?«

»Vorsicht. Oder auch Argwohn.«

Dana sah für ein paar Augenblicke verwirrt aus, als dächte sie angestrengt nach. Dann wandte sie sich in der Dunkelheit mir zu und lächelte ihr offenes, strahlendes Lächeln. »Trotzdem, ist es nicht wahnsinnig schön, ein Wort wie *vielgepriesen* zu benutzen?«

Danas Zuneigung hatte etwas Besitzergreifendes, was mich manchmal störte. Wie damals, als Larry mir den Stuhl gab. Ich hatte mich über mein leeres Zimmer beklagt, und er erschien eines Abends an meiner Tür und hielt ihn hoch – einen wunderschönen Stuhl, wie ich ihn nie wieder besessen habe. Er war aus der Zeit von Queen Anne, das Holz zu seidigem Glanz abgenutzt, der Sitz antikes, gesprungenes schwarzes Leder. Er stammte aus dem Keller seiner Eltern, sagte er. Einer aus einem ganzen Satz.

»Haben sie denn nichts dagegen?« fragte ich.

»Sie werden es nicht mal merken«, sagte er. »Und deshalb sollst du ihn haben.«

»Wo hast du *den* denn her?« fragte Dana, als sie den Stuhl sah.

»Larry«, sagte ich.

»Ich bin eifersüchtig«, sagte sie. Ein Schweigen folgte. Dann sagte sie: »Gott, bin ich eifersüchtig. Fühlst du dich zu ihm hingezogen?«

»Da gibt es doch diese Regel, Dana. Ich darf nicht, oder?«

»Aber du gibst es zu?«

»*Larry?*«

»Es könnte passieren. Und ich will doch, daß du nur mich liebst.« Sie lachte heiser, aber ich konnte sehen, daß sie es in gewisser Weise ernst meinte. »Warte einen Moment«, sagte sie und verschwand.

Als sie wiederkam, trug sie eine Lampe, eine Lampe mit geschwungenem Fuß, die auf Danas Schreibtisch gestanden hatte. Sie hatte sie selbst dekoriert und zwei bauchige, mit Lidern versehene Augen auf den gerundeten Metallschirm oben geklebt und auf den Fuß eine seltsame, flache Gestalt, deren Schwanz wie eine Spirale gedreht war. Jetzt stellte sie die Lampe auf meinen Schreibtisch, und trotz meiner Proteste schloß sie sie an und schaltete sie ein. Danach fand ich immer öfter andere Geschenke – in meinem Zimmer, wenn ich die Tür offengelassen hatte, oder auf dem Fußboden vor meiner Tür, wenn sie geschlossen war –, alles stammte aus Danas Vielzahl von Dingen, die sie sammelte und umbaute und bei sich aufbewahrte.

In ihrem eigenen Zimmer herrschte Chaos. Ein Arbeitstisch – eine Holztür auf zwei angeschlagenen Aktenschränken – nahm die eine Ecke in Anspruch. Die Wand darüber war mit Bildern behängt, die Dana gefielen: Dinosaurier, primitive Raubvögel und Kopien alter Audubon-Drucke. Es gab auch eine Fotoserie von einem schmutzigen Kind, das eine Grimasse nach der anderen zog. Ihre Nichte, sagte sie. Verschiedene Kohleskizzen von ihr selbst hingen an der Wand. Dana nackt, dort seitlich zusammengerollt, dort mit gespreizten Beinen auf dem Rücken liegend, schattig und vielsagend die dunkle Stelle. Eine riesige, wunderschöne Schlangenhaut war über ihrem Bett an die Wand gepinnt. Daneben hing ein weiteres Werbefoto von Duncans Freundin. »Um mir Bescheidenheit beizubringen«, wie sie sagte. Sie hatte zwei Sessel, die sie auf der Straße gefunden hatte und für die sie Bezüge aus grobem, weißem Stoff genäht hatte. Darauf hatte sie ausladende weibliche Figuren gemalt, so daß man auf deren breitem Schoß zwischen dicken Armen saß, an runde, pralle Brüste gelehnt. An den Stellen, wo das Schamhaar hätte sein müssen, befanden sich kleine Polster aus Schlingengarn.

Im Laufe der Monate schenkte sie mir aus ihrer Sammlung eine verzierte Zigarrenkiste, eine große Muschel, in der ein winziges Diorama steckte, das sie vom Leben auf dem Grund des Ozeans gebastelt hatte, ein Paar selbstgemachte Ohrringe, einen hauchdünnen Schal von Good Will. Gelegentlich, wenn sie in meinem Zimmer saß, nahm sie etwas zur Hand, das mir gehörte – Tintengekritzel, ein Gedicht von Blake, das ich abgeschrieben hatte, eine Blume, die ich achtlos in einem Glas hatte vertrocknen lassen. »Willst du das noch?« fragte sie dann. »Könnte ich es haben?«

Es wurde eine Art Scherz. Ich zog sie manchmal damit auf, ich schäme mich, wenn ich heute daran denke. »Warum baust du mir nicht einfach in deinem Zimmer einen Schrein?« fragte ich beispielsweise. »Larry kann ein Foto von mir machen, und ich könnte dir kleine Dinge geben wie abgeschnittene Fußnägel. Haarlocken.« Tatsächlich wurde sie rot, bevor sie lachte.

Ich halte es für schwierig, auf ein solch heftiges Werben nicht zu reagieren. Es hätte auf mich auch abstoßend wirken oder mich wütend machen können, gelegentlich war dies auch der Fall. Wahrscheinlich aus dem Grund, daß ihr Verhalten mir angst machte. Aber ich lernte auch etwas daraus. Ich lernte, ihre Gefühle zu erwidern, nicht ohne Vorsicht und auch nicht ohne eine gewisse Zurückhaltung. Ich brauchte Dana genauso, wie sie mich brauchte. Um Liebe zu empfinden, um etwas zu riskieren, brauchte ich jemanden, der sich sprichwörtlich auf mich stürzte und mich umarmte. Ich war mit einem geizigen Sinn für Liebe aufgewachsen. Liebe war in meiner Ehe stets zweitrangig gewesen. Mir ging es wie Dana, ich wünschte mir das, was ich nicht hatte – und was sie im Überfluß besaß.

Aber ich schreckte auch vor ihr zurück, und ich war froh über das Gefühl der Distanziertheit, das all meine Lügen mir gaben. Ich kann nicht sagen, an welchem Punkt ich bereit gewesen wäre, mich ihr anzuvertrauen und sie anstatt mit Licia mit Joey bekannt zu machen. Aber für die Dauer unserer Freundschaft war ich zu keiner Zeit dazu bereit.

Eines Nachts kam Dana in der Bar vorbei, um mich abzuholen. Es war zur Gewohnheit geworden, nachdem wir uns einen Monat kannten. Gelegentlich brachte sie noch jemanden mit. Diesmal war es Larry, und das bedeutete, daß wir mit dem Auto nach Hause fahren würden. Cappy, der Barmann, mochte Dana, und gewöhnlich gab es für sie und ihre Begleitung Freibier, solange ich fertig aufräumte.

Die Gruppe, die in dieser Nacht spielte, war eine Blues-Band aus Chicago mit John Ayers, einem älteren Sänger und Mundharmonikaspieler. Er hatte mehrmals angeboten, wir sollten uns nach der Show treffen, um unsere ganz private Party zu feiern. Schließlich sagte ich ihm, ich sei verheiratet und könne nicht mit ihm ausgehen.

Am Ende des Abends sah er mich mit Larry sprechen und kam herüber. »Ist das dein Mann?«

»Ja«, sagte ich, vielleicht etwas zu schnell. »Das ist Larry. Larry, das ist John.« Ich zeigte an Larry vorbei. »Und das ist Dana. John. Dana und Larry warten auf mich«, erklärte ich.

John musterte Dana von oben bis unten, lächelte und nickte. Dann sagte er zu Larry: »Mann, du bist ja geradezu umringt von schönen Frauen! Wie kommt es, daß du diese beiden hast und ich keine? Wenn du nett wärst, würdest du mir eine abgeben.«

Larry legte den Kopf schief. »Tja, weißt du, sie sind beide nicht der Typ, den man einfach abgeben kann, wenn du verstehst, was ich meine.«

John lachte. »Ich weiß, was du meinst.«

Auf der Heimfahrt im Auto sagte Dana: »Du bist eine verdammt gute Lügnerin, Lish.«

»Was meinst du?« Ich hatte so viel gelogen, daß ich die kleine Lüge zu John Ayers über Larry schon vergessen hatte.

»Larry ist dein Mann. Ha, ha.« Ich saß auf dem Rücksitz und löste die Schnürsenkel meiner Stiefel. Mir taten die Füße weh. Dana saß vorn neben Larry. Sie hatte sich nicht nach mir umgedreht.

»Na, es hat ja funktioniert«, sagte ich. »Der Typ wollte einfach kein *Nein* akzeptieren, bis er dachte, daß ich verheiratet bin.«

»Ich meine nur, daß du eine Art Talent dazu hast.« Das sagte sie sehr leise, und Larry warf ihr einen scharfen Blick zu.

»Und was bedeutet *das*?« fragte ich.

»Nun, mir fallen schon lange eine Menge kleine Widersprüche bei dir auf.«

»Laß Lish in Ruhe, Dana«, sagte Larry.

»Warum? Wir sind Freundinnen. Warum sollte ich sie nicht bitten, ein paar Dinge aufzuklären?« Sie klang jetzt ärgerlich, aber auf ihn.

»Was denn für Widersprüche, Dana?« fragte ich.

»Herrgott, laß dich nicht darauf ein, Lish.« Larry sah sich kurz nach mir um. »Niemand hat das Recht, sich so zu benehmen. Sie ist doch nicht vom CIA oder so was.«

»Nein, ich wundere mich bloß«, sagte ich. »Was meinst du also?« Jetzt drehte Dana sich um, um mich anzusehen. »Nun, warum nennen sie dich bei der Arbeit meistens Jo?«

»Ich hab's dir doch gesagt.« Hatte ich es ihr gesagt? »Meine Sozialversicherungskarte lautet auf Josette Felicia. Ich hasse Josette. Felicia gefällt mir besser, daher benutze ich es. Aber sie haben Josette zuerst gesehen. Und so...« Ich erhob meine Hände.

Dana drehte sich wieder nach vorn. Nach einem Augenblick sagte sie: »Und dann stammst du angeblich aus Vermont, und plötzlich lebt deine Familie in Maine.«

»*Scheiße*, was soll das, Dana?« Larry schlug auf das Steuerrad. »Vielleicht sind wir alle erfunden. Vielleicht bin ich in... Louisiana aufgewachsen. Oder Mississippi oder so. Welchen Unterschied würde das machen?«

»Ich möchte Licia *kennen*. Ich denke immer, daß ich sie kenne, und dann kenne ich sie doch nicht.«

»Sprich nicht in der dritten Person von mir, Dana.«

Sie fuhr herum. »Ich möchte dich kennen, okay?« Ihre Stimme klang gepreßt. »Ich mag dich, und ich möchte alles von dir wissen. Das ist doch kein Verbrechen, oder?«

»Scheiße, das ist mir zu kompliziert.« Larry schüttelte den Kopf.

»Ich denke, du kennst mich, Dana.«

»Also ist alles wahr, was du gesagt hast.«

»Du hast vielleicht nicht alle Informationen über die Fakten, aber du kennst mich.«

»Bist du verheiratet?«

»Jesus, ist das die Inquisition oder was!« sagte Larry. Er beschleunigte beim letzten Block, nach dem wir abbiegen mußten.

»Bist du verheiratet oder nicht?«

»Du kennst mich.«

»Gott, laßt mich raus aus dem verdammten Wagen.« Larry bog in die Einfahrt. Kies spritzte unter den Reifen auf.

»Wie kann ich dich kennen, wenn ich nicht weiß, was wahr ist und was nicht?«

»Das ist einfach verrückt, Dana.«

»Es ist nicht verrückt.«

Larry hatte den Motor abgestellt und wandte sich jetzt zu uns. »Ich steige jetzt aus. Meinetwegen könnt ihr hier noch ewig diskutieren, aber ich haue ab. Bitte schließt den Wagen ab, wenn ihr aussteigt.« Er stieg aus und schlug die Tür zu.

»Ich gehe auch rein«, sagte ich und wollte die Tür öffnen.

»Nein!« Dana streckte die Hand nach mir aus. »Bleib«, sagte sie leiser.

Ich wandte mich wieder ihr zu. »Dana, ich sage es noch mal. Ich habe gelogen. Über ein paar *Dinge*. Ein paar *Tatsachen*. Aber ich habe nie Gefühle vorgetäuscht, die ich nicht hatte.«

»Bist du auf der Flucht?«

»Was?«

»Hast du etwas getan? Politisch oder so? Etwas Illegales?«

Ich seufzte und ließ mich zurücksinken. »Nein. Nichts dergleichen.«

»Warum hast du dann gelogen? Warum lügst du immer noch?«

»Ich weiß es nicht.« Aber Dana hörte nicht auf, mich anzusehen. Endlich sagte ich: »Ich wollte vor mir selber fliehen. Vor meinem Leben. Ich hatte Angst.

»Aber Angst wovor?«

»Angst... daß meine Vergangenheit mich einholt. Angst, daß ihr mich nicht genommen hättet, wenn ihr die Wahrheit gekannt hättet. Ich war mir über meine Motive nie im klaren. Ich denke, ich hatte Angst vor dir.«

Sie gab ein abschätziges Geräusch von sich. »*Niemand* hat Angst vor mir.«

»Das kannst du nicht beurteilen, Dana.«

Eine lange Weile sagten wir nichts. Danas Hände umklammerten die Rückenlehne ihres Sitzes, und ich konnte ihre rissigen, abgenagten Fingernägel sehen, die an den Spitzen weiß wurden.

»Wirst du mir jemals die wirkliche Geschichte erzählen?« fragte sie endlich.

»Ganz bestimmt, ja. Aber du wirst enttäuscht sein, sie ist so banal.«

»*Nichts* an dir könnte für mich banal sein«, sagte sie empört.

»Ach, Dana. Ich bin bloß verwirrt. Glaub mir, das ist alles. Ich bin nicht nett und sympathisch. Ich habe euch angelogen, es tut mir leid. Mein ganzes Leben ist verpfuscht.« Ich begann zu weinen, laute, peinliche Schluchzer, doch dann gewann ich die Beherrschung wieder und konnte atmen, um normal weiter zu weinen.

»Es tut mir leid«, flüsterte Dana. »Ich bin einfach zu besitzergreifend. Ich fresse die Leute auf. Duncan hat das auch gesagt, und es stimmt. Ich weiß, daß es stimmt.«

»Nein, das ist gerade das Wunderbare an dir, Dana, daß du alles willst. Und daß du alles gibst. Es ist bloß ein ziemlich hoher Maßstab für jemanden wie mich.«

»Ich fürchte, ich habe alles ruiniert.«

Ich schüttelte den Kopf. Ich kramte nach einem Taschentuch und schneuzte meine Nase.

»Kannst du mir verzeihen?« Sie war noch immer zu mir gebeugt.

»Oh, Dana, *hör auf*.«

Sie biß sich auf die Lippen.

»*Bitte*«, sagte ich.

Sie schüttelte den Kopf. »Ich meine es ernst. Ich muß wissen, daß du mir verzeihst.«

»Nur, wenn du dich umdrehst und aufhörst, mich *anzusehen*. Ich sehe schrecklich aus.«

Sie wandte sich um, und wir saßen ein oder zwei Minuten so da, als würden wir noch fahren. Ich putzte mir erneut die Nase.

Endlich sagte ich: »Jemand sollte Larry sagen, daß wir uns jetzt wieder vertragen.«

»Ha!« rief sie überrascht und entzückt, und dann kicherte sie. »Ja, daß es jetzt ungefährlich ist, nach draußen zu kommen.«

»Oh, Larry!« Ich tat so, als riefe ich ihn, aber mit leiser Stimme. »Oh, Laaaryyyy, du kannst jetzt *raus*kommen.«

»Wir haben unsere Hormone weggepackt«, rief Dana.

Ich schaute zum Haus hinüber. Es war hell erleuchtet, wie üblich. »Gehen wir ihn suchen«, sagte ich.

»Schnappen wir ihn uns«, sagte sie. »Er sollte sich schämen, der feige Hund.«

Wir stiegen aus dem Wagen. Auf halbem Weg zur Küchentür erinnerte ich mich, daß er uns gebeten hatte, das Auto abzuschließen. Es war zuerst die schwerste und dann die komischste Sache der Welt. Vor Erleichterung lachten wir krampfhaft über die Knöpfe, die immer wieder hochsprangen, über das endlose Zuschlagen der Türen, das sich anhörte wie der Soundtrack irgendeiner Autokomödie.

Küche und Wohnzimmer waren leer, als wir durch das Haus polterten. Wir fanden Larry in seinem Bett, er las mit nacktem Oberkörper. Er blickte nicht auf, als wir hereinkamen. Ich setzte mich an das Fußende seines Bettes, und Dana kuschelte sich neben ihn und schmiegte ihr Kinn an seine muskulöse Schulter. Endlich legte er sein Buch weg, und wir unterhielten uns flüsternd bis gegen drei Uhr. Um uns herum war es still im Haus, und unser Lachen weckte niemanden auf.

Mitte September veränderte sich unser Lebensrhythmus. Zuerst nahmen Duncan und Dana, dann Larry ihr Studium wieder auf. Duncans Gitarrenschüler kamen aus Urlaub und Ferienlager zurück, und wir alle fingen an, für ihn Anrufe von Müttern entgegenzunehmen, die ihre endlosen Terminwünsche vorbrachten. Das Haus war tagsüber leer bis auf John und mich und die seltenen Stunden, zu denen Eli nach Hause kam.

Es war schwer für mich. Der Sommer war besser gewesen, weil jeder viel Zeit hatte. Irgend jemand war immer da für eine Fahrt an den Strand, eine Radtour oder einen Kinobesuch am Nachmittag. Jetzt verbrachte ich die meisten Tage allein, und die Zeit dehnte sich endlos. Ich blieb länger auf und schlief länger. Ich bemühte mich um Disziplin, um strukturiert und doch spontan zu lesen. Alles von George Meredith. Alles von Wallace Stevens. Ich vermied es, an Ted oder meine Mutter zu denken. Ich hatte das Gefühl, sie betrogen zu haben. Ich hatte Ted eine Postkarte geschickt, auf der nur stand, es ginge mir gut und ich bräuchte Zeit für mich allein. In dem Brief an meine Mutter versuchte ich meine Entscheidung zu erklären, die sie mit Sicherheit als dumm und grausam betrachtete. Ich hatte keinem von beiden meine Adresse mitgeteilt und beide gebeten, sie sollten nicht versuchen, mich zu finden.

Über mich selbst wollte ich ebenfalls nicht nachdenken. Alle Gedanken an meine Zukunft schob ich beiseite. Statt dessen versuchte ich, mich sinnvoll zu beschäftigen. Ich ging in Buchläden, saß in Cafés, trank Kaffee und rauchte. Als es kälter wurde, besuchte ich häufig das Gardner Museum – ich liebte den Duft von Jasmin im Hof.

In Wirklichkeit war ich natürlich deprimiert und erfüllt von der Sorge, was mich erwartete, wenn ich einen Moment zur Ruhe käme. Diese Angst in all ihrer Sinnlosigkeit und Leere beschäftigte mich Tag und Nacht, auch wenn ich mit offenen Augen auf meinem Bett lag oder am Schreibtisch saß und auf die Häuser auf der anderen Straßenseite starrte. Ich gab mir die allergrößte Mühe, niemals zur Ruhe zu kommen.

Eines Tages weckte mich die Morgensonne, nachdem ich am Abend zuvor zu lange geredet und dann in meinem Zimmer gelesen hatte. Ich schmeckte jede Zigarette, die ich geraucht hatte. Das Fenster hatte über Nacht offengestanden, es war kalt geworden. Jetzt lag ich bis zur Nase zugedeckt und freute mich über die Wärme meines eigenen Atems. Unten pfiff jemand. Vermutlich war es John, der sein aufwendiges Frühstück zelebrierte, bevor er langsam die *New York Times* von der ersten bis zur letzten Seite las. Ich wünschte mir einen Schlafanzug aus Flanell, eine elektrische Heizdecke und ein Daunenplumeau wie das, das ich als Kind gehabt hatte. Ich wünschte mir, ich müßte nicht aus dem Bett aufstehen, um das Fenster zu schließen. Ich zog die Knie an die Brust. Das Fleisch meiner Beine fühlte sich glatt und kühl an.

Endlich raffte ich mich auf. Ich warf die Decken zurück, stand auf und schloß das Fenster. Ich zog ein T-Shirt an und ging zum Badezimmer. Ich stieß die Tür auf, und feuchte Wärme umfing mich. Eli drehte sich langsam um, während er sich abtrocknete. Er war nackt. Sein weißer, schlanker Körper war nur auf der Brust, unter den Knien und im Schambereich behaart. Seine Schenkel waren lang und muskulös, und sein Penis schaukelte heftig, als Eli sich in meine Richtung drehte. Die feuchten Locken fielen bis auf die Schultern. Er schien über mein plötzliches Erscheinen verwirrt.

»Oh, Verzeihung!« rief ich und zog die Tür hinter mir zu. Zurück in meinem Bett kuschelte ich mich wieder in die Wärme. Ich schloß die Augen und sah immer wieder, wie er sich langsam umdrehte, wie seine Hand in einer Art Begrüßung das Handtuch auseinanderschlug, und wie das dunkle Gewicht seines Penis sich zwischen seinen weißen Schenkeln bewegte.

Ein anderer Morgen, der Herbst neigte sich dem Ende zu. Duncan war schlecht gelaunt. Trotz der Kälte war ich mit T-Shirt und Jeans nach unten gekommen, um zu frühstücken, als er seine schlechte Laune verkündete, noch bevor er Hallo sagte. Es sei verdammt lächerlich, sagte er.

»Was? Was ist denn los?« fragte ich.

Er erklärte es mir mit bitterem Vergnügen. In der Einkaufskasse befanden sich an seinem Kochtag zwei Dollar, und er hatte, sagte er, einen tiefen Zug aus seiner Zigarette nehmend, kein Geld, um sie aufzufüllen.

Jeder im Haus lebte von heute auf morgen, und alle waren am Monatsende gewöhnlich knapp bei Kasse. Jeder lieh sich in einem komplizierten Schuldensoziogramm von jedem anderen Geld, und die Ausarbeitung der Rückzahlungspläne war oft mühsam. (»Schau, gib mir einfach zwanzig von dem, was du mir schuldest, und die anderen zwanzig gib Sara, weil ich sie letzte Woche angepumpt habe.« »Aber Sara hat gestern *mich* angepumpt.«) Nur ich mit meinem stetigen Fluß von Trinkgeldern hatte immer Bargeld. Meist nur Kleingeld, aber es war immerhin Bargeld. Täglich. Duncan hatte das im Gegensatz zu den anderen noch nicht bemerkt. Ich sagte, daß ich ihm aushelfen könne.

»Wieviel?« fragte er.

»Genug«, sagte ich, »Außer, du planst Champagner oder Kaviar oder so was.«

Er schüttelte den Kopf. »Spaghetti und Fleischklößchen.« Das war keine Überraschung. Er kochte immer Spaghetti und Fleischklößchen. »Salat. Und Kuchen zum Dessert.«

»Was für Kuchen?«

»Du kannst wählen, weil du ihn spendierst.«

»Käse-Sahne-Torte.«

»Einverstanden.«

»Kann ich noch meinen Kaffee trinken? Bist du in Eile?«

Er machte eine großmütige Geste, und ich setzte mich. Aber ein Morgenschwatz erschien auf einmal schwierig. Duncan war es nie peinlich, wenn lange Gesprächspausen entstanden. Er starrte auf einen Sonnenfleck auf dem Linoleumboden. Langsam kräuselte sich der Rauch seiner Zigarette in der Luft.

Schließlich machte ich den ersten Schritt. »Wie läuft's im Unterricht?«

Er zog eine Grimasse und tat meine Worte mit einer leichten Handbewegung ab. Ich erinnerte mich daran, wie wenig ich ihn anfangs gemocht hatte. Ich trank einen Schluck Kaffee.

»Okay, du bist dran«, sagte ich nach ein paar Minuten.

»Dran?«

»Eine Frage zu stellen. Funktioniert so nicht der zwischenmenschliche Verkehr?«

»Tu nicht so schlau«, sagte er.

»Sei kein Arschloch«, antwortete ich. Ich hatte gelernt, solche Sachen zu sagen.

Nach einem Moment sagte er: »Nun, dann hätten wir das ja jetzt aus dem Weg geräumt.« Und das nächste Schweigen senkte sich herab.

Schließlich brach ich es. »Stell mir eine Frage«, sagte ich. »Nur eine, sonst gebe ich dir kein Geld.«

Er sah mich einen Augenblick an, und dann lächelte er. Aus dem Lächeln wurde ein Lachen, eine Seltenheit bei Duncan. Sein Lachen war verführerisch, ich mußte Dana innerlich recht geben.

»Mal sehen«, sagte er. »Was würde ich am liebsten über dich wissen, Licia Stead?« Er sah mich ohne zu blinzeln mit seinen kalten Augen an, und mir tat es plötzlich leid, daß ich damit begonnen hatte. Er beugte sich vor und zog erneut an seiner Zigarette. Dann sagte er abrupt: »Okay, wer ist dein anderes Selbst?«

Ich setzte meine Tasse ab. Ich konnte das Blut in meinen Ohren und meiner Brust pulsieren spüren. Ich zwang mich, ein nichtssagendes Gesicht zu machen. »Wieso, was meinst du denn damit?«

»Dein anderes Selbst. Du weißt schon. Jeder hier hat ein anderes, besseres Selbst. Nicht bloß das, was man sieht, um Himmels willen. Dana, die weltbekannte Bildhauerin. Und Kurtisane. Larry, der… Präsident der schönen neuen Welt, nehme ich an. Ich bin in Wirklichkeit ein berühmter Plattenstar, von dem die Frauen gar nicht genug kriegen können. Et cetera.« Pause. »Licia, die Kellnerin, reicht nicht. Also, wer bist du wirklich?«

»Tja, nun«, sagte ich, »zufällig bin ich bloß eine Kellnerin, eine bescheidene Kellnerin, Sir.« Ich merkte, daß ich flirtete, vor Erleichterung flirtete, daß dieses *andere Selbst*, nach dem er fragte, nur die ehrgeizige Version war, nicht irgendeine geheime Vergangenheit, die er erraten hatte. »Und darum«, ich ließ die Augenlider flattern, »bin ich vermutlich die einzige ehrliche Person in diesem Haus.«

»Ehrlich, ja? Dein Wort in Gottes Ohr.«

»Du auch? Jeder hier zweifelt an meinen Worten.«

Er zuckte mit den Achseln und wandte den Blick wieder ab, nicht länger interessiert. Wie ausgeschaltet.

Ich merkte, daß dieses abrupte Ende seines Interesses mir nicht gefiel. Das mußte seine Art sein, mit Frauen umzugehen. An und aus, der Charme eines kalten Menschen, der sich nur zeitweilig für jemanden erwärmte und ihn dann mit der Sehnsucht nach mehr allein ließ.

Es machte mich bloß ärgerlich. Ich stand auf. »Gehen wir«, sagte ich. »Holen wir das Geld.«

Er drückte seine Zigarette aus und folgte mir durch das Wohnzimmer die Treppe hinauf bis in den oberen Flur. Die anderen Türen waren teils offen, teils geschlossen. Larrys Zimmer war ordentlich aufgeräumt, Saras und Johns ein einziges Durcheinander. Jemand stand unter der Dusche – das Rauschen des Wassers, der feuchte, seifige Geruch in der Luft.

Duncan folgte mir zur Tür meines Zimmers, und ich ging an meinen Schreibtisch und zog die Schublade auf. Ich hatte ein gutes Wochenende gehabt und schon mehrere Tage nichts auf mein Konto eingezahlt. Es mußten ungefähr dreihundert Dollar in kleinen Scheinen sein, teilweise ordentlich zusammengelegt, teilweise einfach in die Schublade gestopft.

»Wieviel brauchst du?« sagte ich. Ich stand mit dem Rücken zu ihm. Er konnte den Inhalt der Schublade nicht sehen.

»Ich weiß nicht. Gib mir, was du kannst.« Er klang so gelangweilt, schien all das so zu verachten, daß ich plötzlich gereizt war. Mein erster Impuls war, ihn zu schütteln oder zu kneifen. Ich griff in die Schublade und schaufelte Hände voller Scheine heraus. Ich drehte mich um, warf sie hoch in die Luft und tanzte dann im Regen der grünen Banknoten. Ich trat wieder an die Schublade, schaufelte und tanzte wieder. Und noch einmal. Und dann blieb ich stehen und grinste Duncan über den mit Scheinen bedeckten Boden hinweg an. Ein Dollar glitt mir von der Schulter und fiel leise zwischen uns nieder.

»Bitte.« mit einer großartigen Geste zeigte ich um mich. »Nimm, was du brauchst.« Als ich über die knisternden Scheine auf ihn zuging, konnte ich seine Überraschung sehen und auch seine Freude darüber, überrascht worden zu sein. Er starrte mich an, und mir war klar, daß er auf jede meiner Gesten reagieren würde. Wir hätten uns küssen können, wir hätten uns dort auf dem Boden auf meinem Geld lieben können. Aber ich ging mit einem winzigen Abwenden der Schulter an ihm vorbei. Ich spürte, daß einer der Dollarscheine an meinem Fuß klebte, aber ich bückte mich erst nach meinem grandiosen Abgang, als ich bereits halb die Treppe hinunter war.

Larrys Abteilung stellte das System der Nachrichtenübermittlung um, und er brachte einen Karton mit ausrangierten rosa Karten mit, die die Aufschrift IN IHRER ABWESENHEIT trugen. Man konnte darunter den Namen und die Nachricht des Anrufers notieren. Einen der Blöcke legten wir zum allgemeinen Gebrauch neben das untere Telefon, aber die anderen verschwanden in privaten Vorräten, und bald wurden kleine Notizzettel unter Türen hindurchgeschoben oder an den Badezimmerspiegel gesteckt oder gar auf die Unterseite des Toilettendeckels geklebt.

IN IHRER ABWESENHEIT hat das Nobelpreiskomitee angerufen, um mitzuteilen, du seist *ganz* nah dran gewesen, leider hätte es in diesem Jahr wieder nicht geklappt.

IN IHRER ABWESENHEIT hat Gott angerufen. Nachricht: Bereite dich darauf vor, mir zu begegnen. Sagen wir vor dem Supermarkt.

IN IHRER ABWESENHEIT ist eine ganz Schar kleiner Aliens mit einem Raumschiff auf dem Spielplatz gelandet und hat gesagt, sie suchten dich.

IN IHRER ABWESENHEIT hat Mick Jagger angerufen. Er war mächtig sauer, daß du nicht da warst. Sagt, er kriegt keine *Satisfaction*.

Nietzsche hat angerufen. Gott ist tot. Vergiß das Treffen, vergiß den Supermarkt.

Albert de Salvo hat angerufen. Sagte, es täte ihm leid, daß du nicht da warst, und er würde es nochmals versuchen.

Der Weihnachtsmann hat angerufen. Will deinen Wunschzettel. Aber dalli.

Ich war in deinem Zimmer und habe mir all deine wirklich privaten Sachen angesehen.

Wir haben beschlossen, alle Schlösser an den Türen zu wechseln.

»Es würde mich kränken«, sagte Larry – diese Nachricht hatte auf seinem Kopfkissen gelegen, und er hatte sie zum Abendessen mit nach unten gebracht –, »wenn wir die verdammten Schlösser überhaupt benutzen würden.«

Die Musik von *Hair* lief mit voller Lautstärke, und die Lautsprecher vibrierten bei den Baßnoten. John war im Sofa versunken und beobachtete Dana und Duncan, ohne sich zu rühren. Duncan saß, mit einem gestreiften Laken bekleidet, auf einem Stuhl, während Dana langsam um ihn herumtanzte und mit ihren flinken Händen die Schere um seinen Kopf wirbeln ließ. Ich blieb stehen, um einen Moment zuzuschauen, und sie sah mich und winkte mit der Schere. Sie trug dicke Wollsocken gegen die Kälte. Draußen war es um fünf Uhr bereits dunkel. Ich mußte in etwa einer Stunde bei der Arbeit sein. Kalter Nieselregen fiel, und ich hatte keine Lust hinauszugehen.

Jetzt beugte Dana sich über Duncan und sagte etwas zu ihm, das bei dem Lärm nur er hören konnte, und er warf den Kopf zurück und lachte. Sie sah einen Moment lang so zufrieden mit sich aus, so glücklich, daß ich mir plötzlich vorstellen konnte, wie sie miteinander schliefen. Ich sah die langen, schönen Körper sich gemeinsam bewegen, sich muskulös umfangen und dann aufrichten, um mal dieses, mal jenes zu tun. Ich empfand Eifersucht auf beide. Jetzt trat Dana hinter ihn, und er beugte unterwürfig den Kopf, damit ihre Schere seinen Nacken bearbeiten konnte.

Ich ging nach oben, um mich umzuziehen und die Füße kurz in heißes Wasser zu stellen. Ich wusch mein Gesicht und legte sorgfältig Make-up auf. Bei den Trinkgeldern machte das einen Unterschied. Ich steckte mein Haar hinter den Ohren fest, so daß es mir über den Rücken fiel, das Gesicht aber frei ließ. Unten verstummte die Musik. Dann legte jemand Vivaldi auf, und die Lautstärke wurde radikal reduziert.

Als ich wieder nach unten kam, schaute Dana mich aus dem Spiegel über dem Kaminsims an. Sie stand jetzt allein im Zimmer – die anderen waren verschwunden. Sie hatte sich das Haar auf die Länge von fünf bis zehn Zentimetern abgeschnitten. Von seinem Gewicht befreit, legte es sich in dicken Wellen um ihr Gesicht. Die scharfen Schnittlinien der Schere waren noch zu sehen. Dana drehte sich um. Sie sah bestürzt aus wie ein Kind, das sich selbst die Haare abgeschnitten hat und auf die Reaktion seiner Mutter wartet.

Ich ging durch den Raum, hob die Hände an ihr Haar und berührte die Spitzen. Dann lockerte ich es, plusterte es hier und da auf. Es war ein schrecklicher, grausamer Haarschnitt, aber Dana stand er gut.

»Du mußt mich die Spitzen nachschneiden lassen«, sagte ich.

»Was meinst du?« fragte sie. Sie wandte sich ihrem Spiegelbild zu. »Warum habe ich das getan?« flüsterte sie.

Und als ich uns beide zusammen im Spiegel sah, erkannte ich, daß das kürzere Haar Danas Schönheit noch mehr zur Geltung brachte. Neben ihr sah ich – die ihr so ähnlich gewesen war – konventionell und mädchenhaft aus mit meinen langen, glatten Haaren. Danas Wangenknochen schienen von irgendeinem Zug befreit zu sein, ihre slawische Kraft trat zutage.

»Das kommt schon in Ordnung«, sagte ich zu Dana. Ihre Augen waren vor Angst geweitet. »Du wirst toll aussehen«, sagte ich. »Bleib auf und warte auf mich. Wasch dir die Haare, ich werde es noch mal nachschneiden.«

»Es sieht furchtbar aus, nicht?«

»Dana, hast du nicht gehört? Du wirst toll aussehen.«

»Ja?« sagte sie. Und dann drehte sie sich plötzlich um. »Schau mal!« rief sie. »Da liegen all meine Haare!« Sie hatte sie aufgehoben und auf die Holzkiste zwischen den Sofas gelegt. »Vielleicht sollte ich versuchen, sie wieder anzukleben! Vielleicht kann ich eine Perücke daraus machen!« Sie lachte schrill und sah zu mir herüber. »Nein, im Ernst«, sagte sie. »Möchtest du eine Locke haben?«

Ohne nachzudenken antwortete ich: »Nein, warum denn?«

Und dann merkte ich, daß sie es ernst gemeint hatte, meine Antwort jedoch schien sie eher zu verwirren als zu kränken. »Oh!« sagte sie. »Na ja, ich dachte bloß.«

Sara und ich würden als einzige am Weihnachtsfeiertag zu Hause sein. Dana war in Chicopee, und John besuchte seine Eltern in Chicago. (Binnen einer Woche nach seiner Rückkehr würde er ausziehen, obwohl Sara davon noch nichts wußte. Ich hatte es mir schon gedacht, da ich öfters eine fremde Frau bei ihm gesehen hatte.) Duncan war zu einem verbilligten Sondertarif an die Westküste geflogen, um die Feiertage mit seiner Freundin zu verbringen. Larry war mit der Begeisterung eines Selbstmordkandidaten in die Marlborough Street gegangen, und Eli arbeitete im Labor, wollte sich aber zum Nachtisch bei uns einfinden.

Sara und ich hatten nur den ersten Weihnachtstag frei, aber wir hätten ohnehin niemanden gehabt, den wir hätten besuchen können. Sara hatte sich von ihren vermögenden Eltern in San Francisco entfremdet; und Licia Steads Eltern waren natürlich tot. Wir hatten die Mahlzeit sorgfältig eingeplant, um uns einen Rest von Festtagsstimmung zu bewahren. Gebratenes Huhn, Kartoffelpüree, Erbsen – tiefgekühlte natürlich – und, weil Sara darauf bestand, Zwiebelcreme. »Es *gibt* kein Weihnachtsessen ohne Zwiebelcreme.« Am Vorabend waren wir lange aufgeblieben, um Kekse zu backen und zu dekorieren. Auch das Wohnzimmer hatten wir geschmückt, mit selbstgebastelten Papiergirlanden, die wir an die Wände gehängt hatten. Wir hatten ursprünglich auch einen Baum kaufen wollen, waren aber entsetzt, wie teuer sie waren.

Während der Vorbereitungen tagsüber hatte mich von Zeit zu Zeit ein unerklärliches Heimweh überfallen, und nachdem wir den Braten in den Backofen geschoben hatten, ging ich nach oben und rief meine Mutter an. Es war gegen Mittag. Ihr Dinner, falls sie denn eines gab, würde erst in mehreren Stunden beginnen. Nach fünf- oder sechsmaligem Läuten meldete sie sich; sie klang sehr weit entfernt, und sie hörte sich alt und gebrechlich an.

»Mutter?« sagte ich. »Hier ist Jo.«

»Josie!« Ihre Stimme klang überrascht und erfreut, was mir unerwarteterweise den Hals zuschnürte und mich bereuen ließ, daß ich ihr kein zweites Mal geschrieben und versichert hatte, es gehe mir gut.

Als sie wieder sprach, hatte sie sich gefaßt. Ihr Ton war trocken. »Nun, ich nehme an, ich sollte wohl ›Fröhliche Weihnachten‹ sagen.«

»Deswegen rufe ich an, Mutter. Um dir frohe Weihnachten zu wünschen.« Ich hatte mich ebenfalls gefangen. »Wie geht es dir? Was machst du? An Weihnachten, meine ich.« Ich fragte, als ob solche Nachfragen zwischen uns üblich seien.

»Ach, Jo.« Sie wollte keine Konversation machen und klang gereizt. »Nun, Fred ist hier«, sagte sie endlich säuerlich. Mein Bruder, vier Jahre älter als ich. Auch Botaniker, wie mein Vater.

»Schön«, sagte ich. »Die Kinder auch?«

»Ja, natürlich, Jo.«

»Fein. Hört sich nett an.«

Sie antwortete nicht.

»Sag mir, wie es dir geht, Mom.«

»Ich mag nicht, Josie. Ich bin zu böse auf dich, wenn du die Wahrheit wissen willst.«

»Nun, das sagt schon etwas darüber, wie es dir geht.« Die Drähte zwischen uns zischten und tickten.

Endlich sagte sie: »Wann gehst du nach Hause? Was du tust, ist falsch.«

»Aber ich muß es trotzdem tun.«

Sie gab ein schnaubendes Geräusch von sich. »Es gibt Dinge, die man braucht, und Dinge, die man sich wünscht, und du verwechselst beides.«

Einen Moment lang antwortete ich nicht. Dann sagte ich: »Ich habe angerufen, um dir frohe Weihnachten zu wünschen, Mom.«

»Es freut mich, deine Stimme zu hören und zu erfahren, daß du noch am Leben bist. Aber ich sage dir eines, Jo. Ich möchte nicht, daß du mich wieder anrufst, solange du nicht nach Hause zurückgegangen bist, wo du hingehörst. Du weißt, wie ich darüber denke.«

»Verstanden und Ende«, sagte ich. Jetzt war auch ich wütend.

»Dann auf Wiedersehen, Josie.«

»Tschüs, Mom.«

Ich blieb noch ein paar Minuten oben. Sara sang in der Küche Weihnachtslieder. Sie hatte eine Vorliebe für solche in Moll – wie »O komm, o komm, Emmanuel« – oder für die letzten, traurigeren und unbekannteren Strophen bekannter Lieder: »Trauernd, seufzend, blutend, sterbend / Eingeschlossen in ein eiskaltes Grab.«

Was duftete denn da so gut? Salbei, Rosmarin und all die nostalgischen Kräuter von Abendessen mit der Familie, festlichen Feierstunden mit Freunden. Ich spürte eine Welle reinen Selbstmitleids. Tränen stiegen mir in die Kehle. Und dann sagte ich mir: Ich habe dies hier gewählt, ich hatte es so gewollt. Ich war diejenige, die anderen Schmerzen zugefügt hatte, nicht umgekehrt. »Ich, ich, ich, ich, ich«, flüsterte ich wild. Von unten hörte ich Sara sagen: »Hoppla!« Fast gleichzeitig hörte ich einen lauten Aufprall.

Gegen halb vier hatten wir gegessen und eine Stunde später waren wir mit dem Abwasch fertig. Wir spielten eine Partie Scrabble und waren fast fertig, als Eli nach Hause kam. Er half uns, den Tisch für das Dessert zu decken. Während wir noch Kaffee tranken und Kekse aßen, trat Larry laut und fröhlich und nach »Verdauungszigarren« riechend ins Wohnzimmer. Er brachte Wein, Eiscreme und ein großes Stück Kürbiskuchen mit. Es war guter Wein, in teuren Glasflaschen, ohne Plastikverschluß. Wir suchten überall, aber es gab keinen Korkenzieher. Larry fiel ein, daß er in seinem Zimmer ein Schweizer Armeemesser hatte, mit einem winzigen Korkenzieher dran. Er rannte nach oben und holte es, und tatsächlich konnte man aus dem roten Gehäuse einen kleinen Miniaturkorkenzieher klappen.

Beim ersten Versuch rutschte er ab und zerkrümelte den Korken; der zweite Versuch war erfolgreicher. Larry entfernte den restlichen Korken. Wir jubelten. Wir tranken den Wein aus unseren zusammengewürfelten Gläsern und brachten aus der Küche Eis, Kekse und Kuchen ins Wohnzimmer. Sara stellte überall Kerzen auf – auf dem Kaminsims, auf der Holzkiste, auf den Fensterbänken, auf dem Boden. Wir schalteten die Lichter aus. Larry legte eine seiner Platten auf, eine kreolische Messe. Der Wein war schwer und weich; ich hatte noch nie einen vergleichbar guten Wein getrunken. Das Zimmer strahlte. Die Musik stimmte uns fröhlich. Wir verglichen unsere weihnachtlichen Erlebnisse. Die mißlungene Zwiebelcreme bei uns, der betrunkene Onkel in der Marlborough Street. Elis Chef, der gestern abend spät mit teurem Champagner für alle gekommen war, die noch arbeiteten.

Es war das einzige Mal, daß ich nachfragte und Eli erklärte, woran er arbeitete. Während er sprach, wirkte er erstaunlich entspannt und schien sich wohl zu fühlen. Er erklärte geduldig und anschaulich. Er wird ein guter Lehrer sein, dachte ich. Er beschrieb metaphorisch, wie man Dinge zum ersten Mal klar sieht – ich nehme an, es ging um eine wissenschaftliche Entdeckung –, daran erinnere ich mich noch. Er sagte, es sei wie der Moment, in dem man wisse, daß man verliebt ist, und plötzlich begreife, worum sich all die Gefühle und Fragen drehen und mit welchem Universum sie uns verbinden. Wir öffneten noch eine Flasche. Wir hörten Blues. Sara rauchte ein bißchen Haschisch. Meine Mutter schien sehr weit weg.

Gegen elf öffnete sich die Haustür. Wir alle schauten hin. Dana erschien in der Diele, warm eingepackt und lächelnd. Ihre Backen und ihre Nase waren hochrot. »Wußtet ihr, daß es draußen schneit?« rief sie. »Es ist wunderschön!« Und tatsächlich lagen weiße Flocken auf dem dichten Haar, das ihr Gesicht einrahmte.

»O Dana!« rief Sara. »Ich dachte nicht, daß du ...« – sie runzelte die Stirn – »... dich für Schnee interessierst.«

Dana lachte und zeigte mit der behandschuhten Hand auf Sara. »Dann mußt du eben umdenken«, sagte sie. »Wenn du dich traust.«

Sie kam und setzte sich auf die Armlehne eines der Sofas. »Wie hübsch es hier aussieht«, sagte sie. Und dann bemerkte sie das Essen. »Oh! Kekse! O Mann!«

»Und wir haben wunderbaren Wein von Larry«, sagte ich. »Nimm dir ein Glas.«

»Ich hole es.« Eli stand auf. »Möchte jemand noch Eiscreme?« fragte er von der Küchentür her.

»Ich!« rief Dana. Sie war in die Diele zurückgekehrt, um ihren Mantel auszuziehen.

Als sie wieder hereinkam, war Sara sichtlich verwirrt – verblüfft öffnete sie den Mund: War Dana denn nicht eben schon gekommen? Dana ließ sich tief in eines der Sofas sinken. »Junge, Junge, Junge!« sagte sie. Eli stellte ein Glas vor sie hin und schenkte Wein ein. Dana rieb sich die Hände. »Ach, ihr könnt euch gar nicht vorstellen, wie gut es tut, wieder *zu Hause* zu sein.«

In der Vorwoche hatte im Januar Tauwetter geherrscht, drei Tage mit Temperaturen zwischen zehn und fünfzehn Grad, gefolgt von zwei Regentagen. Der Schnee war zu körnigen Flecken geschmolzen und dann verschwunden, und all die Papierfetzen und Abfälle, die den Winter überstanden hatten, kamen wieder zum Vorschein. Doch zum ersten Mal seit Monaten hatte man wieder den Duft der Erde riechen können. Vor unserem Haus lag auf dem Bürgersteig ein blauer Kinderhandschuh. Ich hatte ihn auf den Hydranten gesteckt.

Jetzt war er dort auf dem Verschluß festgefroren. Der Boden war wieder hart wie Fels, die gesalzenen Straßen hatten weiße Ränder. Die Temperatur war auf fast zwanzig Grad unter Null gefallen.

Der Dienstag war normalerweise ohnehin ein ruhiger Tag, aber bei diesen eisigen Temperaturen hatte ich um zehn Uhr nur zwei Tische zu bedienen, Paare, die ein Bier tranken und die Musikbox bedienten. Vier Typen an der Bar. Kein Straßenverkehr, nur hin und wieder eine neutrale, dick eingepackte Gestalt, die weiße Atemwölkchen ausstieß und rasch vorbeiging. Cappy schickte mich nach Hause.

Auf dem Heimweg begegnete ich nur zwei Personen, beide hasteten ähnlich schnell wie ich, um ins Warme zu kommen. Auf dem letzten Wegstück, ungefähr einen Häuserblock weiter, versuchte ich sogar ein bißchen zu laufen, gleichzeitig aber meine Körperwärme im Mantel zu behalten.

Unten im Haus brannten die Lichter. Larrys Wagen stand nicht in der Einfahrt. Ich schlug die Tür hinter mir zu und blieb einen Moment keuchend in der Diele stehen. Als ich endlich wieder durchatmen konnte, zog ich meine Mütze und dann meine Handschuhe aus und stopfte sie in die Manteltaschen. Ich rief laut: »Hallooo!« Aus der Küche kam ein merkwürdiges Geräusch, aber ansonsten war alles still. Mir fiel ein, daß Larry und Sara davon gesprochen hatten, ins Kino zu gehen. Duncan arbeitete wohl noch, und Eli war sicher im Labor. Ich wickelte meinen Schal ab und hängte ihn an einen der leeren Haken.

Ich hatte mich gerade vorgebeugt, um meine Stiefel aufzuschnüren, als ich aus dem Wohnzimmer ein Seufzen hörte, ein langes, gutturales Seufzen, das sich nach tiefster Erschöpfung anhörte. »Hallo?« rief ich nochmals. Keine Antwort.

Die Schnürsenkel eines Stiefels hingen herunter, und ihre Plastikspitzen klimperten leicht auf dem Holzboden, als ich um die Ecke der Diele zur Tür des Wohnzimmers ging.

Dana lag auf der Seite vor der Couch. Überall war Blut, unter ihr hatte sich eine Pfütze gebildet. Ihre nackten Füße, die in meine Richtung zeigten, waren an den weißen Sohlen blutverschmiert. Ich stieß einen Laut aus. Dana lag ganz still, die Hände entspannt geöffnet. Ich lief zu ihr, bückte mich. »Dana!« flüsterte ich. »Dana!« Ich kniete nieder, faßte sie an den Schultern, bewegte sie ein wenig. Ihr Kopf rollte herum, und ich sah, daß sie einen tiefen Schnitt in der Wange hatte. Ich berührte ihr Gesicht, und meine Finger wurden naß und rot. Danas Hautfarbe war ein wächsernes Grau, ihre Augen halb geöffnet. Blut füllte ihren Mund, umrandete die Zähne. Ich sah, daß ihre Bluse vor Blut triefte, sah zerrissenen Stoff und Wunden wie offene Münder, auf der Brust, auf den Rippen. Aber sie war noch warm, auch das Blut war warm und klebrig.

Ich hielt ihr Gesicht. Sie atmete nicht, und ich verspürte auch keine Bewegung. Ich kniete in Danas Blut. Trotzdem dachte ich, sie müsse noch am Leben sein – ich hatte sie doch gehört, oder? Sie fühlte sich warm an, alles, was sie brauchte war Luft. Sie brauchte meinen Atem, dann würde sie wieder lebendig. Ich beugte mich vor, hielt ihr mit den Fingern die Nase zu, legte meinen Mund auf ihren und blies. Und hörte ein Geräusch, das ich nie vergessen werde – wie ich auch nie den einen, langen Seufzer vergessen werde, Danas letzten Atemzug –, das nasse Gurgeln, mit dem mein eigener Atem durch den Schlitz in Danas Wange wieder austrat. Entsetzt fuhr ich zurück. Nach ein paar Sekunden beugte ich mich erneut vor und schüttelte sie sanft, genau so, wie ich später meine Töchter aus dem Schlaf wecken würde. Ihre Glieder reagierten schlaff wie bei einer Puppe.

In diesem Augenblick ertönte im Haus ein lautes Geräusch, und abrupt kam mir die entsetzliche Erkenntnis: Jemand hatte das getan, Mörder! Ich richtete mich halb auf, um zu fliehen, und hielt dann inne. Ich konnte Dana nicht hier liegen lassen! Nicht, wenn sie noch lebte. Ich ging zurück und wollte sie hochheben. Ich gab seltsame Töne von mir, es hörte sich an, als kämen sie von irgendeinem Tier.

Dana war schwer wie Blei und furchtbar glitschig. Ich schleifte sie ein kleines Stück, bis mich egoistische Panik befiel. Ich ließ sie los und konnte hören, wie ihr Kopf auf dem hölzernen Boden aufschlug. Halb kniend schaffte ich es, aufzustehen und zu laufen; ich rannte in weitem Bogen in die Diele, schwang mich am Fuß des Treppengeländers herum in Richtung Haustür und riß die Tür auf.

In der Kälte der Nacht klangen meine Schreie noch entsetzlicher. Ich rannte zu einem erleuchteten Haus auf der anderen Straßenseite. Einmal stürzte ich auf dem Bürgersteig, dann ein zweites Mal auf den Holzstufen, die zur Veranda führten. Hastig versuchte ich die Tür zu öffnen, sie war verschlossen. Ich schlug gegen die Glasscheibe, dann gegen das Holz. Ich fand die Klingel, doch bevor ich läuten konnte, erschien das Gesicht einer Frau. Sie verzog entsetzt das Gesicht und verschwand. Dann kam ein alter Mann, der ebenfalls ängstlich schien. Aber er öffnete die Tür, und ich trat ein und streckte die Hände nach ihm aus. Sie hinterließen Blut auf seinem Hemd, und ich spürte, daß er sich mir zu entziehen versuchte, aber ich hielt ihn fest, bis meine Schreie aufhörten und Worte sich bildeten. Ich sagte: »Hilfe. Helfen Sie uns!« Und begann zu weinen.

5

Als sie mich auf die andere Straßenseite zurückbrachten, standen dort mittlerweile acht bis zehn Polizeiwagen, wild durcheinander geparkt. Ihre Scheinwerfer waren eingeschaltet, und das Blaulicht warf seinen hektischen Widerschein auf die umstehenden Häuser. Ein Wagen stand in unserer Einfahrt, ein anderer war einfach auf den Rasen des Vorgartens gefahren. Seine beiden Vordertüren standen offen.

Bei den Nachbarn hatte ich bereits stundenlang mit verschiedenen Polizisten geredet. Zuerst mit dem, der auf unseren Notruf hin gekommen war. Dann erschien ein Polizist in Zivil, der mir sanft, aber bestimmt erklärte, er »brauche« alle Informationen. Und danach noch einmal. Dinge, an die ich mich nicht erinnern konnte: Wann genau hatte ich das Red Brown's verlassen? Welche Art von Geräusch glaubte ich aus der Küche gehört zu haben? Was hatte Dana vorher über ihre Pläne für den Abend gesagt? Und dann Dinge, auf die ich mich überhaupt nicht konzentrieren konnte: Hatte sie Feinde? Hatte sie kürzlich mit jemandem Streit?

Und jetzt brauchte mich derselbe Polizist – er hieß Connor, Detective Connor – auf der anderen Straßenseite. Er wollte, daß ich mich umschaute und nachsah, ob irgend etwas fehlte. Ich sollte ihm zeigen, wie und wo sie gelegen hatte, bevor ich sie bewegte.

»Wird's denn gehen?« fragte er. Ich ging hinter ihm her. Seine Schuhe knirschten auf der sandigen, vereisten Straße. Das Ehepaar Davis stand hinter der Glasscheibe seiner Haustür und beobachtete uns. Aus verschiedenen Wagen hörte man das gedämpfte Quäken von Funksprechgeräten.

»Ja«, sagte ich.

»Na, dann kommen Sie mal mit«, sagte er.

Wir hatten den Rasen überquert und gingen die Stufen hinauf. Jetzt standen wir auf der Veranda. Sein Atem bildete Dampfwölkchen unter dem Verandalicht. Er trug keinen Mantel, nur ein Sportjackett, und sein Anblick ließ mich noch mehr frieren. »Sie sahen niemanden im Wohnzimmer?« Er wies auf die erleuchteten Fenster, hinter denen es jetzt voll war wie bei einer Party. Polizisten in Uniform und in Zivil gingen umher.

Ich schüttelte den Kopf. »Nein«, sagte ich.

»Und dann haben Sie die Tür aufgeschlossen, nicht?« Er wies mit der Hand auf die Tür und zeigte mir, was ich getan hatte.

»Nein«, sagte ich und schüttelte wieder den Kopf. »Nein, sie war nicht abgeschlossen.«

»Sie war nicht abgeschlossen? Die Tür war offen?« Sein Gesicht war rund und etwas affenartig und wirkte jetzt überrascht.

»Nein, offen war sich nicht, sie war geschlossen, aber sie war nicht abgeschlossen. Wir haben sie nie abgeschlossen.«

Er stieß einen scharfen Zischlaut aus. »Okay, Sie haben sie also nie abgeschlossen?«

Ich schüttelte den Kopf. »Nein«, flüsterte ich.

Er zog eine Grimasse. Er hatte sandfarbenes, lockiges Haar, das bis auf die Koteletten kurz geschnitten war. »Okay, Sie haben also die Tür aufgemacht.« Er öffnete sie. Lärm drang hinaus in die Nacht. Lachen, das mich schockierte. »Und sind hereingegangen.« Er ließ mich an ihm vorbeigehen und schloß die Tür hinter uns.

Sanft berührte er meine Schultern. »Bleiben Sie hier stehen, Kindchen«, sagte er und ging auf die Rückseite des Hauses. Ich konnte ihn in der Küche mit mehreren anderen Leuten sprechen hören. Als er durch das Wohnzimmer wiederkam, rief er: »Die Hintertür auch.« Jemand in der Küche sagte klar verständlich: »Heilige Mutter Gottes.«

»Entschuldigung«, sagte er zu mir. »Mußte dieses Detail nur weitergeben. Ihre Informationen sind sehr hilfreich.« Er wollte mir das Gefühl geben, nützlich zu sein, damit ich mich entspannte. »Okay!« sagte er. Er klatschte in die Hände und rieb sie dann aneinander. »Also, Sie kamen herein, und Sie standen hier, richtig?« Ich nickte.

»Und – haben Sie gleich irgend etwas gehört oder gesehen? Irgend etwas Merkwürdiges?«

»Nein. Ich … ich zog meine Sachen aus. Meinen Schal.« Ich zeige darauf; unordentlich hing er am Haken. Er schien wie aus einem anderen Leben.

»Den hatten Sie also an.« Er nahm ihn ab, befühlte ihn, als könnte er ihm weiterhelfen.

»Ja, als ich hereinkam. Ich stand eine Minute hier.« Ich trat ein wenig zurück und lehnte mich gegen die Tür. »Mir war so kalt, ich nehme an, ich habe ein Geräusch gemacht.«

»*Sie* haben ein Geräusch gemacht.«

»Ja«, sagte ich.

»Was für ein Geräusch? Hätte jemand im Haus es gehört?«

»Also, eigentlich glaube ich, daß ich zuerst gerufen habe. Ich rief ›Hallo‹ oder so. Falls jemand zu Hause sei.«

»Und es kam keine Antwort. Kein Laut.«

»Nein. Da nicht. Und dann nahm ich meinen Schal ab.« Ich hielt inne. Ich muß das richtig machen, dachte ich. Genau richtig. »Nein«, sagte ich. »Zuerst habe ich hier gestanden, für… vielleicht eine Minute, und dieses andere Geräusch von mir gegeben. So etwas wie ein… Stöhnen. Ich fror entsetzlich, mir war zu kalt, um mich zu bewegen. Und *dann* habe ich ›Hallo‹ gerufen. Und dann meinen Schal abgenommen. Meine Stiefel aufzuschnüren. Einen Stiefel.« Ich schaute nach unten, und da waren sie, die baumelnden Schnürsenkel, noch immer offen. An den Knien meiner Jeans und an Saum und Ärmel meines Armeeparkas war Blut. Ich blickte auf. Nach einem Moment sagte ich: »Und dann hörte ich ein Geräusch von Dana.«

»Was für ein Geräusch?«

»So eine Art Seufzen.«

»Woher wußten sie, daß es von Dana war?«

»Nun, es kam aus dem Wohnzimmer. Ich meine, ich wußte nicht, daß sie es war, bis ich durch die Tür kam und sie sah.«

»Es könnte also auch jemand anderer gewesen sein, ja? Der dann schnell wegging.«

»Nein, es war Dana.«

»Ich frage ja nur«, sagte er. »Das ist alles Theorie. Ich möchte, daß Sie über die Möglichkeit nachdenken, daß jemand anderer bei ihr im Zimmer war, der das Geräusch machte und dann schnell weglief.«

»Nein«, sagte ich. »Nein, das glaube ich nicht.«

»Warum nicht?«

»Nun, warum sollte er? Warum sollte er ein Geräusch machen? Wenn er sich doch verstecken wollte?«

»Vielleicht war er verletzt. Vielleicht hat es einen Kampf gegeben.«

»Nein.« Ich schüttelte den Kopf. »Nein, sie war allein. Ich hätte gehört, wenn jemand fortgegangen wäre, ich hätte seine Schritte gehört. Und bis auf Danas Seufzer war es ganz *still* hier. Im ganzen Haus.«

»Okay.«

»Und dann – die Bodendielen knarren. Und außerdem, wenn jemand weggegangen wäre, dann hätte ich ihn gesehen, nicht?« Ich zeigte auf die Rückseite des Wohnraumes, die von da, wo wir standen, zu sehen war. »Ich hätte ihn gehört, und dann, wenn er in die Küche hätte gehen wollen, hätte ich ihn auch gesehen.«

Er schaute und nickte dann. »Okay. Okay, Sie haben sie also gehört. Und was haben Sie dann getan?«

»Ich bin zur Tür gegangen und habe sie gesehen.«

»Sie kamen hierher.« Er bewegte sich zur offenen Tür und machte eine Geste.

»Ja.«

»Dann möchte ich, daß Sie jetzt herkommen. Ich weiß, es ist hart, aber sie ist jetzt nicht mehr da. Kommen Sie einfach hier herüber. Ich möchte, daß Sie mir zeigen, wo sie lag.« Mit einer Handbewegung winkte er mich zu ihm.

Ich trat an die Tür. Einer der Männer, die dort arbeiteten, blickte kurz auf, aber die anderen fuhren mit der Arbeit fort.

»Da.« Ich zeigte an der kleineren der beiden Blutpfützen zwischen Couch und Tür vorbei auf die größere Blutlache vor der Couch.

Detective Connor legte eine Hand auf meinen Rücken und schob mich sanft vorwärts.

»Wo? Genau?«

Wir gingen an der kleinen Lache vorbei. Ich zeigte auf das Blut auf der Couch und begann zu weinen. »Hier. Ihr Kopf lag hier wie festgeklebt, von dem Blut. Ihre Füße zeigten in meine Richtung. Sie sah ich zuerst. Die Sohlen waren blutig. Sie lag einfach da, auf der Seite.«

»Und Sie sind zu ihr gegangen.«

»Ja.«

»Haben Sie gemerkt, daß sie tot war?«

»Nein«, flüsterte ich. »Weil ich sie doch gehört hatte.« Mit der Hand wischte ich mir Augen und Nase ab.

»Sie dachten also, sie wäre noch am Leben.«

»Ja. Das dachte ich. Es war nicht logisch.«

»Ich verstehe. Hier«, sagte er und reichte mir ein Päckchen Papiertaschentücher.

Ich nahm es und zog eines heraus. »Ich dachte… Sie war noch warm. Als ich sie anfaßte. Das war es, glaube ich. Sogar ihr Blut war warm. Ich habe wohl gedacht, wenn ich sie wieder zum Atmen bringen könnte, dann könnte ich vielleicht Hilfe holen. Es war nicht logisch.«

»Nein, aber ich verstehe das«, sagte er. »Sie haben also versucht, sie künstlich zu beatmen.«

»Ja, ich denke schon.« Ich putzte mir die Nase. »Ich habe sie umgedreht. Ich habe versucht, Luft in ihre Lunge zu blasen.«

»Und dann hörten Sie das Geräusch.«

»Ja.« Das andere Geräusch, mit dem mein Atem aus Danas Wunde strömte, hatte ich nicht erwähnt, und ich erwähnte es auch jetzt nicht.

»Nun, was genau war das für ein Geräusch? Von wo kam es?«

»Ich weiß nicht. Es kam aus der Küche, glaube ich. Es hätte einfach irgendein Geräusch in diesem alten Haus sein können. Vielleicht der Wind, oder es hätte auch der Eisschrank sein können. Ich erinnere mich wirklich nicht.«

»Aber es ließ Sie in Panik geraten.«

»Ja. Ich rannte los, dann dachte ich, daß ich sie nicht allein lassen konnte, und kam zurück. Aber ich konnte sie nicht bewegen.«

»Aber Sie haben doch gesagt, Sie hätten sie bewegt.«

»Ich meine, ich konnte sie nicht heben. Ich habe versucht, sie mitzunehmen. Ich habe sie ein Stück weit geschleift, nehme ich an. Aber sie war schwer, und ich hatte schreckliche Angst. Also ließ ich sie liegen.« Jetzt entfuhr mir ein Laut wie ein Wimmern, und meine Brust schmerzte.

»Okay, okay, kommen Sie«, sagte er. Er legte mir einen Arm um die Schultern und führte mich in die Küche. Er zog einen Stuhl heran. »Setzen Sie sich.« Auch hier arbeiteten mehrere Männer, denen er ein Zeichen gab. Sie verließen die Küche. Er stellte ein Glas Wasser vor mich hin.

Ich trank und verschluckte mich, was mich noch mehr aus der Fassung brachte.

Detective Connor klopfte mir hart auf den Rücken. In diesem Moment kamen Larry und Sara von außen durch die Küchentür, angeführt von einem der Polizisten in Uniform. Sie sahen entsetzt auf. Sara wich vor mir zurück, als ich aufstand und zu ihnen ging, aber Larry nahm mich in die Arme. Ungelenk lehnte ich an seiner Brust – er war kleiner als ich – und hustete und weinte.

Kurz danach entschieden sie, es wäre einfacher, uns alle zur Polizeistation zu bringen. Sie hätten noch vier oder fünf Stunden im Haus zu arbeiten, sagten sie, also erschien es ihnen sinnvoller, uns dort weiter zu befragen. Außerdem brauchten sie ohnehin unsere Fingerabdrücke, um sie mit denen zu vergleichen, die sie vielleicht im Haus noch fanden.

Ich fragte, ob ich meine blutigen Kleider wechseln könnte, und sie sagten, sie würden mir aus meinem Zimmer ein paar Sachen holen. Das, was ich anhatte, würden sie untersuchen. Ich sagte ihnen, was ich haben wollte und wo es zu finden war.

Einer der Polizisten sprach jetzt mit Larry, und er mußte die Gelddose erwähnt haben, denn ein anderer ging hinaus und brachte die leere Kaffeebüchse in einer Plastiktüte. Sie hatten sie im Garten gefunden. Auf die Frage, wieviel darin war, gaben Larry und ich unterschiedliche Schätzungen ab, aber Sara, die morgen mit Kochen dran war, hatte sie sich am gleichen Nachmittag angesehen, und war sich sicher: Die Büchse hatte rund siebzehn Dollar enthalten.

»Das Geld ist weg«, sagte der Polizist. »Sogar das Kleingeld.«

Wir fuhren in einem zivilen Wagen zur Polizeistation. Wir hatten mit Larry zu seinem Auto gehen wollen, das vor dem Haus am Gehsteig geparkt war, aber einer der Polizisten winkte uns zu einer ihrer Wagen. Da wurde mir zum ersten Mal bewußt, daß wir in gewissem

Sinne alle Verdächtige waren. Als wir zum Central Square fuhren, fragten sie nach Duncans und Elis Namen und Arbeitsstellen und auch nach John, obwohl er schon fast einen Monat fort war. Bei der Erwähnung seines Namens begann Sara zu weinen.

Ich zog mich in der altmodischen Damentoilette des Reviers um und gab jedes Teil, das ich ablegte, über die Tür hinweg einer schweigenden Polizistin, die draußen vor der Kabine stand. Ich sah diese Kleidungsstücke nie wieder.

Man hielt uns stundenlang auf dem Revier fest. Die meiste Zeit warteten wir auf die anderen, die befragt wurden. Nach der ersten halben Stunde kam Duncan aufs Revier, aber Eli war schwerer aufzutreiben. Sie mußten erst mal in das Gebäude hereinkommen und dann sein Labor finden. Es dauerte mehrere Stunden, bis sie ihn in den Raum führten, wo wir alle – außer Larry, der gerade befragt wurde – an einem großen Tisch saßen. Als ich Eli sah, stand ich auf. Kaum berührte ich ihn, da öffnete er den Mund, als wolle er laut weinen. Aber er gab keinen Ton von sich. Statt dessen verzog er das Gesicht, und seine Augen füllten sich mit Tränen. Sein Kopf bewegte sich langsam und schwach auf seinem Hals. »Es ist nicht wahr«, flüsterte er mir nach einem Augenblick zu, und dann liefen ihm die Tränen über die Wangen.

Die Polizisten waren nett zu uns. Sie brachten uns Kaffee und, als die Nacht voranschritt, Gebäck. Manchmal setzten sich einige von ihnen zu uns in den Raum, während einer von uns befragt wurde. Sie redeten mit uns. Sie vermuteten einen verpatzten Einbruch, als sei uns das ein Trost. Dana war oben gewesen, hatte etwas gehört, war hinuntergegangen und hatte den Burschen ertappt, der sich nach etwas zum Stehlen umsah.

Als sie uns spätnachts für eine Weile allein gelassen hatten, redeten wir über eine Party im vorigen Sommer, bei der Nachbarn die Polizei gerufen hatten. Mehrere Gäste – darunter auch Dana – hatten die Polizisten ins Haus gezogen und zum Tanzen animiert. Da uns inzwischen eine benommene Erschöpfung übermannt hatte, lachten wir bei der Erinnerung hysterisch, als einer der Detectives hereinkam. Er schaute schnell vom einen zum anderen, und unser Gelächter verstummte sofort.

100

Es wurde schon fast hell, als sie uns nach Hause brachten. Noch immer arbeiteten ein paar Polizisten in Zivil im Haus – vielleicht Leute vom Labor, sie trugen Plastikhandschuhe –, und so bot Larry uns allen an, in der Marlborough Street zu schlafen. Duncan sagte, er habe Freunde, zu denen er gehen würde, und Eli meinte, er werde lieber wieder ins Labor zurückkehren – man hatte ihn mitten aus einem Versuch geholt. Aber Sara und ich stiegen, nachdem wir unter den wachsamen Augen eines der Detectives unsere Toilettensachen geholt hatten, in Larrys Auto und saßen schweigend bei ihm, während er nach Boston hineinfuhr. Der Fluß war nach dem Tauwetter am Wochenende wieder zugefroren, und der Himmel über der Stadt nahm allmählich ein kaltes, perlmuttfarbenes Grau an. Die Heizung arbeitete auf Höchsttouren und trocknete meinen Hals und meine Augen aus.

Wir betraten Larrys Haus von einem Parkplatz auf der Rückseite aus. Man trat in eine höhlenartige, altmodische Küche, die zu einem gefliesten Flur im Erdgeschoß führte. Oben waren die Teppiche so dick, daß jedes Geräusch verschluckt wurde. Es war ein riesiges, düsteres Haus. Larry führte uns im zweiten Stock in ein Zimmer mit Doppelbett und Baldachin sowie einem eigenen Badezimmer. Schwaches Licht drang durch die Vorhänge an den Fenstern, aber als Larry sie zuzog, wurde es wieder dunkel. Sein Zimmer sei auf der anderen Seite des Flurs, sagte er. Er wollte seinen Elten mitteilen, daß wir da waren. Wir sollten so lange schlafen, wie wir konnten.

Sara und ich unterhielten uns nur kurz, während wir uns auszogen. Als wir in der Dunkelheit einschlummerten, sagte sie leise: »Ich kann noch gar nicht glauben, daß Dana tot ist. Um zehn Uhr haben Larry und ich bei W. C. Fields noch herzlich gelacht. Jetzt kann ich nicht glauben, daß ich jemals wieder lachen werde.«

Am nächsten Tag war die Polizei nicht mehr so nett zu uns. Sie hatten mit Cappy, meinem Chef, darüber gesprochen, wann ich am Vorabend gegangen war, und festgestellt, daß er mich unter einem anderen Namen kannte als dem, den ich ihnen genannt hatte. Larrys Vorstrafenregister wegen zivilen Ungehorsams hatte sie auch nicht freundlicher gestimmt. Von Duncan und Eli hatten sie erfahren, daß

Dana mit beiden »sexuelle Beziehungen« gehabt hatte, wie sie das ausdrückten. In Saras und in Duncans Zimmer hatten sie Haschisch gefunden und Saras verbotene Aufputschmittel entdeckt. Das lose Bargeld in meinem Zimmer stand ihrer Meinung nach mit den Drogen in Verbindung.

All diese Informationen wogen schwerer, weil sie nichts anderes entdeckt hatten. Für Fußabdrücke war der Boden zu hart, Danas Blut an der Hintertür stammte von einer behandschuhten Hand, und es gab keine Fingerabdrücke auf dem Messer, das sie für die Mordwaffe hielten. Es war eines unserer stumpfen Küchenmesser, das der Mörder auf dem Boden hatte liegen lassen.

Wir wurden alle noch mehrere Tage lang befragt. Sie ließen deutlich erkennen, was sie von unserem »Lebensstil« hielten. Sie fragten nach anderen sexuellen Aktivitäten im Haus und deuteten an, sie vermuteten Orgien oder sexuelle Ausschweifungen unter Drogeneinfluß. Sie telefonierten sowohl mit meiner Mutter als auch mit Ted und überprüften meine Identität.

Am zweiten Abend sprach ich ebenfalls mit beiden, es waren angespannte, mühsame Gespräche. Ich sagte beiden, ich würde bald zurückkommen. Ich müsse alles abwarten, was mit Danas Tod zusammenhing, aber wenn es vorbei sei, würde ich nach Hause kommen. Beide Male war ich unsicher, wo für mich ein Zuhause sein sollte. Teds Stimme klang wie die eines Fremden: höflich, ohne Neugier. »Tu, was du für richtig hältst«, sagte er.

»Danke«, sagte ich und tat so, als hätte ich eigentlich etwas Großzügigeres gehört.

In der zweiten Nacht kehrten alle außer Duncan ins Haus zurück. Er war am Nachmittag nach Hause gekommen, um einige seiner Sachen zu holen, und hatte uns gesagt, er werde für eine Weile bei Freunden bleiben. Die Polizei verdächtigte ihn am meisten, weil sie seine Affäre mit Dana als mögliches Mordmotiv sahen. Schließlich hatte er eine Freundin, vielleicht hatte Danas gefährliche Anhänglichkeit ihn bedroht.

Wir konnten das nicht verstehen. Schließlich hatte er ein Alibi. Zur Tatzeit spielte er im Sebastian's vor dreißig oder vierzig Leuten Gitarre; einige dieser Leute waren bereits befragt worden und hatten dies bestätigt. Wir saßen alle um den Küchentisch herum, nachdem er gegangen war, und sprachen darüber. »Vielleicht denken sie, er hätte einen Mörder angeheuert«, sagte Sara, die großen runden Augen blickten angestrengt hinter den schmutzigen Brillengläsern hervor. Ich brach in ein lautes, hysterisches Lachen aus, und sie sah gekränkt aus. Sie hatte es ernst gemeint.

Ich war nervös und reizbar, weil wir vorher Danas Blut hatten wegputzen müssen. Damit hatte ich nicht gerechnet. Ich weiß nicht, was ich erwartet hatte – daß vielleicht die Polizei solche Aufgaben übernimmt? Jedenfalls war ich diejenige, die es tun mußte. (»Tut mir leid«, hatte Sara gesagt. »Ich kann es einfach nicht.«) Während ich putzte, weinte ich laut, ohne darauf zu achten, daß Tränen und Speichel in die rosa Seifenblasen auf dem Boden tropften. Eli kam nach Hause, während ich noch schrubbte, und er stand eine Minute wortlos da und sah zu, ehe er nach oben ging. Ein paar Augenblicke später konnte ich hören, wie er sich im Badezimmer übergab.

In dieser zweiten Nacht schlief ich bei Larry, zum Trost. Ich hatte mich in meinem eigenen Zimmer hingelegt, konnte aber nicht einschlafen. Ich hörte Sara weinen, ein leises Wimmern, das von Zeit zu Zeit in Schluchzen überging. Ich stand auf und klopfte an ihre Tür, aber sie rief: »Nein! Bitte nicht... komm nicht herein.«

»Sara?« rief ich. Ich lehnte die Stirn an ihre Tür. »Ich bin's.«

»Ich muß wirklich allein sein, Licia«, sagte sie mit rauher Stimme. »Ich muß einfach weinen. Du kannst mir nicht helfen.«

»Aber du kommst mich holen, wenn du mich brauchst?«

»Ja, wenn ich dich brauche.«

Ich entfernte mich von ihrer Tür und stand in der breiten Diele. Die Tür zu Danas Zimmer war angelehnt. Ich hatte nur einmal hineingeschaut. Die Polizei hatte verschiedene Dinge von ihr mitgenommen – das Foto von Duncans Freundin, ein paar ihrer seltsamen kleinen Bronzen, Kleidung, persönliche Gegenstände. Alle Papiere von ihrer Schreibtischplatte waren verschwunden. Das Bett war ungemacht.

Ich klopfte leise an Larrys Tür. Keine Antwort. Ich machte die Tür auf und stieg vorsichtig über die Gewichte zu seinem Bett. »Larry«, flüsterte ich.

»Ich bin wach.«

»Kann ich bei dir schlafen?« fragte ich.

Zur Antwort rückte er beiseite. »Hier«, sagte er. »Hier.« Und er streckte den Arm aus und nahm meine Hand.

In den ersten Tagen nach Danas Tod benahm sich jeder von uns anders. Duncan ging fort, eigentlich zog er aus. (Er sollte der erste sein, der dann auch tatsächlich verkündete, er werde ausziehen.) Tagsüber redete Sara in einem fort, und nachts schloß sie sich ein. Man konnte sie weinen hören – ein Geräusch, das sich durch Wände und geschlossene Türen ähnlich anhörte wie ihre Lustschreie beim Sex mit John. Eli verschwand für immer längere Zeiträume in seinem Labor; ich glaube, er suchte Trost in der immer gleichen Routine seiner Arbeit. Wenn er da war, wirkte er benommen und unbehaglich in jedem Raum des Hauses, mit Ausnahme seines eigenen Zimmers. Einmal kam ich auf dem Weg zum Badezimmer an seiner offenen Tür vorbei und sah ihn voll bekleidet auf dem ordentlich gemachten Bett liegen. Das Licht fiel auf ihn, und seine Augen waren offen, aber er sah und hörte mich nicht.

Larry übernahm die Verantwortung für einen geregelten Tagesablauf. Er kaufte ein und kochte meistens. Er fuhr Leute, wohin sie gehen mußten – zum Polizeirevier, zur Arbeit, zum Unterricht. Er half Duncan, seine Habseligkeiten zu transportieren.

Und ich? Wie mechanisch tat ich, was von mir erwartet wurde. Ich weinte zu ungewöhnlichen Zeitpunkten. Ich geriet auch über ungewöhnliche Dinge in Panik und verspürte gelegentlich solche Angst, daß ich keine Luft bekam. Manchmal konnte ich kaum glauben, was geschehen war, es schien wie ein langer Alptraum, aus dem ich bald erwachen würde. Und dann glaubte ich es doch und begann wieder um Dana zu weinen.

Und als ich zum ersten Mal klar an etwas anderes als Dana denken konnte, merkte ich, daß mein Leben als Licia Stead zu Ende war, und ich weinte auch um sie.

Larry war der einzige von uns, der regelmäßig die Zeitungen las – täglich die *Times* und *The Globe*. Und so war er derjenige, der, als er

in einer Cafeteria am Harvard Square zwischen zwei Unterrichts-
stunden einen Kaffee trank, am zweiten Tag den Artikel über Danas
Tod und die »weitere Ermittlungsergebnisse« der Polizei las. Die
Überschrift lautete: »Polizei bringt Lebensstil mit Cambridge-Mord
in Verbindung.« Bevor er heimkam, hielt er noch einmal an und
kaufte auch den *Herald*, weil er wußte, daß es dort noch schlimmer
sein würde. Und so war es auch. »Nachbarn berichteten, sie seien
regelmäßig durch Partys gestört worden, die bis in die frühen Mor-
genstunden dauerten, und durch betrunkene und unter Drogen ste-
hende Personen, die in die Büsche urinierten oder sich erbrachen.«
Die Menge der gefundenen Drogen wurde stark übertrieben. Von
Dana schrieben sie: »Die großgewachsene blonde Schönheit hat in
Notizbüchern über ihre zwanghafte Anhänglichkeit an einen der
Hausbewohner geschrieben, mit dem sie periodisch intim war, doch
das hat sie nicht daran gehindert, mit mindestens einem weiteren
Hausbewohner sexuelle Beziehungen zu haben.«

«Ich verstehe nicht, wie sie das schreiben können«, sagte Eli. Sein
Gesicht war weiß geworden. »Wie können sie das schreiben?« Wir
saßen zu dritt in der Küche. Larry war hereingekommen, während
Eli und ich zu Mittag aßen, und hatte die Zeitungen auf den Tisch
geknallt. Wir hatten sie abwechselnd gelesen, stellenweise laut.

»Gott, sie ist tot, reicht das nicht?« sagte ich. »Es ist so verrückt.
Selbst die Polizei glaubt nicht, daß das irgend etwas mit ihrem Tod
zu tun hat.«

»Es wird in Vergessenheit geraten«, sagte Larry. »Für eine Weile
läßt es sich gut verkaufen, und dann werden sie den Kerl finden, und
es ist vorbei.«

»Aber bis dahin ist es, als würden sie sie noch einmal umbringen.«
Ich mußte weinen. »Es hat so gar nichts damit zu tun, wer sie war.«

»Es geht nicht darum, wer sie war oder wer irgendeiner von uns
ist«, sagte Eli. »Ich kann nicht glauben, daß sie damit durchkommen.«
Er schlug mit der Faust auf den Tisch. »Es muß doch Gesetze zu unserem Schutz geben. Zu ihrem Schutz.«

»Aber das sind wir. So werden wir von der Gesellschaft gesehen«,
sagt Larry. »Das vergeßt ihr. Dies hier«, er hielt die Zeitung hoch und
schwenkte sie, »das ist ihre Wahrheit.«

»Ich kann darüber nicht nachdenken«, sagte ich. »Sprich nicht darüber.«

»Du kannst es dir nicht leisten, es zu ignorieren«, sagte er.

Und so durchlebten wir im Laufe der nächsten Tage – so lange blieben wir eine Nachricht in den Zeitungen – einen Lernprozeß, den wir beklagten und gleichzeitig akzeptierten. An dessen Ende stand die Erkenntnis, daß eine enorme Lücke klaffte zwischen unserem Selbstverständnis und der Art, wie wir beschrieben wurden. Es war nicht nur eine Lücke, es war vielmehr ein Widerspruch. Weil alles, von dem wir glaubten, es mache uns unschuldig oder gut oder offen – unsere sexuelle Aufrichtigkeit, unsere Bereitschaft, die Grenzen unseres Bewußtseins chemisch zu erweitern, unser politischer Aktionismus –, genau die Dinge waren, die jetzt als widerwärtig oder kriminell beschrieben wurden.

Ich muß gestehen, daß ich mir insgeheim etwas darauf zugute hielt, nie an irgendwelchen Ausschweifungen bis auf ein oder zwei Joints auf einer Party beteiligt gewesen zu sein. Dasselbe, was mich damals erschreckt und mir das Gefühl gegeben hatte, prüde zu sein, wurde jetzt zur Quelle eines geheimen Stolzes. Wobei ich mich stets auch ein wenig schämte, wenn ich mir gegenüber ehrlich war.

Ich wollte in dieser Nacht wieder bei Larry schlafen, aber er wollte es nicht. »Das ist keine gute Idee«, sagte er. Seine Stimme klang im Dunkeln zu laut. »Ich bin ein geiler Bastard. Aber ich rede mit dir, wenn das hilft.«

Wir gingen zusammen nach unten. Ich kochte Kaffee, und wir nahmen im Wohnzimmer auf den durchgesessenen Sofas Platz. Da sagte er mir, er fühle sich zu mir hingezogen. »Schon die ganze Zeit, Lish«, sagte er. Er lachte. »Lish. Joey. Wer zum Teufel du auch sein magst.«

»Tatsächlich? Dana hat das geglaubt. Ich nicht.«

»Wie kommt es, daß du so dumm bist?« Sein Ton war freundlich, liebevoll. Er trug einen Schlafanzug und große, flauschige Pantoffeln.

»Ich glaube, ich habe nicht nachgedacht.«

»Könnte man sagen.«

»Ich meine, über dich oder irgend jemanden. Ich habe meine Ehe noch nicht verarbeitet. Ich *bin* schließlich verheiratet.«

»Das behauptest du.«

»Es stimmt. Ich werde auch zurückgehen. Denke ich zumindest.«
Wir hatten die Lampen im Wohnzimmer nicht eingeschaltet, und
Larrys Gesicht war in dem bläulichen Halblicht, das aus der Küche
kam, nicht zu erkennen.

»Aber zu was gehst du zurück?«

»Ich weiß nicht«, sagte ich. Und ich versuchte, ihm alles zu erklären – wer ich wirklich war, meine Ehe, das Pik As, meine Gründe
fortzugehen. Er war interessiert und mitfühlend.

Und dann kamen wir natürlich wieder auf Dana zurück. Einmal
fragte ich ihn: »Hast du sie jemals geliebt?« Mir schien, wir hätten sie
alle geliebt. »Hast du dich je zu ihr hingezogen gefühlt?«

»Ich habe sie geliebt«, sagte er. »Ich weiß nicht, wie man sie nicht
hätte lieben sollen. Aber sie hat mich sexuell nie interessiert. Sie war
zu einsam für mich, zu ausgehungert.«

Wir hofften beide, daß sie schnell das Bewußtsein verloren hatte.
Wir stellten uns den Moment vor, in dem sie hereingekommen war
und den Dieb entdeckt hatte. Wir stellten uns vor, was sie vielleicht
gesagt hatte. *Kann ich Ihnen helfen? Kenne ich Sie?* Nicht wirklich
ängstlich, dachten wir. Einfach Dana. *Hallo. Was machen Sie hier?*

Sie hatte sich überhaupt nicht gewehrt, hatte die Polizei gesagt.
Keine Kratzer oder blauen Flecken, keine Schnitte an ihren Händen,
wo welche gewesen wären, wenn sie versucht hätte, sich zu verteidigen oder nach dem Messer zu greifen. Keine Hautfetzen unter ihren
Fingernägeln. Es sah so aus, als habe sie die Messerstiche einfach hin-
genommen und nur versucht auszuweichen. Das verwirrte uns. Ich
hielt es für ein Zeichen ihrer Güte, ihres Unwillens, von anderen Bö-
ses zu erwarten, selbst wenn jemand versuchte, sie zu verletzen. Larrys
Auffassung von ihr war komplexer, dunkler. Er hatte Dana in gewisser Weise als hilflos angesehen, zwanghaft freundlich zu allen, aber im
Grunde verzweifelt auf der Suche nach Liebe. Und daher passiv, vielleicht sogar zu passiv, um sich vor einem Mörder zu schützen.

Wir sprachen darüber, wie schnell es geschehen sein mußte, daß
sie vielleicht gerade aufgewacht war – ihr Bett war benutzt. Daß sie
vielleicht gar keine Zeit hatte zu reagieren, bevor sie Blut verlor und
fortzulaufen versuchte, um sich zu retten.

»Gott, wäre ich nur ein paar Minuten früher zurückgekommen«, flüsterte ich.

»Dann hätte er dich auch umgebracht«, sagte Larry.

»O nein! Er hätte doch nicht zwei Leute umgebracht.«

Er schnaubte. »Du hast natürlich recht. Ein Mord war genug für unseren Mann. Ein Mann mit Prinzipien.« Er hatte sich vorher von oben eine Zigarre geholt, mit der er jetzt gestikulierte.

»Das habe ich nicht gemeint, und das weißt du.«

Doch ich stellte es mir vor, Dana, die barfuß die Treppe herunterkam, als ich gerade die Haustür öffnete. Ihre Augen vom Schlafen geschwollen. »O hallo!« sagt sie. »Ich dachte, ich hätte jemanden gehört.« Und dann hören wir beide ein Geräusch in der Küche, den Dieb, der flieht, erschrocken über unsere Stimmen. Wir gehen zusammen hinein, und gemeinsam finden wir die leere Haushaltskasse auf dem Küchenboden. Und die schreckliche Nachricht lautet lediglich, daß wir siebzehn Dollar und etwas Kleingeld verloren haben.

Larry und ich sprachen darüber, daß wir dem Burschen vielleicht schon auf dem Stadtplatz begegnet waren, einem der Drogensüchtigen, die den ganzen Sommer dort lebten und jetzt verzweifelt Geld brauchten. Oder bloß ein gewöhnlicher Dieb, der seinen Lebensunterhalt damit verdient, an Türen zu rütteln, Schlösser zu knacken, zusammenzuraffen, was er schnell finden kann, um dann wieder zu verschwinden. Jemand, der leicht bei Joe oder Nemo's oder im Albiani's am Nebentisch sitzen könnte. Das dachte zumindest die Polizei. Sie gingen ihre Akten durch, suchten jeden auf, der für diese Art Verbrechen bekannt war, und überprüften Alibis.

»Für mich ist es so *furchterregend*«, sagte ich zu Larry, als wir in der Küche unsere Tassen wuschen, »daß es einfach so zufällig passieren konnte. Daß auch Sara oder ich ihn hätten überraschen können und jetzt tot sein könnten. So habe ich das Leben nie zuvor betrachtet«, sagte ich und schwor mir insgeheim, das nie wieder aus den Augen zu verlieren.

»Ich glaube, ich habe es immer so gesehen«, sagte er.

Als ich meiner Mutter und Ted gesagt hatte, ich müsse weitere Entwicklungen abwarten, war ich selbst nicht sicher, was ich damit meinte. Damals befragte uns die Polizei noch fast täglich, das war sicherlich ein Grund. Und Dana wurde autopsiert, ein weiterer Grund, der zeigte, wie unvollendet ihre Geschichte war. Ich dachte wohl, wenn es vorbei wäre, würde ich zu ihrer Beerdigung gehen, ihre Eltern kennenlernen und ihnen sagen, wie leid es mir tat. Ich erwartete wohl, alle Hausbewohner würden zusammen hingehen, alle, die sie im wirklichen Leben so gut gekannt und geliebt hatten und ihrer Familie sagen konnten, wie besonders sie gewesen war.

Aber nichts davon geschah. An dem Tag, als Danas Leiche freigegeben wurde, kamen zwei ihrer Schwestern von Chicopee heraufgefahren, um ihre Habseligkeiten abzuholen. Sie hatten am Vorabend angerufen, und wir hatten ihretwegen ein bißchen aufgeräumt. Ich hatte mich gezwungen, endlich in Danas Zimmer zu gehen und ihr Bett zu machen, die Decken glattzuziehen, die sie zurückgeschlagen hatte, als sie nach unten ging, um ihren Mörder zu treffen.

Ihre Schwestern waren zwei kräftige Frauen, die eine so groß wie Dana, die andere viel kleiner. Die Größere war ungefähr Ende Vierzig und hatte bereits graue Haare. Die Kleinere war älter, und sie erinnerte mich an Fotos, die man von polnischen Bauersfrauen sieht – ihr Wollmantel war im Rücken etwas zu eng, und sie trug ein Kopftuch wie die Frauen auf diesen Fotos. Beide hatten die hohen, gerundeten Wangenknochen und die schrägen Augen, die auch bei Dana das slawische Erbe verraten hatten.

Sie wollten nicht reden. Sie reagierten kaum, als ich sagte, wie leid es uns täte und wie gern wir Dana gehabt hätten. Ich zeigte ihnen ihr Zimmer, und sie sahen sich schweigend um zwischen den weiblichen Sesseln, der Schlangenhaut, den Aktzeichnungen von Dana. Die Ältere preßte die Lippen zusammen. »Die Polizei hat einige Sachen mitgenommen«, sagte ich entschuldigend.

»Hmm«, sagte die Kleinere.

Ich begleitete sie, als sie hinausgingen, um Kartons aus ihrem Auto zu holen. Ich wollte helfen, aber die Kleinere – sie hatten ihren Namen nicht genannt – nahm mir den Karton aus der Hand und sagte: »Das machen wir schon. Lassen Sie nur!«

Ich fühlte mich, als hätte sie mich geschlagen.

Ich zog mich in die Küche zurück, rauchte und trank Kaffee,

während sie schweigend an mir vorbeigingen und die Glastür hinter sich zufallen ließen.

Beim letzten Gang nach draußen hielt die größere Schwester in der Küche inne und stellte ihren Karton vor mir auf den Tisch. Ich versuchte, nicht hinzuschauen, aber zwischen den Kleidungsstücken sah ich zwei der kleinen Tiere, die die Polizei zurückgelassen hatte.

»Ein paar Sachen haben wir oben gelassen. Müll«, sagte sie. Ihre Stimme war hart und genauso häßlich, wie Danas gewesen war.

»Gut, ich werde ihn wegbringen.«

»Sie werden sehen, es ist alles in den Kartons. Es wird Ihnen nicht viel Mühe machen.«

»Gut«, sagte ich. Sie hob den Karton wieder hoch und wollte gehen. Ihre großen Hände waren ebenfalls rot und rissig.

»Wird es eine Beerdigung geben?« fragte ich. »Einen Gottesdienst?«

»Bloß für die Familie.«

»Oh, wir würden auch gern kommen. Wir waren auch ihre Familie, wissen Sie.«

»Das ist nur für die Familie. Die richtige Familie.«

»Aber wir haben sie geliebt. Wir...«

Doch sie schüttelte den Kopf, und ihre Lippen waren eine dunkle, grimmige Linie. »Niemand außer der Familie«, sagte sie.

»Aber wir würden so gern...«

Sie stellte den Karton wieder ab. »Ich sage Ihnen etwas. Hören Sie mir zu. Halten Sie sich um Himmels willen fern von uns. Meine Eltern sind alt, es hat sie fast umgebracht. Ihre Tochter, ihr Baby, stirbt vor ihnen. Das ist das Schlimmste, was Eltern passieren kann. Aber Sie, nicht wahr, ihre sogenannten Freunde, müssen ihren Namen durch den Dreck ziehen. Was glauben Sie, wie sich das anfühlt? He? Sie schlagen die Zeitung auf, und da heißt es, Dana Jablonski dies, Dana Jablonski das. Sie mit Ihren Drogen und Ihren schmutzigen Angewohnheiten haben Sie so in den Dreck gezogen! Wer sind Sie, solche Sachen über sie zu sagen?«

»Aber das war nicht unsere Schuld! Wir haben überhaupt nicht mit den Zeitungen gesprochen.«

»Ha!« Mit ihrer großen Hand schlug sie nach mir. »Ihr seid alle...

Abschaum.« Ihre geröteten Augenlider schwollen noch weiter an. Rasch hob sie den Karton an. »Lügner und schlimmster Abschaum«, sagte sie und ging.

Ich folgte ihr zur Tür. Ich wollte etwas sagen, aber ich wußte nicht, was. Ich wollte die Beziehung zu Dana verteidigen, meine jedenfalls. Doch als ich draußen ankam, stand sie da, noch einige Meter von ihrem Auto entfernt. Sie hatte den Karton auf den Boden gesetzt, als sei er auf einmal unerträglich schwer. Sie schluchzte hilflos, während die Kleine ihre plumpen Arme um sie legte. Ihre Hände in den weißen Strickhandschuhen bewegten sich wie flatternde Flügel auf dem breiten Rücken der größeren Schwester.

Und damit war es vorbei. Ich sprach ein letztes Mal mit der Polizei und hinterließ die verschiedenen Telefonnummern, unter denen ich zu erreichen war. Sara und Eli suchten eine neue Wohnung. Larry würde noch bis Ende des Monats bleiben, und was danach kam, wußte er noch nicht. Vielleicht für eine Weile in die Marlborough Street ziehen.

Ich fuhr am Spätnachmittag fort, um einen Flug am frühen Abend zu bekommen. Sara war wieder bei der Arbeit. Larry hatte Unterricht, und ich war froh, nicht nochmals Abschied nehmen zu müssen. Nur Eli war zu Hause. Er hatte angeboten, mich zum Flughafen zu begleiten, aber ich hatte abgelehnt. Ich sah ihn zum letzten Mal, als ich ins Taxi stieg. Es schneite leicht, der Beginn eines großen Schneesturms. Der Himmel war von einem trüben, schmutzigen Grau. Die Haustür hinter Eli stand offen, so schwarz wie auf den Fotos, die ich aufbewahrt habe. Er stand da, eingerahmt von der Dunkelheit, die Schultern gegen die Kälte hochgezogen, die Hände in den Taschen seiner Jeans. Ich drückte die Handfläche an die eisige Scheibe, als wir abfuhren, und sah, daß er zur Antwort eine Hand hob. Ich beobachtete ihn, bis wir um die Ecke bogen, aber er ging nicht ins Haus. *Der Käse steht allein,* dachte ich, einer dieser unbedeutenden Sätze aus einem anderen Lebensabschnitt, die einem manchmal in sehr bedeutsamen Augenblicken in den Sinn kommen. Und das Kinderlied verfolgte mich die ganze Zeit, die ich brauchte, um in mein anderes Leben zurückzukehren.

6

Ich reiste also zurück in mein altes Leben, um zu sehen, ob ich die Bruchstücke aufsammeln könnte – um zu sehen, ob diese Teile noch existierten –, als ich Daniel kennenlernte.

Wir waren im Logan Airport in Boston. Unser Flug war um mehrere Stunden verschoben worden, weil sich ein Schneesturm ankündigte. Ich war umhergeschlendert, hatte im Restaurant bitteren Kaffee getrunken und gründlich die Zeitungen gelesen – Dana wurde nicht erwähnt. Dann wurde der Flug aufgerufen, aber er war überbucht. Eine kleine Menschenansammlung bewegte sich vor dem Gate, und als über Lautsprecher gefragt wurde, ob jemand bereit sei, seinen Platz abzutreten und erst am nächsten Tag zu fliegen, wofür es einen Freiflug geben würde, meldeten sich Daniel und ich, zusammen mit zwei anderen Männern – einem Studenten mit riesigem Rucksack, der unheildrohend über seinem Kopf thronte, und einem Mann in mittleren Jahren, eindeutig ein Geschäftsmann.

Ich hätte für die Nacht in die Lyman Street zurückgehen können, aber der Gedanke kam mir gar nicht. Oder aber er wurde sofort verworfen. Ich hatte das Gefühl, den letzten Abschiedsgruß gesprochen und die Tür zu diesem Teil meines Lebens, zu *Licia Stead* geschlossen zu haben. Jedenfalls fuhr ich mit den anderen im Shuttle-Bus zu unserer kostenlosen Übernachtung im Ramada Inn des Flughafens, und noch immer summte ich das Lied »The Farmer in the Dell«.

Als wir uns eintrugen, schlug Dave, der Geschäftsmann, vor, wir sollten alle einen Drink nehmen, um den zukünftigen Freiflug zu feiern. Sein eigentliches Ziel war, mit mir, der anziehenden Blondine, einen Drink zu nehmen, das war offensichtlich. Aber ich wollte in dem Hotel genausowenig allein sein wie er, und so brachte ich mein Gepäck nach oben und ging dann wieder hinunter in die Bar, um die anderen zu treffen.

Es war Daniel, mit dem ich mich schließlich unterhielt. Der Student verließ uns ziemlich bald, und wir brauchten nur noch Daves Rückzug abzuwarten, was eine Weile dauerte. Aber endlich saßen Daniel und ich allein an dem auf Hochglanz polierten Tisch, und dort blieben wir, während der Raum um uns herum sich leerte, der Barkeeper die letzte Bestellung servierte und bereits aufräumte. Zum Schluß stellte er die Stühle umgedreht auf die anderen Tische.

Als wir an diesem Abend langsam durch die verlassene Halle zum Aufzug gingen, wußte ich vor allem, wie tiefgehend schön ich Daniel fand – blaß und feingliedrig mit einem Körperbewußtsein, zurückhaltend und unter Spannung zugleich, das mich immer noch anzieht. Und daß er nett war. Zu mir war er besonders freundlich gewesen, aber er war auch zu dem Studenten und sogar zu Dave nett gewesen. Ich wußte, daß er beim Peace Corps in Afrika gewesen war, daß er auf einer Farm aufgewachsen war, daß er in Boston die theologische Fakultät besuchte, ein gottgläubiger Mensch, der überzeugt war, er könne Menschen helfen, könne in ihrer Lebensauffassung etwas bewirken. Mein Gefühl und das Strahlen seines intelligenten Gesichts sagten mir, daß er *gut* war, von einer Güte, an die ich schon damals absolut glaubte. Man konnte nicht anders.

Und was wußte er von mir? Nun, zuerst die grundlegenden Tatsachen. Daß ich in Maine aufgewachsen war, dort studiert und kurze Zeit als Lehrerin an einer High-School gearbeitet hatte, bevor ich Kellnerin wurde. Nach diesen Informationen ging Dave, und das Gespräch wurde persönlicher und intimer. Daniel erfuhr, daß ich verheiratet war, daß mein Leben ein Chaos war, daß ich bereit gewesen war, auf den Flug zu verzichten, weil ich es nicht eilig hatte, zu meinem Mann nach Hause zu gehen. Daß jemand, den ich geliebt hatte, gerade gestorben war. Daß die Welt mir wie ein Ort ohne Sinn oder Herz vorkam. Ich hatte kurz geweint, als ich mit Daniel an diesem polierten Tisch saß, und er hatte sich vorgebeugt, um mich vor den Blicken des Barmannes und der beiden Menschen zu schützen, die noch im Raum waren, einem Paar, das sich an der Bar lärmend betrank. Für ein paar Sekunden legte er seine Hand zärtlich an meine Wange, und ich hatte das Gefühl, wenn ich nur dort bei ihm bleiben könnte, würde alles gut werden.

Die Aufzugtüren hatten sich gerade geschlossen, und er sagte:

»Wissen Sie, ich wünschte, wir könnten…«, als die Welt stillzustehen schien und die Türen sich wieder öffneten. Ich sah, daß wir auf meinem Stockwerk angekommen waren.

»Gott, *das* ging aber schnell«, sagte ich.

Er griff an mir vorbei, um die Türen für mich offen zu halten. »Ja. Viel zu schnell.«

Ungeschickt trat ich rückwärts aus dem Aufzug, und wir sagten uns gute Nacht. Als die Türen sich schlossen, öffnete Daniel gerade den Mund, als wolle er etwas sagen. Ich stand einen Moment da und fragte mich, was es wohl gewesen sein mochte, dann drehte ich mich um und ging langsam durch den dämmrigen, mit Teppich ausgelegten Korridor zu meinem Zimmer.

Natürlich sahen wir uns am nächsten Morgen wieder, als wir für den Flug in einer Schlange standen, aber da schien es einfacher, nicht zu sprechen, sondern uns nur ernst und erkennend zuzunicken.

Es dauerte mehr als drei Jahre, bis wir uns wieder trafen, diesmal in New York. Ich war diejenige, die ihn anrief, nachdem ich ihn über die theologische Fakultät ausfindig gemacht hatte. Ich hatte in diesen Jahren oft an ihn denken müssen. Sein Gesicht hatte sich mir eingeprägt, die Haut, die wie von innen erleuchtet schien; und die kühle Hand, die mein Gesicht berührte. In dieser Zeit arbeitete ich für Dr. Moran, und begann mein Studium an der tierärztlichen Fakultät. Mein Leben war einsam – Tiere und Kollegen ausgenommen – und voll harter Arbeit, die ich mittlerweile liebte. Aber gelegentlich brach ich aus dieser Routine aus und lebte ausschweifend und liebte promiskuitiv. In rascher Folge wechselten sich meine Liebhaber ab. Dann hatte ich irgendwann genug und vergrub mich wieder in meiner Arbeit.

Ich hielt nicht inne, um mich zu fragen, was ich da tat und warum, aber später sah ich, daß es mit der Angst zu tun hatte, mich wieder einmal zu schnell zu binden, etwas zu überstürzen – nur betraf es diesmal die Arbeit, nicht irgendeinen Mann. Ich spürte, daß ich vor etwas davonlief, einer tiefen Angst, die mit Dana und ihrem gewaltsamen Tod zu tun hatte. Aber ich dachte nicht länger darüber nach. Was ich damals fühlte, war Gier, ein verzehrender sexueller Appetit.

Und als diese Wellen animalischen Hungers verebbt zu sein schienen, war Daniel derjenige, an den ich dachte. Daniel, mit dem ich einen einzigen Abend verbracht hatte.

Er war überrascht und dann entzückt, von mir zu hören. Wir telefonierten einige Male miteinander, und die Gespräche dauerten jeweils mehrere Stunden. Ich erinnere mich, wie ich auf dem Bett in meinem winzigen Apartment lag und redete. Die Ahornzweige streiften mein Fenster mit einem sanft kratzenden Geräusch – ich sah die blassen Unterseiten der Blätter, die sich hoben und senkten –, und wir redeten. Wir verglichen den Arbeitsmarkt für Tiermediziner und Geistliche. Wir sprachen darüber, wie unsere Karriere voranschritt. Wir diskutierten über Familie, Kinder, die Rolle der Mutter in unserem Leben. Ich erzählte ihm von meinen schmerzlichen, ungelösten Gefühlen für meinen Vater, der mit vierundsechzig gestorben war, von meinen Eltern, wie sie sich kennengelernt hatten, als meine Mutter direkt von der Sekretärinnenschule kam und für meinen Vater arbeitete, der zwanzig Jahre älter war als sie und eine Ehefrau hatte, die im Sterben lag. Wir sprachen über Tiere, wie wir sie erlebten, was wir für sie empfanden. Ich erzählte ihm von Dr. Moran und seinen wunderbaren Händen, von einer Schlange, die ich tatsächlich liebgewonnen hatte. Daniel war auf der elterlichen Farm für die Hühner zuständig gewesen und fand kaum ein gutes Wort für Vögel. Über Hunde und Katzen waren wir uns einig. Wir zogen einander mit Anspielungen auf frühere Beziehungen und Andeutungen sexueller Geschichten auf. Mein Ohr schmerzte, wenn ich auflegte.

Schließlich verabredeten wir, uns in New York zu treffen. Wir trafen uns in einem teuren Restaurant, das er für uns ausgewählt hatte, obwohl wir uns kaum die Mühe machten, unser Mahl zu beenden. Benommen und nahezu stumm vor Verlangen nahmen wir ein Taxi zurück in mein heruntergekommenes Hotel nahe der 92. Straße und bestiegen mit einer Gruppe deutscher Touristen den winzigen und altmodischen Aufzug. Er klapperte und rumpelte. Er hielt in jedem Stockwerk. Leute stiegen ein und aus. Die Sprachen wechselten. Es dauerte eine Ewigkeit. Ich hörte Französisch und dann etwas, das ich für Portugiesisch hielt. Am Anfang hatten wir vorn bei der Aufzugtür gestanden, dann aber so oft Platz gemacht, daß wir jetzt hinten standen, eng aneinandergepreßt. Ich zitterte, ich konnte es kaum ertragen, ihn anzusehen.

»Also«, sagte Daniel im Konversationston, »*das* ist wirklich ein sehr langsamer Aufzug.«

Sechs Wochen später waren wir verheiratet, und ich würde sagen, daß wir seither glücklich gelebt haben, nicht für immer und ewig, aber die meiste Zeit. Kompromisse gab es oft genug, aber die beschreiben den Kern dessen, was es bedeutet, verheiratet zu sein. Gelegentlich bedeuten sie alles.

Von allen Kompromissen, die eine Ehe erfordert – vor allem die Ehe mit einem Geistlichen – war der für mich vielleicht schwierigste, mein Leben und meine Sorgen beiseite zu schieben, wenn Leben und Sorgen eines anderen Menschen Daniel beschäftigten. Er ist – im Unterschied zum Architekten, zum Anwalt, Börsenmakler oder Professor – bei seiner Arbeit auch emotional in Anspruch genommen.

In jenen Tagen nachdem ich Jean Bennett und Arthur gesehen und Elis Namen wiedergehört hatte, versuchte Daniel, mit mir mitzufühlen. Beim Abendessen am Dienstag sprach ich über alles, wie ich es seit Jahren nicht getan hatte. Ich sprach die alten Namen aus, und wir überlegten, was aus den anderen geworden sein mochte – ich hatte mit niemandem Kontakt gehalten. Daniel stimmte mit mir überein, wie merkwürdig es war, daß ausgerechnet Eli, derjenige, den ich am wenigsten gekannt hatte, wieder in meinem Leben aufgetaucht war.

»Erinnerst du dich an meine Vorahnung?« fragte ich ihn und stützte die Ellbogen auf den Tisch.

»Welche Vorahnung?«

»Du weißt doch, ich habe es dir erzählt, dieses Gefühl von Loslösung, das ich gestern hatte.«

»Ach, die Mahnung.« Er lächelte.

»Quatsch«, sagte ich. »Jetzt wissen wir, daß es eine Vorahnung war.«

»Meinst du?« sagte er. »Nun, es tut mir bloß leid, daß du noch einmal diese Gefühle hast.«

Wir schwiegen einen Moment, und dann fragte er: »Wenn es eine Vorahnung war, von was genau war es dann eine Vorahnung?«

Ich merkte, daß ich es nicht wußte, und lachte. »Nun, vielleicht *war* es eine Mahnung.«

Daniel hatte selbst großen Kummer, denn Amy war gestorben. Er mußte ihr Begräbnis und den Gottesdienst arrangieren, samt allen logistischen Problemen, die das mit sich brachte. Am Mittwoch abend würden einige von Amys Verwandten zu Besuch kommen. Ich betrachtete diesen Aspekt meiner Teilnahme an Daniels Leben als rein organisatorische Herausforderung: die Betten der Mädchen und die im Gästezimmer neben der Küche waren immer frisch bezogen; ich hatte Eintöpfe eingefroren. Dazu würde ich einen gebackenen Schinken kaufen. Anschließend wollte ich noch in einem Feinkostladen Brötchen und Hörnchen zum Frühstück kaufen. Ich würde die Kaffeemaschine einschalten, die selten benutzt wurde. Milch und Magermilch, zusätzlicher Orangensaft, Obst und Marmelade, Butter und Margarine würden bereitstehen. Mein Job war es, dann in den Hintergrund zu treten und Essen und Trost zu spenden. Ich hatte gelernt, das zu tun, ohne daß es mich viel kostete.

Daniel fragte mich in diesen Tagen von Zeit zu Zeit zerstreut: »Wie hältst du das bloß durch?« »Wenn alles vorbei ist, setzen wir uns hin und reden richtig miteinander.« »Das muß schrecklich schwer für dich sein.«

War es das? War es schwer?

In mancher Hinsicht wohl schon, nehme ich an.

Hauptsächlich war ich jedoch besorgt. Ich sah Jean noch einmal, als sie Arthur nach seinen ersten Steroidinjektionen abholte. Trotz dreier Dosen war keine wirkliche Veränderung eingetreten, aber ich gab ihr die Pillen und auch etwas Valium mit, weil er ängstlich schien. Sie sagte mir, Eli wolle sich am Wochenende bei mir melden. Darauf wartete ich, dachte daran, wie es sein würde, mit ihm zu sprechen, ihn wiederzusehen; und ich dachte oft an Dana. Nicht nur, wie sie im Leben gewesen war, Erinnerungen, gewisse vertraute *Szenen,* die ich im Laufe der Jahre immer wieder vor mir gesehen hatte, sondern wie sie ausgesehen hatte, als ich sie fand – ein Bild, das ich bislang erfolgreich verdrängt hatte. Doch selbst dieses Entsetzen hatte ich bereits so oft nacherlebt, daß es jetzt merkwürdig fern schien.

Neu war jedoch – und zwar auf eine zwanghafte, bedrückende

Art, wie immer wiederkehrende Details und Bilder aus einem langweiligen Film – die Erinnerung an kleinere Nebenhandlungen. So hatte ich beispielsweise das Saubermachen verdrängt – dieses Bild überfiel mich jäh und mit voller Wucht. Und unsere Bitterkeit und Scham darüber, daß man uns in den Zeitungen so bloßgestellt hatte, weil wir Dana bloßgestellt hatten. Innerlich wich ich vor diesen Erinnerungen zurück. Ihre ungezügelte Heftigkeit machte mir angst.

Bis ich merkte, daß sie Elis wegen kamen, weil er derjenige war, der wieder in mein Leben trat, und nicht einer der anderen. Weil er derjenige war, der mich weinend auf den Knien in der rötlichen Mischung aus Putzmittel und Blut gefunden hatte und nach oben gegangen war, um sich immer wieder zu übergeben. Und er war derjenige, der am meisten schockiert und aufgebracht gewesen war über die nutzlose Zurschaustellung all dessen, was in unserem Leben als schmutzig zu gelten schien. Wenn es grausam war, dann war es Elis Sichtweise, die es grausam machte.

Ich ertappte mich dabei, daß ich auch über mein Leben und darüber nachdachte, was ich seither daraus gemacht hatte. In den ersten Jahren nach Danas Tod rief ich mir ihr Gesicht in Erinnerung, wenn ich mich verloren oder hoffnungslos fühlte. Ich erinnerte mich daran, wie jung sie gewesen war, als ihr alles genommen wurde. Ich benutzte ihren Verlust als Antrieb, mich über mein eigenes Elend zu erheben. Schließlich hatte ich großes Glück, einfach *weitermachen* zu dürfen. Am Leben zu sein, meinen Mann zu haben, meine Arbeit. Selbst Verzweiflung empfinden zu können, ermahnte ich mich, war reines Glück. Gnade, wie Daniel es nennen würde.

Doch irgendwann hatte ich aufgehört, diese enge Verbindung zu ihrem Tod zu empfinden. Mein Leben veränderte sich, und ich veränderte mich. Zeit legte sich über diese Ereignisse und den Schrecken. Andere Todesfälle, andere Kümmernisse ersetzten meine Trauer um Dana und wandelten mein Denken darüber, wie das Leben zu leben und dem Tod ins Augen zu sehen war. Wie wir Rechenschaft über unsere Zeit auf der Erde abzulegen hatten.

Jetzt hatten die Erinnerungen mich wieder eingeholt, jedoch mit einem Hauch von Distanziertheit, die ich verspürte, wenn ich unser Gruppenfoto betrachtete, mich selbst mit langen Hippie-Haaren und den Jeans mit ausgestellten Beinen. Distanziertheit und eine Art Scham, weil ich so vieles vergessen hatte, trotz meinem Schwur, das Geschehnis und die Erinnerung an Dana immer im Gedächtnis zu behalten. Und wenn die Rückkehr der Erinnerungen als Ermahnung zu verstehen sein sollte, dann so: Wir haben kein Recht, so vieles loszulassen, was uns geformt hat. Wir sollten die Gabe des Vergessens nicht besitzen.

Als ich am Donnerstag abend nach Hause kam, standen drei Autos neben Daniels im Hof vor der Küche. Ich parkte auf der Straße, damit alle leicht herausfahren konnten, und ging zweimal hin und her, um die zusätzlichen Lebensmittel hineinzutragen. Bevor ich morgens aus dem Haus gegangen war, hatte ich Obst und Kekse, Sherry und Wein, einen Korkenzieher und Gläser, Kaffeetassen und die schon gefüllte Kaffeemaschine bereitgestellt. Während ich die Sachen hineintrug, bemerkte ich mit Befriedigung, daß einiges benutzt worden war. Der Geruch von Kaffee füllte die Küche, und oben konnte ich Leute umhergehen hören. Von Daniel war nichts zu sehen.

Ich stellte Käse und Kräcker bereit und heizte den Backofen vor. Dann ging ich durch den dämmrigen Garten. Ich betrat die offene Scheune und ging durch die Dunkelheit zu Daniels Tür, unter der ein heller Lichtstreifen zu sehen war. Ich lehnte mich dagegen. »Mach auf«, rief ich.

Nach wenigen Sekunden öffnete sich die Tür. Daniel trug seine Brille, und sein Kinn legte sich in Falten, als er mich über den Rand der Gläser hinweg ansah. Er hatte einen Stift und einige lose Papiere in der Hand.

»Ich wollte nur mal nach dir sehen, bevor es losgeht«, sagte ich.

»Nett von dir.« Er beugte sich vor und küßte mich rasch auf die Wange. Dann ging er wieder an seinen Schreibtisch und setzte sich.

»Arbeitest du an Amys Grabrede?« fragte ich. Ich setzte mich ihm gegenüber auf eine Bettcouch, die er benutzte, wenn er einen Mittagsschlaf hielt oder las. Der Raum war überheizt. Ich zog meinen Mantel aus.

»Nein, an der Sonntagspredigt«, sagte er. »Ich habe einen Zusammenhang gesehen und wollte mir ein paar Notizen machen.« Er schob die Papiere auf seinem Schreibtisch herum. Er nahm die Brille ab und rieb sich heftig die geschlossenen Augen. Dann hob er den Kopf und sah mich an. »Wie war dein Tag?« fragte er.

Ich zuckte mit den Schultern. »Verrückt. Aber mir ist eine sehr ordentliche Operation gelungen.«

»Ach ja? Was denn?«

»Eine Art Transplantation. An einer Katze. Die Besitzer wollten, daß das Bein gerettet wird, und ich habe es hingekriegt. Mary Ellen hat assistiert.«

Er schaute verständnislos.

»Es gibt Fälle, da ist die Haut durch einen Unfall einfach abgezogen« – ich machte eine Geste, als zöge ich mir einen Handschuh vom Arm –, »und zwar in solchem Ausmaß, daß keine Hoffnung auf ein Nachwachsen besteht. Gewöhnlich nimmt man das Bein einfach ab, wenn das passiert, aber die Besitzer wollten das nicht. Es gibt eine komplizierte, aber erfolgversprechende Operation, die man durchführen kann – ich hatte gerade darüber gelesen. Man öffnet das Fell auf der Seite der Katze und schiebt das Bein gebogen darunter.« Ich war tatsächlich aufgeregt gewesen, während ich die Operation durchführte, und Mary Ellen und ich hatten während der heiklen Prozedur eifrig darüber gesprochen. »Ich schätze, man könnte sagen, daß man eine Art Tasche herstellt. Und dann näht man das Fell über dem Bein wieder zusammen. Nach einer kleinen Weile wächst die Haut an dem Bein fest, und du kannst die Tasche wieder öffnen, das Glied mit dem neuen Fell herausholen, die Naht wieder schließen und dann auch das am Bein festgewachsene Fell wieder zusammennähen.« Ich führte in der Luft Nähstiche aus. »Das Fell sitzt anfangs etwas zu straff, aber Katzen sind meistens ziemlich bewegliche Tiere. Diese war es.«

»Bewegliche Tiere«, sagte er und lachte. Ich empfand einen leisen Stolz, ihm zu gefallen. Daniel.

Er verstummte und schüttelte den Kopf.

»Was ist?« fragte ich nach einem Augenblick.

»Manchmal kommt es mir verrückt vor, diese ganzen Anstrengungen zu unternehmen, nur für ein Tier.«

Plötzlich war ich in der Defensive. »Liebe ist Liebe, Daniel, wo sie auch hinfällt.«

»Ich weiß, ich weiß.« Auf einmal wirkte er müde und alt mit der blassen Haut und den vom Reiben geröteten Augen. Ein Lid wies ständig ein nervöses Zucken auf.

»Wie sieht das Programm für heute abend aus?« fragte ich. »Wie kann ich helfen?«

»Du hast genug getan. Mehr als genug mit all dem Essen und den Schlafzimmern. Zum Dessert gehen alle gegen halb neun zu Amy nach Hause, dann bist du uns los. Jedenfalls bis zur Schlafenszeit.«

»Zur Schlafenszeit werde ich unsichtbar sein. Weil ich nämlich im Bett liegen werde.«

»Nicht unsichtbar für mich, mein Liebling.«

»Ich hoffe nicht. Aber wo ißt der Rest der Familie?«

»Nun, die engsten Angehörigen zu Hause, mit ihren Eltern. Aber ich denke, etliche werden hierherkommen – ich habe ihnen gesagt, wir hätten reichlich zu essen.«

»Haben wir auch.«

»Einige wollen ins Gasthaus.« Er zuckte mit den Achseln. »Vermutlich sorgen sie sich, beim Geistlichen könnte es nicht genug Alkohol geben.«

»Offenbar haben sie nichts von der Frau des Geistlichen gehört.«

Er lächelte. »Wäre mir ganz recht. Wir brauchen auch unsere Geheimnisse.«

»Also, wann sollte alles fertig sein? Halb sieben?«

»Hört sich gut an.«

»Dann gehe ich jetzt wohl besser.«

Er stand auf und begann seinen Schreibtisch aufzuräumen. »Ich komme gleich nach und helfe dir.«

»Brauchst du nicht«, rief ich über die Schulter, als ich die Tür hinter mir schloß.

Nach Daniels warm erleuchtetem Arbeitszimmer war die Scheune auf einmal düster und unfreundlich. Ich blieb einen Moment stehen, damit meine Augen sich an die Dunkelheit gewöhnen konnten, und roch den alten, modrigen Geruch. Vom Haus her hörte ich Klaviermusik; es war ein Stück, das Cass einmal bei einem Konzert gespielt hatte, eine Sonate von Mozart. Ich ging zur offenen Tür und schaute durch den dämmrigen Garten. Alle Fenster waren erleuchtet, und das Haus selbst wirkte im Zwielicht flach und zweidimensional, künstlich wie ein Bühnenbild.

Ein älterer Mann fiel mir auf, weil er zögernd durch das Wohnzimmer ging. Nach ein paar Sekunden erschien er in der Küche wieder und beugte sich über das Essen auf dem Tisch. Als sei er in seinem eigenen Haus. Als habe es uns nie gegeben. Als seien er, die Person, die Musik machte, und die Frau, die ich jetzt für einen Moment als Silhouette im Obergeschoß sah, hier genug.

Plötzlich wurde mir bewußt, daß ich mich ausgeschlossen und verloren fühlte. Einen Moment lang empfand ich so etwas wie Trauer oder tiefen Kummer. Um mich selbst, um die Mädchen und Daniel. Um das, was unser Leben an diesem Ort gewesen war und das – so empfand ich – so vergänglich war. Immer vergänglich gewesen war.

Und dann zwang ich mich, durch den dunklen Garten zur Hintertür zu gehen, ein freundliches Lächeln aufzusetzen und wieder die Frau des Geistlichen zu sein.

Erst als Beattie am nächsten Tag bei der Arbeit das Datum erwähnte, fiel mir ein, daß Halloween war. Ich hatte noch nichts vorbereitet. Ich ließ unser gemeinsames Mittagessen ausfallen und besorgte in einem nahe gelegenen Einkaufszentrum ein paar Geschenke. Kleine Tüten mit Süßigkeiten standen in großen Behältern neben der Registrierkasse. Ich kaufte zwei davon – alles in allem vierzig Überraschungen. Das reicht sicher, dachte ich. Doch dann, gerade, als das übergewichtige junge Mädchen an der Kasse fertig war, griff ich nach hinten und nahm noch einen Beutel mit zwanzig Stück. An Halloween kamen Leute von weit her in die Stadt gefahren und parkten rund um den Stadtplatz, um von Haus zu Haus zu gehen. Dort, wo sie lebten, waren die Nachbarn zu weit voneinander entfernt. Das Mädchen an der Kasse – Melanie, wie ihr Namensschild sagte – seufzte gereizt und tippte die Summe neu ein.

Am Ende des Arbeitstages eilte ich nach Hause, aber als ich in die Einfahrt fuhr, konnte ich schon die kleinen Grüppchen von fünf oder sechs Gestalten durch die Dunkelheit gehen sehen, einige trugen Taschenlampen – sie strahlten wild in alle Richtungen. Vermutlich hatte ich etliche schon verpaßt.

Rasch richtete ich alles her. Eine große Schüssel für die Süßigkeiten. Brennende Kerzen in der Eingangsdiele und auf dem Treppenabsatz – wir hatten seit Jahren keinen Kürbis mehr, nicht mehr, seit wir uns allein in der Küche wiedergefunden hatten, um ihn zurechtzuschnitzen, während die Mädchen sich gelangweilt ans Telefon, vor den Fernseher oder an die Hausaufgaben begeben hatten. Da klingelte es auch schon, und ich öffnete und blinzelte bewußt erschrocken ein kleines Monster in fertig gekauftem Kostüm an, das älteste Mitglied seiner Gruppe und daher der Anführer. Ich verteilte Süßigkeiten an alle. Zwei waren winzige Kinder, eigentlich noch Kleinkinder, die ganz still gewesen waren, während ihre älteren Geschwister ihren Spruch »Streich oder Schokolade!« schrien und jetzt nicht zu wissen schienen, wie sie sich angesichts der lauten, fremden Frau verhalten sollten. (»Halt deine Tüte auf, Dummchen!«) Die Jüngsten hatten ihre Masken der Bequemlichkeit halber auf den Kopf geschoben und sahen aus wie Bohnen mit Gesichtern. Ihre Mütter, hübsche junge Frauen, plauderten auf dem Gehsteig. Während ich die Tür schloß, riefen sie herüber. »Vielen Dank!« und »Schönen Feiertag!«

Als sie fort waren, ging ich zu dem Wandschrank im Wohnzimmer und holte meine eigene Maske heraus – Olivia, Popeyes Freundin. Ich mochte sie wegen ihrer ausdruckslosen Unschuld. Sie erleichterte mir auch das Leben. Ich brauchte nur Olivias hohe Quietschtöne von mir zu geben, wenn ich Süßigkeiten verteilte – ooh, ooh, mmm –, und mußte mich auf kein wirkliches Gespräch einlassen.

Daniel kam gegen halb sieben nach Hause, und wir aßen schnell ein paar Sandwiches. Abwechselnd gingen wir an die Tür, wenn es klingelte. Ich fragte ihn, wie die Beerdigung abgelaufen sei.

»Qualvoll«, sagte er. Anscheinend hatte das älteste Kind während der ganzen Trauerfeier laut geweint und manchmal sogar nach der Mutter geschrien. Ich stellte mir vor, wie Daniel mit seiner tiefen, beruhigenden Stimme sprach, und wie das Kind darauf reagierte und die Atmosphäre mit seiner Verzweiflung erfüllte. Niemand konnte sich durch diesen Gottesdienst getröstet fühlen – weder durch die feierliche Trauer, das gemeinsame Ritual noch durch die teilnahmsvollen Worte –, wenn gleichzeitig einem brennenden und berechtigten Schmerz Ausdruck verliehen wurde. Daniel wirkte niedergeschlagen und in sich zusammengefallen, die Knochen in seinem weißen Gesicht zeichneten sich schärfer ab denn je.

Nach dem Abendessen besprach er mit dem Chor, der Freitagabend probte, den kommenden Sonntagsgottesdienst.

Als der Abend voranschritt, nahm die Zahl der Kinder ab, ihr Alter stieg an. Jetzt kamen zehn- bis zwölfjährige Kinder, die nicht mehr von Erwachsenen begleitet waren. Sie trugen kunstvolle, selbstgebastelte Kostüme: In blutige Gaze gewickelt, als französische Hure rausgeputzt oder als Gangster aus den dreißiger Jahren mit breitem Revers und Homburg kostümiert.

Um halb neun hatte ich alle Süßigkeiten verteilt. Rasch sammelte ich alle Kekse im Haus ein, die vom Vorabend übriggeblieben waren, und steckte sie in kleine Tüten. Als sie ebenfalls verteilt waren, gab ich alle Äpfel, Orangen und Pfirsiche her. Doch noch immer kamen Kostümierte. Ein paar mürrische Teenager läuteten, die lediglich ihr aggressives Verhalten zur Schau trugen. Da Halloween in diesem Jahr auf einen Freitag fiel, hätte ich mir denken können, daß mehr Jugendliche als üblich am Abend erscheinen würden.

Die letzten Gaben, die ich verteilte, waren eine Orange und zwei Bananen, und zwar an drei Jungen, die ihr Auto mit röhrendem Motor am Straßenrand stehen ließen, während sie zur Tür kamen. »Schokolade«, knurrten sie in fast gelangweiltem Unisono, als ich die Tür öffnete. Kurzes Schweigen, als ich ihnen die Tür öffnete. Kurzes Schweigen, als ich ihnen die Früchte in die bloßen Hände gab – sie hatten natürlich keine Tüten bei sich. Ich war froh über die Maske, über die Distanz, die sie zwischen uns schuf.

»Eine Banane«, sagte einer von ihnen. »Soll das ein verdammter Witz sein oder was?«

»Streich!« quietschte ich mit Olive Oyls hoher Stimme und drückte rasch die Tür zu.

Danach blies ich die Kerzen aus, und es kamen keine weiteren Besucher.

Als Daniel um zehn nach Hause zurückkehrte, wollte ich ihn mit dieser Geschichte aufheitern. Ich stand im Türrahmen des Badezimmers, während er sich die Zähne putzte. »Huuu«, sagte er vorsichtig, den Mund voll weißem Schaum.

Ich hatte gedacht, wir würden uns an diesem Abend unterhalten, aber er war müde, und wir gingen sofort zu Bett, ohne ein weiteres Wort, ohne Liebkosungen. Ich lag eine Weile wach und lauschte seinem Atem, auf die Autos und die Stimmen in der Ferne, dem gelegentlichen rauhen Schrei, der auf einen Streich hindeutete: Eier, Seife oder um einen Baum gewickeltes Toilettenpapier.

Am nächsten Morgen, Samstag, rief Beattie mich aus dem Untersuchungszimmer ans Telefon und flüsterte dramatisch: »Das ist wieder diese Jean Bennett.« Als ich ihr in den hinteren Gang folgte, merkte ich an meiner Enttäuschung, daß ich auf Eli gehofft hatte – ihn zu sehen, mit ihm zu reden. *Das* war ein Teil der Erwartung, die ich während der ganzen langen Woche gehegt hatte: Am Samstag würde mein anderes Leben zu mir zurückkehren.

Jean Bennett wollte über Arthur sprechen. Sie klang resigniert. Diesmal konnte ich deutlich heraushören, daß sie aus dem Mittelwesten stammte. »Keinerlei Besserung«, sagte sie. »Obwohl er entspannt wirkt. Tatsächlich scheint er glücklich zu sein, der arme alte Bursche.«

»Nun, ehrlich gesagt, es überrascht mich nicht. Es tut mir sehr leid.«

»Ja. Wie auch immer. Mein Mann hat gesagt, daß er versuchen wird, Anfang nächster Woche vorbeizukommen. Er hat am Wochenende in San Francisco zu tun. Höchstwahrscheinlich kommt er Dienstag zurück, um die Dinge zu klären. Ich habe ihm gesagt, daß ich weder die Verantwortung übernehmen noch zwischen Ihnen vermitteln will. Er will Sie anrufen und alles mit Ihnen besprechen, vorausgesetzt natürlich, daß es Ihnen dann auch paßt.«

»Natürlich«, sagte ich.

»Soll ich denn inzwischen einfach mit den Steroiden und dem anderen Zeug weitermachen?«

»Ja, beenden wir die Serie. Und wenn das Valium ihn ruhig und zufrieden macht, würde ich das auch weiter geben.«

»Ja«, sagte sie.

Ich fragte sie, ob sie mehr Valium brauche. Sie war versorgt, wenn Eli wirklich am Dienstag zu mir kommen konnte, also einigten wir uns darauf, noch zu warten, und verabschiedeten uns.

Nachdem ich aufgelegt hatte, wurde mir das Ausmaß meiner Enttäuschung bewußt. Ich dachte darüber den ganzen Nachmittag während der Arbeit nach. Was hatte ich nur erwartet? Sicherlich hätten Eli und ich hauptsächlich über Arthur gesprochen. Doch dann, irgendwann, wären wir sicher auf Dana zu sprechen gekommen. Auf Dana und auf uns, wer wir damals waren und was alles geschehen war. Ganz sicher hätten wir darüber geredet, auch wenn der Beginn dieses Gesprächs kaum auszumalen war. *Weißt du noch den Tag nach Danas Tod, als dir von all dem Blut übel wurde? Weißt du noch, wie die Polizei Duncan zugesetzt hat? Weißt du noch, wie wir uns fühlten als diejenigen, die man am Leben gelassen hatte?*

Nun, nachdem ich auf dieses Gespräch warten mußte, bemerkte ich erst, wie ungeduldig ich war.

»Ist es zu spät zum Reden?«

Daniel hatte die Küche gleich nach dem Aufräumen verlassen und war für eine Weile in sein Arbeitszimmer gegangen. Als er zurückkam, hatte er sich sofort ins Bett gelegt. Jetzt starrte er ausdruckslos vor sich hin, ein offenes Buch auf seiner Decke. Das Licht fiel über seine Brust und Hände auf das Laken. Er erinnerte an einen Invaliden, was mich irgendwie irritierte. »Ich bin ziemlich müde«, sagte er.

»Aber ich dachte, heute abend würden wir reden.«

»Es tut mir leid.« Er war spät zum Abendessen gekommen, nachdem ich mehrmals in der Scheune angerufen hatte. Er machte sich Sorgen, sagte er, über seine Predigt.

»Es ist bloß, weil ich die ganze Woche damit allein war.« Ich stand am Fußende des Bettes und versuchte, nicht ungeduldig zu klingen.

»Allein mit was?« Er runzelte die Stirn.

»Mit Danas Tod. Mit Elis Rückkehr.«

»Ach, das.« Er nickte. Ja, ja, ja. Das.

»Oh, *das*.« Ich versuchte, amüsiert zu klingen.

»Es tut mir leid. Es ist bloß, es scheint – im Zusammenhang mit alldem« – er hob die Hand – »so weit weg.«

Jetzt nickte ich. Ich nickte und nickte, und dann ging ich aus dem Zimmer. Ich ging durch das Haus und schaltete die Lichter aus. Ich kam an die Schlafzimmertür zurück. Er las. Jedenfalls hielt er das Buch aufrecht. Ich sagte: »Das ist genau das, was mich so an dir stört, Daniel.«

Er senkte sein Buch, nahm die Brille ab und sah mich an. Ich lehnte mit verschränkten Armen am Türrahmen. »Ich wußte gar nicht, daß es etwas an mir gibt, was dich stört. Schon *die ganze Zeit,* nehme ich an.«

»Nun, es gibt etwas.«

Er seufzte. Er wandte den Blick ab. Er sah mich wieder an. Er gab mir zu verstehen, wie müde er war. Seine Stimme aber klang geduldig und kirchenmäßig. »Und dies ist der Kontext, in dem du das diskutieren möchtest?«

»Nein. Tut mir leid. Du hast natürlich recht.« Ich haßte diese Stimme. Ich haßte es, wenn er so mit mir redete. »Es ist nicht der Kontext. Du hast gewonnen.«

»Ach, nun komm schon, Jo.«

»Nein. Nein, du hast recht.« Ich ging zu unserem Badezimmer, einem kleinen Raum neben der Diele, wo früher die Vordertreppe gewesen war. Ich ging auf die Toilette, putzte mir die Zähne und wusch mein Gesicht. Ich kam ins Schlafzimmer zurück und zog mich aus, hängte meine Kleider an die Haken. Daniel hatte das Buch gesenkt und beobachtete mich jetzt.

Endlich sagte er: »Was glaubst du, warum du dich wegen Eli so aufregst? Ist es wegen Dana?«

Ich zog mein T-Shirt an und drehte mich zu ihm um. Ich versuchte, meine Stimme fest und vernünftig klingen zu lassen. »Daniel, warum nicht? Dieser schreckliche Mord ist ein Teil von dem, was ich bin, davon, wie ich geworden bin, wer ich bin, und ich lebe in indirekter Weise die ganze Zeit damit. Und nun ist sie hier, sie ist wieder in meinem Leben.« Meine Stimme war lauter geworden.

Ein kurzes Schweigen folgte. Dann sagte er: »Ich habe auch nicht gewußt, daß du die ganze Zeit *damit* gelebt hast.« Sein Ton war abwägend, und ich begriff, daß er fand, ich sei melodramatisch.

»O Daniel, du weißt, was ich meine.«

»Nein, ich fürchte nicht.«

»»Ich fürchte nicht«, ahmte ich ihn spöttisch nach.

Seine Haut schien sich anzuspannen. »Laß uns morgen darüber reden«, sagte er. »Wenn wir nicht so müde sind.«

»*Ich* bin nicht müde.«

»Gut«, sagte er und schaltete seine Lampe aus. »Gute Nacht.«

Plötzlich in Dunkelheit getaucht zu sein – weil *ihm danach war,* dachte ich – fühlte sich an, als sei ich geschlagen worden. Ich mußte mich zwingen, gleichmäßig zu atmen. Ich schloß die Schlafzimmertür hinter mir. Wild stampfte ich im Haus herum, Bailey und Allie im Schlepptau. Tränen schossen mir in die Augen.

In der Küche war alles ordentlich und still im grünen Licht der Digitaluhren an den Elektrogeräten. Jeder, der hier hereinkäme, würde denken, es sei ein liebevoll geordneter Haushalt, ein Ort von Frieden und Eintracht. Ich hasse das, dachte ich. Ich hasse mein Leben. Ich stützte meine Hände auf eine alte Schüssel, die zum Trocknen auf dem Abtropfbrett lag. Ihre Form mit den herausgearbeiteten Keramiktrauben an der Seite waren meinen Fingern unendlich vertraut. *Ich könnte sie zerschlagen, ich hätte Lust, etwas kaputt zu machen.*

Ich ging zur Küchentür und öffnete sie. Den ganzen Tag über hatte es immer wieder genieselt, aber jetzt regnete es richtig. Die Tropfen fielen mit einem stetigen Rascheln auf die trockenen Blätter, die im Garten lagen. Die kühle Luft blies feucht durch das Fliegengitter auf mein Gesicht, meine nackten Arme und Beine. Ich stand da, bis ich fröstelte, bis ich endlich meine Tränen trocknen und die Wärme meines Bettes suchen wollte.

Als ich aufwachte, war Daniel fort. Das stetige Geräusch des Regens hatte mich immer wieder aufgeweckt. Im Badezimmerspiegel sahen meine Augen vom Weinen geschwollen aus. Ich ließ das Wasser laufen, bis es so kalt war, daß meine Finger wie betäubt waren und ließ das Becken vollaufen. Ich hielt mein Haar zurück und tauchte mein Gesicht ins Wasser. Unter Wasser öffnete ich die Augen und sah das klare Blauweiß des Beckens. Ich blieb im Wasser, bis ich das Gefühl hatte, meine Backenknochen würden durch die Kälte zerbrechen. Als ich mich aufrichtete, war mein tropfnasses Gesicht rosa. Ich dachte: *Ich werde in die Kirche gehen.*

Ich war nicht religiös erzogen worden, obschon meine Mutter mich als kleines Mädchen regelmäßig mit zum Gottesdienst nahm. Doch mein Vater, ein Wissenschaftler, sah im Glauben nur kindischen Trost für Schwache, und so empfand ich schließlich auch, vermutlich, um erwachsener und ihm ähnlicher zu sein. Als ich mich dann in Daniel verliebte, war ich nicht sicher, welcher Art meine Gefühle seiner Arbeit oder meinen eigenen religiösen Anwandlungen gegenüber waren. Die seltenen Gelegenheiten, bei denen ich ihn predigen hörte, bewegten mich sehr. Er arbeitete damals als Hilfsgeistlicher auf Teilzeitbasis. Am Anfang hielt ich dieses Gefühl in mir irrtümlich für beginnenden Glauben und hoffte, es würde wachsen, so daß ich es mit Daniel teilen könnte.

Doch ich lernte bald, meinen Stolz und meine Liebe zu ihm von dem zu trennen, was ich der Kirche gegenüber empfand. Hinzu kam, daß meine Arbeit und dann die Mädchen mich von regelmäßigen Kirchenbesuchen abhielten. Als ihm seine erste Kirche zugeteilt wurde, kannten Daniel und ich uns gut genug, um dem Auswahlkomitee plausibel zu machen, daß sie in mir keine traditionelle Pfarrersfrau bekommen würden.

Das war auch in den beiden weiteren Kirchen so geblieben, die er übernommen hatte. Ich tat, was ich konnte, um ihn zu unterstützen, unser Zuhause zum Teil seines Amtes zu machen, aber ich ging nur sporadisch in die Kirche und übernahm in ihrem Leben keinerlei Rolle. Zum Glück stellte sich heraus, daß das nicht so problematisch war, wie es ausgesehen hatte – mehr und mehr Ehefrauen von Geistlichen waren berufstätig, und weibliche Geistliche hatten Ehemänner, die berufstätig waren, weshalb die Kirche Hilfsgeistliche und Laien beschäftigte, die deren Funktionen übernahmen. Meine Abwesenheit bei den Predigten wurde bemerkt – jedenfalls löste mein gelegentliches Erscheinen herzliches Kichern und Witze aus. (»So, so, ich schätze, das wird heute eine höllische Predigt.«) Aber ich glaube nicht, daß viele Leute an meiner Distanz zum Kirchenleben Anstoß nahmen. Sie waren auf jeden Fall daran gewöhnt.

Heute hatte ich das Gefühl, mein Kirchenbesuch würde nach unserer kleinen Verstimmung am Vorabend eine Geste der Versöhnung sein. Eine Art Entschuldigung, ein erneutes Verschmelzen unserer beider Leben. Ich vermute, daß ich Daniel in Bestform erleben wollte – um meine Bewunderung für ihn zu erneuern, mir meine Liebe für ihn wieder ins Gedächtnis zu rufen.

Es regnete ständig, als ich zur Kirche fuhr. Tief über den Feldern, wo das Gras sich gelbbraun färbte, hing noch der Nebel. Die meiste Zeit hatte ich einen Wagen vor mir, in dem vier ältere Frauen mit Hüten saßen, aber als ich an der Grünanlage vor Daniels Kirche abbog, fuhren sie weiter. Offenbar in eine andere Ortschaft, in eine andere Kirche.

Ich hatte keinen Schirm mitgenommen, deswegen mußte ich halb gehen und halb laufen, nachdem ich ausstieg, und versuchte dabei, überwiegend die gute Hüfte zu belasten. Die Kirchentüren standen offen, und ich blieb im Vorraum stehen, um meinen Mantel abzulegen und auszuschütteln. Dann betrat ich das Kirchenschiff und ging zu einer Bank in der Mitte, wo die volleren Reihen begannen. Ich schlüpfte hinein und setzte mich. Ich senkte den Kopf und tat so, als würde ich beten, damit ich niemanden ansehen und nicken oder lächeln mußte. Ich konnte hören, wie eine kleine Welle von Interesse und Neugier durch die angrenzenden Bankreihen ging. Leises Flüstern und das Rascheln von Stoff, wenn sich jemand nach mir umdrehte. Ich schaute auf meine im Schoß verschränkten Hände – wie knochig sie geworden waren! – und lauschte den depressiven Tönen der Orgel. Der Regen trommelte auf das hohe, spitze Dach, silberne Wasserperlen liefen an den Glasfenstern hinunter.

Die Orgel spielte jetzt eine kurze Melodie und verstummte dann. Daniel erhob sich von seinem unsichtbaren Sitz hinter der Kanzel. Seine schlanke Figur wirkte durch das weite Gewand massiver. Er sagte: »Lasset uns beten.« Und bei den Worten »Allmächtiger Gott« versank ich in der Welt, an deren schöne, uralte Rituale er glaubte und nach der ich mich manchmal sehnte. Ich stand auf, ich setzte mich hin, ich schlug mit den anderen mein Gesangbuch auf. Ich sprach Gebete und Bekenntnisse wie alle anderen Mitglieder der Gemeinde.

Doch es gab einen Augenblick, in dem ich merkte, daß Daniel mich erkannte. Er machte keine Bewegung, gab mir kein Zeichen, ließ aber eine Art verschärfter Aufmerksamkeit erkennen, und ich spürte, daß sie uns verband. Danach konnte er den Blick abwenden oder mich direkt ansehen, es spielte keine Rolle mehr. Ich fühlte, daß jede Geste und jedes Wort für mich gemeint waren, ohne die anderen auszuschließen. Ich war froh, daß ich mein graues, gerafftes Seidenkleid mit weißem Kragen gewählt hatte. Daniel liebte es.

Als Daniel sich zur Predigt erhob, schaute er sich im Kirchenschiff um und lächelte dann. »Nachträglich ein fröhliches Halloween«, sagte er. Darauf folgte das höfliche, gedämpfte Kichern, mit dem alles aufgenommen wurde, was beim Pfarrer auch nur entfernt an Humor erinnerte.

Oft begann er so, mit einer beiläufigen Bemerkung. Heute erzählte er eine Anekdote von mir. »Bei uns zu Hause«, sagte er, »waren die Süßigkeiten ausgegangen.« Sein Blick war auf mich gerichtet und blieb dort, während er weitersprach. Er erzählte von den flegelhaften Burschen und den Bananen. Die Kraftausdrücke allerdings ließ er aus, und sein sanftes Lächeln bat mich für diese Zensur um Entschuldigung.

Danach sprach er über die Geschichte von Halloween, die Verbindung heidnischer Riten mit dem Allerheiligenfest. Das an diesem Sonntag stattfand, wie er erwähnte. Er definierte es, sprach über seine Traditionen. Das Trommeln des Regens auf dem Dach wurde langsamer und intensiver, während er sprach. Er las Teile der Schrift, eine Passage aus dem Alten Testament über Israel, das geborgen in einem Land von Korn und Wein lebt, wo »Tau vom Himmel fällt«. Er las auch aus dem Abschnitt vor, den er aus der Offenbarung ausgewählt hatte, und wies auf die verblüffende Genauigkeit der Versprechungen hin, die Schönheit und Sicherheit der Stadt mit den zwölf Toren; zuletzt kam er zu den magischen Zeilen, die ich viel später nachschlug: »Und die zwölf Tore sind zwölf Perlen, jedes der Tore ist eine einzelne Perle, und die Straße der Stadt ist aus purem Gold, durchsichtig wie Glas … ihre Tore werden bei Tage nie geschlossen … und es wird dort keine Nacht geben.«

Als nächstes zitierte er aus Hymnen und aus der Volkskultur und wies auf die verschiedenen Bilder des Himmels und des ewigen Lebens hin, die uns täglich umgeben. Er sprach davon, wie wir aus all diesen Versprechungen unsere Vorstellung von einem Leben nach dem Tode ableiten und wie wir uns diese Sprache ausborgen, um uns und andere zu trösten, wenn jemand stirbt, wenn wir unsere privaten Heiligen verlieren.

»Aber dennoch«, sagte er und hielt dann inne. »Dennoch scheint es, als hätten sie ihre tröstende Kraft verloren.« Und er erzählte der Gemeinde von seiner Großmutter, die ihm einmal anvertraut hatte, früher habe sie geglaubt, sie würde nach dem Tode ihren Mann und alle verstorbenen Freunde wiedersehen – im Himmel würden sie alle zusammensein –, aber das glaube sie nun nicht mehr. Sie hatte sogar gesagt, sie wisse nicht einmal mehr, wo sie seien.

Ich hatte seine Großmutter ein paarmal gesehen, als sie schon sehr alt war, eine großgewachsene, magere Frau mit Hängebusen, die bei unseren Besuchen immer dasselbe alte, glänzende, marineblaue Kleid trug. Bei einem dieser Besuche hatte sie Cassie auf den Schoß genommen, während sie mit uns sprach, und nachdem Cass heruntergeklettert und davongekrabbelt war, beugte sie sich verschwörerisch vor und sagte: »*Die* da ist vom Teufel erfüllt.« Und ich hatte eine fremdartige Furcht empfunden, als habe eine Märchenhexe einen Bann über mein Kind gesprochen.

»Wenn meine Großmutter«, sagte Daniel jetzt, »die die Bibel so gut kannte und so instinktiv glaubte, die so von altmodischem Glauben umgeben war, diese Versprechungen anzweifelte, wie kann dann einer von uns in dieser säkularisierten Welt noch an diese Tröstungen glauben?« Er schüttelte den Kopf. »Nein, die meisten von uns verstehen das ewige Leben, das in der Bibel versprochen wird, ohnehin als Metapher. Es muß etwas *Ähnliches* sein wie ein Land von Milch und Honig. Es ist *so ähnlich* wie eine Stadt mit zwölf Toren; es wird so sein, *als ob* wir Schatten und Licht und die Abwesenheit von Hunger, Durst und Schmerz gleichzeitig erlebten.«

Doch selbst das habe auf die meisten Menschen die Wirkung verloren. Das kleine Kind, sagte er, das Vater oder Mutter verliere, könne sich ein Leben nach dem Tode nicht vorstellen, nicht einmal durch Metaphern. »Und weshalb sollte eine solche Vision jemanden trösten, der das Gefühl hat: ›Ich will meine Mami. Gib mir meine Mami zurück.‹ Und der die Frage stellt: ›Wo *ist* sie jetzt?‹«

Die meisten von uns seien wie das Kind angesichts des Todes von jemandem, den wir lieben, sagte er. Untröstlich, voller Sehnsucht, in einer Trauer, die dauerhaft wirkt und sich anfühlt, als werde sie immer ein Teil von uns sein. »Aber Leid kann ein Geschenk an uns sein. An uns und an dieses Kind. Denken Sie daran, daß Leid schließlich der Schlüssel zu unserem Gedächtnis ist. Durch Sehnsucht, Schmerz oder Leid halten wir sie für immer in unserer Erinnerung fest. Der Schmerz, der anfangs unerträglich scheint, ist der erste einprägende Schritt der Erinnerung, der Eckpfeiler des Tempels, den wir in uns zur Erinnerung an die Toten errichten. Schmerz ist ein Teil der Erinnerung, und Erinnerung ist ein Geschenk Gottes.«

Seine Sprechweise war mittlerweile rhythmischer geworden; früher hatten ihn die Mädchen damit aufgezogen. Sie hatten ein scharfes Gespür für Heuchelei und Falschheit und mochten nicht, wenn er etwas anderes war als *ihr* Daniel. Jede Art zu reden, die nicht seine eigene war, bezeichneten sie als *Schwindel*. Und daraus entwickelten sie einen abwertenden Namen für jeden Prediger, der sich auf der Kanzel auf falsche Töne zu spezialisieren schien – *Schwindler*. Verächtlich hieß es dann: »Was war das für ein Schwindler!«

Doch als ich ihn jetzt hörte, empfand ich eine gewisse Atemlosigkeit; ich wußte, er kam jetzt zur Sache. Er hob die Arme, und die dunklen Ärmel fielen nach hinten: »Wir *bemitleiden* das Kind, das laut weint«, sagte er in singendem Tonfall.

»Vielleicht sollten wir eher das *jüngere* Kind bemitleiden, das dies *nicht* tut. Das seinen Verlust nicht *kennt* und sich nicht erinnern wird.«

Er wandte sich um. Das Licht spiegelte sich in seinen Brillengläsern. »Denn es wird eine Zeit kommen, da wird das glückliche Kind, das genug fühlte, um damals zu weinen, endlich lächeln und sagen können: ›Ich erinnere mich noch, wie Mami mir diese Geschichten vorlas, ich erinnere mich, wie sie tanzte, erinnere mich, wie sie mein Kostüm genäht hat.‹ Wenn die Freundin, die dachte, sie würde sich niemals von der Trauer erholen, wenn der Ehegatte, der dachte, sein eigenes Leben sei zu Ende, aufhören wird zu weinen, dann wird er fähig sein, mit Freude zu sagen: ›Weißt du noch, wie sie immer den Kopf zurücklehnte, wenn sie lachte?‹ ›Weißt du noch, wie gern sie gärtnerte, wie sie schon lange vor dem letzten Frost draußen war?‹

›Weißt du noch, wie sie sich die Haare abgeschnitten und es hinterher so bereut hat?‹«

Dana! dachte ich. Jetzt erinnerte ich mich – die Haare, die in einem Häufchen auf der Holzkiste lagen, ihr Gesicht im Spiegel.

»Und die komischen Dinge: ›Weißt du noch, wie er diese albernen Witze liebte? Und wie schlecht er sie erzählen konnte?‹« Die Gemeindemitglieder lachten leise, als hätten sie den Betreffenden gekannt und würden sich erinnern. »Weißt du noch, wie sie den Krug nahm und Orangensaft in ihren Kaffee schüttete – und ihn trotzdem trank?‹« Weiteres Gekicher. Ich lachte ebenfalls, obwohl ich noch immer an Dana dachte, an die Schönheit, die das Gesicht unter dem abgeschnittenen Haar offenbarte.

Daniel machte eine lange Pause. Als er wieder sprach, war seine Stimme leise, fast ein Flüstern. »Und man empfindet die Freude, sie wieder *bei sich* zu haben. Sie für diese Augenblicke wieder zum *Leben* zu erwecken. Zu einem neuen Leben. Einem wirklichen Leben nach dem Tode.«

Sein Gesicht schien sich zu spannen. »Denn wenn die Metapher eines der Mittel ist, die uns noch bleiben, um uns Gott zu nähern, um den Glauben zu verstehen, dann ist die Erinnerung selbst eine lebende Metapher für das ewige Leben.« Er hielt inne und sagte dann langsam: »Verlust bringt Schmerz. Ja. Aber Schmerz löst Erinnerung aus. Und Erinnerung ist eine Art Neugeburt, in jedem von uns. Und diese Neugeburt nach langem Schmerz, diese Wiederauferstehung – in der *Erinnerung* –, sie tröstet uns, vielleicht zu unserer Überraschung.

Sie tröstet uns. Und dieser Trost – vielleicht sogar Freude, dieser Trost, der durch die Gnade Gottes in jedem von uns entsteht, er lehrt uns hier auf Erden etwas über das ewige Leben. Er läßt uns alle in bezug auf sein Versprechen etwas fühlen, an das wir glauben *können*.« Er wartete einen Augenblick, schaute über die Köpfe seiner Gemeinde, schaute, wie ich spürte, in mich hinein, und dann neigte er den Kopf und las: »›Und ich sah einen neuen Himmel und eine neue Erde; denn der erste Himmel und die erste Erde sind vergangen, und das Meer ist nicht mehr. Und ich hörte eine mächtige Stimme vom Throne her, die sprach: Siehe, die Stätte Gottes bei den Menschen!

Und er wird bei ihnen wohnen, und sie werden sein Volk sein, und Gott selbst wird bei ihnen sein; und Gott wird abwischen alle Tränen von ihren Augen, und der Tod wird nicht mehr sein, noch Leid noch Geschrei noch Schmerz wird mehr sein, denn das Alte ist vergangen.‹«

Er hob den Kopf. »Erinnern Sie sich daran«, sagte er. »In dieser Welt gibt Gott uns Schmerz. Aber er gibt uns auch Erinnerung, um diesen Schmerz in Lachen und Freude zu verwandeln. Um die Toten in unser Leben zurückzubringen. Um uns zu trösten. Um uns mittels dieser lebenden Metapher Seine Macht begreiflich zu machen.« Er legte seine Hände auf den Rand der Kanzel. »Um uns zu zeigen, wie in dieser neuen Welt Gott selbst alle Tränen wegwischen wird.«

Ein langes Schweigen folgte, und dann sagte er sanft: »Glückliches Halloween.« Er hob die Hand. »Glückliches Allerheiligen.« Während er aus meiner Sichtweite verschwand, stimmte die Orgel die ersten Noten des letzten Kirchenliedes an, und wir standen alle auf und bemühten uns, die richtige Seite des Gesangbuchs aufzuschlagen.

Zur Segnung setzten wir uns hin. Ich hielt den Kopf gesenkt, als Daniel an mir vorbei durch das Kirchenschiff ging, obwohl ich die Hand ausstrecken und sein Gewand hätte berühren können, obwohl ich spürte, wie sein Vorbeigehen die Luft leicht bewegte.

Er stand im Vorraum der Kirche, vor dem Regen geschützt, um die Pfarrmitglieder zu verabschieden. Langsam schob ich mich mit den anderen durch das Kirchenschiff, höflich plaudernd, wenn es nötig war. Wer es eilig hatte, verschwand durch die Seitenschiffe, aber die meisten Menschen schienen diese letzten Minuten als vereinte Gemeinde miterleben zu wollen.

Die Luft wurde kühler und feuchter, als ich mich dem Ausgang näherte. Die Türen der Kirche standen offen, der Himmel war grau, und der Regen, der wieder eingesetzt hatte, untermalte alle anderen Geräusche. Wir zogen unsere Mäntel eng um uns, knöpften sie zu. Der Geruch von feuchter Erde und abgefallenen Blättern erschien mir nach der Abgeschlossenheit der Kirche wunderbar frisch.

Daniels Gesicht war im Schatten nur undeutlich zu sehen. Er grüßte einen Kirchgänger nach dem anderen, das graue Licht im

Rücken. Er schüttelte jedem die Hand, sprach ein paar Worte und lauschte auf die Antwort. Er hielt jede Hand einen Moment fest, berührte jemandes Schulter, beugte sich nieder, um eine zittrige alte oder eine zarte Kinderstimme besser zu hören.

Vor mir stand ein älteres Ehepaar, und Daniel nahm sich Zeit für sie. Es hatte den Anschein, als bemerke er mich nicht. Dennoch spürte ich seine Anspannung daran, daß er nicht hinüberschaute, daß er meine Gegenwart ausblendete.

Der ältere Mann sprach über das Leben nach dem Tod, wahrscheinlich durch die Predigt ausgelöst, aber eigentlich paßte es nicht in den Zusammenhang. Er sprach jetzt laut von seiner Lehrerin in der Sonntagsschule: »Sie pflegte immer zu sagen«, und hier hob er seinen krummen Finger, »Wir werden uns am Fluß versammeln.«« Dramatische Pause. »Also, können Sie sich vorstellen, wie verwirrend *das* für einen kleinen Jungen war, der Angst vor Krokodilen hatte?!« Er lachte ein lautes, wie eingeübtes Lachen, und Daniel lachte ebenfalls.

Ich verspürte die Ungeduld, die man als Jugendlicher vor einem Rendezvous empfindet. Ein prickelnder, lustvoller Reiz, während ich darauf wartete, daß Daniel mich ansah. Als er mir endlich seine klaren, blauen Augen zuwandte, hätte ich laut aufschreien können. Die Berührung durch seine warme Hand durchzuckte mich in der kalten Luft. Er zog mich kurz an sich und küßte mich auf die Wange. Die kühle Glätte seines Gesichts, sein Geruch, sein straffer Körper, den ich unter der Robe spürte, raubten mir den Atem, und unwillkürlich stieß ich ein kurzes, kicherndes Lachen aus. Ich trat zurück. Er hielt noch immer meine Hand, und ich merkte, daß ich errötete.

»Danke für eine wunderbare Predigt«, sagte ich.

»Es freut mich, wenn sie dir gefallen hat.« Sein Gesicht war ernst und lächelnd zugleich.

Dann wandte er sich ab, weil er weitermachen mußte, und ich ging hinaus in den Regen. Doch während ich ungelenk die Straßen hinunter zu meinem Auto lief, empfand ich eine so ungehemmte Freude und Erregung, daß ich am liebsten im prasselnden Regen getanzt und den anderen, die ebenfalls zu ihren Autos liefen, laut zugerufen hätte: »Das ist Daniel, mein Mann!«

7

Mayhew?« rief ich.

Ich hätte den Mann, der aus dem Wartezimmer trat, nicht wiedererkannt, doch während er durch den Flur auf mich zuging, kam auch die Erinnerung zurück. Die große, grobgliedrige Gestalt war kräftiger geworden. Er wirkte breiter und sah wohlhabend und solide aus. Er schlurfte ein wenig, als er mit dem Hund auf dem Arm auf mich zukam. Er hatte einen leichten Bauchansatz und war völlig ergraut. Sein Haar war kurz geschnitten, aber noch immer gelockt. Ich sah, daß auch sein Gesicht voller geworden war, als er vor mir stand und lächelte. Ein gutaussehender Mann in den besten Jahren.

»Stead?« fragte er, als er in den Lichtschein trat, der aus dem Untersuchungszimmer auf den Gang fiel.

Ich lachte. »Nicht mehr. Eigentlich nie. Wie du dich vielleicht erinnerst.«

Wir standen einen Moment da und sahen uns an, ich im Untersuchungszimmer, er auf dem Gang. Dann sagte er: »Hier ist Arthur. Laß mich...« Und er ging an mir vorbei zum Untersuchungstisch. »Laß mich den Hund absetzen.« Mit einer Zärtlichkeit, die zu einem so kräftigen Mann gar nicht zu passen schien, setzte er Arthur auf den Tisch und streichelte ihn ein paarmal. Dann wandte er sich zu mir um und streckte die Hand aus. Sein Gesicht wies tiefe Falten auf, Falten von Intelligenz und Sorge. Er hatte Tränensäcke unter den Augen und Krähenfüße um die Augen.

»Das ist...« Er hielt jetzt meine Hand in beiden Händen. »Also, das ist eine Überraschung. Und eine Freude – natürlich.« Er ließ mich los. »Jetzt also Dr. Becker? Ich weiß nicht so recht, wie ich dich ansprechen soll.« Seine Augen musterten mich, und ich mußte abrupt an die Veränderungen denken, die auch er wahrnahm.

»Jo. Joey. Nicht Dr. Becker«, sagte ich. »Bitte.« Seine Hände fühlten sich warm und trocken an.

»Und ganz bestimmt nicht Lish«, sagte er.

»Nein, aber das hast du sogar damals schon gewußt.«

»Ja, ich erinnere mich vage an irgendeine feierliche Offenbarung deines wahren Ich. Obwohl ich sagen muß, daß ich während der ganzen Jahre als Licia an dich gedacht habe.« Ich merkte jetzt, daß die Sorgfalt und Präzision, mit der er sprach, etwas Ironisches hatten. Oder Selbstironie.

Ich stellte mich auf die Seite des Tisches, die ich als meine betrachtete. Ich hatte das Gefühl, etwas sagen zu müssen, vielleicht hauptsächlich, um meine Verlegenheit zu überwinden. »Ich muß dir sagen, Eli, es war ein richtiger Schock, als deine Frau – als Jean – deinen Namen nannte und wir herausfanden, daß du es sein mußtest. Aber natürlich freue ich mich auch.«

Ich lächelte ihn an, und er lächelte zurück. Seine Augen verschwanden fast in den dicken Tränensäcken. »Ein paar Tage lang schwirrte mir der Kopf von all den tragischen Erinnerungen. Aber ich denke, ich habe etwas gefunden…« Ich zuckte mit den Schultern. »Ach, ich weiß nicht. Irgend etwas in mir, das an dieser Zeit hängt. Am intensivsten erinnere ich mich daran, wie jung und süß wir alle waren. Also habe ich mich wirklich auf unser Treffen gefreut.«

»Süß, ja?«

»O ja!« sagte ich. »Findest du nicht?«

Er schüttelte den Kopf. »Na egal, ich jedenfalls war mir über meine Gefühle nicht ganz im klaren.« Und dann lächelte er wieder, und ich erkannte, daß sein Lächeln unverändert war. Noch immer war es überraschend, wie sich sein ernstes Gesicht öffnete und etwas Jugendliches bekam. Seine Augen wanderten tiefer. Er wies auf den Overall, den ich trug, und den weißen Kittel. »Ich muß schon sagen, es ist ungewöhnlich, dich im Kostüm der Wissenschaft zu sehen.«

»Ach, in diesem Job lohnt es sich nicht, richtige Kleider zu tragen«, sagte ich. »Ich staune immer darüber, daß ein paar Tierärzte es trotzdem tun.«

»Also, nein, was ich meinte, war – wenn ich an die Vergangenheit denke… Eines der Dinge, an die ich mich am deutlichsten erinnere, war diese Spaltung im Haus. Weißt du nicht mehr? Diese negative

Einstellung der Wissenschaft gegenüber? Die Verachtung, die alle für meine Arbeit zeigten? So empfand ich es damals, und auch ich selbst habe so gedacht. Meine eigene Arbeit hat mich verlegen gemacht, mehr als verlegen sogar.«

»Tatsächlich? Ja, ich erinnere mich daran.« Natürlich tat ich das. Wir alle hatten Eli für langweilig und weniger bemerkenswert als uns andere gehalten, weil er sich mit Fakten befaßte. Wir hingegen, die Bohemiens, lebten für Kunst, Literatur, Musik, Phantasie – das, was sein *könnte*. Der arme Eli klebte an dem fest, was *war*.

»Ich habe mich wirklich geschämt.« Er schüttelte den Kopf. »Ach, die sechziger Jahre. Was für ein lausiges Jahrzehnt.«

»Na ja, das hier fühlt sich in Wirklichkeit oft gar nicht nach Wissenschaft an. Manchmal erscheint es mir wie Hokuspokus. Es gibt ein paar Dinge, die wir heilen können, aber vieles ist immer noch ziemlich primitiv.« Mir kam ein Gedanke. »Ich habe einmal bei Tschechov etwas darüber gelesen, wie es sich im neunzehnten Jahrhundert anfühlte, Arzt zu sein – wie wenig man wirklich *tun* konnte.« Ich hob die Hände. »Wie bei unserem Freund hier.«

»Ja, ich hab's gehört«, sagte Eli. Er streckte die Hand aus und tätschelte Arthur.

»Möchtest du über die Möglichkeiten reden?« fragte ich. Der Hund hatte still auf dem Tisch gelegen, anscheinend entspannt, und immer den angesehen, der gerade sprach. Immer, wenn Eli ihn berührte, hob er Schnauze und Blick zu einer vertrauensvollen Begrüßung. Ach, *du* bist es.

»Jean sagte, es gebe die Möglichkeit einer Operation.«

Ich schüttelte den Kopf. »Nein. In diesem Fall nicht. Ich habe das ihr gegenüber wohl erwähnt, weil bei diesen Rückenproblemen manchmal die Chance einer Operation besteht. Aber ich fürchte, als sie Arthur herbrachte, war es bereits zu spät.«

Er nickte. Sie mußte mit ihm auch darüber gesprochen haben.

»Ich bin sicher – und das sage ich selten, aber in diesem Fall *bin* ich sicher –, daß eine Operation hier sinnlos wäre.« Ich erklärte Eli, was meiner Meinung nach mit Arthur geschehen war und welche Möglichkeiten ich noch sah.

Wir standen uns am Untersuchungstisch gegenüber, Arthur stets zwischen uns. Eli fragte schnell, prüfend und angemessen. Sein Gesicht zeigte deutliche Reaktionen auf all meine Erklärungen – vom tiefen Stirnrunzeln und Zusammenpressen der Lippen bis zum Hochziehen und Senken der Augenbrauen. Plötzlich fiel mir die Maske ein, die der andere Eli getragen hatte, seine behutsame Verhaltensweise. Dieser Eli war lebendig, die Energie in seinem Gesicht zeugte davon. Sogar die Falten waren nun Beweise eines *gelebten* Lebens. Von Zeit zu Zeit legte er seine Hand ebenfalls auf Arthur. Einmal berührten sich unsere Hände, und ich zog meine schnell weg.

»Was du also eigentlich empfiehlst, ist, ihn einzuschläfern«, sagte er schließlich. Er lehnte mit verschränkten Armen an der Wand. Sein Gesicht war ernst.

Ich hatte inzwischen auf einem Hocker Platz genommen, um meine Hüfte auszuruhen. Ich schüttelte den Kopf. »Nein. Nein, keineswegs.«

»Wieso verstehe ich dich dann so?« fragte er. Es war keine feindselige Frage.

»Ich *habe* gesagt, daß es für die meisten Leute unglaublich zeitraubend und belastend ist. Aber ich habe Klienten, denen es gelingt. Zwei, um genau zu sein. Manchmal haben wir einen dieser Hunde hier in Pension, Sam, ein Dackel, ist ein glücklicher Bursche. Aber er zieht seine Hinterbeine nach, und wir müssen ihm die Blase entleeren, wie du es bei Arthur machst. Lauter solche Sachen. Das ist eine Menge Arbeit.«

Mir fiel ein Bild ein. »Vielleicht kennst du dieses Foto von Doisneau, es ist ziemlich berühmt. Darauf sieht man auf einer Pariser Straße einen Hund in einem Karren. Sie werden speziell für solche Hunde gebaut, für die kleineren«, erklärte ich. »Man schnallt sie ihnen an. Statt der Hinterbeine. Ich finde das Bild recht hübsch, irgendwie rührend.« Ich war entzückt gewesen, als ich es in einem Bildband über Doisneaus Werk in einer Buchhandlung in Boston entdeckte. Zwei Frauen unterhalten sich lebhaft auf einer Türschwelle, und vor ihnen sieht man im Profil den Hund sitzen – wachsam und zum Aufbruch bereit –, die Hinterbeine auf den leichten Karren geschnallt, dessen hübsche Räder wie eine elegante und funktionelle Ausdehnung seines Körpers wirken.

Doch Elis Gesicht hatte sich angewidert verzogen. »Nein«, sagte er. »Nein, das kenn ich nicht.«

Ich deutete auf sein Gesicht. »*Das,* mein Freund«, sagte ich, »ist der Grund, warum du die Empfehlung heraushörst, ihn einzuschläfern. Nichts an der Idee gefällt dir.«

Er starrte einen Moment vor sich hin, während er darüber nachdachte. Seine Kinnbacken bewegten sich leicht. »Ich fürchte, das stimmt«, sagte er schließlich.

»Nun, es geht vielen Leuten so. Die meisten empfinden so gegenüber behinderten Tieren. Und mir scheint, daß das auch völlig vernünftig ist, weil es dem Besitzer so viel Arbeit macht. Und soviel ich weiß seid ihr, du und Jean, mit Arbeit und Reisen auch so ziemlich ausgelastet. Und…« dieser Gedanke kam mir plötzlich, »habt ihr eigentlich Kinder?«

»Nein.« Dann lächelte er. »Nur Arthur hier. Und du?« fragte er nach ein oder zwei Sekunden.

»Ich ja. Drei. Aber sie sind alle mehr oder weniger erwachsen und aus dem Haus. Drei Mädchen. Entschuldigung, *Frauen*«, sagte ich. Einzeln sah ich sie vor mir. Hallo. Hallo. Hallo.

»Und du bist noch verheiratet.«

»Ja«, sagte ich. »Erstaunlicherweise.«

»Ja«, sagte er. »Ich hätte gewettet, daß du am Ende geschieden sein würdest.«

Ich war einen Moment verwirrt, und dann merkte ich, daß er von Ted sprach, von dem ich weggelaufen war, als er mich kennengelernt hatte. »Oh! Nein, diese Ehe ist tatsächlich geschieden worden. Entschuldigung!« Ich lächelte. »Ich habe immer das Gefühl, daß sie überhaupt nicht zählt.« Ich lachte kurz auf, und fühlte mich merkwürdig verlegen. »Nein, das war damals aus und vorbei. Diese ganze Zeit gehört der Vergangenheit an, oder einem Traum, den wir alle träumten. Mit Daniel, dem Vater der Mädchen, bin ich jetzt fünfundzwanzig Jahre verheiratet.«

»Ah!« sagte er. Und dann verstummten wir beide und sahen Arthur an.

»Ich weiß, es ist eine sehr schwere Entscheidung«, sagte ich sanft. »Man muß gewisse Faktoren gegeneinander abwägen. Ich habe sogar eine Broschüre zu dem Thema. Aber am Ende hängt es davon ab, wie du zu Tieren stehst, was man als lebenswert ansieht, und was nicht. Wie man ein Menschenleben wertet im Vergleich zum Tierleben. Die großen ethischen Fragen dieser Welt, die im Alltag dann meist nur intuitiv beantwortet werden.« Sein Gesicht verzog sich und war völlig ausdruckslos, während er Arthur musterte. »Natürlich spielt auch die Zuneigung, die du für den Hund empfindest, eine große Rolle.«

»Ja«, sagte er. Wieder berührten seine Hände Arthur. Der Hund antwortete mit einem liebevollen Grunzen.

»Und ich glaube, in solchen Fällen ist es am schwersten.« Ich wies auf Arthurs Schnauze. »Wenn sie keine Schmerzen haben und auf den ersten Blick so normal wirken.«

»Ja«, sagte er leise.

Wir standen einen Moment da und betrachteten Arthur. Der Hund blinzelte und legte den Kopf auf die Pfoten, als verstehe er, daß wir über ihn sprachen.

»Aber du mußt das nicht jetzt sofort entscheiden«, sagte ich. »Oder überhaupt zu einem bestimmten Termin.«

Er räusperte sich. »Das Schreckliche ist, daß ich schon entschieden habe. Ich bin bloß noch nicht bereit, danach zu handeln.«

»Nun, das ist auch in Ordnung. Nimm ihn wieder mit nach Hause, und gewöhne dich in Ruhe an den Gedanken. Soweit es dir möglich ist. Ruf mich einfach an, wenn du bereit bist. Wir können ihm weiter Valium geben, um ihm das Leben zu erleichtern.«

Ein weiteres langes Schweigen folgte. Dann sah er mich aufmerksam an. »Machst du das oft?«

»Tiere einschläfern?«

»Ja.«

»Nicht so oft, daß es mir leichtfallen würde.«

»Würdest du es in ähnlicher Situation bei deinem eigenen Hund machen? Hast du einen Hund?«

»Ich habe drei.«

»Aha.« Er lächelte. »Einen für jede Tochter.«

»Es ergab sich so. Und die Antwort lautet, ich weiß nicht, was ich tun würde. Ich denke, es könnte für mich einfacher sein als für dich, einen behinderten Hund im Haus zu haben, wegen meines Berufes. Aber ich kann mir auch Situationen vorstellen, in denen ich nicht zögern würde, sie einzuschläfern.« Tatsächlich hatte ich fünf oder sechs Jahre zuvor einmal versucht, einen meiner Hunde selbst einzuschläfern. Lou. Er war achtzehn, inkontinent und so arthritisch, daß er sich kaum noch bewegen konnte. Er schnappte, wenn man versuchte, ihm zu helfen, weil es ihm so weh tat. Wir alle hatten ihn geliebt, er war so schön, kraftvoll und schnell gewesen – und so sanft, vor allem zu den Mädchen, als sie noch klein waren. Er hatte ein großes Herz – wann immer jemand im Haus weinte, kam er, legte seinen Kopf an die betreffende Person und jaulte leise und mitfühlend. Als ich die rosa Spritze mit Beuthanasia in die Hand genommen hatte, hatte ich so sehr weinen müssen, daß ich durch meine Tränen keine Vene sehen konnte, und Mary Ellen hatte mir die Injektion abnehmen müssen.

»Aber auch das tut jetzt nichts zur Sache«, sagte ich. »Wichtig sind dein Urteil und deine Gefühle.«

»Nein, ich verstehe das natürlich. Ich hatte mich wohl nur gefragt, wie andere wohl reagieren mögen.«

Ein weiterer Moment verging ohne Worte. Ich sah rasch auf die Uhr. Eli bemerkte es.

Er beugte sich schnell über Arthur und hob ihn auf. »Tut mir leid«, sagte ich und berührte seinen Arm. »Ich möchte dich nicht drängen.«

»Nein. Nein, das ist eine Sache zwischen mir und Arthur. Wir sollten deine Zeit nicht länger in Anspruch nehmen.«

Ich ging hinter ihm vorbei, um die Tür zu öffnen. Als er sich umdrehte, berührten unsere Gesichter sich fast. Ich konnte ihn riechen, ein teurer, lederartiger Duft.

»Ich werde dich nächste Woche anrufen«, sagte er. Er lächelte traurig. »Buchstäblich eine Galgenfrist.«

Ich war zurückgetreten. »Es tut mir sehr leid für dich.«

Er wurde wieder sachlich. »Und das Valium?«

»Ich komme gleich nach vorne und bringe es dir. Wieviel willst du? Die Dosis für eine Woche?«

Er preßte die Lippen aufeinander. »Höchstens«, sagte er.

Als er ein paar Minuten später an der Eingangstür stand, drehte er sich noch einmal nach mir um und sagte: »Irgendwann wäre es nett, wenn wir uns mal unterhalten könnten. Über etwas anderes als Hunde.«

»Oh, gibt es so etwas?« fragte ich. Ich konnte spüren, wie Beattie hinter ihrem Computer mich auf einmal scharf ansah.

Er lächelte wieder, und dann war er fort.

»Wer war dieser große, fette Mann?« fragte Beattie später. »Sie wissen schon, Mayhew, der, der zu Arthur gehört.«

»Beattie! Er war nicht fett.« Wir gingen beide im vorderen Büro umher. Sie druckte Rechnungen aus, ich überprüfte Vorräte.

»Kennen Sie ihn von früher?«

»In der Tat. Aus meiner tiefen, dunklen Vergangenheit. Wieso, warum fragen Sie?«

»Weil Ihre Stimme anders war, das ist alles.«

Ich dachte darüber nach und fragte mich, ob es stimmte.

»Also, ich fand ihn jedenfalls fett«, sagte Beattie nach ein paar Augenblicken. Sie sah mich nicht an. Der Drucker ratterte vor sich hin. »Ich mag eben schlanke Männer. So wie Daniel. Das ist mein Typ.«

»Sie können ihn nicht haben, Beattie.«

Sie lachte schrill und ging, einen dicken Stapel Computerpapier unter dem Arm geklemmt.

Im Laufe der Woche wurde es kälter. Oft fror es nachts, und morgens war das goldene Gras mit Rauhreif bedeckt. Die leuchtendhellen Blätter – das Rosa und Blaßgelb der Ahornbäume – waren jetzt verschwunden, nur noch das Goldgelb der Birken und das dunkle Rotbraun der Eichen waren geblieben. Man hatte eine gute Aussicht, als die Blätter fielen und zu kleinen Häufchen an Zäunen, Büschen und Straßenrändern zusammengeweht wurden. Man blickte jetzt auf die ganze Stadt, und jenseits der weißen Häuser konnte man die fernen Berge sehen. Die ganze Woche wartete ich auf Elis Anruf. Ich dachte oft an ihn und Arthur. Aber er kam nicht, und er rief auch nicht an.

Am Wochenende schlug das Wetter plötzlich um. Es bescherte uns drei Tage Altweibersommer, golden und warm. Daniel und ich beschlossen, unseren Montag nachmittag mit dem Einsetzen und Putzen der Sturmfenster zu verbringen. Wir standen uns gegenüber, so daß wir uns während der Arbeit unterhalten und gegenseitig auf Streifen aufmerksam machen konnten. Die Luft, die ins Haus wehte, war trocken und kühl, aber Daniel arbeitete draußen, in der Sonne. Zuerst zog er sein Sweatshirt aus, dann das langärmlige, karierte Flanellhemd, das er darunter trug. In T-Shirt und Jeans sah er schlank und muskulös aus wie die Jungs, mit denen ich in der High-School nicht hatte ausgehen dürfen. Ich konnte sehen, wie die Muskeln und Sehnen sich in seinen Armen anspannten.

Als er mit seinem Tuch das Glas zwischen uns abrieb, merkte er, daß ich ihn beobachtete. Ich hatte mit Putzen aufgehört. Er hielt ebenfalls inne. »Was ist?« fragte er laut.

Ich schüttelte den Kopf und grinste. Ich beugte mich vor, legte meine Lippen auf das kühle Glas und küßte es. Als ich mich wieder aufrichtete, schrie ich: »Du bist süß.«

Er lächelte. Dann hob er eine Hand und klopfte an der Stelle auf die Scheibe, wo die Spuren meiner Lippen zu sehen waren. »Streifen«, sagte er.

Ich zog eine Grimasse und wischte sie weg.

Seit dem Sonntag, als ich in der Kirche war und dann im Bett darauf gewartet hatte, daß Daniel nach Hause kam – geduscht, parfümiert und mit aufgedrehter Heizung, damit wir, ohne zu frieren, nackt sein konnten –, hatte ich starkes Verlangen nach ihm gehabt. Natürlich nicht die ganze Zeit, denn wir hatten beide unsere Arbeit und viel zu tun. Aber das Verlangen war da, und wir hatten uns dreimal geliebt. Ich war von der ungewohnten, subtilen Aufmerksamkeit überrascht, die dabei füreinander zutage trat. Einmal hatten wir es tatsächlich stehend in der Küche versucht, ich in meinem gestreiften Bademantel an die Wand gelehnt. Aber Daniel hatte abrupt gerufen: »Ah! Nein! Nein!« Als wir aufhörten, hatte er gesagt: »Das war mein Rücken, der da geschrien hat, nicht ich.« Und wir hatten die Hunde in der Küche eingeschlossen und es auf der Couch im Wohnzimmer getan, begleitet von ihrem traurigen Gejaule.

Und eines Nachts, als wir beide müde waren, stritten wir uns lachend und ungezwungen darüber, wer die größere Anstrengung auf sich nehmen sollte (»Nein, du setzt dich auf *mich*«), bis ich die Hand zwischen meine Beine legte und mich selbst streichelte. Daniel rutschte zurück, um mich zu beobachten. Nach einer Weile griff er ebenfalls an sich herunter, um sich selbst zu streicheln. Wir beobachteten uns eine Weile, während unser Atem immer heftiger wurde, bis wir beide die Augen schlossen und uns voneinander wegbogen und in rhythmischem Duett unsere Schreie austießen.

Es machte Spaß, aber es fühlte sich ein wenig abstrakt an – ein bißchen so, wie ich es in den impulsiven, gierigen Monaten zu Beginn des Studiums empfunden hatte. Ich fragte mich, ob Eli etwas damit zu tun hatte – mit der Rückkehr meiner Vergangenheit in mein jetziges Leben –, daß mein Appetit gesteigert war. Warum kommt Hunger dann, wenn er kommt? Oder Bedürftigkeit? Und spielt das eine Rolle? Sollten wir nicht einfach glücklich sein, daß sie von Zeit zu Zeit wiederkommen? Ich wußte es nicht, aber ich mußte jetzt wieder daran denken, als ich Daniel durch die Scheibe bei der Arbeit zusah.

Zwei Abende zuvor hatte Cass angerufen. Ihre Tournee ging dem Ende zu und führte sie zu uns zurück. Sie war jetzt in Pennsylvania. Sie wollte an Thanksgiving für etwa eine Woche nach Hause kommen, aber sie konnte nicht mit Sicherheit sagen, an welchem Tag sie eintreffen würde. Daniel und ich sprachen in den Pausen darüber, wenn ich von innen die Fenster anhob, um sie einzuhängen, und nichts als Luft zwischen uns war.

Ich wollte für den Feiertag alle drei Mädchen nach Hause holen. Daniel meinte, das sei vermutlich ein Fehler, Cass wolle uns vielleicht für sich allein haben, und außerdem führe es oft zu Problemen, wenn sie alle drei zusammen seien. »Wenn sie Nora sehen möchte, braucht sie nur nach New York zu fahren«, sagte er. Er hockte auf der ausziehbaren Leiter. Hinter ihm klarte der Himmel über den Hügeln auf, und die dunkle Straße machte einen Bogen nach links und verschwand in den Kiefernwäldern.

»Aber möchtest du nicht, daß wir wieder einmal alle zusammen sind? Die Gelegenheiten werden immer seltener werden, wenn sie älter werden und wegziehen.«

»Ich weiß nicht«, sagte er. Ich hängte das Fenster zwischen uns ein, und wir hoben unsere Plastikflaschen und sprühten uns gegenseitig an. Während wir beide zu wischen begannen und Daniels ruhiges, konzentriertes Gesicht wieder zu sehen war, dachte ich auf einmal an Eli Mayhew und daran, wie offen und zugänglich er gewirkt hatte. Menschen können sich verändern, dachte ich, und einen Augenblick lang fragte ich mich, ob Eli das bei mir auch festgestellt hatte. Und wenn ja, in welcher Weise.

Am Ende war Daniel damit einverstanden, daß ich alle drei Mädchen zu Thanksgiving einlud. An diesem Abend rief ich Nora an.

»Wie lange wird sie dort sein?«

»Das ist noch nicht klar, du kennst doch Cass.«

»Ja, richtig.« Sie seufzte. »Verdammt! Ich muß dieses *Projekt* beenden. Ich wollte Thanksgiving überhaupt nicht feiern.«

»Wir hatten auch nur an ein kleines Fest gedacht, zusammen mit Sadie, weil Daddy am Sonntag vorher dieses große Kirchenessen hat.«

»Mein Gott!« sagte sie. Ich konnte vor mir sehen, wie sie an ihrer Unterlippe nagte, eine Angewohnheit, die sie nicht mit Cassie teilte. »Na ja, ich denke, ich kann es hinkriegen.«

Ich schwieg einen Moment, weil ich Schuldgefühle hatte, war aber gleichzeitig deshalb gereizt. »Schau, Nor«, sagte ich schließlich, »das ist nicht in Stein gemeißelt. Ich habe Cass noch *gar nichts* davon gesagt, es war bloß so eine Idee von mir.«

»Nein, ich werde kommen.« Sie klang resigniert.

»Aber jetzt fühle ich mich schuldig. Ich setze dich nicht unter Druck, wirklich nicht, ehrlich.«

»Komm schon, Mom. Ich möchte sie wirklich *gern* sehen. Unser letztes Treffen ist mehr als ein Jahr her, und sie ist meine Schwester. Meine Zwillingsschwester, Herrgott.«

Nach einem Moment sagte ich: »Brian ist auch willkommen, das weißt du.«

Sie gab ein leicht schnaubendes Geräusch von sich. »Ich denke, ich verschone ihn.«

Nachdem ich aufgelegt hatte, dachte ich über diese Bemerkung nach, und fühlte mich verletzt. Sah sie uns so? Als eine Problemfamilie wie aus einem Stück von O'Neill, vor der sie ihren Freund beschützen mußte?

Als wir später die Hunde ausführten, sprach ich mit Daniel darüber. Er stimmte nicht mit mir überein. »Sie denkt genauso wie ich, daß man die Probleme heraufbeschwört, wenn man die beiden für ein langes Wochenende zusammensperrt.«

»Das muß nicht so sein.«

»Nein, aber oft ist es so.«

»Du wirst mir helfen, nicht, Daniel?« Für ihn muß ich einsam und ängstlich geklungen haben, denn er hielt mich auf dem dunklen Gehsteig fest und küßte mich auf die Wange. Tatsächlich war es so dunkel – stockfinster, da wir in einer Seitenstraße waren, vom schwachen Licht der Laternen weit entfernt –, daß er irrtümlich mein Ohr traf. Zusammen schwankten wir einen Moment. Als wir weitergingen, ließ er seinen Arm um meine Schultern gelegt.

In den meisten Häusern waren die Lichter schon gelöscht – es war fast elf. Die Stadt war still bis auf gelegentliches Hundegebell. Als wir vor dem mittleren der drei georgianischen Häuser standen, schauten wir gleichzeitig zu den erleuchteten Fenstern des Wohnzimmers. Der Raum war leer, das Licht fiel auf einen Sessel. Wir wandten uns ab. Eine leichte Brise hob mein Haar, trug uns den Geruch von trockenen Blättern und Kiefern zu. »Es ist einfach vollkommen«, sagte ich. »Dieses Wetter.« Ich seufzte. »Deswegen leben wir in Neuengland.«

Am nächsten Morgen fiel nasser Schnee, dicke Flocken schlugen gegen die Fenster. Als ich die Küchentür öffnete, drang kalte, feuchte Luft herein, und die Hunde drängten sich mit eingeklemmten Schwänzen um mich. »Raus mit euch!« sagte ich. Sie warfen mir tragische Blicke zu, als ich hinter ihnen die Tür schloß.

»Hast du das vorher gewußt?« fragte ich Daniel, als er zum Kaffee hereinkam. Er war ein Wetterfanatiker, ein Überrest seiner Jugend auf einer Farm. Dort bestimmte das Wetter, was man an jedem gegebenen Tag zu tun hatte.

»Ja.«

»Und du hast mich über unseren romantischen Herbstabend schwafeln lassen? Und dir dabei ins Fäustchen gelacht?«

Er zuckte mit den Schultern. »Ich bin eben ein perfider Mensch.«

»Das kann man wohl sagen.«

Die Flocken rannen als klare Bäche an den Seiten meiner Windschutzscheibe hinunter. Die Nässe ließ die Straße schwarz erscheinen. Ich fühlte mich müde, noch bevor ich zur Arbeit kam, und holte mir in der Bäckerei nebenan einen Kaffee.

»Na, guter Scherz von Mutter Natur?« fragte der Besitzer Malcolm mich energiegeladen. Er führte das Geschäft allein.

»Den kann sie sich an den Hut stecken«, sagte ich.

»Joey, Joey!« schalt er mich grinsend. Er schüttelte den Kopf, als ich zahlte.

Meine Partnerin Mary Ellen war an diesem Tag auch in der Praxis, obwohl sie normalerweise nur montags, dienstags und samstags arbeitete. Aber in dieser Woche wollte sie den Samstag frei haben, weil ihr Sohn eine Geburtstagsparty feierte, und so war der Flur zeitweilig überfüllt mit Hunden und Menschen. Am späten Vormittag kam Beattie in mein Untersuchungszimmer. »Ihre alte Flamme hat angerufen«, sagte sie, die Lippen mißbilligend gespitzt.

»Er ist nicht meine Flamme, Beattie.«

»Das habe ich ja auch nicht gesagt. Ich habe gesagt ›Ihre *alte* Flamme‹.«

»Er war *nie* meine Flamme.«

»Nun, jedenfalls hat er angerufen. Er kommt heute nachmittag.« Sie schnaubte.

»Um den Hund einzuschläfern.«

»Ja.« Sie blieb einen Moment stehen, beobachtete mich, wartete auf irgendeine Reaktion. Sie räusperte sich. »Wissen Sie, ich frage mich, was ich tun würde. Ich würde das nicht tun.«

»Beattie«, sagte ich, plötzlich gereizt, »Sie haben doch überhaupt keine Haustiere.«

Sie wandte sich zum Gehen. »Das spielt doch keine Rolle, oder?« Aus dem Gang rief sie über die Schulter: »Ich weiß, was ich weiß.«

Ich lächelte, als ich zu Mary Ellen ging, um ihr zu sagen, daß ich sie später brauchen würde. Ich lächelte über Beattie. Es war ein Standardspruch von ihr, der immer dann kam, wenn sie nicht weiterwußte. Ich dachte bei mir, daß ich es Daniel erzählen würde – wir hatten einen ganzen Vorrat an solchen Sprüchen. Aber dann wurde mir klar, wie sie darauf gekommen war, und ich entschied, daß die Geschichte auf einer Animosität gegenüber Eli Mayhew beruhen mußte, die zu kompliziert und grotesk war, um sie zu erklären.

Den ganzen Tag über schneite es. Manchmal hellte sich das Wetter kurz auf – die Sonne brach durch die Wolken und ließ die Flocken grau erscheinen –, doch dann bezog es sich wieder, und alles verdüsterte sich. Gegen vier war es dunkel, teils wegen des Schnees, teils, weil vor kurzem die Winterzeit begonnen hatte. Die letzten beiden Klienten des Tages hatten schon angerufen, um abzusagen.

Mary Ellen und ich waren nach vorn gegangen, wo Beattie die Radionachrichten eingeschaltet hatte. Wir standen alle herum, hörten zu und aßen Kekse, die Mary Ellen auf einem Basar zugunsten eines Kinderhorts gekauft hatte. Endlich kam der Wetterbericht: Der Schnee gefror aufgrund des Temperatursturzes. Im abendlichen Pendelverkehr hatte es bereits ein paar Auffahrunfälle gegeben. Ich schaute nach draußen. Es war halb fünf, und unsere Wagen waren die letzten auf dem Parkplatz.

Beattie verkündete besorgt, sie müsse vielleicht früher nach Hause fahren. Mary Ellen und ich versicherten ihr, das sei in Ordnung. Ich war erleichtert. Ich wollte sie nicht in der Nähe haben, wenn Arthur eingeschläfert wurde. Nicht daß ich dachte, sie würde etwas sagen oder tun, solange Eli da war, aber ich fürchtete, sie werde mir hinterher irgendwie Unbehagen verursachen. Es war mir ganz recht, daß ich nicht an ihre Kommentare zu denken brauchte.

Wir halfen ihr, die Praxis zu schließen, Maschinen abzuschalten, Medikamente einzuschließen, Akten wegzuräumen und sauberzumachen. Dann zog Beattie hinter ihrem Schreibtisch Schicht um Schicht Pullover und Überkleidung an, das meiste sehr bunt und selbst gestrickt. Als ich gehen wollte, um alles für Arthur und Eli vorzubereiten, hörte ich sie rufen: »Bis morgen!«

»Fahren Sie vorsichtig!« rief ich zurück. Die Türglocke läutete, als sie die Tür hinter sich schloß.

Nachdem sie gegangen war, fiel mir ein, daß ich nicht wußte, ob wir Arthurs Kadaver beseitigen sollten oder ob Eli ihn mitnehmen wollte. Als ich hinten fertig war, ging ich zu Beatties Computer und rief Elis Datei auf. Gewöhnlich gab es eine Notiz bezüglich der Behandlung des Kadavers, und Beattie hatte sie auch hier eingetragen: Eli würde Arthur mit nach Hause nehmen. Ich ging zum Anfang der Datei zurück, und dort stand die Adresse: Duxbury Court 11.

Schick und teuer. Duxbury Court war eine neue Siedlung im Wald eines alten Anwesens. Elis Zuhause und Arthurs Grab. Ich dachte an die Wege, die das Gelände durchzogen hatten, ehe es bebaut wurde, und an die zerfallenen Steinmauern, die einst die Felder der alten Farmen umgeben hatten. Leute aus der Stadt hatten in dem Gebiet Vögel beobachtet, ihre Hunde ausgeführt, wie auch wir es manchmal getan hatten, oder es einfach als Erholungsgebiet betrachtet, wo man sich fern von der Welt fühlen konnte. Als der Besitzer starb und seine Familie das Land an einen Bauunternehmer verkaufte gab es Proteste und empörte Leserbriefe in der Lokalzeitung. Es hatte nichts genützt. Die Zeit schritt voran. Und brachte mir, dachte ich, Eli Mayhew.

Ich schaltete den Computer aus und ging in mein Untersuchungszimmer, um dort zu warten.

Eli kam kurz nach fünf. Als ich die Glocke läuten hörte, ging ich in den Flur und rief seinen Namen. Wieder kam er mit Arthur auf den Armen um die Ecke. Langsam ging er den Gang hinunter. Er setzte Arthur auf den Tisch. Sein Gesicht war ausdruckslos, und daran erkannte ich, wie lebhaft es beim letzten Mal gewesen war.

»Wie lange dauert es?« fragte er. Er zog seinen langen eleganten Schal vom Hals. Schneetropfen glitzerten auf seiner Jacke.

»Eigentlich nur Sekunden. Manche Leute bleiben lieber dabei, andere verabschieden sich und warten draußen. Tu, was immer du für dich als richtig empfindest.«

»Herrgott, ich empfinde *nichts* als richtig bei dieser Sache. Aber ich bleibe.« Ich merkte, daß er mich nicht ansehen wollte. Sein Gesicht schien vor Wut und Schmerz verschlossen.

Ich sprach mit sanfter Stimme. »Dann muß ich dir sagen, daß es vielleicht nicht einfach sein wird. Normalerweise schlafen sie einfach ein. Aber manche Hunde geben Geräusche von sich. Manche verlieren die Kontrolle über Darm und Blase. Manche zappeln herum. Ich denke, daß es sie verstört, wenn sie das Medikament spüren.«

»Sie *schreien*?« sagte er.

»Ja. Sie heulen einige Sekunden.«

Ruckartig wandte er sich ab. »Mein Gott.«

»Arthur wird es höchstwahrscheinlich nicht tun. Ich hoffe, er wird es nicht tun. Aber ich möchte, daß du vorbereitet bist.«

Ein Schweigen senkte sich über uns. Elis Hände – wieder fiel mir auf, wie groß sie waren, aber mit langen, eleganten Fingern – streichelten immer wieder Arthurs glänzendes Fell. Endlich blickte er auf, sah mich an und sagte: »Ich weiß nicht, wie du das schaffst.«

Ich zuckte mit den Schultern. »Manche Tierärzte tun es nicht.« Aber mir war das immer als die grausamste Möglichkeit erschienen – die Menschen, wenn sie uns brauchen, wegzuschicken, damit sie sich jemand anderen suchen, der es tut, jemanden, den sie und ihre Tiere nicht kennen.

»Aber du tust es.«

»Ich tue es nicht *gern,* Eli.«

»Nein«, sagte er. »Nein, natürlich nicht.«

Eine Minute lang standen wir bedrückt da. Ich war mir intensiv der leuchtendrosa Spritze bewußt, die auf meinem Tisch lag. »Möchtest du eine Minute mit ihm allein sein, um dich zu verabschieden?« fragte ich.

Er schüttelte den Kopf. »Das habe ich schon getan.« Er blickte zu mir auf. Seine Augen glänzten. »Bringen wir es hinter uns«, sagte er abrupt.

Ich öffnete die Tür und rief Mary Ellen. Sie kam fast sofort – auch sie hatte gewartet. Ich stellte sie kurz vor und wandte mich dann ab, um die Spritze zu holen, während Mary Ellen eine Vene an Arthurs Vorderbein abband. »Du kannst ihn halten, wenn du möchtest«, sagte ich zu Eli. Als ich mich wieder umdrehte, sah ich, daß er sich über Arthur gebeugt und sein Gesicht an den Nacken des Hundes gedrückt hatte. Er sprach sanft mit ihm, sagte Arthur, was er für ein guter Junge sei, und wiederholte das immer wieder. Arthur schnüffelte und stieß mit der Schnauze nach ihm.

Mary Ellen nickte mir zu – sie war bereit. Ich ging um sie herum zu Arthur, legte meine Finger neben die Vene und führte die Nadel ein. Zuerst zog ich sie langsam wieder zurück – kein Blut –, dann injizierte ich rasch die rosa Flüssigkeit.

Beim Einstich hatte Arthur sich mir kurz zugewandt, aber dann entspannte er sich. Binnen weniger Sekunden wurde er schlaff und rollte leicht auf die Seite. Ich hörte, wie Eli den Atem einzog. Jetzt lagen meine Finger auf Arthurs Vene. Ich spürte, wie das Pochen

152

langsamer wurde und schließlich aufhörte. Ich nickte Mary Ellen zu, und sie verließ uns schweigend. Ich horchte Arthur mit dem Stethoskop ab. Nach ein paar Sekunden sagte ich zu Eli: »Es ist vorbei.«

Eli stand auf. Er schaute auf Arthur nieder, der jetzt ganz entspannt auf der Seite lag, die Augen leicht geöffnet. Elis Augen waren rot, sein Gesicht war in tiefe Falten gelegt.

Meine Hände zitterten. »Es tut mir leid«, sagte ich. Ich streckte meine Hand aus, um Elis Schulter zu berühren, spürte unter dem dicken Stoff seiner Jacke das massive Fleisch. Wie zur Antwort schwankte sein Kopf leicht, und ich erinnerte mich auf einmal, wie er auf dem Polizeirevier ausgesehen hatte, nach Danas Tod.

»Ich weiß«, sagte er und wandte sich wieder dem toten Hund zu.

Er ging ein paar Minuten später. Er trug Arthur in einem Karton, den wir ihm gegeben hatten, hinaus in den schweren nassen Schnee. Ich stand an der Tür und sah zu, wie er den Karton behutsam abstellte, das Auto aufschloß und Arthur einlud.

Mary Ellen stand plötzlich hinter mir, eine Hand auf meiner Schulter. »Bist du okay?« fragte sie.

Ich wandte mich nach ihr um. Sie hatte ihren Mantel und dicke rote Stiefel an. Vermutlich würde sie zu spät kommen, um ihren Sohn aus dem Kinderhort abzuholen. Ihr hübsches Gesicht hinter der Brille wirkte abgespannt.

»Ja, bin ich. Es ist nie leicht, nicht?«

»Nein«, gab sie zu.

»Danke, daß du geblieben bist.«

»Das hast du für mich auch schon getan«, erwiderte sie. Sie zog ihre Mütze und Handschuhe an. Nichts paßte zusammen. »Ist er ein Freund von dir?« fragte sie und zeigte dabei auf den Parkplatz. Arthur und Eli waren fort.

»So ähnlich«, antwortete ich. »Jemand, den ich vor langer Zeit kannte, und der gerade hierhergezogen ist.«

»Beattie hat so etwas gesagt.« Sie straffte ihre Schultern. »Also«, verkündete sie, »ich muß gehen.«

»Ich weiß. Geh nur.« Ich winkte sie weg.

»Und du bist okay?«

»Ja, wirklich«, beruhigte ich sie.

»Tu dir etwas Gutes, wenn du nach Hause kommst.« Sie sah mich eindringlich an.

»Danke, Mary Ellen«, sagte ich.

Und dann war ich allein. Langsam ging ich in der Praxis umher, räumte ein paar Sachen auf, wischte meinen Tisch ab. Ich hinterließ eine Notiz für Ned und erklärte, wir hätten etwas früher Schluß gemacht. Ich zog meinen Mantel an.

Die Luft draußen war eisig, und ich bereute, daß ich mir am Morgen nicht die Zeit genommen hatte, Winterkleidung herauszusuchen. Handschuhe jedenfalls, vielleicht auch eine Mütze. Hatte ich nach dem gestrigen Sonnenschein nicht an den Schnee geglaubt? Die Flocken schmolzen noch immer, wenn sie gefallen waren, aber der Boden unter meinen Füßen fühlte sich eiskalt an. Ich setzte mich in den Wagen und ließ ihn warmlaufen. Jeder Atemzug ließ eine blasse, schattenhafte Dunstwolke vor meinem Gesicht entstehen.

Die Häuser in der Nebenstraße waren größtenteils erleuchtet. Hier und da war jemand zu sehen, der umherging; oder man sah das bläuliche Flackern eines Fernsehgeräts. Daniel würde noch nicht zu Hause sein. Unser Haus würde dunkel sein. An der Kreuzung von Bishops Pond Road hielt ich bei Rot. Wenn ich hier links fuhr anstatt nach rechts abzubiegen, wenn es Grün wurde, wäre es nur noch ungefähr eine halbe Meile bis zu Elis Haus. Ich stellte mir vor, wie es aussehen würde – massiv, mit vielen Fenstern und vielen Terrassen. Ich stellte mir Eli vor, den Karton mit Arthur unter dem Arm.

»Machst du das oft?« hatte Eli gefragt.

Hunderte Male inzwischen. Vielleicht tausend. Immer mit einer Art Atemlosigkeit im letzten Moment. Aus Angst davor, nehme ich an. Angst natürlich, daß es nicht gutgeht, daß das Tier klagt oder heult, wie es manche tun, oder daß der Besitzer von seinem Kummer überwältigt wird. Aber meistens empfand ich nur eine Art Entsetzen über die Schnelligkeit, mit der es passierte, wenn die Injektion gegeben war. Entsetzen darüber, wie schnell die Linie zwischen Leben und Tod überschritten war. Ich dachte an Arthurs Tod, äußerste Entspannung innerhalb von Sekunden, meine Hände auf ihm, als er starb. Und Eli dabei.

Und dann merkte ich, daß der Eli, der mir in dieser Vorstellung

154

nahe war, der Eli, der sich über seinen Hund beugte, der junge Eli war, der Eli, der allein auf der Veranda stand, als ich in einem Taxi das Haus in der Lyman Street verließ. Bewußt versuchte ich, mich auf das Gesicht des älteren Eli zu konzentrieren. Ich konnte es nicht. Ich merkte, daß ich ihn mit einem alten Freund von Daniel aus der theologischen Fakultät durcheinanderbrachte, ein großer, leicht fülliger Mann, der uns im Laufe der Jahre gelegentlich besuchte, wenn er an der Ostküste war.

Die Ampel schaltete auf Grün, und ich bog rechts ab, nach Hause. Im Licht der Scheinwerfer wirbelten die dicken Schneeflocken wild umher. Ich fuhr langsam, und nachdem ich unsere Einfahrt erreicht und die Lichter ausgeschaltet hatte, saß ich lange im Dunkeln, beobachtete den Wirbel der nassen Flocken und dachte an das Haus in der Lyman Street und an Arthurs Einschläferung – fast erschien es mir, als hätte ich es damals getan, in dieser Welt, in meinem anderen Leben.

8

Als ich zwei Tage vor Thanksgiving in die Küche kam, zeigte Daniel auf den schmutzigen Seesack und den verbeulten Gitarrenkasten neben der Hintertür und sagte: »Cass.«

»Wo ist sie?« fragte ich, noch benommen vom Schlaf.

Er hob die Augen und zeigte mit dem Daumen an die Decke. »Schläft noch, schätze ich.«

»Hast du sie gehört?« fragte ich.

»Ich habe etwas gehört, aber ich dachte, das wären bloß die Hunde.«

Ich schenkte Kaffee ein. »Verdammt, warum macht sie das? Ich muß zur Arbeit.«

»Ich werde zu Hause bleiben. Ich habe Anrufe und Post zu erledigen, und das kann ich hier machen.«

»Rufst du mich an, wenn sie aufsteht? Oder laß sie anrufen. Vielleicht kann ich früher entwischen. Oder zum Mittagessen kommen.«

»Sie wird es verstehen.«

»Ach, wie gut ich das kenne!« Ich zog einen Stuhl vom Tisch und setzte mich Daniel gegenüber. »Sie sagt nicht, wann sie kommt, also kann ich nicht hier sein, um sie zu begrüßen, und dann ist sie verletzt, und ich fühle mich schlecht.« Ich trank etwas Kaffee. »Aber auch so, als würde man mir die Schuld in die Schuhe schieben. Blablablabla. Und schon geht es wieder los.«

»Nun nimm nicht gleich alles vorweg, Joey. Vielleicht ist sie milder geworden.« Er lächelte mich an.

Ich schaute aus dem Fenster in den Vorgarten. Keine Autos außer unseren eigenen. »Ich frage mich, wie sie hergekommen ist.«

»Jemand muß sie hergebracht haben.«

»Was glaubst du, wie spät es war, als du sie gehört hast?«

»Ich habe nicht auf die Uhr gesehen. Aber eher in der Nacht als morgens, denke ich.«

Allie kam und legte ihren Kopf auf meinen Schenkel. Guten Morgen. Ich streichelte ihr Fell, zupfte abwesend an einer Klette, die sich darin verfangen hatte. »Gott, ich wünschte, ich könnte bleiben. Ich bin so aufgeregt, sie zu sehen. Ich wünschte, ich könnte bleiben. Ich wünschte, ich wäre du und du wärst ich.«

»Mmm, ich auch. Dann könntest du all die Mitglieder des Komitees anrufen und um Spenden anbetteln.«

»Und du könntest die Stuhlproben untersuchen.«

»Und du könntest dem Dachdecker sagen, daß wir ihn in Raten bezahlen müssen.«

»Und du könntest die Katze von Florence Dicey katheterisieren.«

Er lächelte mich an. »Schreckliches Leben, was? Austauschbar und absolut entsetzlich.«

Ich kam den ganzen Tag nicht aus der Praxis. Als ich am späten Nachmittag nach Hause zurückkehrte, war Cass in der Badewanne. Ich konnte sie oben bei leise rauschendem Wasser singen hören. Daniel hatte mir auf dem Küchentisch einen Zettel hinterlassen, er werde gegen sechs kurz zum Abendessen vorbeikommen, und er und Cass hätten Chili gekocht. Er schlug vor, ich solle rasch einen Salat anrichten. Der Tisch war für drei gedeckt, die Küche war sauber, die Näpfe der Hunde gefüllt. Die Hunde selbst umkreisten mich hektisch, und jetzt nahm ich mir die Zeit, jeden einzelnen zu streicheln, und entließ sie dann in die dunkle Nachtluft. Als ich die Außenlampe einschaltete, sah ich sie davonlaufen; die langen, buschigen Schwänze wedelten fröhlich, als sie in das schwarze Dickicht unter den Kiefern eintauchten.

Ich zog die Stiefel aus, hängte meinen Mantel auf und ging dann die steile Treppe hinauf, wobei ich mich am Geländer festhielt. Cass' Seesack lag jetzt offen auf dem Boden in ihrem Zimmer, und ihre Kleider waren zu mehreren unordentlichen Stapeln aufgehäuft. Das Bett war gemacht. Ich lehnte mich an die Badezimmertür, hinter der laute Geräusche ertönten, und klopfte. »Cass?« rief ich. »Cass, ich bin's, Mom.«

Der Wasserhahn wurde zugedreht. »Mom?«

»Ja, ich bin zu Hause.«

»Drei Sekunden. Zwei. Ich bin gleich unten.«

In der Küche schenkte ich mir ein Glas Wein ein. Ich wusch den Kopfsalat und machte ein Dressing. Ich konnte Cass oben umhergehen hören. Ich wollte zu ihr gehen, hatte aber das Gefühl, als solle ich warten.

Endlich hörte ich sie auf der Treppe. Ich ging eilig ins Wohnzimmer und traf sie, als sie die enge Treppe heruntergekommen war.

»Liebling!« rief ich. Sie war dünn, ihr Haar war nahezu abrasiert, aber ihr Gesicht war unschuldig und offen in verlegener Freude, und sie sah hübsch aus. Ich umarmte sie, nichts als Haut und Knochen. Wie fleischig ich ihr vorkommen mußte! Wir hielten uns einen Moment in den Armen und wiegten uns. Dann spürte ich, daß sie sich leicht zurückzog. Rasch ließ ich sie los. »Laß dich *anschauen*. Laß mich *die neueste* Inkarnation betrachten«, sagte ich.

Sie lachte und wirbelte mit einer charmanten Geste herum – aber auch einer Geste, die sie weiter von mir entfernte. Ihr Ausdruck war noch immer liebenswürdig, aber irgendwie verschlossener. Ich sah jetzt, daß sie viel zu dünn war. Ihre Jeans hingen ihr lose um Hüften, Beine und Gesäß. Das Haar auf ihrem Kopf war ein bläulicher Flaum. Sie hatte einen Ohrring in einer Augenbraue und ein Dutzend oder mehr in einem Halbkreis in einem Ohrläppchen. Sie trug ein enges orangefarbenes Oberteil mit Leopardenmuster. Ihre Brüste waren fast flach geworden, man sah deutlich ihre Rippen. An den Füßen trug sie schwere, orthopädisch aussehende schwarze Stiefel. Aber sie hatte sauber und nach Seife gerochen, als ich sie umarmt hatte, ihre Augen waren jetzt hell, und ihre Haut, Daniels blasse Haut, war klar und straff.

»An die Haare muß ich mich gewöhnen, das muß ich sagen, aber du siehst toll aus.«

»Tja, ich mußte sie abrasieren.« Sie zog ein Gesicht. »Sie waren nach dem letzten Färben so versaut, daß ich keine andere Wahl hatte.« Sie trug kohlschwarzen Kajalstift rund um die Augen. Meine Mutter hätte gesagt, ihre Augen sähen aus wie zwei Brandlöcher in einer Wolldecke.

Wir gingen in die Küche, damit ich das Chili aufwärmen und ihr ein Glas Wein einschenken konnte. Sie begann zu reden, während sie trinkend auf und ab ging. Schließlich setzte sie sich an den Tisch. Sie schien unter Druck zu stehen und das Reden zu brauchen – ein Wunder bei der stillen, mürrischen Cass. Ich räumte geschäftig sauberes Geschirr weg und wischte die Arbeitsflächen ab. Ich fürchtete mich, ihr zu nahe zu kommen, sogar davor, mich zu ihr zu setzen. Ich wollte nicht den Eindruck erwecken, als wünsche ich mir mehr, als sie geben wollte. Oder als wünsche ich überhaupt irgend etwas. Cass machte einen vorsichtig.

»Also, inzwischen habe ich wirklich einen echten Haß«, sagte sie gerade. »Auf diese dummen Interaktionen, die Art, wie Dinge ausgehandelt werden müssen. Weißt du, wer hat Macht über wen, wer trifft die Entscheidung. Das ist solcher Mist. Beispielsweise die Entscheidung, wo man die Nacht verbringt. Ich meine, was sind die Optionen? Entweder haben wir eine Wohnung, oder wir haben keine. Wen kümmert es? Und nachdem Stellie gegangen war« – das andere Mädchen in der Band –, »sollte ich irgendwie die Mutter von allen sein. Dauernd vertrauten sie mir Dinge an. Igitt. Unheimliche Dinge. Sogar Raimondo. *Wer will das wissen?* habe ich dann immer gesagt. Wer will wissen, daß du einmal ein Mädchen verprügelt hast oder daß du es einmal mit einem Mann getrieben hast oder wer dir heute nach der Show auf die Herrentoilette gefolgt ist und was er mit dir gemacht hat?«

Manchmal wollte sie, daß ich nachfragte, ich konnte spüren, wie ihre Blicke kurz zu mir wanderten, nachdem sie etwas gesagt hatte, das mich vielleicht schockierte, aber ich blieb ruhig. Ich warf nur beiläufige Bemerkungen ein oder gab Laute von mir. Popeyes Olivia unter Prozac.

»Und deswegen denke ich, für mich war's das. Wir haben noch ungefähr sechs Shows nach Weihnachten, die Küste rauf und runter, und dann bin ich damit fertig. Ich steige aus.«

Plötzlich wurde mir mit einem Ruck im Herzen – war es Furcht? Freude? – klar, daß sie vielleicht andeuten wollte, sie wolle wieder zu Hause wohnen. »Und was denkst du, was du dann machst?«

»New York!« rief sie. »Ich werde berühmt.« Sie lachte. »Ich werd's ihnen allen zeigen.«

Wem? Das hätte ich gern gefragt. Warum? Aber irgendein Teil von mir entspannte sich auch – mein Leben mit Daniel würde sich nicht ändern müssen –, und kam mir deswegen schäbig vor.

Ich hoffte, daß sie meine Erleichterung nicht bemerkt hatte. Aber sie war mit ganz anderen Dingen beschäftigt. »Siehst du, ich habe in Washington diesen Typ kennengelernt, und er vermittelt Models. Models, die so aussehen, als würden sie Drogen nehmen. Nein, nicht so die Hübsche-Mädchen-Masche – ich meine, er war nicht hinter mir her. Aber er hat gesagt, er wäre sicher, daß ich es kann. Ich schätze, ich habe diese gewisse morbide Schönheit, die sie wollen.« Auf einmal posierte sie, zog einen Schmollmund, schob die Schultern nach vorn, machte die Arme lang, ihr Gesicht wurde tot, und ich erkannte, daß sie wie gewisse Models aussah, die ich in Werbeannoncen gesehen hatte. Für was? Unterwäsche vielleicht. Parfüm. Ich war nicht sicher.

»Mein Haar müßte wohl ein bißchen länger sein, aber das ist kein Problem, bis dahin ist es nachgewachsen, und dann, wenn ich bloß ein bißchen Bargeld zusammenkriege, können Stellie und ich vielleicht ein Demoband aufnehmen oder so. Das ist der große Traum. Wenn es mit dem Modelling was wird, ist es gut und schön, aber das ist eher ein Mittel zum Zweck.«

»Also dafür bist du so dünn geworden.«

Sie lachte rauh. »Ich bin dünn geworden, liebe Mutter, weil ich nicht genug zu *essen* hatte. Weil ich zu lange aufgeblieben bin und unartige Dinge getan habe.« Ich konnte hören, daß sie sich freute, mir das zu sagen, sich freute, mich mit den harten Realitäten ihres Lebens bekannt zu machen. »Aber *das* ist der Grund, warum er mir den Job angeboten hat, also darf ich nicht viel zunehmen. Wir müssen die Hausmannskost hier ziemlich knapp halten. Wir wollen, daß diese Knochen hier herausstehen.« Mit ihren purpurnen Fingernägeln klopfte sie sich auf die Schlüsselbeine.

Als Daniel nach Hause kam, entspannte ich mich ein wenig. Er konnte viel leichter mit ihr umgehen, ihr direkte Fragen stellen. Ich hatte jedoch das Gefühl, daß die Version ihres Lebens, die sie ihm anbot, sich von der unterschied, die sie mir hatte zeigen wollen. Mit ihm sprach sie über die Musik, die sie geschrieben hatte, die Mängel der Band, davon, was sie vielleicht mit Stellie in New York machen würde. Ein- oder zweimal spielte sie auf etwas Dubioseres an, aber sie schien nicht den Wunsch zu haben, Daniel mit etwas zu schokkieren oder zu verletzen, das über ihr Leben zu hören für ihn schmerzhaft gewesen wäre. Falls es das war, was sie bei mir beabsichtigt hatte.

War es das? Bei Cass hatte ich das nie gewußt. Und die Wahrheit ist wohl, daß sie es selbst auch nicht wußte. Wenn sie mich am meisten verwirrte, half es mir, mich an mich selbst in ihrem Alter zu erinnern – genauso egozentrisch, genauso verloren, genauso unbekümmert um den Schmerz, den ich anderen vielleicht zufügte, weil ich selbst so sehr litt.

Nach dem Abendessen ging Daniel, und Cass half mir beim Aufräumen. Dann bat sie mich, ihr meinen Wagen zu leihen. Sie wollte ins Sidecar gehen, eine Bar zwei Orte weiter, in der hiesige Bands auftraten. »Ich will nur sehen, was da los ist, ob jemand da ist, den ich kenne. Ich bleibe nicht lange.«

Aber Daniel war längst von seiner Kirchengruppe zurück, und wir lagen beide im Bett und hatten das Licht gelöscht, als sie zurückkam. Ich hörte, wie sie langsam durch das Wohnzimmer ging und dabei den Hunden etwas zumurmelte. Deren Pfoten klickten in einem aufgedrehten Tanz auf den Bodendielen. Auf der ersten Treppenstufe stolperte Cass und sagte deutlich: »Scheiße!« Die Böden im Obergeschoß knarrten und verrieten, wo sie sich aufhielt, bis sie schließlich sicher im Bett lag.

Ich entspannte mich und änderte meine Lage. Kaum hörbar flüsterte ich Daniels Namen.

»Ich bin wach«, flüsterte er zurück. »Erinnert an die schlechten alten Tage, nicht?«

Ja. Ja, das tat es. Die Zeit, als eines der Mädchen bis zur Morgendämmerung ausblieb und wir nicht wußten, ob wir die Polizei rufen sollten oder nicht. Die Zeit, als Freunde Nora so betrunken nach Hause gebracht hatten, daß sie sich übergab, ehe wir sie ins Badezimmer schaffen konnten. Die Zeit, als Sadie aus Hadley anrief, um mitzuteilen, sie habe das Auto zu Schrott gefahren und sich die Stirn aufgeschnitten. Die Zeit, als Daniel und ich so im Bett lagen, nebeneinander im Dunkeln, unsicher, unwissend, ängstlich wie Kinder, während die Kinder sich in der gefährlichen Welt bewegten und lernten, Erwachsene zu sein.

Am nächsten Tag, der für mich nur ein halber Arbeitstag war, erbot sich Cass, Sadie aus der Schule abzuholen und unterwegs die nötigen Einkäufe zu erledigen. Beide Mädchen kamen mit Tüten beladen ins Haus gestolpert, als es gerade dunkel wurde und waren laut und fröhlich, und ihr Tempo, ihre Energie und ihre schiere Lautstärke erinnerten mich an die glücklichsten Zeiten ihrer Jugend.

Wir nahmen ein leichtes Abendessen ein – Suppe und Maisbrot und Obst zum Dessert. Danach bereitete ich die Füllung für den Truthahn vor, während Daniel und Sadie zwei Pasteten machten. Cass saß mit einem Glas Wein am Tisch und verschwand gelegentlich nach draußen, um eine Zigarette zu rauchen. Wir konnten sie durch das Küchenfenster unter dem fallenden Schnee stehen sehen, ihr Atem so rauchig wie der Qualm ihrer Zigarette, ihr Schädel von einer Wollmütze bedeckt, die Arme gegen die Kälte um den Körper geschlungen, während sie genußvoll an der Zigarette zog.

Als die Pasteten im Ofen waren, gingen wir alle ins Wohnzimmer. Cass spielte uns ein paar ihrer eigenen Songs vor – düster und kryptisch, aber mit komplexen, sogar hübschen Reimschemata. Es war schwer, sich vorzustellen, wie sie sich in der Show anhören würden – sie unterbrach sich dauernd, um uns zu sagen, was Stellie an dieser Stelle tun würde. (»Sie macht so etwas wie AA-OAAH, Ah, Ah«) oder wie der Baß klang. Aber als sie fertig war, applaudierten wir alle, und sie errötete und sah auf einmal mädchenhaft und liebreizend aus. Sadie zog zwei rote Tulpen aus dem Krug auf dem Tisch neben ihr und warf sie Cassie zu, die aufstand, um sie zu fangen, sie dramatisch-elegant an das preßte, was von ihrem Busen übrig war, und sich dann plötzlich fast bis zum Boden verneigte, so daß wir ihren glatten, flaumbewachsenden Oberkopf sehen konnten.

Danach spielte sie uns einige Bänder vor, Bänder von ihrer Band und ein paar anderen, die sie kannte. Sie stand nach den ersten Songs an der Stereoanlage und bewegte sich erst zögernd und dann immer sicherer im Rhythmus der Musik. Sadie sprang auf und schloß sich ihr an. Zusammen tanzten sie durch den Raum, wie es in der High-School alle drei Mädchen gelegentlich getan hatten, jede versunken in eine eigene, wilde Reaktion auf den Rhythmus. Sadie hüpfte eher, sprang beinahe auf und ab, bewegte die Arme wie Flügel, Ellbogen nach außen; Cass vollführte in ihren klobigen Stiefeln eine Art Steptanz. Beide hatten die Augen vor Vergnügen fast geschlossen und lächelten begeistert und hingerissen. Sie zeigten uns etwas, markierten den Unterschied zwischen ihnen und uns mit ihren lockeren, schönen Körpern, mit ihren Reaktionen auf die Musik. Es gefiel mir, sie zu beobachten, aber es machte mich auch traurig.

Beide waren rosig überhaucht und schweißglänzend, als Daniel und ich einander ansahen und er in der Pause zwischen zwei Songs ankündigte, wir würden jetzt die Hunde ausführen und dann zu Bett gehen.

Cass lief zur Stereoanlage und schaltete sie aus. »Nein, nein, nein, laßt uns das machen. Sadie, schau doch, der Schnee!« Sie ging zum Fenster. Wir alle standen auf und folgten ihr.

Draußen war die Welt verwandelt, alle Formen und Strukturen hell und abgerundet. Jeder dunkle Ast der Roßkastanie war weiß umrissen. Die Laterne trug eine kecke, perfekt ausbalancierte Kappe aus Schnee. Es schneite noch immer, behäbige, dicke Flocken in der windstillen Luft. Wir schwiegen einen Moment.

»Das ist *vollkommen*«, erklärte Sadie. »Gott, ist es nicht toll? Ich habe einen freien Tag, und wir sind eingeschneit. Ich habe das bestellt!« rief sie.

»Ich mache mir Sorgen um Nor«, sagte ich zu Daniel.

»Grundlos. Bis sie losfährt, ist alles geräumt«, sagte er. »Vor allem, weil Thanksgiving ist.«

»Wann kommt sie hier an?« fragte Cass. Ich stand direkt hinter ihr. Sie roch nach Wein und Tabak und Badeöl und auch schwach nach Schweiß, ein salziger Geruch.

»Um die Mittagsstunde, meinte sie«, antwortete ich.

»Um die Mittagsstunde!« rief Sadie. Sie und Cass sahen sich an und grinsten. »Mittagsstunde«, sagte Sadie. »Sie hat Mittagsstunde gesagt!«

»Was ist daran so komisch?«

»So redest du immer, Mom.«

Cass begann zu singen und bewegte dabei rhythmisch die gespreizten Hände. »Sie kommt um die Mittagsstunde / Das reimt sich mit Tafelrunde / Oder auch mit Lumpenhunde / Doch Mom spricht von Mittagsstunde...«

Ich tat sie mit einer Handbewegung ab und ging zum Schlafzimmer. Doch ich empfand eine Art leiser Freude darüber, daß sie sich so amüsierten – Cass allein hätte das niemals getan. Vielleicht konnte Sadie Cass einen Weg zeigen, meine Eigenheiten und Schwächen liebevoll hinzunehmen statt immer wütend zu werden. Bevor ich die Tür schloß, rief ich ihnen noch zu: »Und zieht euch warm an! Ihr seid überhitzt und deshalb anfällig.«

Sie brachen in Gelächter aus und gingen in die Küche.

»›Überhitzt und deshalb anfällig‹«, hörte ich Sadie wiederholen.

Als Daniel ins Bett kam, lehnte ich mich auf seine Seite und biß ihn durch den Flanellpyjama in die Schulter.

»Wofür ist das?« beklagte er sich.

»Dafür, daß du hier der Erzeuger bist. Mir gefällt, was wir gemacht haben. Mir gefällt, sie zu Hause zu haben.«

»Hm«, sagte er. Und dann hob er warnend den Zeigefinger und sagte mit förmlicher Stimme: »Warten wir ab, was der morgige Tag bringt.«

»Ach, sei doch kein Spielverderber. Dir gefällt es doch auch, das weißt du.«

»Ja«, sagte er.

In diesem Moment ertönte ein lautes Klopfen am Fenster. Daniel schlüpfte aus dem Bett und zog das Rollo hoch. Die beiden Mädchen standen im Schneegestöber und winkten uns zu. Sie hatten sich die Mützen über die Ohren gezogen, was ihre Gesichter rund machte und sie wieder wie Kinder aussehen ließ. Ihre Wangen glühten.

Jetzt traten sie vor und preßten ihre Gesichter an die Scheibe, drückten sich die Nasen platt und weiß, schoben die Lippen zur Seite wie ein Monster. Daniel erschrak sich zum Spaß und zog das Rollo rasch wieder hinunter. Wir hörten sie lachen. Einen Augenblick später traf ein Schneeball die Scheibe, dann noch zwei weitere. Dann verklangen ihre Stimmen im Schneesturm, und das aufgeregte Bellen der Hunde entfernte sich langsam.

Während der Nacht wachte ich immer wieder vom Geräusch der

vorbeifahrenden Schneepflüge auf, manchmal ganz nah und manchmal durch die Entfernung gedämpft. Ansonsten waren wir in die wattierte Stille der dicken Schneedecke rund um unser Haus gehüllt. Es schneite noch immer heftig, als ich um halb sieben im Dunkeln aufstand. Ich hatte mich erboten, bei den Tieren, die wir in Pension hatten, die Früh- und die Abendschicht zu übernehmen. Den Rest würden Ned und Mary Ellen machen.

Ich aß eine Scheibe Toast, während das Auto warmlief. Ich brauchte eine Weile, um die Fenster zu säubern, und mußte zweimal zurücksetzen, um aus der Einfahrt zu kommen, aber die Straßen waren geräumt und gestreut, so daß alles naß aussah, als ich auf den zweispurigen Highway kam.

Bis zu unserem Einkaufszentrum waren die Schneepflüge noch nicht durchgedrungen. Ich parkte am Rand und stapfte durch den tiefen Schnee. Die Hunde hörten, wie ich die Vordertür der Praxis öffnete, und jaulten und bellten. Als ich die Lichter einschaltete, stieg der Lärmpegel weiter an.

Allen Hunden, die übers Wochenende da waren, ging es gut, bis auf einen Mischlingsrüden aus Husky und deutschem Schäferhund namens Lucky. Ich sperrte ihn für eine Weile in seinen Zwinger und ließ alle anderen frei laufen. Sie wieselten um mich herum wie rollende Wollknäuel, beschnüffelten erst mich und dann einander und folgten mir schließlich zur Hintertür. Als ich sie öffnete, stürzten sie hinaus – sieben glückliche Hunde, wegen des Feiertags mehr als gewöhnlich – und sprangen herum. Alle bis auf einen, einen fetten alten Cairn-Terrier namens Watson. Er blieb zu meinen Füßen an der Tür stehen und betrachtete die feindlichen Veränderungen der Außenwelt. Der Schnee lag höher, als er groß war. Er drehte sich um und wollte zurück ins Haus.

»Ah, ah!« sagte ich. Ich hob ihn hoch, ein strammes kleines Faß, und trug ihn in die Mitte des Gartens, wo der Schnee durch das Herumtollen der größeren Hunde bereits flachgetreten war. Er drehte sich um sich selbst, um die richtige Stelle zu finden, hob dabei jede Pfote einzeln an und schüttelte sie vorsichtig, wie ein Rumbatänzer. Schließlich erledigte er sein Geschäft. Dann hoppelte er wie ein Kaninchen durch den tiefen Schnee wieder zur Tür und ins Haus.

Ich stand einen Moment lang im Garten und lehnte den Kopf zurück, damit die weichen Schneeflocken mein Gesicht berührten. Die Hunde balgten und rollten sich ausgelassen im bräunlichen Morgenlicht. Sie jagten einander wild umher. Ich formte Schneebälle, und die Hunde schnappten danach und bissen hinein. Während sie spielten, wurden ihre Schnauzen weiß und an ihren Pfoten bildeten sich Pantoffeln aus Schnee.

Widerstrebend verließ ich sie und ging ins Haus zurück. Watson folgte mir, während ich meine Arbeit tat, und beobachtete mich. Aus dem Katzenraum, der nur zwei Bewohner hatte, sperrte ich ihn aus. Ich ließ eine Katze frei, damit sie herumlaufen und die Katzentoilette benutzen konnte, während ich ihren Käfig überprüfte. Ich stellte neues Futter bereit und ging dann wieder zu den Hundezwingern. Zwei Hunde hatten dort ihr Geschäft verrichtet, also machte ich die Käfige sauber und wechselte die Streu. Mehrere bekamen ihr eigenes Dosenfutter – die Näpfe mußten ausgewaschen werden. Ich sorgte für frisches Wasser und volle Freßnäpfe.

Dann ging ich wieder in den Katzenraum, setzte die erste Katze wieder in den Käfig und ließ die andere frei. Danach holte ich die widerstrebenden Hunde herein. Watson begrüßte jeden einzelnen wie eine besorgte Mutter, leckte ihnen den Schnee ab und schnüffelte nach ihrem Geruch. Nach und nach brachte ich alle wieder in ihre Zwinger. Ich ließ Lucky frei, während ich seinen Freßnapf füllte und ihm frisches Wasser hinstellte. Drei Hunde brauchten Medikamente. Ich setzte die zweite Katze wieder in den Käfig, rief Lucky herein und sperrte ab.

Während ich all das tat, dachte ich nur an sie, an die Hunde und Katzen, an ihr Verlangen nach Zuneigung, an ihre harmonischen oder weniger harmonischen Beziehungen zueinander, an die gelungene oder weniger gelungene Kontrolle ihrer körperlichen Funktionen. Ich war ganz von ihrem Leben und ihrer Energie in Anspruch genommen, davon, was sie von mir brauchten oder wollten. Ich vergaß alle meine Sorgen und Probleme.

Ich mußte an die Zeit bei Dr. Moran denken, wie er die Hunde und Katzen versorgte und behandelte. Es erinnerte mich daran, welchen Trost mir diese Flucht in das Leben der Tiere geschenkt hatte.

Als ich nach Hause fuhr, schien es mir, daß ich eine Arbeit gewählt hatte, die mir täglich die Begegnung mit reiner Unschuld und der Vergebung all meiner menschlichen Schwächen bescherte. Plötzlich wurde mir klar, daß auch das vielleicht eine Art Flucht war. Ein Gedanke, den ich schnell wieder verwarf. Oder zumindest in Erinnerungen untergehen ließ, die mir jetzt in den Sinn kamen, Erinnerungen daran, was meine erste, tatsächliche Flucht mir gebracht hatte: Dana. Die Lyman Street. Eli.

Eli, den ich am nächsten Tag sehen würde.

Wir gaben nämlich eine Party. Das hatten wir beschlossen, nachdem Nora uns zugesagt hatte, um der Dynamik Familienstreitigkeiten zuvorzukommen. Daniel hatte den Vorschlag gemacht und sich erboten, einige seiner Partygerichte zuzubereiten – einen riesigen Eintopf mit Schweinefleisch und gebratene Hühnerflügel. Er hatte auch vorgeschlagen, ich solle Eli und Jean einladen. Tatsächlich hatte er gesagt: »Warum lädst du nicht Eli Mayhew ein, für den du so schwärmst? Und ich nehme an, Sadie hätte gern auch seine Frau hier.«

»Daniel, ich schwärme doch nicht für Eli!« sagte ich. »Wie kommst du bloß darauf?«

»Okay, okay, du schwärmst nicht für ihn«, sagte er lächelnd. »Aber lade sie trotzdem ein.«

Erst ein oder zwei Tage später, nachdem ich darüber nachgedacht und mir klargemacht hatte, wie oft ich nach unserem Wiedersehen von Eli gesprochen hatte, gestand ich Daniel zu, daß ich tatsächlich, in einer *gewissen Weise*, für Eli schwärmte. Und ich fing an, das Gewebe aus Erinnerung, Verlust und Sehnsucht zu erklären, das ich um Elis Ankunft in meinem Leben gesponnen hatte. Aber Daniel grinste bloß. Und dann, als ich ernsthaft weitersprach, lachte er. Schließlich gab ich auf und versetzte ihm einige leichte Schläge auf sein Hinterteil, während er davontanzte und in gespieltem Schmerz aufschrie.

Wenn ich mir gegenüber ehrlich war, dann mußte ich zugeben, daß ich für einen früheren Eli schwärmte, einen, den es nicht mehr gab; Eli aus Duxbury Court war nur das Vehikel dafür. Oder vielleicht noch komplizierter: daß die Schwärmerei – wenn man etwas psychologisch so Komplexes so spielerisch bezeichnen kann – mir selbst galt. Der ältere Eli enthielt für mich natürlich sein jugendliches Selbst. Aber gleichzeitig enthielt er auch *mich*. Das Selbst, das ihn damals gekannt hatte. Mein Ich, als ich jung war. Und das machte ihn für mich attraktiv.

Mitunter liest oder hört man von Romanzen zwischen Leuten in mittleren oder sogar späteren Jahren, die einander lange gekannt haben. Leute, die aus ihren etablierten Ehen ausbrechen, um noch einmal auf besondere Art zu lieben, eine Liebe, die sie mit ihrer Jugend in Verbindung bringen, mit ihrer Vergangenheit und wie es sich anfühlt, diese Person zu sein. Jetzt, nachdem Eli wieder in mein Leben getreten war, konnte ich das verstehen, die Macht dieser Verbindung. Dieses Berauschtsein von sich selbst, das man als Berauschtsein von jemanden anderem ausgibt.

Ja, sagte ich also zu Daniel. Ja, ich schwärmte für Eli Mayhew. Und jetzt freute ich mich auf die Party und darauf, ihn zu sehen. Wir hatten die Mädchen gebeten, ebenfalls ihre Freunde einzuladen, und so würde es eine große Party werden, fünfzig bis sechzig Gäste aller Altersstufen. Es würden sogar einige Babys dabeisein, Kinder von Cass' und Noras Freundinnen. Als ich angerufen hatte, um Eli und Jean einzuladen, war sie am Telefon gewesen. Ich hatte ihr gesagt, sie werde einen echten Querschnitt durch die Bevölkerung von Adams Mills sehen, und sie klang hoch erfreut. »Ich habe das Gefühl, als hätten wir bisher kaum Zeit gehabt, uns auch nur umzusehen. Bislang haben wir fast niemanden kennengelernt, also ist das wunderbar. Wie nett von Ihnen.« Nach einer Pause sagte sie: »Was soll ich *anziehen*?« Und wir lachten beide.

Jetzt, während ich an diesem verschneiten Morgen nach Hause fuhr, fragte ich mich, wie es sein würde, Eli in einem gesellschaftlichen Kontext zu treffen. Im Geiste hatte ich bereits verschiedene Unterhaltungen geprobt. Möglicherweise würden wir über die Vergangenheit sprechen, vielleicht könnten wir uns gegenseitig Strategien anbieten, um den Schmerz und die Verwirrung jener Zeit zu verarbeiten, ein neues Verständnis davon, wer wir damals waren.

Möglich, und wahrscheinlicher war es jedoch, ermahnte ich mich, daß wir nur Konversation machen würden. Daß Eli einfach ein weiterer netter Mensch sein würde, den ich in Adams Mills kannte.

Daniel und Sadie waren bereits aufgestanden, als ich nach Hause kam. Sie saß im Bademantel am Tisch und trank Kaffee, eine neue Angewohnheit, die sie älter und in meinen Augen fast verbraucht aussehen ließ. Daniel schälte an der Spüle Kartoffeln.

»Oooh!« schrie Sadie. »Kalte Luft!« Sie zog sich den Bademantel eng um die Kehle. »Mach die Tür zu! Mach die Tür zu!«

»Sie ist zu, Liebling. Ich habe bloß ein bißchen von der Kälte mit hereingebracht.«

»Ist es schrecklich draußen?« fragte Daniel.

»Eigentlich gar nicht so sehr. Aber der Schnee ist richtig tief und schwer. Naß.«

»Nor hat angerufen«, sagte er. »Sie ist losgefahren.«

»Nun, die Hauptstraßen scheinen frei zu sein. Tonnen von Salz, ihr ganzer Wagen wird von einer Salzschicht überzogen sein. Aber unser *Garten*, Daniel!«

»Ich weiß. Ich will noch Schnee schaufeln, bevor sie kommt.«

Ich küßte Sadies Kopf, ihr glattes braunes Haar. Sie roch nach Shampoo. »Wie hast du geschlafen? Sind genug Decken da?«

»Mm. Es war mollig. Aber Cassie! Sie hat die ganze Nacht geschnarcht wie ein dicker alter *Mann*. Ich konnte sie sogar durch die Wände hören!«

»Sie wird sich in den Nächten, in denen sie alle zusammen im Kleinbus schliefen, besonders beliebt gemacht haben.«

»Gott, wahrscheinlich hat der ganze Wagen gebebt.«

»Was hat Nora gesagt, um welche Zeit sie hier sein wird?« fragte ich Daniel. Ich ging zu ihm und sah zu, wie seine flinken Hände Kartoffelschalen in den Ausguß warfen. Er trug noch sein Pyjamaoberteil. Sein Haar war zerzaust.

»Gegen eins, denkt sie, es sei denn, es gibt Probleme auf der Straße.«

»Also Mittagessen gegen zwei?«

»Ja, ich denke schon. Sie wird ausgehungert sein.«

»Wir sollten uns nicht zu genau festlegen, für den Fall, daß sie sich verspätet.«

»Ja, da hast du sicher recht. «

»Habt ihr eigentlich bemerkt«, flötete Sadie mit ihrer Babystimme,

»daß sich die Hälfte der Gespräche um Logistik dreht, wenn alle zu Hause sind? Wer geht wann und wie wohin, wer fährt. Solche Sachen.«

Daniel drehte sich nach ihr um und grinste. »Die eine Hälfte Logistik, die andere Streit auf Leben und Tod.«

»Daniel!« rief ich. »Gott, was für ein deprimierender Gedanke.« Und ich ging, um meinen Arbeitskittel auszuziehen.

Natürlich war etwas Wahres an Daniels Bemerkung, und das war auch der Grund, warum er nicht alle drei Mädchen gleichzeitig zu Hause haben wollte. Vor allem unsere Feiertage waren berüchtigt für ihre Katastrophen. Cassie war als Kind einmal wegen irgendeiner Kleinigkeit am Thanksgivingmorgen ausgerissen. Mehr als eine Stunde lang hatten wir nicht bemerkt, daß sie fort war, und dann fuhr Daniel durch die Gegend, um sie zu suchen, und ich rief alle Freunde an. Gegen Mittag – der Truthahn war bereits im Ofen, und Nora paßte auf Sadie auf (»Werde ich dafür bezahlt?«) – waren wir in getrennten Autos unterwegs, fuhren langsam durch alle Nebenstraßen, hielten an, und wanderten über die trockenen, blaßbraunen Wiesen an allen Orten, wo sie jemals gewesen war. Bishops Pond, der Wald hinter dem ehemaligen Holt-Anwesen, die alte Mühle, der Spielplatz hinter der Schule.

Wir hatten vereinbart, uns alle fünfundvierzig Minuten zu Hause zu treffen, und ich erinnerte mich noch, wie ich in der Einfahrt auf Daniels Wagen wartete und nach der Silhouette ihres Kopfes auf dem Vordersitz Ausschau hielt, doch sie war nicht da. Daniel stieg kopfschüttelnd aus dem Auto, um sich mit mir zu beraten. Seine Lippen waren grimmig zusammengebissen. Um vier Uhr kam ich früher zurück, sicher, daß weiteres Suchen sinnlos war, und wollte die Polizei anrufen – aus Daniels Arbeitszimmer, damit Sadie und Nora mich nicht hörten und Angst bekamen.

Und da lag Cass, schlafend auf Daniels Bettcouch zusammengerollt, den Daumen im Mund, das Gesicht voll von schmutzigen Tränenspuren. Sie war in der Scheune gewesen, sagte sie, als ich sie weckte, aber da wurde es ihr zu kalt, und sie war in Daniels Arbeitszimmer gegangen, weil »es mich an Daddy erinnert«. Als wäre er derjenige, der weggelaufen war, und nicht sie.

Bei einer anderen Gelegenheit hatte Sadie beschlossen, Vegetarierin zu werden, aus moralischen Gründen. Kein Truthahn für sie, nein danke – nur Füllung und Kartoffeln. Diese hatte sie großzügig mit Bratensaft übergossen. Als Sadie ihren Teller fast leergegessen hatte, beugte Cass sich vor und fragte: »Weißt du, woraus Bratensaft besteht, Dummchen?«

»Cass, nicht«, sagte ich und erkannte erst in diesem Moment, was wir Sadie hatten tun lassen.

»Nein, woraus denn?«

»Blut und klebriges Fett, das von deinem armen, unschuldigen Truthahn heruntergetropft ist.«

Ein Schweigen folgte. »Nein, das stimmt nicht«, sagte Sadie. Cass grinste noch breiter. »Stimmt es, Mom?« Sie wandte sich an mich.

»Cass«, sagte ich, »ich könnte dir bei lebendigem Leib die Haut abziehen.«

Sadie kreischte und stand vom Tisch auf. »Daran seid ihr schuld! Ich hasse euch! Ihr habt mich das essen lassen.«

»Schätzchen«, sagte ich, »wir haben nicht daran gedacht.« Ich konnte nicht sagen: *Es war uns egal.*

Sie rannte davon, ihr Stuhl war krachend umgefallen, als sie aufsprang. Wir hörten sie die Treppe hinaufstampfen. Dann knallte sie ihre Tür zu.

Zuerst ging Daniel zu ihr nach oben, aber sie wollte ihn nicht hereinlassen. Dann schickten wir Cass hinauf, damit sie sich entschuldige – wir konnten ihre erhobene Stimme hören, und daß sie keine Antwort bekam.

Als sie wieder nach unten kam, grinste Cass. »Jetzt hat sie ein großes Schild an ihrer Tür, auf dem steht, daß wir alle Mörder und Sadisten sind.«

»Hmm«, sagte Nora mit theatralischer Nachdenklichkeit. »Ich dachte, *sie* wäre die Sadistin, weil sie doch Sadie heißt.« Und boshaft lachten die beiden zusammen, in ihrer Schäbigkeit wieder vereint.

Ein anderes Mal war es Nora, die sich weigerte, zu Tisch zu kommen. Sie weigerte sich, mit Cass zu essen, weil diese sie als »nuttig« bezeichnet hatte, und weil wir nicht hatten eingreifen wollen. Der Vorwurf hatte damit zu tun, daß Nora einer Freundin von Cass einen

Jungen abspenstig gemacht hatte, und wir konnten der ganzen Sache nicht recht folgen. Außerdem hatten wir schon lange gelernt, uns aus den laufenden Konflikten zwischen ihnen herauszuhalten. »Aber *nuttig* Mutter! Das... das ist gräßlich.«

»Wahrscheinlich bloß ein Ausdruck von einer Rap-Platte, Nor. Nicht schlimmer als viele andere. Kannst du es nicht auf sich beruhen lassen?«

Aber sie nahm ihren Teller und ging nach oben in ihr Zimmer und wir anderen aßen unten in freudlosem Schweigen. Gegen Ende der Mahlzeit brach Cass in Tränen aus und sagte: »Sagt es doch einfach. Ihr haßt mich alle. Ihr wünscht euch alle, ich wäre diejenige, die nicht hier ist, und Nora wäre bei euch.«

»Jetzt erschieß mich, Daniel«, sagte ich, als wir an diesem Abend zu Bett gingen.

»O nein. Das wäre zu einfach.« Wir lachten beide grimmig.

Nora kam kurz vor eins und sah schick und elegant aus. Ganz in Schwarz, natürlich – Hosen mit Schlag und darüber eine sehr kurze, enge Jacke mit einem übergroßen, silbernen Reißverschluß. Sie trug ausladende Silberohrringe, und ihr Haar war mit einer silbernen Spange gehalten. Sie war schlank, aber nicht dünn. Sie hatte einen Busen. Die einzige Ähnlichkeit mit Cass schien anfänglich in den sehr klobigen Stiefeln zu bestehen, die sie beide trugen; allerdings hatten die von Nora höhere Absätze.

Sie und Cass saßen nebeneinander auf der Couch im Wohnzimmer, bevor wir aßen, und ich kam immer wieder aus der Küche, um sie anzusehen. Hätte ich bemerkt, daß sie Zwillinge waren, wenn sie mir fremd gewesen wären? Wenn man sich die Zeit nahm, ihre Gesichter zu vergleichen, war es offensichtlich. Die lange Nase von mir, Daniels klare weiße Haut, die dunklen Brauen, die breiten Münder. Eine träge Sinnlichkeit und die kontrollierte Haltung, die sie mehr als die fünf Jahre, die sie von Sadie trennten, älter erscheinen ließ. Aber die Unterschiede, wie sie das, was ihnen gegeben war, nach außen trugen und darstellten, waren so tiefgreifend, daß es kein Zufall sein konnte, wohin das Leben jede von ihnen geführt hatte.

Cass hatte Nora von ihren Plänen erzählt, und jetzt begann Nora ihr in vor Besitzerstolz strotzendem Ton (das ist *mein* New York) Hilfe anzubieten.

Ich freute mich, daß Cass es sehr souverän aufnahm. Sie sprach mit kalkuliertem Zögern über die Wohnung, in der sie *vielleicht* mit Stellie leben würde, über den Job, den sie *vielleicht* bekommen würde.

Nora ließ sich mittlerweile darüber aus, was für schräge Typen diese Burschen von den Modelagenturen seien. Was wußte Cassie über diesen Mann? Sie mußte sich nach seinem Ruf erkundigen; Nora hatte ein paar Freunde in der Branche, sie konnte Cassie Telefonnummern von Leuten geben, die sie anrufen sollte, und so fort – bis ich zum Essen rief.

Während der Mahlzeit begegneten sich Daniels und meine Blicke mehrmals, während wir ein möglichst neutrales, aber interessantes Gespräch in Gang hielten. Daniel redete offen und mühelos mit ihnen, und alle drei fühlten sich ihm gegenüber unbefangen. So war es immer gewesen. Selbst bei Streitigkeiten hörten sie auf Daniel, »den fairsten von uns allen«, wie Nora ihn einmal genannt hatte. Er stellte eine Menge Fragen, was die Zwillinge von ihm eher akzeptieren konnten als von mir. Wenn ich Fragen stellte, war das *Aushorchen*, und das war verboten. Sadies entzückende Begeisterung über ihrer beider Leben machte sie zugänglich und großzügig. Cass erzählte lustige, faszinierende Geschichten von ihrer Tournee. Nora sprach über ihr Filmprojekt und die damit verbundenen Geldprobleme.

Sadie und Cass hatten gerade angefangen, sie scherzhaft zu fragen, wann sie Brian heiraten würde, da verkündete sie, das werde sie niemals tun; sie hätten im Gegenteil vor, sich zu trennen. Danach nahm das Gespräch eine ernstere Wendung, man sprach über Beziehungen und die Probleme des Zusammenlebens. Sie waren freundlich zueinander, gestanden ihre Mißerfolge ein, aber sie machten sich über Sadie lustig, als diese versuchte, ihre Liebe in der High-School als Beispiel anzuführen. Ich erwähnte meine Scheidung als Katastrophe, die daher kam, daß Paare damals nicht mit dem Zusammenleben experimentieren durften.

»Ich vergesse immer, daß du vorher schon einmal verheiratet warst, Mom«, sage Sadie.

»Ich auch«, antwortete ich, und Cass lachte anerkennend.

Nach dem Hauptgang schickten sie Daniel und mich ins Wohnzimmer, damit sie aufräumen konnten, und ich empfand eine gewisse Spannung, sie miteinander allein zu lassen; aber als ich einmal zu ihnen ging, um zu sehen, wie es lief, hörte ich Geschirr klappern und Sadie sagen: »Ist er ein berühmter Einsiedler?« Nora antwortete: »Nein, nicht wie Howard Hughes.« Also kehrte ich ins Wohnzimmer zurück und lehnte mich vor dem Kaminfeuer behaglich an Daniel.

Bis wir mit dem Dessert fertig waren, war es nach fünf. Sadie ging nach oben, um ein paar Freunde anzurufen, die den ersten Feiertag ebenfalls zu Hause verbringen würden. Cass nahm ihre Gitarre und begann im Wohnzimmer darauf herumzuklimpern. Nora ging in ihr Zimmer, um sich umzuziehen, wie sie sagte, vielleicht aber auch nur, um allein zu sein. Daniel und ich bereiteten die Speisen für die Party am nächsten Tag zu und setzten uns dann an den Tisch, um die Arbeiten und Aufgaben zu verteilen. Um halb sieben fuhr ich in die Praxis, um die Tiere noch einmal zu füttern und ins Freie zu lassen. Es hatte aufgehört zu schneien, aber die Schneepflüge waren hier und da noch unterwegs.

Als ich zurückkam, standen bereits mehrere Autos in der freigeschaufelten Einfahrt. Ich konnte leise Musik und angeregte Gespräche hören, sobald ich ausgestiegen war. Im Haus begrüßte ich die Gäste – Sadies Freunde – und zog mich dann in die Küche zurück. Cass kam herein und schnitt sich ein Stück gefüllte Pastete ab. Sie beugte sich über die Spüle, um sie aus der Hand zu essen.

»Paß auf«, sagte ich. »Sonst verlierst du den Job, für den du mager sein mußt.«

Sie zog ein Gesicht.

»Wo ist Daddy?« fragte ich.

»Drüben«, sagte sie mit einer Kopfbewegung in Richtung Scheune.

»Gehst du dann nach oben?«

»Nein, Nor und ich haben gedacht, wir gehen noch für eine Weile ins Inn.« Sie begann, ihre Finger abzulecken.

174

»Ach, schön«, sagte ich. War das möglich? Waren sie lange genug getrennt gewesen, hatten sie sich weit genug voneinander gelöst, um endlich Freundinnen sein zu können?

Ich trug eine Flasche Rotwein und zwei Gläser durch den verschneiten Garten zu Daniels Tür. »Ich bin's«, rief ich. »Mach auf.«

Er lächelte, als er die Tür öffnete. »Du konntest es auch nicht aushalten, was?«

»Es *ist* laut.«

»Ein Tag Familienleben, und du versteckst dich mit mir hier draußen.«

»Na, du bist eben mein Freund.«

»Vergiß das nicht.«

Auf der Bettcouch lag ein Buch, *Der Geist der Erinnerung.* Er räumte es beiseite, und wir setzten uns in entgegengesetzte Ecken, wobei unsere ausgestreckten Beine sich berührten. Ich öffnete die Flasche und schenkte jedem ein Glas Wein ein. Wir beugten uns vor, um mit den Gläsern anzustoßen, bevor wir tranken. »*En garde*«, sagte ich.

»Worauf trinken wir?« fragte er.

«Cass und Nora gehen ins Inn«, sagte ich. »Zusammen. Wenn je etwas Grund zum Anstoßen war, dann das.«

»Ha!« sagte er und lehnte sich wieder zurück. «Vielleicht kommen sie jetzt, wo es zu spät ist, wunderbar miteinander aus.«

»Es ist nicht zu spät!« rief ich. »Es ist nie zu spät. Was meinst du mit zu spät?«

»Zu spät für uns. Schön für sie. Großartig für sie. Aber für uns als Familie zu spät.«

Ich seufzte. »Verdammt, du hast recht.« Ich trank einen Schluck Wein und stellte mein Glas ab. »Dies ist alles nur Schein, nicht wahr?« Ich machte eine weit ausgreifende Handbewegung. »Eigentlich sind wir keine Familie mehr.«

»So absolut würde ich das nicht sehen.« Er stellte ebenfalls sein Glas ab, stirnrunzelnd. Er streckte die Hand aus, schob mir den Rock über die Knie hoch, fand nacktes Fleisch. Seine Finger waren kühl, und er sprach sanft. »Warum bist du immer so dramatisch, Jo? Zuerst

175

ist es *nie zu spät*, und dann ist die ganze Sache sowieso falsch. Sei nicht so extrem, Liebling.«

Ich sah ihn an. »Daniel, Daniel, der Meister der goldenen Mitte.«

»Warum nicht? Warum es nicht versuchen?«

»Nein, du hast recht.« Ich bewegte mich ein wenig, um bequemer zu sitzen. »Aber es *ist* unwiederbringlich, nicht?«

»Es ist einfach anders, Joe. Es ist ein anderer Lebensabschnitt, mit seinen eigenen Freuden und Schmerzen.«

»Aber es sind Freuden und Schmerzen, die … mich weniger angehen. Sie leben ihr Leben, und alles ist weiter von uns entfernt. Siehst du, ich vermisse das. Ich vermisse es, mich darin mit ihnen verbunden zu fühlen. Ich möchte mich mehr gebraucht fühlen. Früher fühlte ich mich gebraucht.«

»Du wirst gebraucht.« Er drückte meine Schenkel.

»Wozu? Von wem?«

»Von mir, sehr. Von deiner Arbeit. Von deinen Klienten und deinen Tieren. Du bist notwendig. Du wirst gebraucht, die ganze Zeit.«

»Warum empfinde ich das dann nicht? Warum fühle ich mich nicht besser?

Statt einer Antwort rutschte er herüber und setzte sich neben mich. Er küßte mich langsam. »Laß mich dafür sorgen, daß du dich besser fühlst«, flüsterte er. »Laß dich von mir brauchen.«

Ich war noch immer bekümmert. Ich wollte keine zarte, tröstende Liebe.

Aber Daniel war bereit – eifrig –, anfänglich alle Arbeit zu tun. Er stand von der Bettcouch auf. Er faßte mich um die Taille und drehte mich so, daß meine Hüften auf der Kante lagen. Dann kniete er sich zwischen meinen Beinen auf den Boden, zog mir behutsam die wollenen Kniestrümpfe aus, streichelte meine Füße, meine Waden. Ich lehnte den Kopf an die Wand, und beobachtete ihn. Sein blasses Gesicht war ganz auf seine Arbeit konzentriert.

Jetzt griff er unter meinen Rock und zog meinen Slip herunter. Sanft küßte er die Innenseiten beider Knie und schob sie dann nach hinten hoch. Ich schloß die Augen, lehnte den Kopf auf die Seite. Ich fühlte seine Hände an den Innenseiten meiner Schenkel entlanggleiten, seine Daumen und Fingerspitzen fanden mich, umkreisten mich, drangen durch die Feuchtigkeit in mich ein und kreisten weiter. Der Druck war leicht, aber stetig. Er preßte sein Gesicht an mich, und ich konnte seine Zunge spüren. Schließlich konnte ich Zunge und Finger nicht mehr voneinander unterscheiden.

Ich fühlte seine Hände wieder unter mich gleiten und mein Gesäß umfassen. Er zog mich etwas näher zu sich und öffnete mich noch weiter. Ich ließ die Beine ganz zurückfallen – es war die Offenheit, die mich faszinierte, sie, und seine Zunge, die mich überall leckte, und seine Finger, die mich reizten, die pausenlos in mich eindrangen. Ich versuchte, genau diesen Augenblick festzuhalten, ihn zu fühlen und immer weiter zu fühlen, aber ich stieg höher und höher, während er mit mir spielte, und hinter meinen geschlossenen Augenlidern sah ich seltsamerweise Feldblumen, blaßgelb, purpurn, teufelsrot. Blumen, als ich mich aufbäumte und mich an seinem Haar, seinen Ohren festhielt.

Als ich mich schließlich ganz entspannt hatte, als ich allmählich wieder atmen konnte, drehte ich mich auf die Seite und schwang meine Beine hoch, um für ihn Platz zu machen. Er legte sich neben mich auf die Liege. Wir sahen einander an. Mein Atem hatte sich beruhigt. Ich hörte das metallische Ticken der Fußbodenheizung, draußen heulte der Wind in den Kiefern.

Irgendwann hatte Daniel seine Hose geöffnet, und nun spürte ich seinen harten, seidigen Penis, der gegen meine Beine drückte. Ich griff nach unten, hob ein Bein über seine Hüfte und half ihm, in mich einzudringen.

So lagen wir da, Gesicht an Gesicht, und Daniel bewegte sich von Zeit zu Zeit in mir mit einem sanften, feuchten Geräusch. Sein Atem war warm in meinem Ohr. »Mm«, sagte ich, und er antwortete mir.

»Warum ist es so?« fragte ich ihn nach einer Weile.

»Wie denn?« fragte er, zog sich zurück und stieß dann sanft wieder in mich. »Was meinst du?«

»Sex. Manchmal ist er so lange weg, es passiert nicht viel oder bloß Routine. Und dann kommt er auf einmal mit voller Kraft zurück.«

»Was ist die Alternative?« fragte er jetzt und bewegte sich zwei- oder dreimal tief in mir.

»Uhhh«, sagte ich. »Ich weiß nicht.«

»Immer phantastisch? Immer heiß?« Er lächelte. »Schwer vorstellbar.« Jetzt zog er sich aus mir zurück. Nach einem Augenblick griff ich nach unten, um ihn zu berühren, wo er lag, naß an meinem Bauch. Ich hielt ihn und streichelte ihn, langsam und dann schneller, bis mein Arm schließlich in seiner ungünstigen Lage zwischen uns schmerzte. Gerade, als ich das Gefühl hatte, nicht weiter zu können, erhob er sich über mich, drehte mich auf den Rücken und drang wieder in mich ein, stieß härter zu, beobachtete uns, wo wir vereint waren. Er arbeitete mit tief konzentriertem Gesicht. Dann fiel sein Kopf plötzlich nach hinten, und er schrie auf, zwei-, dreimal. Er verlangsamte seine Bewegung, und nach und nach spürte ich, wie er in mir weich wurde. Ich hielt meine eigenen Knie umfaßt und wand mich um ihn. Schließlich fiel er vorwärts auf mich, und wir lagen still zusammen und hielten einander umfaßt.

Nach einer Weile sagte er leise: »Es dreht sich im Kreis, Jo.« Dann lachte er. »Zyklisch, meine ich. Von Zeit zu Zeit kommt es einfach vorbei. ›Hallo. Erinnerst du dich an mich?‹«

»Ach, so ist das.« Ich flüsterte, um mich seiner Stimme anzupassen. »Ich mag nicht, daß es sich im Kreis dreht. Ich mag es linear. Ich will Ereignisse. Ich will davongetragen werden.«

»Joey«, sagte er zärtlich. Er streichelte mein Gesicht, steckte seine Finger in meinen Mund. Seine Hand schmeckte nach Salz und Sex, seinem und meinem.

Ich kaute sanft an ihm. »Vielleicht, wenn wir viel Vitamin E einnehmen würden«, meinte ich nach ein paar Augenblicken.

»Würde dir das denn gefallen?« fragte er. »Ich mag Ebbe und Flut. Ich mag, daß es aufhört, damit es wieder neu anfangen kann.« Er bewegte seine Hand. »Wie kann ich dich vermissen, wenn du nicht weggehen willst?«

Ich lachte. Wir veränderten unsere Lage. Nach ein paar Augenblicken griff ich über Daniels Körper hinweg nach meinem Weinglas.

Dann hörten wir plötzlich aus dem Garten Stimmen rufen und lautes Lachen. Mehrere Autotüren wurden zugeschlagen. Wir verfielen in hektische, schuldbewußte Aktivität – wir setzten uns auf, zogen Slips, Hosen und Socken wieder an. Den Rock herunterziehen, die Haare glattstreichen, die Bluse wieder in den Rockbund stecken. Und dann ging Daniel mit kunstvoll langsamen Schritten wie John Wayne wieder an seinen Schreibtisch zurück. Ich streckte mich sittsam auf der Bettcouch aus. Wir sahen einander an und erhoben unsere Gläser zu einem Toast auf unsere Rückverwandlung in die Leute, für die Cass und Nora und Sadie uns hielten.

9

Gegen Ende der Party tanzte eine Gruppe von jungen Leuten in der Ecke des Wohnzimmers bei der Stereoanlage; einer von ihnen hielt ein Baby von sechs oder acht Monaten und drehte es langsam, während das Baby sein Gesicht tätschelte und sie einander anlachten. Allie, die gern tanzte, umkreiste sie alle mit der Nervosität eines Hirtenhundes und bellte von Zeit zu Zeit. Wer sich unterhalten wollte, mußte gegen den Lärm anschreien, obwohl die lateinamerikanischen Rhythmen nicht sonderlich laut waren.

Ich wollte die restlichen Speisen zurechtmachen und sie ins Wohnzimmer tragen, wo zu diesem Zeitpunkt alle versammelt schienen. Einige waren bereits gegangen, doch wer geblieben war, schien sich auf einen längeren Aufenthalt eingerichtet zu haben. Größtenteils waren es Leute, die ich seit Jahren kannte. Überall im Raum waren sie in angeregter Unterhaltung vertieft; hier saß eine Gruppe um das Kaminfeuer versammelt, dort lehnte jemand an der Wand, den Kopf nach vorn geneigt, um seinem Gesprächspartner zu lauschen.

Während ich arbeitete, schaute ich auf und sah Eli in der Küchentür stehen. »Mir gefällt euer Haus«, sagte er und sah sich in dem riesigen Raum um. Er und Jean waren ziemlich früh gekommen, und ich hatte mit ihnen die Runde gemacht und ihnen Leute vorgestellt, von denen ich dachte, sie würden ihnen gefallen. Es hatte mich gefreut, sie danach mühelos allein umhergehen zu sehen, und Eli lieferte sich an einem Punkt eine heftige Diskussion mit einem radikalen Freund von Nora aus der High-School, während Jean mit Mary Ellen in einer Gruppe von fünf oder sechs Leuten stand und lachte.

»Danke«, sagte ich. »Ja, es ist angenehm, nicht?«

»Es ist mehr oder weniger das, was wir uns vorgestellt hatten, als wir beschlossen, nach Neuengland zu kommen; ein altes Farmhaus mit solchen Zimmern, die endlos ineinander übergehen. Balken.« Er wies nach oben auf die dunklen und rissigen Balken, an denen getrocknete Kräuter aus Daniels Garten hingen.

»Und warum habt ihr das nicht getan?«

»Wir konnten keines finden, bei dem nicht eine Menge Arbeit nötig gewesen wäre, und das wollten wir nicht. Und dann sahen wir unser jetziges Haus, und beschlossen, daß ein neues Haus auch schön ist.«

»Diese Häuser sind wirklich sehr schick.«

»Du mußt mal vorbeikommen und es dir anschauen. Du und … Daniel, richtig?«

»Daniel, ja.«

Er nickte. »Wir haben kurz miteinander geredet. Er ist doch kein Geistlicher, oder?«

»Doch, warum?«

»Ach, irgendwas, was er gesagt hat, brachte mich auf den Gedanken, aber dann dachte ich, es kann nicht sein.«

»Warum nicht?«

»Warum nicht?« Er zog die Schultern hoch. »Na ja.« Er grinste. »Ich kenne keine Geistlichen, das ist alles. Ich schätze, ich habe einen ziemlich begrenzten Horizont. Wie auch immer, ich war verblüfft bei dem Gedanken.« Er wies auf den Tisch. »Kann ich dir irgendwie helfen?«

»Ich möchte alles auf diesen beiden Platten anrichten«, sagte ich. »Ich will es ins Wohnzimmer tragen, damit es aufgegessen wird.«

»Wird gemacht.« Er trat näher zu mir und half dabei, all die kleinen runden Brote auf die Ränder der Platten zu legen. Nach einem Augenblick fragte er abrupt: »Wie wirkt sich das auf dein Leben aus?«

»Was?«

»Daß er Prediger ist.«

Ich schaute ihn an, aber er arbeitete stetig. Ich lächelte. »Wie wirkt es sich auf dein Leben aus, daß deine Frau Politikwissenschaftlerin ist?« Er schaute ebenfalls zu mir auf, erwiderte nach einer Sekunde mein Lächeln und akzeptierte den Punkt.

Ich sagte: »Er mag seinen Job, und das ist gut für unser Leben. Und er kann großartig zuhören. Das ist schön für mich.«

Eli nickte. Dann hörte er auf zu arbeiten und beobachtete mich. Er sagte: »Ich wollte dir danken für deine Unterstützung. Für dein Verständnis und Mitgefühl. Bei Arthur.« Seine Stimme hatte sich verändert.

Ich richtete mich auf. »O Eli, Dank ist nicht nötig.«

»Doch, ist er. *Du* kannst auch gut zuhören. Es hat mir viel bedeutet, daß ich dich in diesem Moment als seine Tierärztin hatte. Daß du es warst, die ihn eingeschläfert hat, oder wie immer man es nennen will.«

Einen Moment lang wußte ich nicht, was ich sagen sollte. Ich biß mir auf die Lippe. »Also, ich bin gerührt«, brachte ich zustande. Ich streckte die Hand aus und legte sie auf seinen Arm. Wieder fühlte ich Elis massive Stabilität, seine unerwartete Hitze. Wir standen für einen Moment da. Er schaute auf mich nieder, und ich fühlte mich, was bei Daniel nie vorkam, auf einmal klein und sehr weiblich. Dann zog ich meine Hand weg, wandte mich ab und arbeitete weiter.

Er sagte: »Es ist eine merkwürdige Art von Bindung, findest du nicht? Es ist, als hätten wir zusammen irgendein Verbrechen begangen.«

»Eli, nein!« rief ich. Ich richtete mich auf. »Nein, überhaupt nicht. Du darfst deswegen keine Schuldgefühle haben. Wir haben zusammen den Tod... den Tod eines Freundes miterlebt. Das ist alles.«

»Ich weiß. Ich weiß, du hast recht.«

Ich wandte mich von seinem Blick ab. Er war zu ernst, zu offen für mich.

»Und wir haben tatsächlich den Tod eines Freundes miterlebt, nicht?« Er stand sehr dicht bei mir, und seine Stimme klang vertraut und intim. »Ich meine Dana«, sagte er.

Ich verspürte ein Schwindelgefühl, wie man es als Teenager bei dem ersten Rendezvous erlebt. Ich hob die Hand an die Kehle und schluckte. Ich sagte: »Ich bin so froh, daß du ihren Namen ausgesprochen hast.«

»Irgendwann wäre es gut, über all das zu reden.«

»Ja.« Ich drehte mich um und beugte mich wieder über den Tisch, um die letzten Käsescheiben auf die Platte zu legen.

»Ich habe mich... gefreut, Jo. Ich möchte, daß du das weißt. Daß du es gewesen bist, den ich aus dieser Zeit wiedergesehen habe.«

Jetzt sah ich ihn aufmerksam an. »Danke. Ich *glaube*, dafür kann ich danke sagen«, sagte ich.

Er lachte kurz und trat zurück. Ich nahm eine Platte, und er folgte mir mit der zweiten in den Wohnraum.

Kurz danach gingen er und Jean. An der Tür versprach sie, uns bald in ihr Haus einzuladen – vielleicht ein leichtes Abendessen nächste Woche, bevor die Feiertagshektik losging? Sehr gern, sagte ich. Sie drehten sich um und winkten unter der Verandalampe, als sie durch den verschneiten Garten gingen.

Die Kinder hatten die Musik im Wohnzimmer inzwischen auf volle Lautstärke gedreht. Der Tanzstil war wilder geworden und nahm mehr Raum ein. Schließlich zogen sich die Erwachsenen in die Küche zurück – ein harter Kern, der zur gleichen Zeit Kinder bekommen hatte, der gegenseitig Kinder gehütet hatte und im Sommer im Garten beim Grillen gesessen hatte, bis es dunkel wurde; oder an Winterabenden in den diversen Küchen, unwillig, den Abend zu beenden und auf leeren, verschneiten Straßen nach Hause zu fahren. Wir sprachen jetzt von der Stadtratswahl, von der skandalösen Scheidung einer Freundin, vom Tun und Treiben der fast erwachsenen Kinder im Nebenraum.

Kurz nach Mitternacht verabschiedeten sich die beiden letzten Paare. Daniel ging ins Wohnzimmer und verkündete, er werde aufräumen. Einige von den Kindern halfen, und dann gingen auch sie. Die Musik war verstummt. Als ich mich auszog, konnte ich die Stimmen im Garten gute Nacht rufen und dann die Autotüren zuschlagen hören.

Es war gegen halb zwei, als ich neben Daniel ins Bett kletterte. Ich bebte noch immer vor Energie und war hellwach. »Es war eine schöne Party, findest du nicht?«

»Mmm.«

»Einmal bin ich in eine wirklich lustige Diskussion zwischen Mary Ellen und ein paar anderen über Watergate hineingeplatzt. Watergate! Kannst du dir das vorstellen?« Ich erzählte ihm davon. Er gab keine Antwort. Ich verstummte und sagte nach einem Moment: »Du interessierst dich nicht sonderlich dafür, nicht?«

»Doch, Jo, ich interessiere mich dafür. Morgen will ich mich gerne darüber unterhalten. Jetzt muß ich schlafen.«

»Ich kann noch nicht schlafen.«

»Aber mach trotzdem das Licht aus, ja?« Er runzelte mit geschlossenen Augen die Stirn.

Ich schaltete das Licht aus und lag im Dunkeln. Meine Ohren summten, als hätte ich in einem Flugzeug gesessen. Und tatsächlich fühlte ich mich auch so, als sei ich zu schnell in eine andere Welt und wieder zurück transportiert worden. Ich wollte noch nicht schlafen. Ich stand auf und schloß hinter mir die Tür so leise wie möglich. Das Gemurmel der Mädchen lotste mich durch das dunkle Wohnzimmer in die Küche. Sie saßen am Tisch und hatten die Deckenlampe eingeschaltet. Es sah aus wie ein Gemälde, die Küchentüren bildeten den Rahmen. Sie lachten mit erhobenen Gesichtern. Dann sah ich, daß Cass rauchte. Ich beschloß, nichts zu sagen, obwohl es laut Hausregel verboten war. Aber ich wollte ihre gemütliche Vertrautheit nicht stören; heute nacht wollte ich ihr keinen Grund geben, wütend auf mich zu sein.

Noras Augen sahen mich in der Tür. »Mumster!« verkündete sie. Alle schauten zu mir.

»He, warst du mit deiner Party zufrieden, Mommy?« fragte Sadie. Sie war bereits im Nachthemd. Die beiden anderen waren noch angezogen.

»Natürlich. Ihr auch? Gab es genügend Neuigkeiten?« Ich zog mir einen Stuhl heran und setzte mich zu ihnen.

»Hmmm«, sagte Sadie, »das kann man wohl sagen! Ich habe mit Ivan Baloff getanzt, dem absolut heißesten Typ hier in der Gegend.«

»Stimmt nicht«, sagte Cass.

»Und ob es stimmt. Wir hatten sogar mehrere Tänze. Es war *super*.«

»Ich meine, es stimmt nicht, daß er der heißeste Typ war.«

»Wer denn dann?« fragte Sadie.

Cass dachte einen Moment nach. »Ich würde für Guy Talbot stimmen«, sagte sie.

»Guy Talbot?« rief ich. Das war einer unserer Freunde, ein echter Griesgram. »Aber der ist so ein miesepetriger Bursche, Cassie. Er ist wie eine Figur bei Dostojewski. Immer leidet er irgendwelche Qualen.« Aber er sah gut aus, das wurde mir plötzlich klar. Gut auf eine Weise, die mir nichts bedeutete.

»Aber siehst du, mir gefällt das«, sagte Cass. »Ich mag gequälte Typen.«

»Na, später wirst du die nicht mehr mögen«, sagte ich. Und bereute es sofort. Ich konnte spüren, wie Cass sich versteifte und aristokratisch die Augenbrauen hochzog.

»O doch, ich denke schon«, sagte sie kühl. »Ich habe sie immer gemocht und werde sie *später* auch noch mögen.«

»Ach, woher willst du das wissen, Cass?« fragte Nora. Sie lächelte mich und Sadie an.

»Ich weiß es«, sagte Cass. Sie wandte sich an mich. »Siehst du, ich interessiere mich einfach nicht für das, was du und Dad habt. Ein behütetes Leben«, sagte sie. »Liebevoll und hell.« Sie ballte eine Faust und schlug damit auf den Tisch. Gläser und Teller hüpften, und sie lächelte. Ihre Lippen waren noch immer dunkelbraunrot. »Ich mag die Dinge hart«, verkündete sie.

»Die Dinge werden hart sein. Das brauchst du dir nicht zu wünschen«, sagte ich.

»Ja«, sagte Nora. »Hart ist leicht zu haben. Aber wenn du die Dinge gut haben willst, wenn du Liebe und Helligkeit *willst*, dann begreifst du, was wirklich hart ist.« Sie war die Erwachsene, die mit dem Kind sprach.

»Also, wenn du meinst, daß Langeweile hart ist, da bin ich deiner Meinung.« Cass zog wild an ihrem Zigarettenstummel, die Backen eingezogen, und drückte sie in einer Untertasse aus. Sie wandte das Gesicht ab, um den Rauch auszustoßen

»Was willst du damit sagen, Cass?« fragte Nora. Ihr Gesicht war gerötet. »Daß das, was ich mit Brian wollte, langweilig ist? Daß Mutters Leben mit Daddy langweilig ist?«

Cassies grüne Augen blickten uns nacheinander an. Nervös zog sie noch eine Zigarette aus dem auf dem Tisch liegenden Päckchen und begann, sie zu klopfen. Plötzlich zuckte sie mit den Schultern. Sie zog sich aus der Diskussion zurück. »Das ist einfach nichts für mich, das ist alles.« Sie klang unendlich überlegen.

»Nein«, sagte Nora. »Nein, du bumst lieber in irgendeiner dunklen Gasse im Lieferwagen herum, während drei Typen dabeisitzen und alles beobachten.«

Es folgte ein langes, schreckliches Schweigen. Ich konnte spüren, wie Sadie rasch von einem zum anderen blickte.

Endlich stand Cass auf. Sie reckte sich träge, streckte ihre langen Glieder. »Du solltest das mal probieren, Nora. Es gibt einen gewissen Kick. Langweilig ist es jedenfalls nicht.« Sie wandte sich zur Tür und zeigte mit der unangezündeten Zigarette auf ihre Zwillingsschwester. »Und übrigens, erinnere mich daran, Schätzchen, daß ich *dir* nie wieder etwas anvertrauen werde.«

Wir hörten ihre Schritte durch das Wohnzimmer und die Treppe hinauf stapfen. Endlich schaute ich zu Nora hinüber. Sie sah aus, als hätte man ihr ins Gesicht geschlagen, um die Augen herum war sie weiß. Sie ertappte mich dabei, daß ich sie beobachtete, und wandte sich rasch ab. Sie stand ebenfalls auf. Ihr Stuhl scharrte über den Boden, und zwei der schlafenden Hunde sprangen auf und umringten sie. »Die verändert sich nie.« Ihre Stimme zitterte. »Ich hätte nie nach Hause kommen sollen.« Und auch sie ging aus dem Raum.

Für einen langen Moment starrten Sadie und ich einander an. Ihr Haar war naß und glatt vom Schwitzen, ihr Make-up hatte sich aufgelöst. Sie sah aus wie eine Zehnjährige. Sie hob die Augenbrauen. »Mist!« sagte sie.

»Tja«, antwortete ich. Ich legte das Gesicht in die Hände und rieb mir die Augen. »Vielleicht stimmt beides«, sagte ich. »Daß Cass sich nie ändern wird und Nora nicht nach Hause hätte kommen sollen. Wäre das nicht schrecklich?«

»Mach dir nichts draus, Mom. Sie werden es überwinden.« Sie hatte noch ein wenig Wein in ihrem Glas, und jetzt trank sie ihn aus, den Kopf weit zurückgelehnt. Ich konnte ihre Zunge sehen.

»Wovon habt ihr denn geredet, bevor ich euch so grob gestört habe?«

»Eigentlich über gar nichts. Bloß die Party.« Sie stellte das Glas ab. »Wer niedlich war, wer wen mag. Et cetera.«

»Aber das Einvernehmen war sofort im Eimer, als ich kam.«

»Ach, das ist immer so«, sagte sie fröhlich, als wolle sie mich trösten.

»Das ist immer so?« rief ich.

»Ja, das weißt du doch.«

»Ich weiß das?«

»Ja, es ist, weil sie beide so eifersüchtig auf dich sind. Das ist jedenfalls meine Theorie.«

»Auf *mich*?«

»Ja, auf dich, Mom.«

»Wieso auf mich?«

»Du bist eben so…« Sie legte den Kopf schräg, zog ein Gesicht. »Schwer durchschaubar. Weißt du, Dad ist einfach immer da, immer derselbe, stabil wie ein Fels und all das. Und du, du bist… anders.«

»Du findest mich schwer durchschaubar?«

»Also, ich finde das nicht, aber das gilt nur für mich. Sie tun es. Aber es ist so, als könnte keine von beiden das zugeben, nicht? Und deshalb wetteifern sie irgendwie um dich. Oder miteinander. Oder sonstwie.«

Ich nahm die Untertasse mit Cassies Zigarettenkippen und trug sie zum Mülleimer. Als ich zurückkam, verkündete ich: »Wenn ich denken würde, daß ich die Ursache für die Feindseligkeit zwischen ihnen bin, würde ich mich umbringen. Wenn ich denken würde, daß ich für meine Kinder *schwer durchschaubar* bin, würde ich mich ebenfalls umbringen.« Ich setzte mich hin.

Sadie war gegen meine Schauspielerei immun. »Na, du mußt doch zugeben, daß du jedenfalls verschlossen bist.«

»Sadie, das bin ich nicht! Ich sage immer die Wahrheit. Ihr Mädchen könnt mich alles fragen.«

»Okay, gut. Wie wär's damit?« Sie beugte sich vor. »Du hast mit Jeans Mann *zusammengelebt*?«

»Oh! Das.«

Sadie lachte, und ich lachte auch für ein paar Sekunden, verlegen. »Du bringst mich zum Lachen«, sagte sie.

»Das sehe ich.«

»Und?«

»Und? Das war vor vielen Jahren. Ich wohnte mit einer Gruppe von Leuten, darunter auch Eli, gemeinsam in einem Haus. Das ist alles. Eine Art Kommune der sechziger Jahre.«

»Bevor du geheiratet hast?«

»Nein, ich war damals verheiratet, mit Ted. Aber ich hatte ihn für eine Weile verlassen.«

Sie stieß rasch und verzweifelt die Luft aus: Siehst du, was ich meine?

»Tatsächlich habe ich ihn zweimal verlassen, den Ärmsten.«

»Gott, *Mom*!« rief sie entsetzt.

»Nun, das erste Mal war eine Art Experiment, als ich in dieser Wohngemeinschaft wohnte. Und dann ging ich zurück. Und dann verließ ich ihn endgültig, weil ich gelernt hatte, daß ich nicht mehr mit ihm leben konnte. Das war die Zeit, als ich Eli kannte. Ich war ungefähr... ich war zweiundzwanzig. Ein bißchen älter als du jetzt.«

»Aber er war nicht dein Freund oder so.« Ihre Stimme sagte: *Bitte, sag mir das nicht.*

»Ich war verheiratet, Sadie. Ich habe mir keinen Freund gestattet.«

Nach einem Augenblick runzelte sie die Stirn und sagte: »Und wann genau hast du Dad kennengelernt?«

Sie alle kannten den Teil der Geschichte, bei dem Daniel und ich uns auf einem Flughafen trafen, als ich noch mit jemand anderem verheiratet war, und in dem ich Daniel drei Jahre später anrief, als ich geschieden war. Ich hatte sie zu oft benutzt, wenn sie sich als Heranwachsende über Jungen beschwerten und hofften, erwählt und angerufen zu werden. Das letzte Mal hatte ich gerade mit der Geschichte begonnen, als Nora sagte: »Laß es sein, Mom. Wir haben es schon hundertmal gehört.« Und dann hatte sie gesungen: »*Du warst diejenige, die zum Hörer griff und Dad anrief.*«

Ich erzählte Sadie jetzt die ausführliche Version. Warum ich Ted verlassen hatte; warum ich in all den Monaten keinen Kontakt mit ihm und meiner Mutter hatte; über meine Depression und wie ich schließlich meinen Weg fand – zu meiner Arbeit, zu ihrem Vater, zu dem Leben, das uns mitten in einer kalten Nacht in Neuengland hierher, in dieses Haus, in diesen Raum, an diesen Tisch und zu dieser Geschichte gebracht hatte.

Aber über Dana sprach ich nicht. Warum, weiß ich nicht genau. Während ich sprach, sah ich ihr Gesicht vor mir. Natürlich war sie mir besonders deutlich im Gedächtnis, weil ich Eli gesehen und endlich ihr Name gefallen war. Ich hatte auch an Dana denken müssen, als Cass sagte, ich führe ein langweiliges Leben. An sie gedacht und gewußt, daß ich nichts sagen würde, daß ich das Drama von Danas zufälliger, sinnloser Ermordung nicht benutzen würde, um mich meiner schwierigen Tochter gegenüber interessanter zu machen.

Ich war mir auch bewußt, daß Sadie in den letzten Tagen von Cass und Nora viel darüber gehört hatte, was in ihrem Leben *hart* war, wie Cass das ausdrückte, und ich wollte ihr die schreckliche Lektion aus meinem Leben ersparen. Also sprach ich weder von Dana noch von ihrem Tod. Denn was konnte man auch daraus lernen, wenn man es aus zweiter oder dritter Hand erfuhr, ohne sie gekannt und geliebt zu haben?

Im Haus war alles still, die Hunde und die Menschen schliefen fest, als Sadie und ich am Fuß der Treppe standen und uns flüsternd gute Nacht sagten. »Ich rede so gern mit dir, Mom.« Sie streckte die Hand aus und schob mir das lose fallende Haar hinter mein Ohr.

»Ja, Sadie?« Ich war überrascht und gerührt von ihrer Freundlichkeit und ihrer Bereitschaft, mich zu berühren.

»Mm«, sagte sie. »Und danke, daß du Jean zu der Party eingeladen hast. Das war toll.« Dann raffte sie ihr Nachthemd wie eine Schönheit aus dem neunzehnten Jahrhundert ihre langen Röcke, drehte sich um, und ich sah die schmutzigen Sohlen ihrer weißen, nackten Füße die Stufen hinaufgehen.

Anderthalb Wochen später gingen Daniel und ich zu einem Konzert, um Cass und ihre Band spielen zu hören. Am Samstag nach Thanksgiving war sie mit dem neuesten Song wieder auf Tour gegangen. Providence war der nächstgelegene Veranstaltungsort, und wir hatten versprochen zu kommen.

Nachdem wir das Lokal gefunden hatten, saßen wir einen Moment schweigend im Auto. Dann sagte er: »Ich frage mich, wer ein solches Lokal bucht. Woher *wissen* die überhaupt von ihnen?« Die Straße war leer, mit Müll übersät, vollkommen trostlos. Das umliegende Viertel bestand größtenteils aus zweistöckigen Häusern mit aluminiumverkleideter Front auf nacktem Asphalt. Die Natriumdampflampen übergossen alles mit einem ungesunden, orangefarbenen Schein. Hier und da war ein zusammenbrechendes Verandadach mit langen Balken aus rohem Holz abgestürzt. Die Schaufenster der Ladenfront neben Al Priest's, der Bar, in der Cassie spielte, waren von innen mit verblichenen Plakaten beklebt. ALLES MUSS RAUS. STARK REDUZIERTE PREISE! stand darauf. Auf der anderen Straßenseite gab es eine Schlosserei und an der Ecke einen kleinen Lebensmittelladen, in dem irgendwo tief innen ein schwaches fluoreszierendes Licht brannte.

»Sie waren vermutlich dankbar, das Engagement zu bekommen. Providence muß eine große Sache für sie sein, meinst du nicht?« Seit unserem Abendessen bei Eli und Jean war ich Daniel gegenüber gereizt gewesen. Der Abend dort war so unerfreulich gewesen, daß Daniel hinterher erklärt hatte, wenn ich Eli Mayhew wiedersehen wolle, solle ich das allein tun. Ich gab ihm die Schuld daran, wie der Besuch verlaufen war, und ich war wütend auf ihn.

Es hatte die ganze Fahrt über heftig geregnet. Jetzt, da die Scheibenwischer abgestellt waren, konnten wir die Straße kaum noch sehen.

»Da schau an«, sagte ich. Eine Gruppe von sechs oder sieben Leuten näherte sich, man konnte ihre Stimmen hören, obwohl der Regen auf das Autodach prasselte. Ein Mädchen kreischte vor Lachen. Einige hatten Schirme, doch die meisten trugen Parkas mit Kapuzen, die ihre Gesichter verbargen. »Na, kommt schon«, sagte ich lockend. »Kommt zu Cassie.«

Sie kamen tatsächlich zu Cassie. Sie blieben vor der Bar stehen, und als sie die Tür öffneten, drangen laute Stimmen und Musik zu uns nach draußen.

»Na ja, da ist jedenfalls was los«, sagte Daniel.

»Gehen wir. Jetzt wissen wir wenigstens, daß wir nicht die ersten sind.«

Ich wollte gerade losgehen, als Daniel mir zurief: »Schließ ab.«

Er hatte natürlich recht, es war eine üble Gegend, aber es ärgerte mich, daß er daran gedacht hatte, und auch sein Kommandoton ärgerte mich. Es war ein Vorfall in einer ganzen Reihe kleiner Ärgernisse, die sich in den letzten Tagen angesammelt hatten. Einmal war er, während ich gerade etwas zu ihm sagte, aufgestanden und hatte die nassen Blätter eingesammelt, die einer der Hunde ins Wohnzimmer getragen hatte. Dann hörte ich, wie er am Telefon einen Film, den wir zusammen gesehen hatten, exakt mit meinen Worten kritisierte, ohne zu erwähnen, daß das Urteil von mir stammte. Sogar das blutbefleckte Papiertuch auf einem Schnitt von seiner morgendlichen Rasur kam auf die Liste, das vertraute, theatralische Stöhnen, mit dem er sich aus dem Sessel im Wohnzimmer erhob. Ich wußte, daß es absurd war und daß diese Vorfälle mir nur in der momentanen Situation auffielen. Eine solche Liste hätte jeder über seinen Partner aufstellen können. Über mich beispielsweise. Obwohl ich das wußte, konnte ich, nachdem ich einmal damit angefangen hatte, nicht mehr aufhören.

In der Bar war es warm, und als wir eintrafen, herrschte eine ausgelassene Stimmung. Man bewegte sich wie durch Nebelschwaden aus Musik und geschrienen Unterhaltungen. Der Raum war lang und schmal. Auf der einen Seite erstreckte sich die Bar bis zu einer erleuchteten, erhöhten Plattform, auf der Hocker und Musikinstrumente aufgebaut waren. Der dicke Baß lehnte an der Wand. Das Lokal war zu zwei Dritteln gefüllt, hauptsächlich mit jungen Leuten, die dicht gedrängt an den kleinen runden Holztischen saßen. Auch an der Bar saßen ein paar Leute. *Einsame Herzen,* wie ich mich aus meinen Zeiten als Kellnerin erinnerte.

Die Jukebox spielte einen lauten Song, eine harte männliche Stimme schrie unmelodiös den klagenden Text. Eine junge Frau tanzte allein und verträumt auf der Tanzfläche, eine kleine Fläche vor dem Podium. Sie schien zu einer anderen Musik zu tanzen als der, die aus der Jukebox kam, sie wirkte engelhaft und harmonisch.

Daniel und ich gingen nach vorn und suchten einen Tisch, von dem aus wir die Band gut sehen konnten, aber dort war alles besetzt. Wir beschlossen, laut gegen den Lärm anschreiend, uns an das vordere Ende der Bar zu setzen. Falls die Leute direkt vor den Musikern tanzen würden, war dies ohnehin besser als am Tisch zu sitzen.

»Was möchtest du, Bier?« schrie Daniel mir zu, als der Barmann zu uns kam und uns Servietten zuschob. Ihn schien es nicht zu kümmern, daß wir die ältesten Menschen im Raum waren – ein Mann mit breitem Kinn, der uns das Gesicht zuwandte und einmal nickte, als Daniel unsere Bestellung aufgab. Die jungen Leute um uns herum schienen uns bewußt zu ignorieren, als handele es sich um Schwerbehinderte, die einen peinlichen Anblick boten.

Das Bier schmeckte wunderbar, scharf und sehr bitter. Ich hatte plötzlich Heißhunger. Ich bat Daniel, Nüsse oder Chips oder irgend etwas zu bestellen. »Was denn nun?« schrie er.

»Egal!« schrie ich zurück.

Vor dem Abend bei Eli war ich nervös gewesen, aber er hatte ganz gut begonnen: Jean war beim Friseur gewesen und hatte ihre Haare abschneiden lassen, und das versorgte uns zunächst mit Gesprächsstoff. Sie sah elegant aus, und ich sagte es ihr.

»Ich finde es schrecklich«, sagte Eli. Er half mir aus dem Mantel. Der Boden der Diele bestand aus Schieferplatten, wie ich bemerkte, als Wasser von unseren Stiefeln dort eine Pfütze bildete.

»Warum tun sie so etwas?« hatte er Daniel gefragt, der höflich fragend aufblickte, während er seine Stiefel auszog. »Frauen«, erklärte Eli und wies auf Jean und mich. »Warum lassen sie ihr schönes Haar einfach abschneiden und fertig?«

Ich mußte an Dana denken, als sie sich in dem Spiegel über dem Kamin betrachtete. »Warum habe ich das getan?« hatte sie mich gefragt.

»Wir tun es, weil es einfacher ist«, hatte Jean gesagt. »Derselbe Grund, aus dem Männer kurze Haare haben.« Ich hatte sie angesehen, während sie sprach, und bemerkt, daß sie genauso verändert war wie damals Dana: Alles an ihr wirkte auf einmal anders. Sie sah plötzlich mondän und glamourös aus.

»Zum Teufel mit der Einfachheit«, sagte Eli. »Ich sage dir was – *ich* würde es für dich bürsten oder schamponieren oder was immer es ist, das solche Arbeit macht.«

»Ach, Eli, du bist doch kaum je *hier*.«

Er lachte. »Ich war den ganzen Herbst unterwegs und habe Vorträge gehalten oder an Konferenzen teilgenommen«, sagte er zu Daniel, als wir ins Wohnzimmer gingen. Ich gab Jean den Wein, den wir mitgebracht hatten.

Während wir uns setzten, erkundigte Daniel sich nach Elis Reisen. In dem großen steinernen Kamin brannte ein Feuer. Ich sah mich um. Der Raum war riesig und bis in Augenhöhe mit rötlichem Holz vertäfelt. Kirsche wahrscheinlich. Ich saß auf einer schwarzen Ledercouch, und Daniel hatte in einem tiefen Plüschsessel Platz genommen. Jean hatte den Wein entgegengenommen und schenkte uns jetzt aus einer Flasche ein, die bereits offen auf dem Couchtisch gestanden hatte. Zwei riesige, abstrakte Gemälde mit kühnen Farbstreifen standen an die Wand gelehnt. Sie paßten nicht über die Vertäfelung.

»Eigentlich hätte ich in meinem forschungsfreien Jahr neue Kräfte sammeln sollen«, sagte Eli gerade. »Mich darauf vorbereiten, neu zu starten. Statt dessen habe ich mein Pulver verschossen. Aber es hat Spaß gemacht.« Er lachte. »Doch für Jean war es schwer.« Er setzte sich in einen Sessel am Kamin. »Es hat sie so verrückt gemacht, daß sie sich ihre verdammten Haare abgeschnitten hat.«

»Gott, ist der Mann egozentrisch!« sagte Jean und reichte uns die Gläser. »Manchmal«, sagte sie zu Eli und hob ihr eigenes Glas in seine Richtung, »ist ein Haarschnitt bloß ein Haarschnitt.«

Daniel lachte gezwungen und unecht. Er war zu höflich. Ich spürte sofort, daß er irgend etwas an Elis Art nicht mochte, vielleicht dieser spöttische, ironische Ton, vielleicht seine Unbefangenheit gegenüber Jean und mir, die Art, wie er von uns und der Situation Besitz zu ergreifen schien. Der Alpha-Wolf. Jedenfalls war Daniel übervorsichtig und bemüht. Er erkundigte sich, was Eli unterwegs tue, worüber er Vorträge halte – und so erfuhr auch ich, daß er auf dem Gebiet der Nervenwachstumsfaktoren arbeitete, Proteine, die geschädigte Nerven im Gehirn regenerieren konnten. Im Mittelpunkt seiner Forschung standen die Alzheimersche Krankheit sowie Rückenmarksverletzungen.

»Das Problem ist der Transport.«

»Der Transport?« fragte Daniel.

»Das Zeug dahin zu schaffen, wo es gebraucht wird. Man muß es direkt an diesen Punkt bringen. Und das bedeutet Operationen. Gehirnoperationen.« Er schüttelte den Kopf. »Ziemlich unpraktisch. Daher suchen wir nach Alternativen.« Er lächelte Daniel an. »Alternativen Wegen. Ich plane also Transporte ins Gehirn.« Er beugte sich vor und stocherte mit einem Eisen im Feuer. »Falls ich je wieder arbeite.«

Jean meldete sich zu Wort. Sie habe Fragen über die Stadt, sagte sie. Eigentlich eine ganze Liste. Ob es uns etwas ausmache? Nein, nur zu, sagte ich. Und sie fragte. Wo kauften wir Lebensmittel ein? Wo ließen wir Kleidung reinigen? Gab es im Ort gute Restaurants? Sie hatte bemerkt, daß wir ein Klavier hatten – kannten wir einen Klavierstimmer? Einen Zahnarzt?

Wir gaben ihr Informationen, erzählten Geschichten über unsere Nachbarn. Den Zahnarzt, der eine Midlife-crisis dadurch überlebt hatte, daß er sich zum Laientherapeuten ausbilden ließ, einem den Mund mit Watte stopfte und einen dann befragte, wie man zu seiner Sexualität oder seinen Eltern stünde. Den exzentrischen Küchenchef in dem winzigen französischen Restaurant, den man in der Küche weinen und schluchzen hören konnte, wenn Dinge nicht das erforderliche Maß an Perfektion erreichten.

Scheinbar mühelos wechselten wir während des Abends von Thema zu Thema – die Party in unserem Haus, wer die verschiedenen Gäste gewesen waren. Meine Arbeit, Arthur. Hunde im allgemeinen. Hunde im Vergleich zu Katzen. Adams Mills, Jeans und Sadies Schule. Die ganze Zeit über behielt Daniel seine Höflichkeit und die Zurückhaltung bei, die ich schon zu Anfang bemerkt hatte. »Was Sie nicht sagen«, äußerte er einmal, und ich zog die Augenbrauen hoch und schnitt ihm eine Grimasse. Wenn ich ihn dazu bringen konnte, über sich selbst zu lachen, würde er vielleicht merken, wie lächerlich er sich benahm, und sich entspannen. »Was Sie nicht sagen?« hätte ich am liebsten wiederholt. Aber ich traute mich nicht.

Während des Abendessens wandte Eli sich an ihn. »Jo hat mir gesagt, daß Sie Prediger sind.«

»Das stimmt.«

»Das ist ein interessanter Beruf.« Ich beobachtete Daniels dünnlippiges Lächeln. »Ich frage mich, wie Sie dazu gekommen sind.«

»Ach, ich nehme an, in vieler Hinsicht auf dieselbe Weise, wie Sie zu Ihrem Beruf gekommen sind.« Ich spannte alle Muskeln an.

Eli lachte. »Das bezweifle ich, aber bitte«, sagte er. »Was meinen Sie damit?«

Daniel zuckte mit den Schultern. »Ich fühlte mich davon angezogen, ich belegte Kurse, mein Interesse wuchs. Ich studierte und machte meinen Abschluß. Und mit so einem Abschluß kann man nicht viel anderes anfangen.«

Eli nickte. Dann beugte er sich vor, die Ellbogen auf dem Tisch. »Sehen Sie, es ist diese *Anziehung,* die mich am meisten interessiert. Wie kommt es dazu?«

Daniel legte Messer und Gabel hin und sah Eli an. »Ich glaube, Sie fragen nach so einer Art Berufung oder Offenbarung.«

»Ja, genau das.«

»Tut mir leid, Sie zu enttäuschen, aber so etwas hatte ich nicht. Keine Schuppen, die mir von den Augen fielen.« Daniels Ton war abschätzig, aber Eli hörte das nicht. Mir wurde zum ersten Mal klar, daß er vielleicht Menschen gegenüber etwas unsensibel war.

»Was war es denn dann?«

»Überhaupt nichts Dramatisches. Nur ein langsam wachsendes Gefühl von Glauben, von mir selbst als gläubigem Menschen und davon, das zum Mittelpunkt meines Lebens machen zu wollen.«

»Aber Glaube an was? Das frage ich mich. An die *Seele?*« Elis Stimme sprach die Anführungszeichen mit. Man merkte, daß er nicht an die Seele glaubte.

»Unter anderem, ja«, sagte Daniel. Wenn ich zurückblicke, erinnere ich mich an sein Gesicht dabei, seine Klarheit, seine Ganzheit.

»*Aha«,* sagte Eli. Er schien wirklich entzückt. Auch Eli redete gern. »Aber was wäre, wenn ich Ihnen sagen würde, daß Denken, Fühlen, Persönlichkeit – sogar Glaube – eine Sache von Neuronen sind, Neuronen, die auf bestimmten erlernten Wegen im Gehirn Impulse weiterleiten. Das ist *die Seele.* Das ist alles. Sie können all das mit einem einzigen Messerschnitt oder einem Schlag auf den Kopf auslöschen.«

»Dann würde ich sagen, daß das mit dem, wovon ich rede, nichts zu tun hat.«

»Aber schauen Sie, was ich sagen will ist, daß Gott eine Idee ist. Eine menschliche Idee. Er wohnt in der speziellen Anordnung der

Materie in Ihrem Gehirn. Verändern Sie die Materie, und Gott ist weg.«

Daniel räusperte sich. Er sagte: »Und was *ich* sage, ist, daß ich einräume, wenn Sie mein Gehirn verändern würden, könnten Sie vielleicht meinen Glauben beseitigen, aber das bedeutet nicht, daß Gott weg ist.«

»Aber wo sonst lebt er als in Ihrem Gehirn? In Ihrem Gehirn und anderen Gehirnen, die absichtlich auf dieselbe Weise programmiert worden sind. Sie sind ein intelligenter Mann, Sie verstehen das. Es ist eine Idee, genau wie die Idee vom Leben nach dem Tode.« Er machte eine kreisende Handbewegung. Er lächelte. »Oder von der *jungfräulichen Geburt*.« Sein Lächeln wurde breiter.

»Eli...«, begann Jean.

»Nein, er hat sicher nichts dagegen, das zu erklären.« Er wandte sich an Daniel. »Oder?«

»Es gibt nichts zu erklären«, sagte Daniel. »Ich erkläre nicht.«

»Ach, ich habe Sie gekränkt. Das war nicht meine Absicht. Schauen Sie, warum betrachten Sie mich nicht als Kandidaten für eine Bekehrung?« Er hob die Hand und legte sie sich auf die Brust. »Ich meine, hier bin ich, eine verlorene Seele, ein Ungläubiger. Warum versuchen Sie nicht, mich zu überzeugen, mich zu überreden? Mich zu retten? Darum dreht es sich doch bei Ihrem Glauben, nicht? Darum, *Seelen* zu ernten?« Er sagte das ganz freundlich, aber da war auch die Annahme, wir alle könnten dieses Thema so behandeln wie er, leichten Herzens. Als eine Art intellektuellen Spaß.

Ich schaute zu Daniel hinüber. Sein Gesicht war angespannt. »Wenn es das wäre, worum es sich bei meinem Glauben dreht, dann würde ich Ihnen sagen, daß Sie nicht reif sind.« Die Metapher entging Eli. Er sah verwirrt aus. Daniel sprach weiter. »Es muß ein Bedürfnis, ja sogar ein Wunsch nach Gott da sein. Vielleicht nur irgendein Gefühl, daß in Ihrem Leben etwas fehlt. Und ich glaube nicht, daß Sie das empfinden.« Daniel lehnte sich auf seinem Stuhl zurück. »Ich bin sogar sicher, daß Sie es nicht empfinden.«

Endlich hörte Eli Daniels abschätzigen Ton. Sein Gesicht veränderte sich. Auch er lehnte sich zurück. »Nein«, sagte er. »Nein, Sie haben recht. Ich empfinde es nicht.«

»Eli«, sagte Jean gutgelaunt, »lebt in seinem eigenen Universum. Es gibt solche Männer. Und hier ist der Beweis. Wir haben vor vier Jahren geheiratet; Eli war zweiundfünfzig und noch nie verheiratet gewesen. Hatte sogar noch nie mit jemandem zusammengelebt. Außer mit Arthur natürlich. Es ist ein Wunder, daß er überhaupt geheiratet hat. Er hätte gern, daß *ich* es als Wunder betrachte.« Sie lachte fröhlich und wandte sich an mich, eine deutliche Einladung, mich ihr anzuschließen, ihr zu helfen, das Thema zu wechseln. Jetzt fragte sie mich nach den Holts, den früheren Besitzern des Anwesens. Wir sprachen von ihrem großartigen Haus, das jetzt in teure Eigentumswohnungen umgewandelt war. Wir sprachen von Eigentumswohnungen im Vergleich zu Häusern, über die Probleme von Neubauten im Vergleich zu Altbauten. Sie war gut darin, konnte gut reden, gut schauspielern. Das mußte ein Teil von dem sein, was Sadie an ihr als Lehrerin bewunderte.

Ich folgte ihrem Beispiel. Ich konnte Geschichten über unser Haus anbieten. Die jährliche Springflut im Steinkeller, die schönen alten Flaschen und Gläser mit uralten, geheimnisvollen Früchten und Gemüsen im Wurzelkeller, die aus irgendeiner fernen Vergangenheit stammten. Eli und schließlich auch Daniel schlossen sich uns an, und wir alle kehrten zu Gesprächsthemen zurück, die weniger brisant waren. Vorsichtig manövrierten wir uns durch den Abend, bis wir uns mit Anstand verabschieden konnten.

Auf der Bühne wurde es dunkel, trotzdem konnte man im Dämmerlicht von Bar und Jukebox deutlich erkennen, wie die Band herauskam. Im Raum wurde es etwas stiller, als die Musiker ihre Instrumente nahmen. Cass trat an die Rampe, die Gitarre hielt sie in Hüfthöhe. Ihr Haar hatte jetzt die Länge dessen, was wir in meiner Jugend als Bürstenschnitt bezeichnet hatten. Sie trug eine leichte, kurzärmlige Bluse mit glitzernden Knöpfen. Ihre langen Arme hingen mager und skelettartig an ihr herab, und mir wurde abrupt bewußt, daß Handgelenke *Drehknöpfe* sind. Ihre Hüftknochen ragten über ihrer Jeans unter der zu kurzen Bluse heraus. Ihr Nabel lag frei. Sie stampfte zweimal mit dem Fuß auf, woraufhin die Lichter angingen, gleichzeitig ertönte ohrenbetäubender Lärm. Eine Gruppe von vier oder fünf Mädchen eilte nach vorn und tanzte mit nervös hüpfenden Bewegungen. Durch ihren Rhythmus konnte ich mich soweit orientieren, daß ich Baß, Gitarre und Schlagzeug unterscheiden konnte. Ein Saxophonspieler steuerte mit schnellen, kurzen Phrasen seinen eigenen Rhythmus bei. Cassies Gitarre war dominant und spielte, wenn man sehr genau hinhörte, durchaus melodisch. Und dann trat sie vor und preßte ihre Lippen auf das Mikrophon. Ihre Stimme klang wie ein hauchendes Heulen. Aber sie sang kräftig und ausdrucksvoll. Es war ein Lied, das sie für uns zu Hause gesungen oder vielmehr gehaucht hatte. Hier klang es wie ein Urschrei.

If you didn't wanna stay with me
You coulda said so
You coulda said so
If you thought you had to wander free
You coulda said so
You couda said so ...

Der ganze Raum sang laut mit. Ihr Mund formte die weiteren Strophen – ich sah ihre Zähne und die gerollte Zunge, die gewölbten Innenseiten ihrer Lippen. Sie hatte den Kopf zurückgeworfen und die Augen geschlossen, als leide sie Qualen. Sie hielt die Gitarre vor ihrem Schambein, als spiele sie mit sich selbst, was vermutlich der Sinn der Sache war.

If you thought love was no good for you
You coulda said so
You coulda said so
If you didn't want to work to be true
You coulda said so
You coulda said so

Inzwischen war die Tanzfläche überfüllt. Eine einzige Masse mit Armen, die sich wiegten und plötzlich hochflogen, Köpfe, die mal in diese, mal in jene Richtung hüpften. Cass stampfte in regelmäßigem

Rhythmus mit einem Fuß auf. Wenn sie innehielt und die Band übernahm, schloß sie die Augen und ein ekstatisches Lächeln erhellte ihr Gesicht. Mitunter drehte sie sich um, um denjenigen, der gerade ein Solo spielte, mit so seliger Zuneigung anzustrahlen, daß ich ihn beneidete.

Jetzt trat sie wieder vor und sang in klagendem Ton weiter.

Instead you raaan,

sang sie,

Sometime between dark and dawn.
Instead I woke up, baby, and you were gone.

Ein leises Fauchen folgte:

I reached for you, baby. But you were gone.
You coulda said so.
You coulda said so.

Die Band verstummte abrupt, und sie sang allein mit ihrer tiefen, traurigen Altstimme: »*Yooouuu could have said so!*« Ein langsamer, gebrochener Akkord auf der Gitarre, und die Lichter gingen aus.

Im Dunkeln wurde die Band von Schreien und Pfiffen überschwemmt, und als die Lichter wieder angingen, sah ich, daß Cassies Nacken glänzte und ihre Bluse unter den Armen schweißnaß war. Sie lachte und genoß die Anerkennung. Sie sonnte sich für einen Moment darin, nickte in diese und jene Richtung. Dann wandte sie uns abrupt den Rücken zu, und ich hörte, wie sie einen neuen Rhythmus vorgab: »... zwei – drei – vier!« Als die Musik erneut einsetzte, fuhr sie herum. Die Tanzenden berührten uns beinahe. Ich wandte mich Daniel zu und schrie: »Sie sieht so glücklich aus!«

»Was?« Er legte eine Hand hinter sein Ohr.

Wir beugten uns zueinander, und ich schrie: »Sie ist glücklich!!«

Nickend stimmte er mir zu, und wir wichen wieder zurück.

Wir blieben bis zur Pause. Bei den meisten Liedern übernahm

Cass die Führung. Sie spielten einen Instrumentaltitel, bei zwei anderen Stücken sangen die Männer. (War dieser Schwarze Raimondo? fragte ich mich, oder war Raimondo bloß ein weißer Junge mit einem schwarzen Namen?) Cassies Gesang war eine Mischung aus Heulen, Fauchen und Jammern, aber der Klang der Musik war stark und machtvoll. Cassies Stimme bildete den Mittelpunkt, wenn sie von kreischenden Tönen zu klarem, reinem Gesang wechselte. Sie schien dabei Qualen zu leiden – der geduckte Körper, die Lippen ans Mikro gepreßt, das verzerrte Gesicht, die hüpfenden, springenden Tanzbewegungen, wenn sie sich im Rhythmus bewegte. Schloß man jedoch die Augen und hörte einfach zu, merkte man, daß sie vollkommen beherrscht war. Ihre heftige Reaktion auf den Applaus nach jeder Nummer war ihre Zustimmung: Ja, ich war toll, nicht?

In der Pause kam sie und setzte sich zu uns, ein Handtuch um den Hals. Die Menge teilte sich, um sie vorbeizulassen, und folgte ihr mit eifrigen, neugierigen Blicken. Wir bestellten ihr ein Bier. Sie ließ zu, daß ich sie küßte. Ihre Bluse war tropfnaß, das feuchte Haar klebte auf ihrem Kopf.

»Du warst wunderbar, Cass«, sagte ich zu ihr. »Ich bin so stolz.«

Daniel sagte etwas zu ihr, und sie wandte sich ihm zu. Er rutschte zur Seite und machte ihr zwischen uns Platz zum Sitzen. Der allgemeine Lärm erlaubte, daß sie jeweils nur mit einem von uns sprechen konnte. Sie wandte sich an Daniel, und ich dachte daran, was Sadie in der Nacht der Party zu mir gesagt hatte – daß die Zwillinge Daniel berechenbar fanden. In der lauten Bar kam mir plötzlich ein Bild aus früheren Jahren in den Sinn: Daniel, wie er hinter der gläsernen Sturmtür unseres ersten Apartments stand und die beiden kleinen Mädchen auf den Armen hielt, während ich in Overall und Turnschuhen zur Arbeit ging. Sie jammerten und weinten, und ich konnte seine murmelnde Stimme hören, die sie aufforderte, mir einen Gruß nachzurufen, und sie zu trösten versuchte. Ich hatte mich umgedreht und ein ermunterndes Lächeln aufgesetzt, das er widerspiegelte – durch das Glas konnte ich sein blasses Gesicht und die zappelnden, unglücklichen Zwillinge in seinen Armen sehen. Dann wandte ich mich ab. Während sie mich riefen und weinten, ging ich fort. Ich ging zur Arbeit, und sobald die Routine meines langen, harten Tages begann, vergaß ich sie. Ich vergaß sie einfach. Es war meine eigene Entscheidung.

Jetzt wandte Cass sich wieder an mich. »Danke, daß du gekommen bist, Mom.«

Wir hatten ihr vorher gesagt, daß wir nur für die erste Hälfte der Vorstellung kommen konnten – wir würden mehrere Stunden für die Heimfahrt brauchen. Außerdem würde sie ohnehin sofort nach der Show abreisen. Sie fuhren noch in der gleichen Nacht nach Concord, New Hampshire. Dort hatten sie ein Engagement für den folgenden Abend.

»Ich fand es hinreißend, Liebes«, sagte ich. »Ich war sehr beeindruckt.«

»Ich denke, ich werde über Weihnachten für ein paar Tage nach Hause kommen«, sagte sie. »Wenn euch das recht ist.«

»Mehr als recht.«

»Was?«

»Mehr als recht«, schrie ich. »Fabelhaft.«

»Oh, gut.« Sie glitt von ihrem Hocker. »Also«, sagte sie. Und sie küßte rasch Daniel, dann mich, und dann war sie fort.

Der dichte Schneeregen war nach der verqualmten Bar angenehm erfrischend, ebenso die Stille der Straße. Man hörte die kleinsten Geräusche wie durch einen Lautsprecher, unsere Schritte auf dem nassen Trottoir, das Öffnen und Zuschlagen der Autotüren. Das Rascheln unserer Kleidung, das langsame Ticken der Batterieuhr am Armaturenbrett, ehe Daniel den Motor anließ.

»Sie war wirklich gut, nicht?« sagte Daniel, als wir auf den Highway fuhren.

»Ja, das war sie. Es hat Spaß gemacht.«

»Aber es hat mich auch erschöpft«, sagte er. Ich schaute zu ihm hinüber. Warum mußte er das sagen? Es machte mich auf einmal auch müde, und vorher hatte ich mich so angeregt gefühlt.

Wir fuhren weiter, ohne zu sprechen. Ich wandte mich von Daniel ab, schaute aus den vom Regen gesprenkelten Fenstern auf schwarze Bäume vor einem grauen Himmel. Ich hatte das Gefühl, das man als Kind tat, daß man selbst stillsitzt und die Bäume an einem vorbeiziehen. Ein- oder zweimal wäre ich beinahe eingeschlafen.

Plötzlich war ich hellwach. Schockartig wurde mir klar, daß das, was ich empfand, beißender Neid auf Cass war. Daß ich haben wollte, was sie hatte – oder *gehabt* haben wollte, was sie hatte. Daß ich diejenige sein wollte, die im gleißenden Scheinwerferlicht stand, die sich ekstatisch zur Musik bewegen wollte, die um mich herum explodierte Musik, die ich erschuf und die mich mit anderen verband. Daß ich mich unter den brausenden Wellen von Applaus drehen und tanzen und lachen wollte. Daß ich mit der Band im Regen irgendeine namenlose Landstraße entlangfahren wollte, an der ich noch nie gewesen war. Daß ich in einer dunklen Gasse in einem Lieferwagen langsam und kraftvoll mit jemandem schlafen und dabei dem beschleunigten Atem derer lauschen wollte, die sich zurücklehnten und zuschauten.

10

Ich hatte Listen für die Feiertage erstellt, und jeden Tag versuchte ich, zwei oder drei Dinge zu erledigen. Pekannüsse zum Backen besorgen. Eine Gans für den Weihnachtstag bestellen. Warme Pantoffeln für Sadie finden. Ein weiterer Tag, eine weitere Liste: für Cass die Jeansjacke aus zweiter Hand kaufen, die ich im Kirchenbasar gesehen hatte und auf deren Rücken ein sich schlängelnder roter Drache gestickt war. Das Briefpapier abholen, das ich im Schreibwarenladen für Daniel bestellt hatte, und bei der Gelegenheit auch Karten kaufen. Bei Layton's den langen, romantischen Schal für Nora kaufen, der im Schaufenster ausgestellt war. Zweifellos viel zu teuer, aber schließlich war Weihnachten, und Nora hatte einen teuren Geschmack.

Beattie und ich, manchmal war auch Mary Ellen dabei, saßen an diesen Wintertagen zum Mittagessen zusammen hinter der Empfangstheke, das Schild im Fenster so gedreht, daß es GESCHLOSSEN sagte. Unsere Hunde saßen wie angegossen zu unseren Füßen für den Fall, daß ein Krümel in ihre Richtung fallen sollte, aber sie wirkten so, als lauschten sie aufmerksam unseren Gesprächen. Manchmal mußte ich lachen wenn ich sah, wie sie scheinbar von unseren belanglosen Banalitäten gefesselt waren.

Meistens sprachen wir in diesen Tagen darüber, wieviel wir zu tun hatten. Beattie schneiderte eine Puppengarderobe für ihre bevorzugte Großnichte. Sie beschrieb sie mir in allen Einzelheiten – der Spielanzug mit passendem Höschen, das Partykleid, der Wollmantel mit der Mütze, das Sonnenkleid. »Zwei winzige Taschen im Rock«, sagte sie, »und ich habe ein süßes kleines Taschentuch genäht, das in einer Tasche steckt und von dem man nur die Spitzen sieht, so.« Mit den Fingerspitzen deutete sie winzige Zipfel an.

»Sie sind ein guter Mensch, Beattie«, sagte ich. »Bei mir ist alles fertig gekauft.«

»Na ja, Sie haben ja auch sehr viel zu tun«, sagte sie. Sie rülpste zierlich, die Hand vor dem Mund. Sie hatte langsam und mümmelnd wie ein Kaninchen Karotten gegessen. Nach einem Augenblick sagte sie:»Aber ich finde trotzdem, nichts geht über Selbstgemachtes.« Verdeckte Spitzen ließ sie sich nie entgehen.

»Mm«, stimmte ich zu.

»Also, diese Edith. Sie verschenkt den Kram, den sie aus den Fernsehwerbesendungen bestellt hat, an andere Leute. Ich sollte das nicht kritisieren, ich bin froh, so viel wie möglich loszuwerden. Aber finden Sie das nicht auch irgendwie *gemein*? Natürlich ist alles noch in den Kartons und im Seidenpapier, also werden sie es niemals merken, aber es ist trotzdem nicht dasselbe.«

Nein, sagte ich. Nein, es sei sicher nicht dasselbe.

Ich arbeitete an diesen Tagen viel auf. Auch Daniel war beschäftigt, besonders jetzt während der Adventszeit. Es gab zusätzliche Chorproben. Jeden Abend fanden Gebetsgruppen und verschiedene Veranstaltungen in der Gemeinde statt, die vorbereitet und durchgeführt werden mußten, darunter eine große Party, bei der die Älteren und Bedürftigen beschenkt wurden. Es gab ein Kinderkrippenspiel, das viele Proben erforderte. Die Mädchen hatten das immer geliebt. Zuerst, weil sie mitspielen durften, als Schafhirte oder weiser Mann oder Engel oder, was am besten war, als Jungfrau Maria. Später, weil bei dem Schauspiel ein lebendes Schaf und ein lebender Esel mitwirkten und es aufregend war, auf den unvermeidlichen und allgemeine Hysterie auslösenden Unfall zu warten. Daniel liebte alles an dieser friedlichen Jahreszeit, und er war auf seine leicht zerstreute Weise die langen Tage hindurch fröhlich.

Und ich war dankbar. Denn trotz all der Geschäftigkeit, trotz all der zusätzlichen Kocherei und all der notwendigen Erledigungen war das, woran ich dachte, Eli Mayhew, sein kurzer Anruf an dem Tag, nachdem wir Cass gesehen hatten, und der nächste Sonntag, an dem ich ihn zum Kaffee treffen würde. Seine Stimme hatte etwas Dringliches gehabt, dachte ich, und das erregte mich. Ich fragte mich, was es bedeutete, wozu es führen würde.

Manchmal stellte ich mir in Gedanken lediglich ausgedehnte Gespräche vor. Aber manchmal gestattete ich mir den Gedanken, daß die Gespräche mit der Zeit privater, sogar intim werden würden. Er würde ein lieber Freund werden, ein Vertrauter. Und unsere Ehepartner? Oh, sie würden von unserer Intimität wissen und sie respektieren, sich vielleicht sogar ein wenig über ihre Intensität, ihre Kraft lustig machen – bei dieser Phantasie war Daniels böser Wille mühelos zum Verschwinden gebracht. Oder ich dachte gar nicht daran.

Gelegentlich aber bot meine Phantasie ein eindeutigeres Ereignis an: eine Affäre. Dann dachte ich daran, wie ich Eli in der Praxis und erneut bei meiner Party berührt hatte – die Kompaktheit seines Körpers, seine schwere Hitze, so verschieden von Daniel. Dann sah ich wieder die langsame Drehung seines schönen jungen Körpers in dem dampfenden Badezimmer vor vielen Jahren. Wie eine Begrüßung.

Und dann verbannte ich diese Gedanken wieder. Kaffee. Kaffee und ein Gespräch an einem winterlichen Sonntagmorgen, während Daniel in der Kirche war. Mehr nicht.

Ich hatte das Pennock Inn vorgeschlagen, zwei Orte von Adams Mills entfernt. Eli hatte ich am Telefon gesagt, daß es netter und hübscher sei als das Gasthaus in unserem Ort. Sobald ich jedoch aufgelegt hatte, mußte ich mir selbst eingestehen, daß ich es hauptsächlich deshalb gewählt hatte, weil wir nicht auf Leute stoßen würden, die uns kannten. Die vor allem mich kannten, denn Eli kannte noch kaum jemand.

Als ich ankam, waren im Speisesaal lediglich zwei weitere Tische besetzt. Ich sah mich prüfend um, ob dort niemand saß, den ich kannte. Eli saß allein neben dem Fenster, das auf die Wasserfläche hinausging. Er hatte nach mir Ausschau gehalten: Er winkte, sobald die Kellnerin auf ihn zeigte und ich ihn erblickt hatte.

Ich hatte mich verspätet. Sadie hatte angerufen, als ich gerade das Haus verließ. Während ich mich setzte, entschuldigte ich mich atemlos. Ich gab weitere Erklärungen ab, während ich meinen Mantel ablegte, während er der Kellnerin winkte, während ich meine erste und er seine zweite Tasse Kaffee bestellte. Tatsächlich plapperte ich dahin, sprach von Sadie, ihrer Bewunderung für Jean, ihrem Bedürfnis, während ihres ersten Collegejahres den Kontakt zu halten. Hinter ihm, durch die alten Rauchglasscheiben, konnte ich sehen wie der Wasserfall zwischen den eisbedeckten Felsen hinabrauschte.

Er beobachtete mich unablässig, und als ich endlich langsamer wurde, sagte er: »Du bist verrückt nach deinen Kindern, nicht?«

Ich zuckte mit den Schultern. »Ich glaube, das ist so, wenn man Kinder hat.«

Er lächelte. »Oh, ich weiß nicht. Eine Menge Leute beklagen sich über ihre Kinder.«

»Ach, aber das ist meistens Show, meinst du nicht? Die Leute meckern eben gern. Und die Pubertät ist natürlich für jeden schwer.«

»Aber du hast es überlebt.«

Ich lachte. »Nun, ganz sind wir noch nicht über den Berg.«

Die Kellnerin brachte meine Tasse Kaffee und füllte Elis nach. Wir warteten. Als sie gegangen war, sagte er: »Mir tut es leid.« Er schüttelte den Kopf. »Keine Kinder.«

»Ach ja? Nun, du hast spät geheiratet.«

»Ja. Es war schwer, überraschend schwer«, er lächelte ironisch, »eine absolut perfekte Person zu finden.«

»Ich gratuliere dir.« Ich hob meine Tasse. »Sie ist perfekt, ich weiß das von Sadie. Und es ist natürlich so offensichtlich wie die Nase in meinem Gesicht.« Ich trank den Kaffee. Er war nicht heiß genug.

»Nun, zufällig *ist* sie für mich perfekt.«

»Was heißt das?«

Überrascht blickte er auf. Er sah, daß meine Frage ernst gemeint war, und sein Gesicht wurde nachdenklich. »Nun, ich schätze, daß Jean und ich eine gewisse... Distanz zueinander haben. Das klingt kalt, aber so meine ich es nicht. Jeder von uns hat sein Leben, ein sehr eigenes Leben. Wir sind daran gewöhnt, allein zu sein, jeder von uns hat so lange allein gelebt. Wir lassen einander Raum. Das meine ich mit Distanz.« Er hob die Hände. Er trug ein teuer aussehendes, locker gewebtes Tweedjackett. »Vielleicht ist das ein Pivileg der kinderlosen Ehe.«

»Kann sein.« Ich schwenkte meine Tasse ein wenig hin und her und sah, wie sich die Oberfläche der braunen Flüssigkeit bewegte. »Irgendwie sind Daniel und ich im Laufe der Jahre – ich weiß nicht

– irgendwie miteinander verschmolzen. Ich kann ihn allzu leicht *nicht bemerken*. Wir sind wie zwei Hälften von etwas.« Ich sah zu Eli auf. »Weißt du, was mir gefallen hat? Mir hat gefallen, wie Jean sich bei diesem Essen in eurem Haus ein wenig von dir abgesetzt hat, sich in gewisser Weise über dich lustig gemacht und über dich gesprochen hat – theatralisch, schätze ich. Sicherlich mit Abstand. Und so half sie uns allen ein bißchen aus der Verlegenheit, als du und Daniel sich allmählich...«

»Einer kleinen Explosion näherten?«

»Oh, Daniel explodiert nie. Auch nicht bei Unstimmigkeiten. Sagen wir Unstimmigkeiten.«

»Na gut, wenn es sein muß.«

Ich lachte etwas zu laut. In dem fast leeren Raum klang es hart und künstlich, und die drei Frauen am nächstgelegenen Tisch schauten herüber und beugten sich dann vor, um miteinander zu sprechen.

Ich rutschte auf meinem Stuhl herum. »Wie auch immer«, sagte ich, »ich habe die Art bewundert, wie sie diese Stimmung aufgefangen hat. Daniel würde es niemals dulden, daß ich in seiner Gegenwart mit soviel Abstand von ihm spreche.«

»Was würde er tun?«

»Oh, sich zu Wort melden. Für sich selbst reden. Mich berichtigen. Ich weiß nicht.« Ich fühlte mich plötzlich unbehaglich. »Ich will ihn nicht kritisieren, ich will nur sagen, daß die Dinge in unserer Ehe anders sind.« Ich zuckte mit den Achseln. Wir schauten beide auf den Wasserfall hinaus. Durch das Fenster konnte man entfernt sein stetiges Rauschen hören.

Als Eli wieder sprach, war seine Stimme leiser. »Du wirst dich fragen, warum ich dich angerufen habe.«

Ich schaute zu ihm hinüber. Seine Augen sahen mich an, diese Augen, die früher immer beobachtet hatten. Sie wirkten jetzt weniger bedürftig, eher amüsiert. Er wirkte dadurch weniger spirituell als früher, aber sexier. »Na ja, ein bißchen schon«, sagte ich.

Er beugte sich vor. »Unser Wiedersehen hat bei dir sicherlich dasselbe bewirkt wie bei mir.«

Ich errötete. Ich konnte die Wärme in meinem Gesicht, eine plötzliche Trockenheit in meinen Augen spüren. »Vielleicht«, sagte ich. Vielleicht hatte auch er sich Vorstellungen darüber gemacht, wie unsere Beziehung weitergehen könnte.

Doch da lächelte er und sagte: »Für mich hat es schlagartig die ganze Zeit zurückgebracht, dabei hatte ich immer geglaubt, ich hätte sie weitgehend hinter mir gelassen.«

Nach einem Moment sagte ich: »Wolltest du das? Sie hinter dir lassen?«

»Gott, ja!« Er lachte mit geschlossenem Mund, ein komisches, schnaubendes Geräusch. »Du nicht?«

Nun, natürlich hatte ich das gewollt. Ich war aus dieser Zeit in all das geeilt, was ich jetzt hatte. Und hatte erst dann langsam angefangen, mich nach ihr zurückzusehnen. Ich zuckte mit den Schultern. »Sie hat mir gefallen. In gewisser Weise. Ich weiß, sie nahm ein so schlechtes Ende für uns alle. Aber ich fühlte mich so frei. *So sorglos.* Im wesentlichen meine ich wohl, daß ich mich jung fühlte. Jung und leidenschaftlich und ein bißchen rücksichtslos.«

»Siehst du, ich habe all das gehaßt.« Sein Gesicht, aus dem sich Gefühle so leicht ablesen ließen, verzog sich zu einer Grimasse, als habe er in etwas Saures gebissen. »Mich all dem so ausgeliefert zu fühlen.«

»Hast du das? *Warst* du das? So habe ich nie von dir gedacht.« Ich hatte genau das Gegenteil von ihm gedacht. Vorsichtig. Beständig. *Grau.* Ich sah wieder sein Gesicht vor mir, über den Tisch im Eßzimmer hinweg, wie er mit seinen stetigen, ruhigen Augen beobachtete.

»Sehr. Und ich wollte… alles.« Er lachte. »Geliebt werden, aber allein sein. Weil ich mit Sicherheit nicht wußte, wie man jemanden liebt. Großartig in Naturwissenschaften, aber, Gott behüte, kein Wissenschaftler sein. Ich glaube, ich habe schon erwähnt, wie sehr mich all das gequält hat – buchstäblich zerrissen. Ich liebte die Wissenschaft, aber ich wußte, daß sie mich von der Welt abschnitt, in der ich sein wollte. Auf jeden Fall von euch allen.« Er sah aus dem Fenster. »Aber ich konnte auch verstehen, woher es kam, dieses Empfinden von Wissenschaft als Verrat. Mit Dow Chemical und Napalm und dem Gefühl der unmittelbar bevorstehenden Atomkatastrophe – alles, was so allgemein in der Luft lag.« Jetzt lächelte er mich grimmig an und ballte die Hand zur Faust. »Aber es macht mich auch sauer, wenn ich bloß daran denke – diese ignorante, antiwissenschaftliche Hippie-Romantik damals.« Er runzelte die Stirn. »Vermutlich ist das mit ein Grund, warum ich heute so schlecht auf Leute wie deinen Mann reagiere. Intelligente Leute, die die Implikationen der Wissenschaft in ihrem Denken nicht zulassen wollen.«

Ich wollte etwas sagen, um Daniel zu verteidigen, aber er hob abwehrend die Hand. »Schau, es tut mir leid. Ich will nicht wieder damit anfangen. Es war schlimm genug, ihn als meinen Gast herauszufordern. Ich will nur sagen, daß ich damals unglücklich war, als wir zusammen wohnten. Ich habe mich die meiste Zeit... gequält gefühlt.«

Nach einem Augenblick sagte ich: »Es tut mir so leid, das zu hören.« Ich trank einen Schluck Kaffee. »Damals dachte ich, du wärst *glücklich.*«

»Glücklich!? Womit?«

»Nun, du hattest deine Arbeit. Von allen Mitbewohnern des Hauses hätte ich dich für denjenigen gehalten, der die meiste Hingabe aufbrachte. Und du mochtest das Haus, dachte ich.« Ich stellte meine Tasse ab. »Und wir alle mochten dich recht gern.«

»Halt! *Recht gern.* Ich fürchte, das ist es. Wer, der bei Verstand ist, möchte *recht gern* gehabt werden?«

Ich lachte verlegen. »Treffer.« Wir saßen einen Moment schweigend da. Jemand hatte leise Unterhaltungsmusik eingeschaltet, und ich erkannte plötzlich eine muntere, geigenselige Version von »Leaving on a Jet Plane«.

Eli sagte: »Erinnerst du dich daran, wie du eines Nachts aus dem Wohnzimmer kamst und mich in der Diele fandest?«

Ich errötete, weil ich das plötzlich mit dem Tag in Verbindung brachte, an dem ich ihn im Badezimmer überraschte. Aber ich sagte: »Ja. Ich hätte dich fast umgerannt.«

»Ich hatte Angst hereinzukommen.« Er schüttelte den Kopf. Seine Stimme klang mitleidig, zärtlich, als könne er sich selbst dort sehen, als sei diese Person sein Kind.

»Angst?«

»Ja.«

»Aber wovor...?« Es schien unmöglich, diesen großen, bärbeißigen, vor Energie fast überschäumenden Mann mit einem jüngeren

Eli in Verbindung zu bringen, der so ängstlich war, daß er einen Raum mit Freunden nicht betreten konnte.

Er zuckte mit den Achseln. »Wie ich dazupassen würde. Oder eben nicht. Ihr wart alle so... Na ja, sorglos, wie du sagst. Fröhlich und unbeschwert.«

Ich schnaubte. »Total bekifft wahrscheinlich.«

»Nein, es war anders.« Er hob einen Finger. »Ich fürchtete, die gute Laune zu ruinieren. Ich hatte Angst, die Veränderung spüren zu müssen, wenn alle steif und höflich wurden. Spüren zu müssen, welchen *Effekt* ich hatte.« Er grinste. »Was wir in der Wissenschaft als *Eli-Effekt* kennen.« Und dann hörte er auf zu lächeln und senkte den Blick. »Was ich dachte, war, daß Dana bemüht und lieb sein würde, daß jemand auf der Couch mir Platz machen würde, daß der Spaß erlahmen würde. Und dann, wenn ihr mich langsam vergessen hättet, würdet ihr von vorn anfangen.«

»Bei dir hören wir uns alle ziemlich furchtbar an. Alle, bis auf Dana.«

Er lächelte rasch. »Die ebenfalls furchtbar sein konnte. Wenn sie nicht gerade sehr, sehr lieb war. Aber das meine ich nicht. Ihr wart nicht furchtbar. Ich sprach über mich selbst, davon, wie ich mich *fühlte*. Ich war wie gelähmt und voller Angst vor jeder Bewegung, die ich machen könnte.«

Er schaute mich an, ohne mich zu sehen. Ich wollte, daß er mich sah. Ich sagte: »Aber das waren wir alle, in gewisser Hinsicht. Meinst du nicht?« Ich hob die Hände. »Ich war es. Ich war verheiratet, und so konnte ich mit meinem Leben als alleinstehende Person, als die ich mich ausgab, nicht weitermachen. Und ich wollte nicht verheiratet sein, das wußte ich. Aber ich konnte mir keine Scheidung vorstellen – diesen Mißerfolg, das Ende dieses Lebens. Ich war dazu erzogen *durchzuhalten,* was immer es war. Härter zu arbeiten, wenn es nicht gut lief.« Ich lächelte. »Ich war zur Verbissenheit erzogen.«

Er fragte mich jetzt, woher ich gekommen sei, nach meiner Mutter, meiner Familie. Danach, wer ich gewesen sein könnte. Ich sprach über Ted, der damals in meinem anderen Leben auf mich gewartet hatte.

Er war neugierig, und wir bestellten mehr Kaffee. Er sprach von seiner Familie, die aus einem reichen Vorort nördlich von Chicago kam. Er sprach von seinem Leben seit der Lyman Street – der Assistentenzeit in Berkeley, dem Forschungsstipendium in Stanford. Der langsamen Abkehr von der Chemie und der Hinwendung zur Biochemie. Seine kurzen, erfolglosen Affären. Er sprach von einer britischen Wissenschaftlerin, die er alle paar Jahre bei Konferenzen sah. Von einer Frau, mit der er drei oder vier Jahre lang ungefähr einmal im Monat ausging, bis sie endlich erklärte, es – »was immer *es* war«, sagte er grinsend – sei zu Ende. Während wir sprachen, hatte er sich entspannt. Er lehnte jetzt mit den Ellbogen auf dem Tisch.

»Viel Zeit ist seitdem vergangen«, sagte ich.

»Egal. Jetzt wirkst du glücklich. Bist du's?« Seine Hand, die seine Wange stützte, drückte das Fleisch neben den Augen, auf dem Wangenknochen zusammen.

Ich nickte. »Sehr viel glücklicher als damals.«

»Und was warst du damals? Ein brodelnder Topf voll Angst?« Sein Ton unterstrich seine Worte.

»Na, jedenfalls ein brodelnder Topf voll von etwas, das anderen Angst einflößte. Mein armer Exmann. Er war eigentlich kein schlechter Kerl.«

»Habt ihr noch Kontakt?«

»Nein. Ich habe gehört, daß er wieder geheiratet hat, aber das ist viele Jahre her.« Tatsächlich hatte er zweimal wieder geheiratet, das wußte ich von Leuten, die uns im College beide gekannt hatten. Er war Dermatologe, sehr erfolgreich, und wohnte in einer luxuriösen Gegend außerhalb von Albuquerque. Mit seiner dritten Frau hatte er Kinder, die jung genug waren, um seine Enkel zu sein.

»Du weißt also nicht, ob er dir verziehen hat.«

»Das spielt gar keine Rolle. Für mich ging es darum, mir selbst zu verzeihen. Und nicht so sehr seinetwegen. In gewisser Weise hatte ich mir selbst zu verzeihen, daß ich so *sorglos* am Leben war. Dana gab mir dieses Gefühl. Danas Tod.«

Er nickte. »Mir auch«, sagte er. Er sah aus dem Fenster über den Wasserfall. Sein Mund öffnete sich, als wolle er sprechen, aber dann sah er mich an und hielt inne. Nach einem Augenblick sagte er: »Und du hast es getan.«

»Was?«

»Dir selbst verziehen.«

»Ja. Hauptsächlich durch Arbeit. Das war im Grunde meine Rettung. Hunde und Katzen, Pferde und Kühe. Hin und wieder ein Elefant.«

»Ein Elefant!«

Ich lächelte. »Während des Studiums habe ich ein mehrmonatiges Praktikum in einem Zoo gemacht. Das hat mir riesig Spaß gemacht. Und war eine Feder am Hut. Natürlich waren all diese Kenntnisse am Ende nutzlos. Wie man eine Spritze von 60 Kubikzentimeter benutzt.« Ich zeigte mit den Händen deren enorme Ausmaße. »Mit einer Nadel von Größe zwölf.« Ich lachte. »Jetzt sehe ich nichts Größeres mehr als einen großen Hund. Aber es hat Spaß gemacht. Und mir das Gefühl gegeben, ich hätte mir den Rückweg in ein normales Leben verdient.«

»Ja, das ist es, wonach man sucht, nachdem man andere Menschen verletzt hat.«

»Das klingt, als wärst du von anderen Menschen so weit entfernt gewesen, daß du sie nicht verletzen konntest.«

Er lachte laut, dann wurde sein Gesicht wieder ernst. »Das war sicherlich der entscheidende Punkt.«

»Der entscheidende Punkt von was?«

»Der Form meines Lebens.« Abrupt hob er die Hand, um die Kellnerin zu rufen, und ich sah auf meine Uhr.

»Großer Gott!« sagte ich. Daniel würde in ungefähr einer halben Stunde nach Hause kommen. Ich stand auf. »Ich muß mich beeilen. Ich hatte keine Ahnung, wie spät es schon ist.«

Eli stand ebenfalls auf und zog seine Brieftasche heraus. Er würde mich nach draußen begleiten, sagte er. Er hinterließ ein Trinkgeld auf dem Tisch, und wir gingen durch den leeren Raum. Die anderen Gäste waren fort.

Während wir an der Kasse in der Eingangshalle standen und auf unsere Rechnung warteten, wandte er sich plötzlich mir zu und sagte: »Sag mal, macht es dir etwas aus, darüber zu reden? Über die Vergangenheit? Was war und was hätte sein können.« Seine Hand beschrieb einen Kreis, eine Geste, die ich mittlerweile als für ihn typisch kennengelernt hatte. »Wie man sich selbst verzeiht, das gewesen zu sein, was man war.«

»Nein, im Gegenteil. Ich finde, es ist etwas Besonderes, jemanden zu haben, mit dem man das tun kann. Jemanden, der dabei war.«

Die Kellnerin erschien, und Eli bezahlte. Wir gingen hinaus in den kalten Morgen. Der Schnee war geschmolzen. In der trockenen Luft konnte man die ferne, bläuliche Linie der Berge sehen. Unsere Schritte klangen laut in der sonntäglichen Stille.

Ich sagte: »Ich denke, in gewisser Weise habe ich mir gewünscht, mit jemandem über die Vergangenheit zu reden. Vielleicht erreicht man ein gewisses Alter und will dann... ich weiß nicht. Die wichtigen Zeiten im eigenen Leben noch einmal Revue passieren lassen.«

»Ich hätte das nicht gedacht.« Wir waren jetzt bei meinem Auto stehengeblieben, und ich drehte mich um und sah ihn an. »Aber dich zu sehen, Jo, und jetzt mit dir zu reden...« Er zuckte mit den Schultern. »Vielleicht gilt für mich dasselbe.« Er berührte meinen Ärmel. »Ich würde dich gern wiedersehen. Um wieder zu reden.«

»Ich auch«, sagte ich. Ich hatte ein wenig verlegen den Kopf abgewandt.

»Was?« Er beugte sich näher zu mir, was mich so nervös machte, daß ich einen Schritt zurücktrat.

»Ich würde dich auch gern wiedersehen«, sagte ich.

»Gut. Vielleicht einmal, wenn wir mehr Zeit haben.«

»Ja.« Ich spürte, wie mir die Hitze ins Gesicht stieg. Ich hoffte, daß man es nicht sah. »Aber jetzt kommen die Feiertage, und mein Leben wird eine Zeitlang ziemlich hektisch sein.«

»Ich verstehe. Vielleicht solltest du mich diesmal anrufen, wenn alles wieder etwas ruhiger läuft. Es gibt keinen Grund, die Dinge zu übereilen.«

Ich sah zu ihm auf. »Nein.«

»Also, du rufst mich an.« Er grinste. »Irgendwann.«

»Ich verspreche es.«

»Gut. Gut.«

Er beugte sich näher zu mir, und wir berührten uns mit unseren warmen Wangen.

Als die Mädchen klein waren, war ich diejenige, die zu ihnen ging, wenn sie nachts Kummer hatten. Ich blieb bei ihnen, bis sie sich wieder beruhigt hatten. Daniel hatte Probleme, überhaupt wach zu werden, und er brauchte viel mehr Schlaf als ich, also akzeptierten wir das beide. Ein paar Jahre lang, als sie etwa sechs oder sieben war, litt besonders Cassie unter Alpträumen. Wenn sie schrie, eilte ich im Dunkeln zu ihr und legte mich neben sie. Ihr Körper war angespannt von dem, was sie in ihrer Phantasie erlebt hatte. (»Eine Dame hat sich gedreht, und sie hatte weite Röcke an, und es war zu *langsam*, Mom. Es war so langsam.«) Mir war für gewöhnlich kalt, nachdem ich aus dem Bett gesprungen war. Cassie glühte immer, als habe sie Fieber, als habe sie wild herumgeturnt, sogar im Schlaf. Ich kühlte dann ihren erhitzten, angespannten Körper mit meinem eigenen. Sie kuschelte sich an mich, piekste mich mit ihren mageren Schultern und knochigen Hüften, und ich erzählte ihr Geschichten.

Im Laufe vieler Nächte konzentrierte ich mich allmählich auf eine Figur, die ich erfand, um ihr Mut zu machen, eine Gestalt, von der Cassie immer mehr hören wollte – Miraculotta. Zuerst sah ich dieses Geschöpf als stämmiges, unerschütterliches älteres Mädchen mit Bubikopf, das natürlich Hosen trug. In einer Geschichte wanderte und lebte sie mit Affen in den Dschungeln Afrikas. In einer anderen war sie eine wilde Kriegerin, den Männern zum Trotz, die sagten, eine Frau könne das nicht. Sie war eine Freundin der Tiere und konnte ihre Sprache verstehen – das kam bei meinen Kindern immer gut an. Freundliche Hühner und Enten gaben ihr Eier zu essen. Bewundernde Füchse schenkten ihr ihre Schwänze – die in diesem Fall nachwuchsen – für ein wunderbares, weiches Gewand, das sie im Winter trug. Freundliche Elefanten duschten sie, indem sie aus ihren Rüsseln Wasser hoch in die Luft spritzten. Sie hatte niemals Angst vor ihnen, weil sie wußte, daß sie sie liebten, sie war so fröhlich, so charmant. (Sie hatte schon angefangen, sich zu verändern, obwohl ich das nicht geplant hatte.) Sie baute sich selbst ihr Haus aus Schnee, und wohnte in dem weißen, glänzenden Raum; nachts schlief sie unter einer Decke aus den Daunen, die die Gänse ihr geschenkt hatten.

Irgendwann in diesen dunklen Nächten wurde mir klar, daß Miraculotta sich so sehr verändert hatte, daß ich Dana als Modell gewählt hatte, und daß Dana in diesen tröstlichen Phantasien wieder auferstand. Ich nahm die Person, die das schrecklichste Ende gefunden hatte, das es gab, und machte sie zur denkbar furchtlosesten und unverwundbarsten Kreatur. Nachdem ich das begriffen hatte, begann ich bewußt, Cassie auch einige wahre Dinge über Dana zu erzählen und Miraculotta Details aus ihrem Leben zu geben. Ich erzählte, wie sie manchmal nachts auf dem Dach geschlafen hatte, um den Sternen näher zu sein; wie sie eine Zeitlang ihren Lebensunterhalt mit Singen in der Untergrundbahn verdient hatte. Oder ich schmückte einen wahren Sachverhalt noch weiter aus: Sie war so schön, daß Männer sie malten und zeichneten, und diese Abbildungen hatten die Macht, jeden, der sie sah, zu verzaubern. Sie verschenkte alles, was sie besaß, und als Belohnung dafür – obwohl sie keine Belohnung erwartete – erneuerten die Waldgeister ihre Vorräte. Sie formte aus Lehm, den sie am Flußufer fand, kleine Geschöpfe, und sie waren so schön und so wirklichkeitsnah, daß sie manchmal zum Leben erwachten. Auch diese verschenkte sie, indem sie sie freiließ.

Eines Nachts sagte Cassie zu mir: »Ich weiß, wer Miraculotta in Wirklichkeit ist, Mom.« Sie flüsterte – ich hatte auch geflüstert –, um Nora und Sadie nicht zu wecken, die in ihren dunklen Zimmern auf der anderen Flurseite schliefen.

»Ja?« fragte ich.

Sie nickte ernst; ihre Augen waren in dem schwachen Licht groß und schwarz. »Ich weiß es wirklich.«

»Wer denn? Wer ist sie?«

Schüchtern sagte sie: »Sie ist *du*.«

Ich war erfreut und sogar ein bißchen verlegen, so bewundert zu werden, und wann immer ich ihr nach dieser Nacht die Geschichten erzählte, empfand ich eine besondere Zärtlichkeit für Cass. Aber dann wurde sie natürlich älter und brauchte mich nicht länger in den Nächten.

Doch mehrere Jahre später, als Cass' Entfremdung und dann ihre Wut auf uns – auf mich – begann, half mir die Erinnerung, daß sie einst gedacht hatte, Miraculotta und ich seien eins, die Hochachtung, die sie vor mir gehabt hatte. Es half mir zu verstehen, wie abstoßend sie mich fand, nachdem all das weggefallen war. »Du bist so *beschränkt*«, sagte sie einmal zu mir, als sie ungefähr vierzehn war und ich ihr irgend etwas verboten hatte. Und ich dachte: *Nun gut,* ja, natürlich bin ich das.

Aber in diesem Moment, damals, wurde mir ebenfalls klar, daß Cassie auch recht hatte, daß sie es gut analysiert hatte – Miraculotta war ich, ich in Kombination mit Dana. Daß ich, wenn ich sie im Dunkeln bei Cassie heraufbeschwor, von all den Gefühlen sprach, die ich in bezug auf diese Zeit hatte, dem Gefühl magischer Möglichkeiten, die für mich in Danas Energie und Leidenschaft verkörpert waren, in dem unbestimmten Fortgang meines eigenes Lebens, in den vergänglichen Phantasien, die wir damals alle teilten – und die für mich, denke ich, wichtiger waren als für jeden anderen im Haus –, daß wir nämlich aus unserem Leben machen konnten, was immer wir wollten, daß all die Regeln, die wir beim Aufwachsen gelernt hatten, nicht gültig waren.

Wir wußten nicht, was als nächstes passieren würde, das war unser großes Geschenk. Das Geschenk der Jugend, das man vermißt, ganz gleich, was man aus seinem Leben gemacht hat, wenn man älter wird. Und man weiß, was als nächstes passieren wird. Und danach und danach und dann ganz zuletzt.

Und das ist es, was ich nach meinem Kaffee mit Eli wieder empfand, dieses Gefühl von Überraschung, diese berauschende Empfindung, *nicht zu wissen,* wie es weitergeht, dieses Geschenk einer möglichen Wendung des Weges.

Am nächsten Tag fuhr ich nach Boston, um meine Mutter zu treffen. Es war zu einem alljährlichen Ritual geworden, da sie aus eigenem Willen Weihnachten zu Hause blieb und die Familie meines Bruders aus New Hampshire zu ihr kam. Wir kultivierten das, was sie unser gemeinsames »frühes Weihnachten« nannte – ein Treffen, der Austausch von Geschenken, ein gemeinsamer Einkaufstag und dann immer, bevor ich sie wieder in den Bus setzte, ein doppelter Martini für sie und ein Glas Wein oder ein Kaffee für mich. In den alten Zeiten hatte ich auch die Mädchen mitgebracht, und der Tag hatte uns alle erschöpft. Doch in den letzten vier Jahren waren wir nur zu zweit gewesen, meine Mutter und ich, und unser Tempo war zivilisierter und unsere Pausen länger. Als wir in der Woche zuvor miteinander gesprochen hatten, hatte sie mir gesagt, sie brauche nur noch Geschenke für ihre Urenkel zu besorgen, die ersten Enkel meines Bruders Fred, die jetzt sechs und drei waren. Wir hatten vor, ins Museum of Science zu gehen – dort gab es in der Geschenkboutique pädagogisch wertvolles Spielzeug, an das meine Mutter glaubte, das für mich allerdings Spielzeug wie alles andere war: Dinge, die man ausschnitt oder aussägte oder zusammensetzte und verleimte; Dinge, die man mischte und rührte. Werkzeugkästen. Kreisel, Jo-Jos. »Nichts« – und hier hatte Mutters Stimme am Telefon sich verändert, und ich konnte mir vorstellen, wie sie sich in damenhaftem Widerwillen ein wenig aufrichtete – »*Elektronisches.*«

Ich hatte gelacht. Denn meine Mutter war noch altmodischer, als es ihrem Alter entsprochen hätte. Sie stammte von einer Farm in der Mitte von Maine und war mit neunzehn an die Universität gekommen, um als Sekretärin zu arbeiten – ein ehrgeiziges Streben für ein Mädchen ihrer Herkunft. Zufällig war sie dem Büro meines Vaters zugewiesen worden. Er war zwanzig Jahre älter als sie, Professor für Botanik, und verheiratet; allerdings lag seine Frau im Sterben. Von der Liebe meiner Eltern und seiner Werbung wurde in unserem Haus nicht gesprochen – es bestand immer eine starke Zurückhaltung gegenüber allem, was nach Gefühlen schmeckte –, aber später stellte ich mir vor, daß sie ihm zugehört, ihn bewundert, von ihm gelernt, mit ihm botanisiert hatte; daß sie ihm langsam unentbehrlich geworden war, dieses ruhige Landmädchen mit dem breiten, überraschenden Lächeln.

Und dies schien die Natur ihrer Liebe zu sein, auch dann noch, als seine Frau längst gestorben war, sie bereits verheiratet waren und mein Bruder und ich bereits auf der Welt. Ausgeprägte Einzelgänger beide, arbeiteten sie meist schweigend und wandten sich einander von Zeit zu Zeit zu, um Dinge zu sagen wie: »Ist das nicht bemerkenswert?« Oder: »Höchst interessant.«

Ich glaube, sie fühlte sich als Professorenfrau nicht wohl – vielleicht betrachtete sie das als posthumes Eindringen in das Revier seiner ersten Frau –, und so veränderte sich auch das Leben meines

Vaters infolge dieser neuen Ehe nicht sehr, nicht einmal, als er zweifacher Vater wurde. Meine Mutter arbeitete weiterhin halbtags als seine Sekretärin, sie begleitete ihn noch immer jeden Morgen ins Büro und machte lange Spaziergänge mit ihm. Sie benahm sich so, als sei sie wie er ein Botaniker in mittleren Jahren.

Als er starb, war ihre Trauer für mich nicht erkennbar, außer als eine Art Versteifung, eine weitere Alterung. Sie war damals erst vierundvierzig. Sie hätte an einen Neuanfang, an eine neue Ehe denken können. Aber das tat sie nicht. Binnen weniger Monate arbeitete sie wieder ganztags, und ihr Leben schien unverändert. Wie es in all den Jahren seither geblieben war.

Ich erwartete sie an der Bushaltestelle der South Station. Vom Meer her wehte ein rauher Wind, und der Tag war trüb und grau. Als der Bus einfuhr, stieg eine bunt zusammengewürfelte Gruppe aus: ein paar junge Leute, einige Burschen in Militäruniform, eine dicke Mutter mit drei kleinen Kindern. Als der Fahrer vortrat und die Hand ausstreckte, um jemandem zu helfen, wußte ich, daß es meine Mutter sein würde. Er hatte zuvor eine seltsame Bewegung gemacht, fast als ob er respektvoll seine Mütze abnehmen wolle.

Sie stieg langsam aus und sagte etwas zu ihm, nachdem sie unten war. Sie beugten sich kurz zueinander und lehnten sich dann zurück, lächelten einander in geheimer, höflicher Absprache an. Dann sah sie sich kurz um, vergewisserte sich, in welche Richtung sie zu gehen hatte, und kam auf mich zu – ganz und gar aufrecht, weißhaarig, eine Art keckes, breites Barett auf dem Hinterkopf festgesteckt. Sie trug ihren alten Allzweckmantel aus schwerem, farblosem Segeltuch, dessen kariertes Innenfutter mit Reißverschlüssen versehen war und das sie jedes Frühjahr herausnahm. Ich war verblüfft zu sehen, daß sie – meines Wissens zum ersten Mal – Schuhe für alte Frauen trug. Es waren schwarze, über den Spann reichende Schnürschuhe mit breiten Absätzen. Ihr Gang war etwas breitbeiniger als gewöhnlich, als sei sie darum bemüht, das Gleichgewicht zu halten.

Ich rief sie und ging zu ihr hinüber. Ihr Gesicht veränderte sich, als sie mich erkannte. »Oh, Josie!« sagte sie, und wir umarmten uns.

Wir gingen gleich zum Lunch, in ein Lokal in der Nähe des Bahnhofs, das wir meistens besuchten. Obwohl ich viele Gerichte als interessant bezeichnete, bestellte sie gewissenhaft das billigste Gericht auf der Karte, wie sie es immer tat, und schwarzen Kaffee. Sie erkundigte sich nach Daniel, nach den Mädchen, und ich erstattete Bericht, wobei ich hauptsächlich von dem sprach, was sie geleistet und erreicht hatten – nicht, um zu prahlen, sondern weil ich annahm, das werde ihr die größte Freude machen. Sie bot im Austausch dafür Informationen über ihre Studenten an, die bei ihr als Untermieter wohnten. Ihr Gesicht belebte sich, während sie von diesen Fremden berichtete, und ich war wie immer verblüfft darüber, wie wichtig sie für sie waren, und zu spüren, wieviel mehr sie sich für deren Aktivitäten und Leistungen als für die von Cassie, Sadie oder Nora interessierte. Aber sie waren natürlich ein Teil ihres Alltags, während die Mädchen für sie eine reizende Idee waren, ein schöner Gedanke.

In gewissem Sinne war ich froh über ihr Engagement für Edward und Rolf und Naomi und Susie – die Namen wechselten jährlich. Dennoch war es langweilig, die ausführliche Aufzählung von Einzelheiten über Leute, die ich nicht kannte und an denen mir nichts lag. Während sie sprach, dachte ich an andere Dinge. Ich beobachtete die Passanten, die draußen vorbeigingen. Ich schaute zu den Lagerhausfenstern über uns auf und fragte mich, wer dort wohl leben mochte. Ich gestattete mir, an Eli zu denken. »Ich würde dich gern wiedersehen«, sagte er. »Wir brauchen die Dinge nicht zu übereilen.« Jetzt lächelte ich meine Mutter an, vielleicht zu herzlich, denn sie warf mir einen eigenartigen scharfen Blick zu und schnaubte dann vernehmlich.

Ich bat um die Rechnung.

Ich hatte in der Zeitung von einem Programm mit Weihnachtsmusik in der Dreifaltigkeitskirche gelesen, und Mutter sagte, das wäre reizend, und so fuhren wir als nächstes dorthin. Ich parkte gerade an einer Parkuhr, die nur etwa einen Block entfernt lag – wir hatten uns gratuliert, sie gefunden zu haben –, als sie auf einmal ausrief: »Oh! Das wollte ich dir unbedingt erzählen, Albert Moran ist gestorben.«

Dr. Moran. Ich stellte den Motor ab. Ich sah ihn wieder vor mir, wie er sich über einen verletzten Hund beugte, ihn mit seinen großen Händen bedeckte und sich zu mir umdrehte, um mit seiner leisen Stimme zu sagen: »Unser Freund hier ist irgendwohin gegangen, wo er nicht hätte hingehen sollen, fürchte ich.« Ich sah ihn vor mir, wie er sich ordentlich die Serviette in den Kragen steckte, bevor er seine altmodische Lunchdose öffnete, die so schwarz und klobig war wie eine Dampfmaschine.

»Wann?« fragte ich.

»Oh, vor ein paar Wochen, glaube ich.« Mutter sprach beiläufig. Sie war an den Tod gewöhnt, er war ihr inzwischen vertraut.

»War er krank gewesen?«

»Liebes, ich weiß nicht. Ich habe es nur in der Zeitung gelesen und dachte, es würde dich interessieren.«

»Ich bin froh, daß du es mir gesagt hast.«

»Wenn ich mich recht erinnere, hieß es, daß er in einem Pflegeheim war, also war er vielleicht krank. Aber er war sechsundneunzig. Ein schönes Alter.« Sie klang zustimmend. So sollte es sein, so gehörte es sich.

»Ja«, sagte ich.

Sie öffnete die Tür. »Zu dir war er wirklich gut, das werde ich ihm nicht vergessen.«

»Ich auch nicht«, sagte ich.

In der Nähe des Hancock Building war es stürmisch, als wir uns der Kirche näherten. Mutter hielt mit einer Hand ihren Hut fest, und ich hakte sie unter, während wir uns gegen den Wind stemmten. Ihr Mantel flatterte, man konnte das abgetragene Futter sehen.

In der Kirche ließen wir einander los und atmeten tief im Frieden der dämmrigen Stille. Ich schneuzte mir die Nase, und Mutter steckte entschlossen ihren Hut wieder fest.

Als wir das Kirchenschiff betraten, schimmerte der erleuchtete Altar golden und strahlend durch den weiten Raum. Die dunklen Holzbänke waren mehr als zur Hälfte gefüllt, und wir setzten uns in die erste freie Reihe. Ab und an unterhielten wir uns flüsternd, gedämpft durch die Stille ringsum und das hohe, leere Gewölbe über uns. Mutter bewunderte die Stickerei auf den Kniebänken, in die auch die Namen der Stickerinnen und ihrer Familien eingearbeitet waren. Hannah Maynard Shaw. Lilian Tappan. Edward und Rebecca Soames.

Ich war froh, als die Musik begann und ich in meinen eigenen Gedanken versinken konnte – eine seltsame Mischung von Dr. Moran und meiner Arbeit bei ihm, Dana, Eli und ab und zu Daniel. Ich dachte auch an Mutter und ihr stolzes und einsames Leben. Bereute sie es? Spürte sie das Ende nahen und wünschte sich, Dinge getan zu haben, die sie nicht getan hatte? Wünschte sie sich, Erfahrungen gemacht zu haben, die sie nicht hätte machen dürfen? Oder genügte es ihr, beständig und ehrenhaft und sorgfältig und gründlich all die Dinge getan zu haben, die sie getan hatte? Bei diesen Gedanken an sie wurde mir plötzlich weh ums Herz.

Das Konzert endete mit einigen Weihnachtsliedern, und Mutter und ich standen nebeneinander und sangen gemeinsam mit. Ihre Stimme war dünn und trocken, aber sie sang jeden Ton richtig, und an einer Stelle wagte sie sogar ein paar Takte der Zweitstimme, und wir sahen uns an und lächelten.

Im Museum war es voll, aber nicht überfüllt wie manchmal, wenn wir kamen. Es war bereits so spät, daß die Schulklassen schon fort waren. Wir gingen direkt zur Geschenkboutique, und Mutter traf ihre sorgfältige Auswahl. Ein Beutel mit Murmeln aus Katzenauge, ein Bumerang, ein Bausatz für das Skelett eines Dinosauriers. All das geschah mit einer Art schmerzhafter Sparsamkeit, die ich nur schwer mitansehen konnte. Ich entfernte mich von ihr. Ich verbrachte einige Zeit damit, mir die Literatur anzusehen, die es über Tiere gab.

Ich stand an der Tür und sah zu, wie sie bezahlte – bar, sie glaubte nicht an Kreditkarten –, als ich die Ankündigung eines Films über afrikanische Löwen hörte, ein Thema, das für mich nicht ohne Interesse war, denn ich hatte einst, als ich im Zoo arbeitete, mitgeholfen, einen Wurf großzuziehen. Mutter würde sich auch ein wenig ausruhen können, dachte ich, denn sie war mir auf dem langen Weg vom Parkplatz hierher müde vorgekommen. »Das wäre sehr interessant«, sagte sie, und so nahm ich ihr ihre Päckchen ab, und wir kauften unsere Eintrittskarten und gingen hinter der Menschenmenge, die ebenfalls dem Kino zustrebte, durch das Museum.

Das Kino war riesig, ein Omnimax, dessen blaßbeige Decke sich hoch über den Sitzen wie ein lauwarmer Himmel wölbte. Als wir uns setzten, erklärte ich Mutter, wie es funktionierte. »Ach, das ist ja wie beim Zahnarzt«, sagte sie, und wir lachten beide. Es war ein ungewohnt intimes Gefühl, ausgestreckt neben ihr zu liegen.

Der Film begann über uns, um uns herum. Eine tiefe, selbstgefällige Männerstimme ertönte, die ähnlich wie die Sprecherstimme der Lehrfilme meiner Schulzeit klang. Es waren wunderschöne Bilder, die Tiere mit ihren majestätischen Bewegungen, eine mächtige, träge Langsamkeit, die plötzlich in mörderische Schnelligkeit umschlug.

Doch der dazugehörige Text ärgerte mich. Er war affektiert und prätentiös, mehrfach wurde erwähnt, daß das Filmteam bei seinen Bemühungen Gefahren ausgesetzt war und dann gerettet werden mußte. Die tiefe Stimme vibrierte in dem Versuch, Erregung zu vermitteln, als seien die bloßen Bilder nicht aussagekräftig genug.

Ich wandte mich Mutter zu, um zu sehen, wie es ihr gefiel. Sie lag ganz still, den Rock sorgfältig über die Knie gezogen. Ihre biederen Schuhe berührten sich an den Spitzen. Sie hielt die Hände auf der Brust gefaltet, vielleicht, weil sie sich genierte, in der Öffentlichkeit zu liegen. Ihr Mund war schlaff, ihre Augen weit geöffnet, um an der Decke alles sehen zu können, und ich konnte nur das Weiße unter der Iris sehen. Plötzlich wurde mir bewußt, daß sie so aussehen würde, wenn sie tot war. Mein Puls beschleunigte sich, und ich empfand einen Moment lang reines Entsetzen, ein Gefühl, nicht bereit zu sein. *Nein,* dachte ich. *Noch nicht.* Erschrocken beugte ich mich zu ihr hinüber.

Sie spürte meinen Blick, schaute zu mir und sah das Erschrecken in meinem Gesicht. »Was ist?« rief sie und rappelte sich hoch, genauso erschrocken wie ich über sie. »Was ist?«

Die hektischen Tage vergingen. Sadie kam aus der Schule nach Hause, schlief lange, und benötigte nachmittags oft das Auto. Ich kam nun zum Lunch nach Hause. Sie fuhr mich dann zur Arbeit zurück und holte mich abends ab. Ich wälzte Besorgungen auf sie ab, oder wir erledigten sie am späten Nachmittag gemeinsam. Wir hatten wieder Familienmahlzeiten, und abends ertönte laute Musik aus dem Wohnzimmer. Das Haus war plötzlich voll mit ihren Freunden, und ich erfuhr auch ihre Neuigkeiten. Wer ausstieg, wer die Schule wechselte, wer verliebt war. Daniel spielte auf dem Klavier Weihnachtslieder, und wir alle sangen mit.

Meine Arbeit nahm zu, ich war selten allein. Mein Leben nahm mich wieder auf eine Weise in Anspruch, von der ich gesagt hatte, sie habe mir gefehlt. Doch bei all dem konnte ich nicht aufhören, an Eli zu denken. Ich dachte daran, wie er sich auf dem Parkplatz vor dem Pennock Inn vorgebeugt hatte, um seine Wange an meine zu legen, an die Wärme, die er ausstrahlte. Ich dachte daran, wie seine Gesichtszüge sich verstärkten, ja fast grob wurden, was ihn sinnlich wirken ließ. Energiegeladen.

Was Daniel als *Schwärmerei* bezeichnet hatte, hatte sich verändert, jedenfalls empfand ich es anders. Es war nicht länger meine Vergangenheit, die eigene Jugend, die mich zu Eli hinzog. Es war der Gedanke an Eli selbst, den beleibten, lebhaften Mann in den besten Jahren. Dennoch versuchte ich ihn so leicht zu nehmen wie den Gedanken an jene frühere Anziehung. Eigentlich als eine Art Scherz, den ich vielleicht mit Daniel würde teilen können wie jeden anderen. Doch das tat ich natürlich nicht. Ich behielt ihn für mich. Einen Scherz, den ich zu der Zeit mit mir selbst teilte. Willentlich, spielerisch nährte ich meine Phantasien über Eli. Ich ließ es zu, daß sie sexuell wurden. Ich stellte mir uns beide zusammen in glühender, zerreißender Leidenschaft in Hotelzimmern in Boston vor, in anonymen Motels oder Gasthäusern in weiter entfernten Orten, wie wir erschöpft und schweißgebadet nach ekstatischen Liebesspielen ausruhten.

Ich pflegte dann von meinen Weihnachtskarten, vom Einpacken von Geschenken oder vom Geschirrspülen aufzublicken und Sadie benommen in einem Sessel hängen zu sehen, während ein Walkman in ihre Ohren dröhnte; oder Daniel, der die Zeitung oder ein Buch las; und ich war verlegen wegen der Technicolordetails meiner sexuellen Gedanken. Und überrascht, daß sie meine erhitzte Zerstreutheit nicht fühlten.

Es war in Ordnung, sich das vorzustellen, sagte ich mir als meine eigene beruhigende Ann Landers. Solange ich begriff, daß es nicht passieren würde.

Es wird nicht passieren, sagte ich mir dann.

Und danach stellte ich mir eine andere Szene vor, eine noch leidenschaftlichere, phantasievollere Paarung, erneut ein völlig erschöpftes Auseinanderfallen in einem anderen Bett.

Ich ging sogar noch weiter. Ich stellte mir Jeans Tod, meine Schei-dung von Daniel vor. Oder Daniels Tod und Elis Scheidung von Jean. Bloß Geschichten, sagte ich mir. Nichts weiter. Oder sie könnten beide sterben. Schmerzlos natürlich. Eine Trauerphase, in der Eli und ich uns immer näherkamen.

All das war pubertär. Ich war mir dessen bewußt und empfand des-wegen so etwas wie Verachtung für mich selbst. Es erinnerte mich an die Zeit meines Lebens, als ich im Alter von acht Jahren heftig in meinen Vater verliebt war. Während dieser Zeit stellte ich mir wie-derholt vor, wie meine Mutter auf die verschiedensten Arten starb und ich ihre Rolle übernahm, meinen Vater versorgte, ihm notwen-dig und unentbehrlich wurde. Und jetzt sagte ich mir, daß dieses ganze Schwelgen in imaginärer Lust so wenig mit dem zu tun hatte, was geschehen würde und was ich wollte, wie meine damaligen Phantasien.

Aber ich fragte mich auch, was ich wirklich wollte. Und was war, wenn Eli eine Affäre wollte, wenn er darauf drängte? Würde ich ihm widerstehen?

Sicher hatte es auch in der Vergangenheit Versuchungen gege-ben – nette, harmlose Flirts und zweimal Momente, in denen ich mich widerstrebend dafür entschied, dieser Verlockung zu erliegen, die mich gleichzeitig anzog und erschreckte. Bei einer Konferenz von Tierärzten in Hawaii hatte ich mich einmal zu einem Kollegen aus Seattle namens Davis Holliston hingezogen gefühlt, einem zer-knitterten, fröhlichen Atheisten, nett und sexy und ein Meister im Witzeerzählen. Er brauchte bloß mit »Kommt eine Ente in eine Bar« anzufangen, und schon krümmte ich mich vor Lachen. Abend um Abend saßen wir zusammen, tranken und redeten und lachten mit den anderen. Und dann waren am Ende nur noch wir beide da, und ich mußte mich entscheiden.

Und einmal, viel früher, hatten wir einen Assistenten für die Pra-xis eingestellt, der älter war als die üblichen High-School-Schüler – um die Zwanzig. Ich war damals Mitte Dreißig und hatte gerade erst zu praktizieren begonnen. Ich war mit Arbeit überlastet, die Kinder waren klein, das Haus, das wir gerade bezogen hatten, wartete dar-auf, in Angriff genommen zu werden: verrottende Tapeten, häßliche

Linoleumböden, freiliegende Rohre, die vom Boden bis zur Decke liefen. Eines Abends, als wir zusammen dort blieben und er mich erst zögernd, dann herrisch und wild küßte, erinnerte er mich daran, daß ich ein sexuelles Wesen war, daß ich jung war, daß ich attraktiv war, selbst in Overall und schmutzigen Turnschuhen. Es war eine Offenbarung, ein Erwachen, eine Faszination, unwiderstehliche Versuchung.

Ich widerstand ihr. Ich riß mich los und weinte. Ich klammerte mich an ihn und weinte noch ein bißchen mehr. Ich ging nach Hause und gestand Daniel meine Gefühle. Tagelang nahmen wir uns Zeit füreinander, sprachen leidenschaftlich über unser Zusammenleben und darüber, was zu tun sei, um es wieder intensiver und liebevoller zu machen.

Ich mußte Eric entlassen. Er sagte, er verstünde es. Mißmutig standen wir uns im Untersuchungszimmer gegenüber, der glänzende Untersuchungstisch aus Edelstahl zwischen uns. Wir sprachen über mein Leben, meine Verantwortung, über Daniel. Über sein Leben, darüber, was er als nächstes tun würde.

Beattie sagte ich, ich müsse Eric entlassen, weil er morgens wiederholt zu spät gekommen sei, doch da das in Wirklichkeit niemals vorgekommen war, hatte ich es ihr gegenüber nicht erwähnt.

»Ist das so?« fragte sie damals. Und dann, ein paar Tage später: »Sie haben recht daran getan, Eric gehen zu lassen.«

»Danke«, sagte ich, ohne sie anzusehen.

»Ja, für meinen Geschmack nahm er sich zuviel heraus.« Ich konnte ihren prüfenden Blick auf mir spüren; sie hoffte auf eine Vertraulichkeit, ein Geständnis – ein bißchen Tratsch. Aber ich behielt meine Meinung für mich. Meine und Erics und Daniels.

Das war meine Geschichte. Ich nahm an, daß Daniels ungefähr ähnlich aussah, obwohl er mir nie erzählt hatte, er habe sich zu jemand anderem hingezogen gefühlt. Aber vielleicht hatte er jemandem sagen müssen, was ich zu Davis gesagt hatte, als er an der Tür zu meinem Hotelzimmer lehnte – daß ich von mir selbst immer geglaubt hatte, eine treue Ehefrau zu sein.

»Ah!« hatte er gleichzeitig anerkennend und enttäuscht gesagt.

Damals hatte ich daran geglaubt. Ich glaubte es auch heute noch.

Aber mir schien es jetzt, als könne es zwingende und außergewöhnliche Umstände geben, die die alten Regeln und Gefühle außer Kraft setzten.

Die Wahrheit war, daß ich nicht wußte, was ich tun würde, wenn ich vor die Wahl gestellt wäre. Es gab mir ein Gefühl der Distanz zu Daniel, zu meiner Familie, zu der Jahreszeit, die normalerweise eine fröhliche Zeit der Vorbereitung war.

Cass und Nora trafen rechtzeitig an Heiligabend aus verschiedenen Richtungen ein, so daß wir alle zusammen zum Gottesdienst gehen konnten. Daniel war bereits in der Kirche, also setzten wir uns in meinen Wagen. Nora und Cass waren höflich zueinander und unterhielten sich auf den Rücksitzen über eine Band, die Nora kürzlich in New York gehört hatte, The Little Piggies, die kleinen Schweinchen.

Die Nacht war wunderbar klar, und als wir vor der Kirche aus dem Wagen stiegen, lehnten Sadie und ich uns in der kalten Luft benommen zurück und versuchten, am glitzernden Himmel die wenigen Sternbilder zu finden, die wir kannten.

»Da, das sind die kleinen Schweinchen persönlich!«

»Schau, der fröhliche grüne Riese!«

»Und da ist der Pater Familias!«

»Überprüf das! Die Lederhosen! Da drüben!«

»Die Alma mater!«

»Kommt schon, Leute! Laßt uns gehen!«

In der Kirche roch es nach Kerzen und nach den Fichtenzweigen, die den Altar schmückten. Ein zarter Zimtgeruch lag in der Luft. Der Gottesdienst war kurz, nur Bibelverse und Weihnachtslieder und eine knappe Predigt von Daniel. Das letzte Lied sang der Kinderchor mit seinen durchdringend klaren Sopranstimmen, und unerwartet schossen mir die Tränen in die Augen.

Zu Hause tranken wir heißen Apfelmost mit Rum und öffneten jeder ein in eine Socke verpacktes Geschenk, der Anfang unseres ausgedehnten Rituals. Es gab unförmige, purpurrote Fäustlinge für Sadie von Beattie (»Sie hat sie selbst gemacht«, sagte ich). Einen neuen Schwimmköder für Daniel, Badeöl für mich, einen winzigen Mondsteinohrring – auch als Nasenring oder Augenbrauenring zu verwenden – für Cass. Ein Paar Schildpattkämme für Noras langes Haar von Sadie.

Daniel war besonders energiegeladen und glücklich. Andauernd legte er Holzscheite nach und schürte das Feuer. Er sang vor sich hin, als er für uns alle Apfelmost und Kekse holte. Für ihn war es das Ende einer langen, anstrengenden Saison, und er hatte vor dem Sonntagsgottesdienst drei Tage, an denen nicht sonderlich viel zu tun war. Ich ging früh zu Bett, doch er sagte, er wolle noch ein Weilchen mit den Mädchen aufbleiben. Als ich auf dem Rückweg aus dem Badezimmer durch den Flur ging, konnte ich sie im Wohnzimmer hören. Schallendes Gelächter und dann Noras Stimme: »Wenn man unbedingt ein Kompliment hätte machen müssen – und das mußte ich, das könnt ihr mir glauben –, dann hätte man es als *cinéma vérité* bezeichnen können. Aber in Wirklichkeit war es schlichtes Heimkino.«

»Und schlechtes noch dazu, wie es scheint«, sagte Daniel, und dann hörte ich sein entspanntes Lachen. Ich schloß die Tür.

Als ich morgens aufwachte und mich auf seine Seite des Bettes drehte, waren Decken und Kissen zerdrückt und leer. Daniel war fort, das Haus rings um mich still. Einen Moment lang empfand ich merkwürdige Angst, aber dann wurde mir klar, daß er früh aufgestanden und allein zur Kirche gegangen war. Er begann den Weihnachtstag oft in einsamem Gebet, bevor er zu unseren lauten, weltlichen Feiern nach Hause kam. Ich stellte ihn mir dort jetzt vor, wie er mit geschlossenen Augen in einer Bank in der eisigen Kirche saß und das Morgenlicht auf seine einsame Gestalt, auf die weißgestrichenen Chorstühle und die grauen Böden fiel. Wie traurig es eigentlich war, dachte ich, während ich im Bett lag, daß keiner von uns seinen Glauben teilte, daß er in diesem zentralen Aspekt seines Lebens so allein war. Glaubten wir überhaupt an etwas? Ich glaubte an Tiere – an ihre Ehrlichkeit, ihre Güte. Cass glaubte an Musik, Zigaretten, Kaffee, Wein und Männer. Nora glaubte an frühes Aufstehen und daran, jeden Tag sorgfältig gekleidet und geschminkt zu beginnen. Und Sadie? Vielleicht glaubte Sadie noch an uns.

Als ich Daniels Wagen knirschend über den gefrorenen Schnee im Vorgarten fahren hörte, war ich bereits angezogen, hatte die Hunde gefüttert und ins Freie gelassen, Kaffee gekocht und mit der Füllung für die Gans begonnen. Daniel kam geräuschvoll durch die Tür, und ich hörte ihn stampfen und schnauben, seinen Mantel aufhängen und im hinteren Flur die Stiefel von den Füßen schütteln. Als er in die dampfende Küche kam, waren seine Wangen gerötet und sein Haar von der Mütze zerzaust. Er sah aus wie ein Kind, um das sich niemand richtig kümmert. Sein Gesicht hellte sich auf, als er mich sah. Er rief: »Fröhliche Weihnachten, mein Liebling, mein Schatz, meine Süße.« Und er kam, um mich zu umarmen. Sein Gesicht war kalt und kratzig, seine Nase naß.

»Oh, Daniel«, sagte ich und küßte ihn leicht.

»Warum entziehst du dich mir? Wo ich dich doch so anbete.«

»Ach ja?« fragte ich verlegen. Ich streckte die Hand aus und strich ihm das Haar glatt.

»Jetzt mußt du sagen ›Und ich bete dich auch an, mein liebster Mann.‹« Er hob die Hand, als wolle er ein Orchester dirigieren.

»Na ja, das *tue* ich natürlich«, sagte ich. »Komm, setz dich, ich gieße dir Kaffee ein.«

Wir setzten uns einander gegenüber an den Tisch. Die Sonne schien durch die Küchenfenster; ihre Strahlen verschoben sich mit jeder Bewegung der Kiefern hinter dem Haus, über denen sie soeben aufging.

»Oh«, sagte ich und setzte meine Tasse ab, weil ich mich an etwas erinnerte. »Ich hatte einen merkwürdigen Traum.«

»Visionen von Pflaumen in Armagnac.«

»Nein«. Ich lächelte. »Nein.« Und dann dachte ich, es sei besser, ihm nichts zu erzählen. »Tatsächlich kann ich mich kaum daran erinnern.«

Dabei erinnerte ich mich durchaus. Es war ein Traum, der mir vertraut war, obwohl er verschiedene Formen annahm. Gewöhnlich war ich darin noch mit meinem ersten Mann verheiratet, oder Daniel *war* irgendwie Ted. Diesmal hatte der Traum in einem seltsamen, unordentlichen Haus gespielt, das ich nicht erkannte, und der Mann, Ted oder Daniel, hatte seine Hand tief in meinen Slip geschoben und mich gestreichelt. Ich war in der Nacht aufgewacht und hatte mich erregt und wie eine Bigamistin gefühlt.

»Ich mag es, wenn ich mich nicht *ganz* an einen Traum erinnern kann«, sagte Daniel. »Wenn ich das Gefühl habe, daß mein Gehirn ein Eigenleben besitzt, zu dem ich nicht unbedingt Zugang habe.«

»Aber wenn du daran arbeiten würdest, könntest du Zugang finden. Das sagt jedenfalls Freud.«

»Ach ja?« sagte Daniel. »Na, zum Teufel mit Freud. Ich sage, laß das geheime Leben geheim bleiben.«

Ich lachte und hob meine Kaffeetasse. »Hört, hört.«

Er streckte die Hand aus, um mein Bein zu tätscheln. »Ja, ja«, sagte er.

Dann standen wir beide auf, er, um sich zu rasieren, und ich, um die Füllung fertig zuzubereiten und unser großes Familienfrühstück vorzubereiten. Als ich das gefaltete weiße Tischtuch hoch in die Luft schwang und es sich über dem Tisch blähte, fing es die ersten klaren Sonnenstrahlen ein, die in den Raum fielen, und sank langsam nieder wie ein vom Himmel gesandter Segen, dachte ich, und ich nahm mir vor, mir das einzuprägen, mich zu erinnern.

Am frühen Nachmittag, nachdem wir die Geschenke ausgepackt und den Braten in den Ofen geschoben hatten, ging Daniel mit mir zum ersten Mal seit Jahren wieder zum Schlittschuhlaufen. Das Eis auf der gefluteten Stadtwiese war frisch und glatt.

Ich war keine gute Eisläuferin. Daniel hingegen war perfekt; immer wieder drehte er seine Runden, eine schlanke, jungenhafte Gestalt, die mühelos dahinglitt und in den Kurven elegant einen Fuß vor den anderen setzte. Ich bewegte mich langsam und hielt nach ein paar Bahnen immer wieder inne, um meine abknickenden Knöchel und angespannten Beine auszuruhen. Ich nahm auf der Gedächtnisbank Platz. Von hier aus konnte ich, leicht versetzt hinter der Kirche, einen Blick auf unser Haus erhaschen, das in seiner Regelmäßigkeit wie ein Bild des alten Neuengland wirkte. Rauch stieg aus dem Schornstein – wir hatten die schläfrigen, vom ausgedehnten Frühstück gesättigten Mädchen, die noch immer im Bademantel waren, vor dem Kaminfeuer zurückgelassen.

Schließlich kam Daniel auf mich zu und stoppte mit einem Sprühregen von Eiskristallen. »Sollen wir?« sagte er und breitete die

Arme aus, um mich zu umfassen. Ich glitt vorwärts, und er nahm meine Hand in seine und legte den anderen Arm um meine Taille. Wir stießen uns ab, und nach ein paar zögernden Schritten übernahm ich seinen Rhythmus. Ich schmiegte mich in seine Arme, einmal in diese, einmal in jene Richtung. Daniel trieb uns mit kraftvollen Schritten an, sein Arm übertrug seine Stärke auf mich und machte meine Bewegungen lang und gleitend. Unter den kahlen Zweigen der Ahornbäume glitten wir über das glatte, schimmernde Eis bis zur Kirche mit ihrem hohen, spitzen Turm, dann zurück zu den Häusern, deren Türen festlich mit Kränzen geschmückt waren; in einigen Fenstern glitzerten Weihnachtslichter. Der Fahrtwind stach mir in Nase und Wangen, aber ich fühlte mich berauscht. Wir fuhren hin und wieder zurück, und an jedem Ende lehnten wir uns weit in die Kurve.

Ich fühlte mich jung und stark, ich hatte das Gefühl, endlos so weitermachen zu können, das Geräusch des Fahrtwindes und unserer Schlittschuhkufen im Ohr. Als Daniel meine Hand losließ und allein weiterlief, war ich auf mein eigenes Gewicht und die Steifheit meiner Glieder nicht gefaßt. Ich blieb mitten auf der Eisfläche stehen. Daniel lief an mir vorbei, tanzte und sprang, nachdem er nun von meinem Gewicht befreit war. Er drehte Pirouetten, landete auf einem Bein und verbeugte sich wie ein Tänzer.

Ich fühlte mich unbeholfen, alt und steif. Ich drehte in der Mitte des Teiches meine Kreise und sah zu, wie er um mich herumwirbelte, erfüllt von kindlicher Wut auf ihn, aber auch von dem Wunsch, ihn zurückzurufen, ihn anzuhalten, ja, seine Hilfe zu erbitten.

11

Kannst du etwas trinken?« fragte Eli. »Fährst du heute nachmittag zurück?«

»Ich bin nicht sicher«, sagte ich. Daniel hatte ich erzählt, ich würde mich mit Lauren Howe, einer Freundin aus Maine treffen. Eventuell bliebe ich über Nacht, falls es zu spät würde. »Vielleicht werde ich übernachten. Einen Drink genehmige ich mir auf jeden Fall.«

Er erhob seine Hand in einer gebieterischen Geste. Herrisch. Eine Geste, die davon *ausging*, daß man sie befolgte. Diese Kleinigkeit erregte mich, wie es mich in meiner Jugend erregt hatte, wenn ich die großen Hände eines Jungen am Steuerrad eines Autos sah. Das hatte etwas mit ihrer Macht zu tun, ihrer Kontrolle über meine Situation, über mein Leben. Es war dumm, und ich wußte das. Der Kellner kam und nahm unsere Bestellung entgegen.

Wir schauten aus dem Fenster in der Bar des Ritz Hotels in Boston. Auf dem Gehsteig vor dem Fenster eilten Fußgänger vorbei, dick gegen die Kälte eingepackt. Der Park lag dunkel und geheimnisvoll auf der anderen Straßenseite. Als ich aus dem Wagen gestiegen war, hatte ich auf dem zugefrorenen Ententeich Schlittschuhläufer gesehen, blecherne Walzermusik drang durch die dunkelnde Luft.

»Ich bin froh, daß du angerufen hast«, sagte er.

»Ich auch.« Obwohl ich fast Angst gehabt hatte, als ich ihn von der Tür aus erblickte. Er hatte den Kellner fragend angesehen, und dann, als er mich durch den dämmrig erleuchteten Raum kommen sah, schienen seine Züge sich erfreut aufzuhellen. »Ich wollte es schon eine ganze Weile tun«, sagte ich, »aber das Leben war chaotisch. Wie ich vorhergesagt hatte.«

»Ich nehme doch an, daß es ein schönes Chaos war.«

»Ja, es hat Spaß gemacht. Aber es war auch eine Erleichterung, als alle wieder weg waren.« Sadie war erst vor drei Tagen nach einem langen Weihnachtsurlaub abgefahren.

»Kann ich mir vorstellen.«

Die Drinks kamen, und wir hoben wortlos unsere Gläser. Draußen senkte sich die Dämmerung herab. Der Bourbon war stark und schmeckte rauchig.

Eli sprach von seiner Zufriedenheit, wieder im Labor zu sein – er kam gerade von dort – und Experimente in Gang zu bringen. »Schließlich gibt es nichts Besseres als Arbeit, nicht?« sagte er.

Ich erinnerte mich wieder an ihn als jungen Mann. Die *Arbeitsbiene* – das war der Spitzname, den wir ihm gegeben hatten. Ich lächelte. »Ich kann mir ein Leben ohne Arbeit nicht vorstellen«, sagte ich. »Pensionierung. Kommt dir das nicht auch unwahrscheinlich vor?«

Er stimmte zu. Er sprach von der rastlosen Reizbarkeit, die ihn irgendwann im Spätherbst überkommen hatte. »Trotz der Tatsache, daß es ja auch Arbeit ist, herumzureisen und Vorträge zu halten und Konferenzen zu besuchen. Aber das ist nicht dasselbe.«

Ich konnte ihm das nachfühlen. Ich sprach davon, wie ich mich fühlte, wenn ich in die Praxis ging. Über mein Gefühl, aus dem gewöhnlichen Leben herausgehoben zu sein, es buchstäblich hinter mir zu lassen. »Natürlich ist es bei meiner Arbeit anders. Ich meine, ich habe die Tiere mit einer eigenen Persönlichkeit, einem eigenen Leben. Jedes hat seine eigene Biographie.«

Er lächelte. »Kann ich mir denken«, sagte er. »Sicher. Arthur hatte schließlich auch eine. Aber für mich...« Er hielt inne, schaute einen Moment aus dem Fenster. »Für mich war die Arbeit das Leben selbst, glaube ich.« Er sprach langsamer als sonst und ohne die Leichtigkeit des Tons, die normalerweise den Ernst von allem, was er sagte, abmilderte. »Oder vielleicht manchmal eine Art Ersatz für mein Leben. Ich sehe mich in erster Linie als Wissenschaftler und dann erst als Mann. Deswegen denke ich... Nun ja, als ich dir von Jean und unserer Distanziertheit erzählt habe, war das der Grund, warum mir das so wichtig ist. Weil es mich frei macht für das, was für mich im Mittelpunkt steht.« Er sah mich scharf an. »Ich habe versucht, mein Leben bedeutsam zu machen, und ich glaube, das ist mir gelungen. Ich denke wahrhaftig, daß die Welt aufgrund meiner Arbeit ein besserer Ort ist.«

Ich lächelte. Warum? Weil das, was er gesagt hatte, überheblich, aber auch edelmütig war. An so schamlosen Edelmut war ich nicht gewöhnt. Daniel vermied ihn, ich nehme an, weil Edelmut in Verbindung mit Frömmigkeit eine tödliche Kombination ist.

Er sah das Lächeln. »Du hältst mich für vermessen«, sagte er. »Das bin ich nicht, ich versichere es dir.« Und er begann, mir sorgfältig die Anwendungen seiner Arbeit zu erklären, ihre Bedeutung bei verschiedenen Behandlungen. Das ließ mich an die Nacht denken, als er mir in der Lyam Street seine Arbeit erläutert hatte, und an mein Gefühl, einen anderen Eli zu erleben. Die Person, die er werden würde, dachte ich. Der Eli, zu dem er sich entwickeln würde. Einmal nahm er seinen Füller heraus und zeichnete auf eine Serviette, wie Nervenzellen sich regenerierten und durch Stimulation wieder aktiv wurden. Die schwarze Tinte zerlief und kleckste auf dem weichen Papier.

In all dem lag keine Hast. Mir schien, daß weder er noch ich das Gespräch irgendwie lenkten. Es war eine angenehme und zwanglose Atmosphäre. Genauso hatte ich es mir erhofft. Jetzt wurde mir bewußt, daß ich eine physische Rastlosigkeit empfand, einen Drang, der nicht sexuell war, es aber werden könnte. Ich fühlte mich erregt – durch Elis Ernst, durch die erneute Betonung der Distanziertheit in seiner Ehe. Sogar durch die Art, wie er meinen Namen aussprach.

Und so schien irgend etwas unterbrochen zu werden, als er plötzlich sagte: »Hast du etwas dagegen, über Dana zu reden?«

Aber dann wurde mir klar, daß dies ebenfalls zu unserer Intimität gehörte. Natürlich hatte ich nichts dagegen. Mir fiel ein, daß ich anfangs angenommen hatte, wir würden genau darüber sprechen: über Dana, die Vergangenheit und wer wir damals waren.

»Nein«, sagte ich. »Es wäre mir sogar lieb.« Das wird unser Tempo verringern, dachte ich. Ja, laß uns langsamer vorgehen. Es darf nichts passieren. Nichts. »Der Gedanke ist wunderbar, jemanden zu haben, mit dem ich über sie sprechen kann. Nach all der Zeit.«

Für einen langen Moment sah er aus dem Fenster. Und dann hatte sein Gesicht einen Ausdruck, den ich nicht zu deuten wußte. Er sagte: »Hast du gewußt, daß Dana und ich ein Liebespaar waren?«

»Ja, das hat Dana mir erzählt.«

»Tatsächlich?« Einen Augenblick lang schien er überrascht. »Na ja, sie hat jedem alles erzählt, nicht?« Er schüttelte nachsichtig den Kopf. »Sie war bei meinem kargen Sexualleben damals die zweite Frau, mit der ich geschlafen hatte. Ich war schrecklich in sie verliebt.«

»*Das* habe ich nicht gewußt.«

»Nein, das wußte keiner. Auch Dana nicht, seltsamerweise.«

»Du hast es also einfach… für dich behalten? Verschwiegen?«

»Nein, ich habe versucht, es ihr zu sagen. Ich habe es ihr gesagt. Das ist das *Seltsame*. In gewisser Weise hat sie mich nicht gehört. Sie wollte mich nicht hören. Du weißt, in mancher Hinsicht war sie ein sehr starker Mensch. Sie wollte, daß wir Freunde wären, nur Freunde. So sah sie uns, und sie bestimmte die Spielregeln. Sie war diejenige, die mich ins Haus brachte, wußtest du das?« Seine Hände umfaßten das niedrige Glas, und schoben es ein paar Zentimeter auf der Tischplatte vor und zurück.

Ich schüttelte den Kopf.

»Ja.« Er nickte. »Und zuerst dachte ich naiverweise, das sei ein Angebot.« Er lächelte sein selbstironisches Lächeln.

»War das, nachdem ihr miteinander geschlafen hattet, oder vorher? Wann genau wart ihr ein Liebespaar?«

Er lachte, und ich konnte spüren, wie mein Gesicht als Reaktion darauf heiterer wurde. »Ja, laß dir meine Geschichte erzählen. Meine komplizierte Geschichte.«

Er trank aus seinem Glas und stellte es wieder ab. Er hatte Dana im Peabody Museum kennengelernt. In dieser Phase seines Lebens fühlte er sich gesellschaftlich so unwohl, daß er regelmäßig dort aß, um zu vermeiden, mit Kollegen aus dem Labor oder von der Fakultät essen zu müssen. Eines Tages war Dana dort, eine schöne, große Frau mit dichtem, blondem Haar, das ihr weit über die Schultern fiel. Sie war allein und malte Tiere, irgendwelche seltsamen Skelettstrukturen. »Die *Plumploris*«, sagte er mit eigenartigem Nachdruck. »Das *Opossum*.«

Ich lächelte wieder, warum, wußte ich nicht so recht.

Sie sah, daß er sie beobachtete. Sie winkte ihm zu. Er winkte zurück, ein langsames Krümmen der gespreizten Finger. Ein oder zwei Tage später war sie wieder da, und diesmal kam sie zu ihm, und sie unterhielten sich. »*Sie* sprach mich an«, sagte er. »Ich war überwältigt.« Sie sagte, wenn er oft zum Lunch käme, würde sie ihn wiedersehen, denn das sei die Zeit, zu der sie gewöhnlich ebenfalls käme. Sie trafen sich einmal, zweimal. In der folgenden Woche hatte sie ihn ins Haus eingeladen, und sie hatten in ihrem Zimmer miteinander geschlafen.

Er hielt inne und beobachtete wieder seine Hände, die das Glas bewegten. »Ich weiß nicht, ob sie sehr an ihrer eigenen Lust interessiert war. Meine spätere Erfahrung sagt mir, daß sie es vielleicht nicht war.« Er sah zu mir auf. »Aber sie liebte es, Lust zu schenken, auf Arten, die für mich damals... sehr überraschend waren.« Er grinste. »Auch heute noch, wenn ich zurückdenke. Sie war sehr erfahren, und sie *wollte* einen zum Staunen bringen, glaube ich. Sie wollte alles tun, jedesmal. Sich und mich ganz verbrauchen. Für einen Menschen wie mich...« Er hob die Hände. »Ich hatte nicht gewußt, daß solche Gefühle existierten. Ich konnte nicht mehr arbeiten, es war...« Er schüttelte den Kopf. »Ich war wie besessen. Ich war tatsächlich vorübergehend geistesgestört.« Er lächelte traurig.

Einige Wochen lang trafen sie sich täglich, sagte er, manchmal mehrmals am Tag. Einmal kam sie nachts ins Labor, und sie liebten sich auf einer Arbeitsplatte und dann, nachdem sie im Korridor jemanden gehört hatten, in einem Wandschrank. Sie trieben es vollständig bekleidet, Dana rittlings über ihm, auf einer Bank im Cambrigde Common.

»Und dann, puff!« Seine Hand machte eine Geste des Verschwindens. »Sie traf jemand anderen, und ich nehme an, daß sie mit ihm ungefähr dasselbe machte.« Sein Lächeln war ironisch. Seine Stimme sprach die Worte übertrieben deutlich aus. »Und mit mir war sie so ziemlich fertig.«

Und doch, sagte er, wollte sie noch immer, daß sie Freunde blieben, zusammen Kaffee tranken, redeten, manchmal zusammen ins Kino gingen. Jedesmal, wenn sie anrief, stiegen seine Hoffnungen. Und dann kam er sich dumm vor, bloßgestellt – aber auch irgendwie grob und im *Unrecht* –, weil er mehr erwartet hatte als ihre Liebenswürdigkeit oder ihre Gesellschaft. Ihre Einladung, ins Haus zu ziehen, war der letzte Strohhalm, sagte er. Nachdem er eingezogen war und gemerkt hatte, daß sich zwischen ihnen nichts ändern würde, hatten sie einen schrecklichen Streit.

Sie weinte hemmungslos. Sie reagierte erstaunt und zugleich mitfühlend. Wußte er denn nicht, daß sie mit Duncan zusammen war?

Nein, sagte er. Und er hätte es ohnehin nicht geglaubt. »Dieser selbstzufriedene Blödmann.«

Ich lachte, und er lächelte flüchtig zurück, als sei er in seinen Gedanken unterbrochen worden.

Der Streit habe eine ganze Weile gedauert. Er machte ihr Vorwürfe. Sie nannte ihn weiter Liebling, Schatz, umarmte ihn. Er mußte schließlich auch weinen. »Zum ersten Mal, seit ich ein Kind war.«

Danach kam sie gelegentlich in sein Zimmer, wenn er bedrückt wirkte. Ein- oder zweimal versuchte sie tatsächlich, ihn manuell oder oral zu befriedigen – als ob er, sagte er, nur physischen Druck empfände, den sie ohne großen Aufwand lindern könnte. Einmal hatte er es aus lauter Verzweiflung zugelassen. »Ich erinnere mich, wie ich auf sie heruntersah, auf ihren Kopf mit diesen herrlichen Haaren, die über meinen Beinen lagen, mich bedeckten, die Wellen schlugen, wenn sie sich bewegte, und dabei dachte: ›Wie kann sie das tun, wenn sie mich nicht liebt?‹«

Ich errötete vor Verlegenheit oder vielleicht Prüderie, weil ich die Szene so deutlich vor mir sah.

»Ich wußte einfach nicht, was ich mit meinen Gefühlen anfangen sollte, das war das Problem. Ich war so ein *Kind*. Ich wollte sie *heiraten,* so verliebt war ich. Wie auch immer, schließlich brachte ich sie zu dem Zugeständnis, daß wir in einem Jahr noch einmal darüber reden würden.

Sie sagte zu mir: ›Ein Jahr. Du wirst sehen, wenn das Jahr vorbei ist, wirst du eine wunderbare neue Frau haben.‹ Und danach brachte sie dauernd Frauen mit, die ich kennenlernen sollte. Und als du einzogst, wollte sie natürlich, daß ich mich in dich verliebe. Ich erinnere mich, wie sie in mein Zimmer kam und über dich redete. Ich tat so, als würde ich zuhören. Tat so, als würde ich sie ernst nehmen.« Er sah mich intensiv an. »Gott, wie ich mir wünsche, ich hätte es getan.«

Ich spürte, wie ich errötete. »Ja?«

»Natürlich.« Seine Hände bewegten sich auf dem Tisch nach vorn, als wolle er mich berühren. Und hielten dann inne. Er wandte den Blick wieder ab. Er holte tief Luft. »Es ist schwer, darüber zu reden.«

»Oh, ich weiß. Ich glaube, der einzige Mensch, mit dem ich je darüber gesprochen habe, war Daniel. Schon weil es so unmöglich ist, Dana zu erklären.«

Jetzt beobachtete er mich. Nachdenklich kniff er die Augen zusammen. »Scheint so, als ob wir dazu *bestimmt* waren, uns noch einmal zu treffen.«

Ich lachte. Ich war entzückt und nervös zugleich. »Vorsicht«, sagte ich fröhlich. »Du klingst wie ein religiöser Mensch.«

»Das möge Gott verhüten.« Er lächelte. »Oder sonst eine Wesenheit. Bitte.«

Jetzt zeigte er auf mein leeres Glas. »Willst du...?« Er ließ die Frage in der Luft hängen, als beinhalte sie viel mehr.

Ja, sagte ich, ich wolle.

Er hob die Hand, um den Kellner herbeizurufen, und gab Zeichen, er möge zwei weitere Drinks bringen. Dann lehnte er sich zurück und sah mich intensiv an. »Ich hatte damals den Eindruck – und auch jetzt noch –, wenn ich von meinen Gefühlen für Dana nicht so überwältigt gewesen wäre, dann hätte ich mich in dich verliebt. Ich erinnere mich, wie ich deine Großzügigkeit, deine ausgeprägte Moral bewundert habe, wirklich. Ich habe dich als Erwachsene betrachtet. Ich war so rigide, so... unflexibel in meinen eigenen Urteilen. So unreif, wirklich. Und du schienst mitfühlend und erwachsen.«

Ich gab einen leisen Protestlaut von mir.

»Nein, es ist mein Ernst, Jo. Und so sehr ändern sich die Menschen nicht. Im Innersten bleiben sie gleich. Ich fühlte das, ich fühlte mich mit dir vertraut als du mit Arthur Schluß gemacht hast.«

»Ihn eingeschläfert.«

»Ja, ihn eingeschläfert. Ich glaube, ich habe dir gesagt, daß ich das Gefühl einer seltsamen Bindung hatte.«

Der Kellner kam mit den Drinks und einer kleinen Schale Nüsse. Wir warteten, während er unsere leeren Gläser abräumte. Er sah die Zeichnung, die Eli auf seine Serviette gemacht hatte, und hielt inne. »Möchten Sie das behalten?« fragte er. Eli schüttelte den Kopf, und der Kellner knüllte die Serviette zusammen und legte sie auf sein Tablett.

Als er ging, beugte Eli sich wieder vor. »Deswegen war ich so froh, daß du angerufen hast«, sagte er. »Ich hatte schon befürchtet, du würdest es nicht tun. Aber ich beschloß, fatalistisch zu sein. Ich hätte nicht den ersten Schritt getan. Und dann wäre dies hier vielleicht nie geschehen.« Er hielt seine große Hand geöffnet in der Luft. All dies.

»Aber ich habe angerufen«, sagte ich. Meine Kehle war trocken.

»Ja, du hast.« Er lächelte sein herzliches Lächeln, bei dem seine Augen fast verschwanden. »Sollen wir über diese Nacht reden?« fragte er.

Ich war nicht sicher, was er eigentlich meinte, aber weil ich nur *ja, ja* dachte, sagte ich: »Ja.«

»Das war die letzte Nacht des Jahres.«

»Die Neujahrsnacht?«

»Nein, das Ende meiner Wartezeit.«

»Ach, mit Dana?«

»Ja, genau. Ich erinnerte sie eine Woche vorher daran.« Er lehnte sich zurück und sah kurz aus dem Fenster. Als sie mich verständnislos ansah, hätte ich wissen müssen, was geschehen würde. Sie erinnerte sich überhaupt nicht daran. Und als ich es ihr ins Gedächtnis rief, reagierte sie abschätzend: ›Ja, gut, wir werden reden. Was immer du willst.‹« Seine Stimme war hart geworden.

Mir dämmerte nur langsam, wovon er sprach. »Du hast sie also in dieser Nacht gesehen? In der Nacht, in der sie starb?«

»Ja. Dazu komme ich noch.«

Ich fragte mich, wieso das nicht früher ans Licht gekommen war. Warum hatte er es damals nicht der Polizei gesagt?

»Ich kam um die Zeit zurück, für die wir uns verabredet hatten. Es war niemand da. Ich schätze – nun ja, du warst bei der Arbeit, nicht?« Ich nickte. »Und Duncan auch, nehme ich an. Und John war da bereits ausgezogen.«

»Und Larry und Sara waren zusammen ins Kino gegangen«, ergänzte ich, ungeduldig geworden.

»Richtig«, sagte er. »Jedenfalls wartete ich in der Küche auf sie, ungefähr eine halbe Stunde. *Wir treffen uns um neun Uhr in der Küche –*

das hatten wir vereinbart. Ich bin sogar ein paarmal an den Treppenabsatz gegangen und habe gerufen. Ich wurde langsam wirklich sauer. Sauer auf Dana und auf mich selbst, weil ich so ein Verlierer war. Ich wußte nicht, was ich tun sollte, ich fühlte mich so hilflos, so ohnmächtig. Ich erinnere mich, daß ich meinen Mantel und meine Handschuhe wieder angezogen hatte und an der Hintertür stand, in Aufruhr, aber auch unentschlossen. Ich wollte irgend etwas *tun*, etwas werfen, etwas kaputtmachen. Egal. Auf einmal hatte ich die Vorstellung, sie sei oben, in ihrem Zimmer, und ignorierte mich. Also rannte ich nach oben und schlug an ihre Tür. Und sie war da. Sie ignorierte mich nicht absichtlich, sondern sie schlief, bei laufendem Radio. So unwichtig war ihr das alles.«

Sie sagte ihm, sie sei in einer Minute unten, und er ging in die Küche zurück, um zu warten. Er lief inzwischen wütend auf und ab. Dana ließ sich Zeit. Sie benutzte das Badezimmer – er konnte die Wasserspülung hören – und erschien endlich, verschlafen und barfuß, in der Küchentür.

In kalter Wut wandte er sich ihr zu – sehr kontrolliert, sagte er, aber unglaublich wütend.

Sie lächelte, versuchte, ihn zu besänftigen. Er empfand sie als herablassend, hatte das Gefühl, sie nehme ihn nicht ernst. Sie kam zu ihm und tätschelte seine Wange. Er stieß sie weg, stammelte eine Mischung aus Anschuldigungen und Liebesgeständnis, ja sogar einen Heiratsantrag. Bei alldem blieb Dana gelassen und verträumt. Als sei er ein kleiner Junge, den sie beliebig manipulieren könne.

Da habe er sich erinnert, wie sie ihm einen geblasen hatte, sagte er, an dieses Gefühl, von ihr dirigiert zu werden. Er merkte, daß sie auch jetzt nur versuchte, ihn zu beruhigen. Sie berührte ihn noch einmal, lächelnd. »Lächelnd«, sagte er, »während ich Folterqualen litt.« Er schlug sie, ins Gesicht. Er merkte gar nicht richtig, daß er das Messer ergriffen hatte, er wollte nur, daß sie aufhörte zu lächeln, aufhörte, *Schätzchen* und *Süßer* zu sagen, aufhörte, mit ihren Händen, ihrem Mund, ihrem Körper auf ihn einzuwirken. Ihm war nicht bewußt, was er getan hatte, bis aus der Stelle, wo er sie getroffen hatte, Blut floß.

Er beschrieb, wie sie die Stirn runzelte und plötzlich verblüfft war.

»Es war, als sei auch ihr nicht klar, was passiert war. Sie berührte sich.«
Seine Hand ahmte ihre Geste nach, seine große Hand, strich sich mit
Danas zögernder Zartheit über die Wange.

Sie sah ihre Hand an, ihre blutige Hand, sagte er, und dann wieder ihn. »Und sie sagte: ›O Eli‹«, in diesem schrecklich traurigen
und… enttäuschten Ton.« Dann war sie wieder auf ihn zugegangen,
und er hatte sie geschlagen, wieder und wieder, auf die Brüste und
auf den Brustkorb. Nur, damit sie endlich aufhörte.

Ich kann nicht sagen, was ich an diesem Punkt außer Entsetzen
empfand, aber Eli mußte auf meinem Gesicht auch Mitgefühl erkannt haben, und da er dachte, es gelte ihm anstelle von Danas schö-
nem, zerstochenem Körper, beugte er sich zu mir vor und schüttelte
den Kopf.

»Ich war einfach so verzweifelt. So… verletzt.«

Auf einmal lachte ich schrill auf, ohne es zu wollen.

Einerseits war es der Gebrauch des Wortes *verletzt* in bezug auf sich
selbst. Andererseits wurde mir meine eigene Fehleinschätzung, die
eigene Dummheit mit einemmal bewußt. Ich war wie ein Kind, das
lacht, wenn es einen Erwachsenen sieht, der Schmerzen leidet. Das
Lachen, das den Wunsch ausdrückt, alles Schreckliche könne ins Ko-
mische verkehrt werden, alles, was Angst auslöst, sei in Wirklichkeit
ein Scherz.

Eli sah verblüfft aus. Sogar gekränkt.

Und ich *entschuldigte mich*. »Tut mir leid«, sagte ich. »Tur mir leid.
Eine Art Hysterie, vermute ich.«

Da nickte er und schüttelte den Kopf. Sein Gesicht verzog sich
nach unten, als wirke eine Schwerkraft der Gefühle ein. Er sah plötzlich müde aus.

Wir saßen schweigend da. Ich war wie erstarrt und konnte es nicht
ertragen, ihn anzusehen.

»Und dann bist du einfach gegangen?« Meine Stimme krächzte,
als ich das fragte. Ich hatte nicht gemerkt, wie trocken meine Kehle
war. Das Entsetzen hatte sie ausgedörrt.

»Ich weiß, es sieht so aus, ja. Aber in Wirklichkeit ist *sie* gegangen.
Sie hatte diesen verblüfften Ausdruck im Gesicht, und sie ging aus
der Küche, sie ging hinaus, einfach so.« Seine Hand wischte sie weg.

Er schien tatsächlich für einen Moment verwirrt. »Und dann ging ich auch. Es war … es war, als hätten wir diesen schrecklichen Streit gehabt und wären dann beide einfach … aus dem Zimmer gegangen.«

»Aber du wußtest, daß du mit dem Messer auf sie eingestochen hattest!«

Er starrte mich einen Moment an, als sei er überrascht, weil ich etwas Wesentliches nicht begriffen hatte. »Schau, du mußt verstehen, was mit Menschen unter diesen Umständen passiert. In Wirklichkeit stand ich unter Schock. Ein Teil von mir begriff, daß sie verletzt war, ja. Und ein anderer Teil nicht. Das ist eine klassische Streßreaktion. Einerseits tat ich, was ich tun mußte: Ich ging wieder zur Arbeit, wusch mich, ließ die Handschuhe und den Mantel verschwinden. Und andererseits war ich von Trauer überwältigt, als die Polizei kam und es mir sagte. Er schüttelte den Kopf. »Ich war entsetzt.« Er sprach mit demselben leisen, zärtlichen Mitleid für diesen jüngeren Eli, das ich bei ihm schon einmal gehört hatte.

Nach langem Schweigen fand ich meine Stimme wieder. »Du hast den Mantel *verschwinden* lassen?«

Für einen Moment sah er erstaunt aus. »Ja. In einem Chemiegebäude war das nicht schwer.« Er räusperte sich. »Alle Arten von Abfall – toxische Stoffe, radioaktives Material – werden täglich routinemäßig und ohne Fragen von den Hausmeistern beseitigt.« Er teilte mir lediglich Fakten mit. »Ich hoffte nur, daß alles rechtzeitig verschwunden sein würde, falls die Polizei mich verdächtigen sollte, falls sie beispielsweise das Gebäude durchsuchten. Aber das schien unwahrscheinlich. Und dann konzentrierten sie sich sowieso auf Duncan, für eine Zeitlang jedenfalls.«

»Was für ein Glück für dich.«

Elis Gesicht veränderte sich rasch. Jetzt richtet er sich auf. »Du scheinst du denken, daß ich das leichtgenommen habe. Vielleicht hast du mich nicht verstanden. Dieses Geschehen hat mein Leben bestimmt. Ich habe Dana geliebt. Ich habe jahrelang um sie getrauert. Für den Rest meines Lebens habe ich mich bemüht, jemand zu sein, dessen Leben einen Sinn, einen Wert jenseits dieses Teils meiner Vergangenheit hat. Schau.« Er beugte sich über den Tisch. »Erinnerst du dich noch, wie wir damals darüber sprachen, das zu akzeptieren, was in der Vergangenheit passiert ist? Über das Bedürfnis, sich durch das zu definieren, was man täglich *tut*?«

Plötzlich sah ich uns vor mir, diese Diskussion in der Küche, der junge Eli und ich, naive, dumme Kinder, die Zwiebeln und Paprika schnitten und uns dabei stritten, während uns die Tränen über die Wangen liefen. Aber ich hatte noch etwas anderes in Erinnerung. Ich erinnerte mich, diese Ideen benutzt zu haben, um vor mir selbst den Schmerz zu entschuldigen, den ich den Menschen zugefügt hatte, die mir am nächsten standen.

Eli redet noch immer. »Und ich habe mein Leben so gelebt – mich *jeden Tag*« – hier schlug er zweimal leicht auf den Tisch – »seiner Nützlichkeit, seines Sinns vergewissert. Ich habe Danas Leben zerstört, ja. Ich kann es nicht rückgängig machen. Aber Tausenden, ja, Hunderttausenden anderer Menschenleben habe ich etwas gegeben.«

Ich war vollkommen unfähig gewesen, mich auf irgendeinen Gedanken, irgendeine Sache zu konzentrieren, die er mir sagte, als mir plötzlich ein klarer Gedanke kam. »Weiß Jean davon?« fragte ich abrupt. »Von Dana?«

Er schüttelte den Kopf. »Nein. Ich sah keine Notwendigkeit, ihr davon zu erzählen. Es hat absolut nichts damit zu tun, wer ich jetzt bin, mit dem Menschen, den sie geheiratet hat.«

Irgendwie war ich erleichtert.

Und dann noch verwirrter. »Warum hast du es dann mir erzählt?«

»Verstehst du das nicht?«

»Nein. Nein, ganz und gar nicht.«

»Weil du mich *kennst*, Jo. Du kennst mich jetzt und du hast mich damals gekannt. Weil du Dana gekannt hast. Weil du miterlebt hast, wie ich unter ihrem Tod gelitten habe. Weil es eine Gelegenheit ist, darüber mit jemandem zu sprechen, den ich als weise und mitfühlend erlebt habe. Weil ... Nun ja, wie ich schon sagte«, er ließ den Kopf sinken und lächelte fast schüchtern, »es schien beinahe Schicksal zu sein, daß du an diesem Punkt wieder in mein Leben getreten bist, weil du der *eine* Mensch sein konntest, dem ich die ganze Geschichte erzählen und ein für allemal hinter mich bringen konnte. Aufgrund dessen, was ich aus meinem Leben gemacht habe, nach dieser ... Episode.«

Obwohl es in dem Zusammenhang völlig unwichtig war, fiel mir seine merkwürdige Wortwahl auf: *hinter mich bringen*. Ich sah Eli vor mir, an dem Tag, an dem das Taxi mich wegbrachte, sah die schwarze Tür hinter ihm. Der Käse aus dem Kinderlied, der allein dastand.

»Und was erwartest du jetzt von mir? Was soll ich damit anfangen?« fragte ich nach einem Augenblick.

»Anfangen?«

»Ja.« Plötzlich war ich wütend. »Wie soll *ich* damit leben?«

»Na ja, ich rechne nicht damit, daß du mich der Polizei auslieferst.«

Beinahe hätte ich ihn angelächelt. Doch statt dessen fragte ich: »Warum nicht?«

Er lachte. Als hätte ich einen Witz gemacht. Und ignorierte die Frage. »Ich nehme an, man könnte sagen, daß ich eine Art Vergebung von dir brauche.« Sein Gesichtsausdruck veränderte sich. »Aber ich bin nicht einmal sicher, ob das stimmt. Ich habe mir schließlich selbst verziehen, und wie du einmal gesagt hast, scheint das der wichtigere Schritt zu sein. Nein, ich glaube, ich habe nur eine Übereinstimmung zwischen uns gespürt. Unsere Verbundenheit, wie man es im Sprachgebrauch des New Age nennen würde.«

»Ich verstehe.«

Jetzt sah er mich an. Vielleicht kam ihm zum ersten Mal der Gedanke, daß er möglicherweise einen Fehler gemacht hatte. Aber er mußte sich doch auch eine andere als die erwünschte Reaktion vorgestellt haben, als er über diese Begegnung nachgedacht hatte. In seinen Überlegungen mußte er mir eine Alternative eingeräumt haben – oder nicht?

Möglicherweise hatte er es doch nicht getan. Als er wieder sprach, war sein Verhalten jedenfalls verändert. Er beugte sich zu mir. Seine Hände lagen auf meiner Seite des Tisches. Jemand, der uns aus der Entfernung beobachtete, hätte gedacht, daß nun endlich der Moment gekommen sei, in dem er anfing, mich zu berühren. »Erinnerst du dich, daß du einmal zu mir gesagt hast, du hättest ein unverzeihliches Durcheinander aus deinem Leben gemacht?« Auf einmal war seine Stimme heiser vor Intimität und liebevoller Vernunft.

»Kann sein. Einmal hatte ich das Gefühl, das getan zu haben, ja.«

»Und das ist der Punkt, nicht? Die unverzeihlichen Dinge, die wir alle zu einem früheren oder späteren Zeitpunkt in unserem Leben tun. Wie Daniels Vorstellung von der Erbsünde – keiner von uns ist ohne Fehler. Und die einzige Möglichkeit, wie wir uns selbst verzeihen können, besteht darin, unser Leben neu zu definieren. Das habe ich versucht, Jo. Das habe ich getan. Ich kann aufrichtig das, was ich geleistet habe, gegen den Schaden abwägen, den ich angerichtet habe. Und ich kann sagen, daß das eine weit schwerer wiegt als das andere. Ich räume ein, daß es andere geben mag, die weniger Schaden angerichtet haben, aber auch bei weitem nicht soviel Gutes. Bei weitem nicht.«

»Aber das war doch eigentlich keine Buße, oder? Ich meine, du liebst deine Arbeit.«

»Ich sehe nicht, inwiefern das von Bedeutung ist, wirklich.«

Ich wollte gehen. Ich merkte, daß ich Angst vor ihm hatte. Nicht, daß ich gedacht hätte, er würde mir etwas antun. Aber ich hatte Angst vor seinem Bedürfnis, mich zu überzeugen. Es sah so aus, als würde er mich nicht eher gehen lassen, bis ihm das gelungen war.

Er beobachtete mich abwartend. Endlich sagte ich: »Ich glaube nicht, daß es genügt, daß du dir selbst verziehen hast.«

Er hob die Hand. »Wer denn dann? Ich kann ja kaum Dana bewegen, mir zu verzeihen.«

Dies vor allem, diese beinahe scherzhafte Beiläufigkeit, schockierte mich. »Ich weiß nicht«, sagte ich. Ich schob mich seitlich aus der Nische heraus, in der wir saßen. Ich hatte meinen Mantel bei mir behalten, als ich gekommen war, und war jetzt dankbar dafür. Ich nahm ihn auf. »Ich weiß nicht.«

Rasch durchquerte ich den Raum. Als ich die Tür erreicht hatte, drehte ich mich um und sah, daß er jetzt auch aufgestanden war und Geldscheine auf den Tisch legte. Sein Blick begegnete meinem, und ich verspürte grundlose Panik.

In der Halle ging ich auf die Glastüren zu, auf den Portier und die Menschen, die sich unter den warmen Lichtern des Vordachs bewegten. Aber beinahe gleichzeitig erkannte ich, daß dies eine Falle war. Ich würde dort stehen und auf mein Auto warten müssen. Genauso wie Eli.

Statt dessen ging ich also zu einer Gruppe von Leuten, die vor den

Aufzügen standen, und als eine der verspiegelten Türen sich öffnete, drängte ich mich mit den anderen hinein. Der Liftboy lächelte freundlich, als jeder seinen Platz einnahm und sein Stockwerk nannte. Irgend jemand sagte vier, und so sagte ich das auch. Als der Fahrstuhlführer die Türen öffnete, stieg ich zusammen mit der schwangeren Mutter und dem kleinen Mädchen aus. Ich ging ein paar Schritte hinter ihnen den Flur entlang. Dann blieb ich stehen. Sie gingen weiter, und ich kehrte zu der Tür neben den Aufzügen zurück, die ins Treppenhaus führte.

In dem Moment, als ich sie öffnete, war die plüschige, gedämpfte Welt des Hotellebens verschwunden. Der Boden bestand aus ungestrichenem Zement, das Treppengeländer aus Eisenrohren. Ein kaltes, fluoreszierendes Licht tauchte alles in ein hartes, eintöniges Grau. Ich stand neben der geschlossenen Tür und lauschte auf meinen Atem, auf das Pochen des Blutes in meinen Ohren und meiner Brust. Ich war allein.

Eine Weile blieb ich dort stehen − wie lange, weiß ich nicht genau −, und dann hörte ich jemanden hoch oben über mir das Treppenhaus betreten und dann schnelle, über den Zement kratzende Schuhe, die nach unten kamen. Ich betrat wieder den mit Teppichboden ausgelegten Gang des vierten Stocks und ging langsam hindurch, so als hätte ich ein Ziel. Elis Gesicht und seine ruhige, vernünftige Stimme verfolgten mich überallhin. Ich kam zu einer Sitzecke auf dem Gang und blieb dort stehen. Durch die Fenster blickte man auf die ausladenden Bäume im Park, auf die Lichter, die durch sie hindurch blinkten. Aus einem der Zimmer hinter mir kam ein Paar. Sie gingen an mir vorbei zum Aufzug und unterhielten sich leise.

Ein paar Minuten später folgte ich ihnen. Ich drückte auf den Knopf ABWÄRTS. An der Wand hinter mir war ein Spiegel. Ich sah blaß und abgespannt aus. Ich wandte den Blick ab. Als der Aufzug sich öffnete, trat ich ein.

Als ich beim Portier mein Auto abholte, wurde ich an meine Dummheit erinnert. Meine Begierde. Meine Eitelkeit. Was hatte ich vorhin zu ihm gesagt, als ich bei ihm das Ticket abholte? »Ich weiß nicht genau, wie lange ich bleiben werde − vielleicht über Nacht.«

»Es ist möglich, daß ich hier übernachte.« *Es ist möglich, daß ich heute nacht eine Affäre mit Eli Mayhew beginne.*

Seine fröhliche Unwissenheit war eine Zurechtweisung für mich: »Na, haben Sie sich entschlossen, doch nicht zu bleiben?«

»Mm«, sagte ich und trat in das gläserne Vestibül zurück, um auf den Wagen zu warten. Alle paar Sekunden schaute ich nervös in die Halle und hinaus auf den Gehsteig, hielt Ausschau nach Eli.

Ich fühlte mich unendlich erleichtert, als ich endlich allein im Auto saß und aus Boston hinausfuhr. Als ich später dann die stille, ländliche Gegend ringsum spürte, dauerte es eine ganze Weile, bis ich in vollem Umfang begriff, was passiert war. Irgendwann nach der Abzweigung nach Walden Pond verließ ich den Highway, fuhr auf eine dunkle Landstraße und parkte am Straßenrand. Kaum hatte ich den Motor abgestellt, brach ich auch schon in atemloses Weinen aus.

Ich weiß nicht, wie lange ich da saß. Mehrmals hörte ich zu weinen auf und begann wieder von neuem. Ich dachte an Dana, an das Geräusch meines Atems, der feucht aus ihrer Wange drang, wo Eli sie aufgeschlitzt hatte. Ich dachte an meine Blindheit, an die beschämende Eitelkeit, die mich heute nach Boston geführt, die mich ausgetrickst und mich bloßgestellt hatte. Ich dachte daran, wie Eli sich darauf verlassen hatte, daß ich ihm vergeben würde. Ich hatte einen bitteren Geschmack im Mund und war erschöpft. Wieder und wieder putzte ich mir die Nase, schwärzte ein Taschentuch nach dem anderen mit meiner Wimperntusche. Ich dachte an Elis falsche Worte – er habe sie *geschlagen,* hatte er gesagt: Lügner! Verdammter Lügner! Ich dachte daran, wie ich Dana gefunden hatte, die blutigen Fetzen von Stoff und Haut an den Rändern jeder Wunde, an die blutigen Sohlen ihrer weißen, nackten Füße. Ich dachte an das Gewicht ihres Körpers, als ich versucht hatte, sie zu tragen.

Ein Wagen bog in die Straße ein und kam langsam auf mich zu. Doch statt vorbeizufahren, hielt er hinter mir an; seine Scheinwerfer erhellten das Wageninnere und zeigten mir im Rückspiegel meine erschrockenen Augen. *Eli,* dachte ich und geriet in Panik. Ich hörte die Tür des anderen Wagens zuschlagen, hörte langsame, schwere Schritte auf Kies. Ich fummelte an meinem Schlüssel herum und versuchte, den Wagen anzulassen, das Lenkradschloß zu lösen, als jemand an mein Fenster klopfte. Mit einem scharfen Protestgeheul sprang der Motor an, und ich wollte den Gang einlegen, als der Mann sich zu mir beugte.

Es war nicht Eli. Es war ein junger Polizist, das weiße Gesicht nur Zentimeter von mir entfernt, schaute er mich durch die schmutzige Scheibe stirnrunzelnd an.

Daniel mußte den Wagen in den gefrorenen Furchen der Einfahrt gehört oder die Scheinwerfer auf den kahlen Bäumen und der Scheune gesehen haben, denn er kam an die Küchentür, um mich zu begrüßen, die Brille in einer Hand. Sein Gesicht zeigte Überraschung und Freude, als er zurücktrat, um mich einzulassen. »He, *dich* hatte ich heute gar nicht mehr erwartet. Was ist passiert?« Und dann sah er, daß ich geweint hatte, und kam auf mich zu. »Was ist los?«

Einen Moment lang stand ich ganz still. Ich war so froh, zu Hause zu sein, aber auch so beschämt. Mir war bewußt, daß das, was als nächstes kam, alles verändern würde. Dann sagte ich: »Nun ja, weißt du, Daniel, die Sache ist die. Ich bin nach Boston gefahren...« Ich holte Luft. »Der wirkliche Grund, warum ich nach Boston gefahren bin, war, daß ich Eli Mayhew treffen wollte.« Und ich sah, wie sein aufmerksamer, liebevoller Gesichtsausdruck sich schlagartig veränderte.

12

Ich habe zuvor gesagt, die Flucht aus meiner ersten Ehe sei eine singuläre Erfahrung in meinem Leben gewesen. Und ich habe gesagt, wie schwer es gewesen ist, mich in diesem Verhalten wiederzuerkennen, weil diese Reaktion mir so fremd war.

Aber genaugenommen stimmt das nicht. Als kleines Mädchen war ich bereits einmal weggelaufen, mit acht oder neun Jahren. Ich kam nicht weit, aber wenn Absicht Flügel verleihen würde, wäre ich in Florida gelandet, oder gar in Italien. Im Niemandsland. Doch wie es der Zufall wollte, machte ich einige Fehler und wurde schnell wieder eingefangen. Der größte Fehler war, daß ich die Cowboystiefel meines Bruders Fred stahl.

Ich hatte ihn immer um sie beneidet. Sie waren rot mit weißen, aufgenähten Applikationen – Mondsicheln und Sternen. Von dem Moment an, als er sie an Weihnachten ausgepackt hatte, hatte ich das Gefühl gehabt, wenn es auf der Welt Gerechtigkeit gäbe, dann hätte auch ich von diesen Stiefeln gewußt. Ich hätte sie mir selbst gewünscht. Sie würden mir gehören, nicht ihm. Jetzt, an diesem staubigen Sommernachmittag, schlich ich mich in Freds Zimmer und fand sie in seinem Wandschrank. Ich trug sie zur vorderen Veranda. Ich zog sie an und machte mich auf den Weg. Zur Straßenecke und dann nach links zu der Straße, die aus der Stadt führte, zu dem Ort, an dem alle Reisen, die ich je erlebt hatte, anfingen.

Die Stiefel schlotterten mir an den Füßen, während ich ging. Es war ein heißer Tag, und meine Füße waren feucht vor Schweiß. Nach einigen Häuserblocks hatte ich an beiden Fersen Blasen. Kurz darauf zog ich die Stiefel aus und ließ sie in dem hohen Gras liegen, das neben der Straße wuchs. Barfuß ging ich weiter, behindert durch Kiesel und Glasscherben. Ich hinkte und ich fühlte mich miserabel, als eine Nachbarin mich von ihrem Auto aus sah und anhielt. »Liebes«, rief sie, »du gehst in die falsche Richtung!«

Ich mußte ihr zustimmen. Es war tatsächlich so. Ich stieg in ihren Wagen und ließ mich von ihr nach Hause fahren. Doch kaum fuhr sie los, brach ich auch schon in Tränen aus – ich dachte an mein Versagen, meine barfüßige Schande. An die Ungeheuerlichkeit der Sünde, die Stiefel meines Bruders gestohlen zu haben. Ich hatte Angst, bestraft zu werden. Bis wir bei mir zu Hause ankamen, war ich in Tränen aufgelöst, so daß ich nur Mitgefühl für meine blutenden nackten Füße erntete, und dafür, daß ich mich – wie sie meinten – verirrt hatte.

Und was war der Auslöser dieser Flucht? Was war damals der Grund? Mein älterer Bruder hatte mir – mir schien, es seien nur ein paar Tage zuvor, aber es können auch Wochen oder sogar Monate gewesen sein – von der ersten Ehe meines Vaters erzählt. Ich weiß nicht, warum er gerade diesen Moment wählte, wahrscheinlich wollte er sich für eine Anmaßung meinerseits rächen. Irgendeine beiläufige Bemerkung, die einen Besitzanspruch auf die Geschichte unserer Eltern erhob. Irgend etwas, womit ich ihn gekränkt hatte. Jedenfalls erzählte er es mir. Es war eine grausame und harte Strafe für meine Dummheit, nicht eingeweiht zu sein – doch wie hätte ich es wissen sollen? Niemand hatte mir auch nur einen Hinweis darauf gegeben, daß unser Vater ein anderes Leben, eine vollständig andere Existenz gehabt hatte, bevor er unsere Mutter kennenlernte und bevor wir geboren wurden. Daß wir, wenn die Dinge so gewesen wären, wie er sie ursprünglich geplant hatte, überhaupt nie geboren worden wären; andere Kinder hätten in unserem Haus gelebt, mit einer anderen Mutter, mit anderen Regeln und anderen Vorstellungen davon, was im Leben wichtig war. Was man immer tun mußte und was man niemals tun durfte.

Dies erschütterte mein Verständnis des Universums, mein Gefühl – das wohl jedes Kind bis zu einem gewissen Alter hat, mein Leben sei geheiligt und vorherbestimmt: das einzig absolut notwendige Leben, das ich leben mußte.

Und nun hätte es mich plötzlich auch niemals geben können. Oder ich hätte eine andere sein können als die, die ich war.

Das, was der Eckpfeiler meiner Existenz gewesen war, schien plötzlich auf Treibsand gebaut zu sein. Das, was mir als selbstverständlich erschienen war, war bloß eine Laune der Natur. Es schien möglich, daß irgendwo da draußen ein völlig anderes Leben auf mich wartete. Natürlich dachte ich das nicht so bewußt. Ich *fühlte* es hauptsächlich – eine plötzlich gerechtfertigte Sehnsucht nach einem anderen Selbst. Ein besseres, irgendwie realeres Selbst. Mehr wie die Leben, über die ich in meinen Büchern las.

Als sich später herausstellte, daß die Stiefel verschwunden waren, wunderte meine Mutter sich rückblickend über Blasen an den Fersen eines barfüßigen Mädchens. Man gelangte zu einer neuen Interpretation, und ich wurde die Straße hinuntergeführt, um die Stiefel zu finden – vom Regen durchweicht und steif geworden, waren sie nun *ruiniert* –, und ich wurde bestraft.

Ich will meine Gefühle, zu Daniel heimzukommen, nicht trivialisieren, indem ich sie mit jener anderen Heimkehr vergleiche. Ganz im Gegenteil. Denn diese frühe Scham – erlebt, bevor ich wußte, daß Scham genauso vergänglich ist wie Lust – fühlte sich tief und dauerhaft an, ein Makel, den ich für immer tragen würde, eine Qual, zu der ich für immer und ewig verdammt war, eine endgültige Isolierung, die ich mir selbst zugezogen hatte, indem ich den falschen Weg eingeschlagen hatte, als ich verwirrt und verletzt war.

Auch jetzt wachte ich jeden Tag auf und fühlte etwas, das diesem qualvollen Schmerz aus meiner Kindheit sehr ähnlich war. Manchmal war Daniel nicht bei mir im Bett. Er war aufgestanden, weil er nicht schlafen konnte, und in das Zimmer eines der Mädchen gegangen. Oder hinaus in sein Arbeitszimmer. Dann manifestierte sich der Schmerz in seiner Abwesenheit, in meiner nächtlichen Einsamkeit. Manchmal war ich diejenige, die nachts umzog. Dann wachte ich auf, und das Licht kam aus der falschen Richtung oder das Bett schien falsch herum zu stehen. In den Sekunden, die ich in meiner Verwirrung brauchte, um mich zu orientieren, fiel mir auch wie ein drückendes Gewicht auf dem Herzen wieder ein, was ich getan hatte. Was ich zerstört hatte. Es war, als erwache ich aus einer Krankheit, einem langen Fieber, von dem ich nicht genesen konnte.

Mein Bruder hatte damals zu mir gesagt: »Ich werde nie wieder mit dir reden.« Natürlich glaubte ich ihm, und was schlimmer ist, ich glaubte, ich hätte es verdient. Daniel hätte das ebensogut sagen können, obwohl wir täglich miteinander sprachen, Informationen darüber austauschten, wohin wir gingen, um welche Zeit wir zurück sein würden. Und gelegentlich mehr. Tonlos pflegte er mir manchmal zu erzählen, er habe jemanden getroffen, den ich kannte, oder über etwas zu berichten, das er gesehen hatte, etwas das ihm zugestoßen war. Kurze Sätze, die früher einmal der Anfang eines langen Gesprächs voller Abschweifungen gewesen wären. Doch nun wurden sie so lustlos dargeboten, daß ich sie als reine Formalität verstand. Genauso, wie Daniel nicht aufhörte, *Guten Morgen* oder *Wie war dein Tag?* zu mir zu sagen – genauso, wie er sich zwang, auf diese Weise höflich zu mir zu sein, bot er mir auch höflich und pflichtbewußt kleine Happen an, die in ein richtiges Gespräch zu verwandeln keiner von uns die Energie besaß.

Doch gelegentlich wurde das Schweigen zwischen uns durch den abrupten Austausch von Dingen unterbrochen, die uns wirklich wichtig waren. Einem von uns entfuhren dann nur ein oder zwei Sätze, als könnten wir es nicht ertragen, sie länger für uns zu behalten. Als sei ein Gedanke zur Zeit alles, was wir äußern oder aufnehmen konnten. Diesem Aufschrei der Herzen gingen manchmal merkwürdig förmliche Einleitungen voraus: »*Daniel, laß mich dir nur sagen, daß ich es niemals soweit kommen lassen wollte.*« Und die rasche Antwort: »Ich bin sicher, daß das wahr ist.« »*Ich verlange, daß du ihn nie wiedersiehst.*« »Natürlich nicht.« Einmal, im Bett, als ich dachte, er sei schon lange eingeschlafen – kurz bevor er aufstand und sich anderswo schlafen legte –, sagte er plötzlich mit tiefer, rauher Stimme: »Ich weiß nicht, wie ich aufhören soll, daran zu denken.«

Es war das erste Mal, daß die Arbeit keinen Trost bot. Die Welt und meine Sorgen traten nicht in den Hintergrund, wenn ich mich zwischen den Tieren bewegte. Ich war noch immer ich selbst, die alles ruiniert hatte, auch dann noch, wenn ich sie berührte, wenn ich sie behandelte oder über sie nachdachte. Mein früheres Gefühl der Zufriedenheit wollte sich nicht einstellen. Ich konnte mich nicht erinnern, wann ich mich selbst oder irgend etwas in meinem Leben gemocht hatte. Schon meine Stimme machte mich krank, ihre spröde Trockenheit, die Art, wie ich mich bei bestimmten Wörtern räusperte. Ich haßte mein Bedürfnis, Klienten anzulächeln. Ich haßte den

Anblick meiner häßlichen Schuhe, die unter den Hosen meines Overalls sichtbar waren, die Art, wie meine Hände aussahen, wenn ich Gegenstände auf meinem Tisch zurechtrückte, die Art, wie mein Körper sich anfühlte, wenn ich mich durch die Praxis bewegte. Doch als Mary Ellen mir eines Tages im Flur diskret anbot, mich ein oder zwei Wochen zu vertreten, wenn ich etwas freie Zeit benötigen sollte, erkannte ich an meiner panischen Reaktion, wie sehr ich mich an die Arbeitsroutine in der Praxis klammerte.

Eine Woche war vergangen, seit ich Eli getroffen hatte. Dann zehn Tage. Die Welt erstarrte, und wir erstarrten in ihr. Das Futterhäuschen für die Vögel hing leer im Garten. Wir öffneten abends die Tür und ließen die Hunde laufen, statt mit ihnen spazierenzugehen. Niemand brachte die Energie auf, die Betten zu machen, in denen wir schliefen. Oder ein Feuer anzuzünden und die verfaulten Früchte oder vertrockneten Blumen oder den Abfall, der sich im Kühlschrank sammelte, wegzuwerfen. Ich hatte das Gefühl, das nur reine Willenskraft mich noch am Leben hielt. Jede Handlung geschah bewußt und kostete mich viel Kraft. Ich habe gesagt, daß ich mich einmal in meinem Leben *gehalten* fühlte. Jetzt hielt ich um des lieben Lebens willen an dem fest, was davon übrig war. Denn unter unseren leeren Wortwechseln breitete sich der tiefe Graben des Schweigens aus.

Natürlich hatten wir in der Nacht, als ich zurückkam, miteinander gesprochen. Doch schon konnte ich das kommende Schweigen in den langen vergifteten Pausen spüren, die länger wurden, je weiter die Nacht voranschritt. In gewisser Weise erahnte ich den Verlauf der Dinge, als ich mit meinem Geständnis herausplatzte, aber ich konnte mich trotzdem nicht bremsen. Die Last dessen, was Eli mir aufgebürdet hatte, und die Macht der Emotionen waren so intensiv und heftig, daß ich nichts anderes mehr empfand. Doch noch während ich sprach, dachte ich: *Schau, dies ist, was du getan hast.*

»O Gott, Daniel«, hatte ich gesagt, als ich sah, wie jede Farbe aus seinem Gesicht wich, »laß uns irgendwo sitzen und einen Drink nehmen, dann erzähle ich dir die ganze Geschichte.« Zuerst glaubte ich, wenn er erst alles hörte, wenn ich ihm alles richtig erklärte, würde er verstehen, wie es gewesen war, welche Rolle *ich* darin spielte. Er würde, wie immer, so sehr *mit* mir sein, daß er fühlen konnte, wie ich gefühlt hatte, so daß er mir in meinem Schrecken, in meinem Entsetzen beistehen konnte. Und ich hoffte wohl auch, daß es einen Weg geben könnte, wie meine Worte nicht das bedeuten mußten, was sie zu bedeuten schienen.

Er war noch immer besorgt und liebevoll, als wir uns zusammen ins Wohnzimmer setzten, als ich zu sprechen begann und wieder in Tränen ausbrach. Um danach meine Erzählung über Eli und Dana und ihre längst vergangene Liebesaffäre zu beginnen.

Doch nachdem ich diesen Teil beendet hatte und sein Gesicht Mitgefühl und Entsetzen zeigte, als er mir zugestimmt hatte, daß Eli ein Mörder war, ein egozentrischer Mörder, der nicht einmal genau erklären konnte, was er getan hatte – nachdem dieses ganze Einverständnis und Mitgefühl vorbei waren, war er aufgestanden, hatte ein weiteres Scheit ins Feuer gelegt und sich aus dieser Entfernung umgedreht und mich gefragt: »Und was hat all das damit zu tun, daß du heimlich nach Boston gefahren bist, um ihn zu treffen?« Und ich begriff, daß die Geschichte sich für mich als ein Ganzes darstellte, für ihn aber aus zwei völlig getrennten Erzählungen mit verschiedenen Bedeutungen bestand.

Und wieder bemühte ich mich, die Geschichte meiner eigenen Vergangenheit als meinem Verführer heraufzubeschwören, zu erklären, wie mein Hingezogensein zustande kam. Ich versuchte, Eli zu meinem Verräter zu erklären und all das mit meinem Entsetzen darüber in Verbindung zu bringen, wie die Geschichte ausgegangen war. Ich wußte, daß diese Version strenggenommen falsch war. Aber ich war auch verzweifelt bemüht, Daniels Mitgefühl zu gewinnen, wollte verhindern, daß er fühlte, was er fühlen mußte. Ich sehnte mich verzweifelt danach, die Macht zu besitzen, die Dinge wieder in Ordnung zu bringen.

Während ich sprach, hatte er sich ans andere Ende des Sofas gesetzt. Ich betrachtete sein Profil, das ins Feuer schaute, sah, wie sein Gesicht sich verschloß, seine Lippen sich zu einer verbitterten Linie zusammenzogen. Endlich, es schien Minuten zu dauern, nachdem ich endlich still war, sagte er: »Du wirst mir verzeihen« – das waren seine Worte: *Du wirst mir verzeihen –*, »wenn ich mich nicht wirklich auf Eli und Dana konzentrieren kann. Ich weiß, das ist ein Teil von deinem Schock und Schmerz, aber...« Er schüttelte den Kopf, und seine Nüstern blähten sich leicht. »Verdammt noch mal, so fühle ich eben. Verdammt.«

Danach saßen wir lange schweigend da. Ich konnte ihm nicht antworten. Ich saß mit gebeugtem Kopf da und starrte ins Feuer. Daniel gebrauchte mir gegenüber sonst nie solche Ausdrücke, und ich empfand die Worte wie Schläge.

Endlich sagte er, ohne mich anzusehen: »Sei ehrlich, Jo. Tu mir den Gefallen. Sei wenigstens ehrlich, warum du dich mit ihm getroffen hast.«

Es war, als befände ich mich mitten in einem Alptraum, einem Alptraum, in dem ich keine Worte hatte. Ich machte den Mund auf, und keine Worte kamen heraus. Gleichzeitig konnte ich nicht glauben, daß es nicht möglich sein sollte, mich ihm verständlich zu machen.

Ich begann wieder von vorn. Es ist möglich, daß ich dieselben Worte benutzte, denn mein Gehirn weigerte sich, neue zu finden. Ich weinte erneut, aber plötzlich fühlte es sich wie Selbstmitleid an, und ich wollte aufhören.

Daniel sah mich an, als kenne er mich nicht. Er stand auf und durchquerte den Raum. Er hob den Wandschirm an und stellte ihn vor das Feuer und sagte, mit dem Rücken zu mir: »Du hast ihn getroffen, um mit ihm zu bumsen. Du hast ihn getroffen, um ihn zu ficken und unsere Ehe zu zerstören.«

Als ich nicht antwortete, verließ er das Zimmer. Ich hörte, wie er in unser Schlafzimmer ging, und dann wieder ins Wohnzimmer kam. Er trug ein paar Kleidungsstücke und seine Brille. Ohne ein weiteres Wort zu sagen, ging er die schmale Treppe in den ersten Stock hinauf.

Während der folgenden langen Tage beneidete ich Daniel manchmal um das, was ich für die Einfachheit seines Schmerzes hielt. Er war so gut wie betrogen worden. Ich war bereit gewesen, mit jemand anderem zu schlafen, und es war nur einem erstaunlichen Zufall zu verdanken, daß ich es nicht getan hatte. (Obwohl es mir gelegentlich, wenn ich die Dinge im Geist umschrieb, schien, als hätte ich es selbstverständlich nicht zu Ende geführt, hätte selbstverständlich vorher aufgehört.)

Für mich war der Kummer mit Schuldgefühlen durchsetzt. Ich war schließlich die Betrügerin, und mit schmerzhafter Selbsterkenntnis empfand ich das als etwas *Vertrautes* an mir. Ich hatte gedacht, es sei etwas Neues. Eine echte Neuigkeit. Etwas Neues und Erstaunliches, das ich über mich lernte. Es hatte mich sogar gereizt: Ich könnte fähig sein, jemanden zu betrügen.

Und jetzt vermischte sich alles mit Danas Tod, mit jener Zeit in meinem Leben, in der ich alle verraten hatte – meinen Mann, meine Mutter, meine Vergangenheit. Als ich sogar Dana verraten hatte – ich erinnerte mich genau an dieses Gefühl –, weil ich weiterlebte, als sie starb.

Also nichts Neues. Keine Neuigkeit. Oder besser: eine abgestandene, traurige Neuigkeit.

Und natürlich bedrückte mich Tag um Tag außer dem Gefühl, Menschen, die mich liebten, verletzt zu haben, auch das Wissen, daß ich entscheiden mußte, was ich wegen Eli unternehmen würde. Wegen dem, was er mir über Danas Tod erzählt hatte.

In meinem Kopf verschmolzen beide Teile der Geschichte, sie wurden gleichbedeutend, Elis Mord an Dana und meine beiläufige, schäbige Zerstörung all dessen, was ich in meinem Leben als gut bezeichnet hätte. In dieser Stimmung mußte ich mich mit aller Kraft immer wieder davon überzeugen, daß mein Vergehen sich von dem unterschied, was Eli getan hatte. Der Gedanke, daß ich moralisch höher stand, daß ich Elis Anklägerin sein sollte, kam mir lächerlich vor.

Doch zu anderen Zeiten schien mir, wenn ich zur Polizei ginge und Eli anschuldigte, würde uns das beiden Erleichterung bringen. Es wäre, als würde ich auch mich anklagen. Ich stellte mir vor, daß ich ein volles Geständnis ablegen würde. Wie ich an diese Information gekommen war, dies preiszugeben würde meine Strafe für das sein, was ich getan hatte. Was hatte er noch gesagt? Keiner von uns ist ohne Makel. Ja, sagte mein Herz, das stimmt.

Und dann schien es, als müsse ich Eli vergeben, um selbst Vergebung zu finden. Aber, sagte ich mir dann, diese Macht, dieses Recht hatte ich nicht. Zu verzeihen oder Verzeihung zu erlangen. Es war schließlich Daniel, dessen Verzeihung ich brauchte. Und Eli brauchte nicht meine Verzeihung, sondern Danas, oder die ihrer Familie. Oder die der Gesellschaft.

Die Tage schleppten sich dahin. Ich pflegte nachts aufzuwachen und durch das kalte Haus zu wandern in dem Bemühen, eine Lösung zu finden, und es gelang mir nicht, weil in meinem Kopf alles miteinander vermischt war. Es schien keine Lösung und keine Rettung zu geben, die nicht nach Eigeninteresse und Selbstrechtfertigung schmeckte.

Und dann fand ich sogar meine stetige Selbsterforschung abstoßend. Die erschien mir wie ein weiterer egozentrischer Auswuchs, eine unerträgliche Beschäftigung mit mir selbst. Mit meinem Selbst, das ich manchmal nicht ertragen zu können glaubte.

Und zu allem anderen kam der Schock, Danas Tod in neuem Licht sehen zu müssen. Ich konnte von Daniel keine Hilfe erwarten, obwohl ich mir sie so sehr wünschte. Ich brauchte sie.

Wie üblich, wenn uns Verlust droht, verliebte ich mich neu in ihn, in den zärtlichen Ton seiner Stimme, wenn er morgens mit einem der Hunde sprach, in das weiße Oval seines Gesichts, das sich mir zuwandte, als sei ich jemand anderer, oder eine andere Version meiner selbst. In die geheimnisvolle Intimität seines Ausdrucks, wenn er am Telefon sanft über den Kummer anderer Menschen sprach, in seine langen, schmalen Füße und die zierliche Biegung seiner Zehenknochen, wenn er barfuß die Treppe herunterkam. Ich wollte all das wiederhaben. Ich wollte ihn wiederhaben.

Einmal kam Daniel nachts in die Küche gestolpert, als ich dort saß, und als er das Licht anschaltete, fuhr er zusammen, als er mich sah. So standen wir da und blinzelten einander in dem grellen Licht an. Jeder von uns hatte eine Hand in Richtung des anderen erhoben. Mehr als alles andere sehnte ich mich danach, zu ihm gehen, ihn zu berühren. Als ich später an diesen Moment dachte, sah ich uns als Schauspieler, die auf der Bühne Sehnsucht vor einer Kulisse von schwarzen Fenstern, einem Tisch und eckigen Stühlen ausdrücken. Wir waren die Hauptfiguren, die rechts und links auf der Bühne stehen und mitten im Akt des Aufeinanderzugehens erstarrt sind. Einen Moment lang schien es, als mache er eine Geste in meine Richtung oder gestatte mir, zu ihm zu gehen. Es sah so aus, aber er tat es nicht. Sein Körper erschlaffte, seine Hand fiel herunter. Er lächelte, ein ironisches Lächeln, ein trauriges Lächeln. »Es ist überhaupt nicht lustig, nicht?« sagte er.

Während dieser Wochen hielten wir uns voneinander fern, wann immer wir konnten. Für Daniel war es einfach. Er konnte seine Arbeitszeiten beliebig ausdehnen. Statt vor einem abendlichen Termin zum Essen nach Hause zu kommen, ging er mit Morty oder dem Vorsitzenden des Renovierungskomitees oder dem Kirchenmusikdirektor in ein Restaurant. Die Termine nahmen zu – ich kannte seine Strategie. Er delegierte nichts, er nahm an allem teil. Und die Kirche mit dem Kopf einer Hydra und vielen Mündern war nur zu begierig, ihn zu verschlingen. Er war kaum zu Hause.

Da mir schien, ich könne mit niemandem darüber sprechen, was ich getan hatte und was mir anvertraut wurde, hatte ich weniger Möglichkeiten. Daniels Abwesenheit erleichterte es mir. Aber wenn er zu Hause in seinem Arbeitszimmer war, ging ich fast immer fort. Und selbst wenn er nicht da war, ging ich manchmal aus, um vor dem leeren Haus zu fliehen. Ich fuhr ziellos über Landstraßen, durch die toten Altstädte und durch teure, renovierte Wohnviertel. Ich parkte vor Farmen, die noch bewirtschaftet wurden, und beobachtete die Kühe. Ich saß stundenlang neben Feldern, die brachlagen und auf denen Wacholder und Kiefern wuchsen, mit dünnen Ahornschößlingen und Tollkirschen durchsetzt. Ich besuchte unzählige kleine Cafés mit quadratischen Resopaltischen, auf denen Ketchupflaschen und Senfdosen wie zur Dekoration standen. Ich kannte bald alle Damentoiletten, die auf meinem Weg lagen – im Keller alter Rathäuser, im hölzernen Anbau von Tankstellen. Ich ging nach der Arbeit nach Hause und fuhr spätnachmittags wieder los – die Nachmittage wurden länger, und ich beobachtete die Dämmerung. Nach Einbruch der Dunkelheit kehrte ich in das verlassene Haus zurück. So würde ich mich fühlen, wenn Daniel sterben würde. Ich dachte: *Er ist tot für mich. Wir sind tot füreinander.*

Es war ein ereignisloser Samstag im Februar als ich auf Mary Ellens Vorschlag hin früher aus der Praxis ging. Sie würde bleiben, sagte sie, und sah mich besorgt an. Ich sähe aus, als könne ich ein bißchen Freizeit vertragen. Daniels Wagen stand in der Einfahrt, aber er war nicht im Haus. Vermutlich war er im Arbeitszimmer und schrieb an einer Predigt. Ich konnte die Stille im leeren Haus nicht ertragen und beschloß, zur Stadtbücherei zu gehen.

Die Bücherei war ein auffallender, achteckiger Ziegelbau aus dem späten neunzehnten Jahrhundert – einer von insgesamt zwei Ziegelbauten in der Stadt. Im anderen war das Postamt. Die Bücherei war vom letzten Nachfahren der Adams Familie gestiftet worden, dessen unfreundliches Porträt man hinter dem Hauptpult sah, wenn man in die Halle trat. Ich begrüßte die Bibliothekarin, eine steife, magere Frau mit schwarzgefärbten Haaren, die hier schon so lange war, wie wir in der Stadt wohnten, und ging zu den Sachbüchern. Ziellos schlenderte ich eine Weile umher, zog hier und da ein Buch heraus und tat so, als würde ich lesen. Ein Bericht über das Ebola-Virus fesselte mich für kurze Zeit.

Nachdem ich ihn wieder weggestellt hatte, fiel mir ein, daß ich den Computer benutzen könnte, um einen Artikel zu finden, den Mary Ellen erwähnt hatte. Es war eine Untersuchung über die stetig wachsende Zahl von Frauen in der Veterinärmedizin.

Der Computerraum befand sich in einer Ecke des Lesesaals. Insgesamt gab es sechs Geräte, die alle von einer anonymen Person gestiftet waren, die auch dafür gesorgt hatte, daß die örtliche Grundschule einen Internetanschluß bekam. Ich rief meinen Artikel auf, und las ihn mit mäßigem Interesse.

Plötzlich kam mir der Gedanke, wie weit ich wohl zurückgehen konnte?

Wie sich herausstellte, genau dahin, wo ich hin wollte. Es war ein Schock, Danas Foto zu sehen. Es war eine Aufnahme von der Abschlußfeier der High-School, ihr Haar war sorgfältig an den Spitzen nach außen gerollt, der Lippenstift dunkel, ihr Gesicht kindlich rund. Die Zeitungsberichte deckten sich mit meinen Erinnerungen, aber sie waren zahlreicher, als ich gedacht hatte. Dieser Mord in einem Mittelklasse- oder Arbeiterviertel hatte große Wellen geschlagen und die Leute verängstigt. Was man zwischen den Zeilen lesen konnte, waren Versuche, den Mord zu erklären. Der Leser sollte durch die detaillierte Beschreibung unseres ungewöhnlichen Lebensstils beruhigt werden. Das kann Ihnen nicht passieren, sagten die Artikel, weil Sie nachts Ihre Türen verschließen, weil Sie Ihrem Mann treu sind, weil Sie die traditionellen Familienwerte bestärken, weil Sie einem vernünftigen Beruf nachgehen. Es gab auch ein Foto von unserer ganzen Gruppe – als wir das Polizeirevier verließen? Ich konnte es nicht genau erkennen. Ich hatte die Hände leicht angehoben – sie sahen aus wie große Fäustlinge –, und mein Gesicht war teilweise von meinen Haaren verdeckt. Larry ging neben mir und sah aggressiv und wütend aus. Sarah schaute direkt in die Kamera, ihre Brillengläser spiegelten das Licht wider, ihr Mund war leicht geöffnet, ihr Gesichtsausdruck dümmlich. Eli, Duncan und John waren nur Gestalten hinter uns, Jungs mit zu langen, ungepflegten Haaren.

Ich hob den Blick, um sie nicht mehr zu sehen. Und sah Eli, den erwachsenen Eli, der im Lesesaal stand. Er wirkte mit seiner Unbefangenheit und Selbstsicherheit wie eine Bibliotheksaufsicht. Er trug einen Parka. Der lange, teure Schal war um seinen Hals geschlungen. Zwischen uns tanzten Sonnenstrahlen durch die Fenster. Die Helligkeit, durch die ich hindurchsehen mußte, schuf ein merkwürdiges Gefühl von Distanz und Unwirklichkeit.

Jetzt lächelte Eli und sprach mit jemandem. Dann trat Jean in mein Blickfeld und stellte sich neben ihn. Zusammen sahen sie sich mit Besitzermiene im Raum um, und dann wandten sie sich gleichzeitig dem Ausgang zu.

Dabei sahen sie mich. Jean war bereits aus meinem Blickfeld verschwunden, aber Eli blieb direkt hinter der Tür stehen. Einen Moment lang schien es, als werde er zu mir kommen, um etwas zu sagen. Meine Beine versteiften sich unwillkürlich, um aufzustehen, mein Stuhl rutschte mit einem quietschenden Geräusch nach hinten, das die anderen Benutzer des Computerraumes gereizt aufblicken ließ.

Und dann überlegte Eli es sich anders. Er hob nur grüßend die Hand und lächelte mich verlegen an, so als teilten wir ein peinliches Geheimnis – dann war er fort. Vielleicht um sich andere Häuser in der Stadt anzusehen, von denen er als Steuerzahler einen Teil besaß.

Ich setzte mich wieder hin, ich war angespannt und dann, in einem fast greifbaren Aufwallen von Gefühlen, packte mich die Wut. Seine Existenz – seine Vitalität, sein zur Schau getragener Wohlstand, seine erhobene Hand –, all das war eine Beleidigung für mich. Es schien unerträglich, daß er in derselben Welt existieren sollte wie ich. Ich konnte nur noch den Computer ausschalten, so zitterten meine Hände. Ich zog meinen Mantel an und ging nach draußen.

Es war mild an diesem Tag, die Straßen und der Parkplatz waren voller Pfützen, der Schnee auf Feldern und Rasenflächen graubraun und verkrustet. Überall hörte man es tropfen, und hier und da roch es nach Kiefern und Erde. Ich ging langsam nach Hause und versuchte, mich zu beruhigen. Mein Mantel flatterte in der milden Luft, und die Stiefel knirschten auf dem nassen Kiesbett am Straßenrand. Ein paar Autos fuhren an mir vorbei, und der Luftzug hob meinen Mantel und auch mein Haar.

Im Haus zog ich den Mantel aus. Ich ging ins Wohnzimmer und setzte mich hin. Es war still bis auf das stetige Surren des Luftbefeuchters – der, wie ich jetzt bemerkte, leer war. Ich trug den Wasserbehälter in die Küche, um ihn zu füllen. Die Öffnung fühlte sich glitschig an, als ich den Deckel abnahm, und so säuberte ich sie mit heißem Seifenwasser. Als ich den Behälter wieder eingesetzt und das Gerät eingeschaltet hatte, kam ich in die Küche zurück und schaute mich um. Überall sah ich die Zeichen unseres Kummers, unserer Achtlosigkeit gegenüber unserem gemeinsamen Leben. Das mußte aufhören, dachte ich, und zwar sofort.

Ich band eine Schürze um. Ich leerte die Geschirrspülmaschine und belud sie erneut mit den schmutzigen Tellern und Töpfen. Ich wischte die Arbeitsflächen und den Tisch ab. Ich schrubbte das Spülbecken und brachte den Müll nach draußen. Dann ging ich in unser Schlafzimmer und zog das Bett ab. Ich trug die Laken und schmutzigen Kleider in den Keller und startete eine Maschinenladung Wäsche. Als ich wieder nach oben kam, ging ich an der Reihe unserer Haken entlang und sammelte die Kleider ein, die wir in den letzten Wochen gedankenlos immer wieder angezogen hatten. Ich warf sie die Kellertreppe hinunter, und sie landeten mit ungelenk ausgestreckten Armen und Beinen. Ich sammelte die alten Zeitungen ein, die herumlagen, und steckte sie zum Recyceln in eine Tüte. Ich stapelte die vertrauten Bücher aufeinander. Ich sammelte die Bleistifte und Füller, Gläser und einzelne Teller ein. Plötzlich wurde mir über dem Rauschen von Wasser und dem Summen von Motoren mein eigener, keuchender, wütender Atem bewußt: Es war, als täte ich all das, um in meiner Welt niemanden zu verletzen und nichts zu zerschlagen.

Mir wurde klar, daß ich darüber reden mußte. Ich glaubte eine Lösung gefunden zu haben, aber ich war noch immer nicht sicher, ob es richtig war. Ich mußte mit Daniel reden.

Ohne mir Zeit zu lassen, meinen Entschluß zu überdenken, verließ ich das Haus und ging durch den nassen, geschmolzenen Schnee Richtung Scheune. Dort roch es nach Humus. Ich klopfte an Daniels Tür, und als habe er mich erwartet, rief seine Stimme, ohne zu zögern: »Komm herein.«

Ich öffnete die Tür und trat einen Schritt näher. Er hatte seine Brille abgenommen und hielt sie ein paar Zentimeter von seinem Gesicht entfernt.

»Ich muß mit dir reden, Daniel«, sagte ich.

Er machte eine zustimmende Bewegung und legte die Brille auf einen Notizblock, der mit seiner ordentlichen, vertikalen Schrift bedeckt war.

Ich zog die Tür hinter mir zu und ging zu dem Stuhl, der ihm gegenüberstand.

»Bitte, setz dich«, sagte er, als ich zögerte. Ich setzte mich. Der Raum schien dämmrig nach dem hellen Sonnenlicht draußen. Daniel arbeitete bei dem schwachen Licht, das durch die Fenster fiel.

»Ich glaube, ich weiß, was ich tun werde«, sagte ich.

Er rückte auf seinem Stuhl rasch etwas zur Seite, als wappne er sich.

»In bezug auf Eli«, sagte ich.

»Aha«, antwortete er. Ein kleines Lächeln umspielte seine Lippen und war dann verschwunden. Ich verstand es. Er hatte gedacht, ich wolle über etwas anderes sprechen, über uns, und er war belustigt, bitter belustigt, über seinen Irrtum.

»Ich habe das Gefühl, daß das der erste Schritt sein muß«, sagte ich entschuldigend.

Er zuckte mit den Achseln.

»Daniel«, sagte ich, »irgendwo muß ich anfangen.«

»Ja«, räumte er ein. Und nach einem Moment: »Nun, was hast du entschieden?«

»Mein Entschluß steht noch nicht fest. Ich brauche deinen Rat.« Sein Gesicht verhärtete sich. »Ich möchte dich um deine Meinung bitten.«

»Und was glaubst du, entschieden zu haben?«

»Ich möchte ihn anzeigen.«

Er machte eine Geste. Na und?

»Ich zögere noch, weil es sich für mich wie Rache oder Wut anfühlt. Und ich bin nicht sicher, daß ich das Recht dazu habe. Ich bin einfach unsicher, ob es richtig ist.«

»Warum solltest du nicht wütend sein? Er hat jemanden umgebracht, den du noch dazu sehr gern hattest.« Daniel sprach leidenschaftslos, der Pfarrer zu seinem Pfarrkind. Dieses eine Mal war ich für den Ton dankbar.

»Aber ich bin nicht sicher, daß das der einzige Grund für meine Wut ist.«

Er nickte. Sprich weiter, sagte sein Nicken.

»Er hat mich auch beschämt. Er hat meine Dummheit bloßgestellt. Er hat mich in Verlegenheit gebracht. Er hat Dinge zwischen uns ruiniert.«

»Jo. *Er* hat sie nicht ruiniert.«

»So empfinde ich aber, Daniel. So fühlt es sich für mich an. Ich weiß, daß ich schuld habe. Ich weiß das. Aber was mir Sorgen macht, ist, daß dieser Akt, ihn anzuzeigen, in gewisser Weise eine ... Ablenkung davon ist. Ein Weg, ihm die Schuld zu geben. Für alles.«

Daniel sah mich über seinen Schreibtisch hinweg lange an. Dann stand er auf und trat an sein Fenster. Im Sommer konnte man von dort aus nur Wald sehen. Doch jetzt sah man durch die Kiefern das Haus unserer Nachbarn – der fettärschigen Schweine. Der Arschlöcher.

Nach einem langen Schweigen wandte er sich wieder nach mir

um. Sein Gesicht war im Schatten, da das Licht von hinten kam. Seine Stimme klang trocken, aber sanft. Er sagte: »Weißt du, meine Meinung wird vielleicht auch durch die unterschiedlichsten Motive beeinflußt.«

Daran hatte ich nicht gedacht. Mir war nicht bewußt gewesen, was ich von ihm verlangte. Jedenfalls sagte ich jetzt: »Ja.« Und nach ein paar Sekunden: »Ja, aber ich vertraue deinem Urteil mehr als mir selbst.«

Er atmete einmal tief durch. Dann sagte er: »Danke.« Ich konnte seinen Ton nicht deuten.

»Ich kann mir nicht denken«, seine Stimme war rauh, und er räusperte sich, »ich kann mir nicht denken, daß es Rache ist, wenn man den Behörden die Wahrheit sagt. Die Rache liegt bei ihnen, wenn sie sie ausüben. Du setzt Eli nur diesen Prozessen aus, worin immer sie bestehen mögen. Du gibst nur dem Kaiser, was des Kaisers ist – dieses Verbrechen gegen Dana. Gegen uns alle. Und die Obrigkeit hat zu entscheiden, was getan werden muß.«

»Aber es wird sich wahrscheinlich auf vieles auswirken. Es wird lange dauern, wenn es eine Untersuchung und einen Prozeß gibt. Diese Entscheidung wird ihren Preis haben. Für mich. Für uns. Nicht nur für ihn.«

»Das ist das wenigste, Jo«, sagte er trocken.

»Aber was mir Sorgen macht, ist auch, daß ich das irgendwie als *meine* Buße, meinen Ausweg betrachte. Denn es wird schmerzhaft für mich sein. Und ein Teil von mir will das, diesen öffentlichen Schmerz. Aber es ist so unfair, weil es nichts mit dir zu tun hat, und du wirst hineingezogen werden. Es wird weite Kreise ziehen.«

»Darüber würde ich mir keine Sorgen machen.«

»Aber ich mache mir Sorgen, Daniel«, rief ich. Ich stand auf und hob die geöffneten Hände. »Ich möchte nicht, daß auch du verletzt wirst.«

»Das Schlimmste hast du schon getan.«

»Ach Daniel«, flehte ich. »Ich habe ja schließlich nicht mit ihm geschlafen.« Bittend ging ich auf ihn zu: »Es ist wirklich nichts passiert.«

Jetzt, da ich ihm näher war, konnte ich im Schatten sein Gesicht sehen. Er lächelte traurig. »Nein, das hast du nicht. Aber in was für eine seltsame Lage hast du mich gebracht, Jo. Mich tatsächlich darum zu bitten, dankbar zu sein, daß der Mann ein Mörder war. Dankbar zu sein, daß sich herausgestellt hat, daß er deine Freundin umgebracht hat. Denn das war doch nötig – oder nicht? –, damit du mir treu bliebst.«

Später kam Daniel herüber, um sich zum Abendessen ein Sandwich zu machen, obwohl ich angeboten hatte, etwas zu kochen – Hamburger oder Nudeln. Er sei mit seiner Predigt fast fertig, sagte er, und wolle noch ein bißchen daran arbeiten. Ich sah zu, wie er seinen Teller durch den Garten trug und die offene schwarze Scheunentür ihn verschluckte.

Ich dachte daran fortzugehen, eine weitere sinnlose Flucht, aber ich ging nicht. Statt dessen ging ich ins Wohnzimmer und saß dort eine Weile. Dann ging ich in die Küche, naschte von dem faden Hühnchen und dem Salat, den Daniel übriggelassen hatte. Ich hatte keinen Appetit, um mir selbst eine Mahlzeit herzurichten.

Es war inzwischen halb sechs, aber draußen war es immer noch nicht ganz dunkel, soviel länger waren die Tage jetzt. Ich bemerkte, daß das Licht des Geschirrspülers brannte – die Maschine, die ich am Nachmittag eingefüllt hatte. Also gut. Diese Arbeit würde ich zu Ende führen. Ich trat an die Maschine, um sie auszuräumen. Hinter mir hörte ich Daniel die Hintertür öffnen. Ich drehte mich um und sah zu, wie er hereinkam. Er stellte seinen Teller und sein Glas ab. Keiner von uns sagte etwas.

Ich ging wieder an die Arbeit, beugte mich über die Maschine, nahm einen Stapel Teller heraus, um sie wegzuräumen. Ich wußte, daß er das Zimmer nicht verlassen hatte – aus den Augenwinkeln sah ich, daß er am Tisch stand, die Hand nach einer Schale mit Obst und Gemüse ausgestreckt, die seit Tagen unberührt dort stand. Ich wußte nicht, was ich zu ihm sagen sollte, wie ich das Schweigen brechen sollte, das wuchs und wuchs.

Ich griff nach oben und hatte gerade die Schranktür geöffnet, um ein paar Teller wegzustellen, als ich ein lautes *Platsch!* hörte und dann fühlte, wie neben mir an der Wand etwas mit großer Wucht zerplatzte. Dann sah ich es: Kerne, Saft, Fruchtfleisch – eine Tomate.

Rote Tupfen sprenkelten meine Arme und Hände. Ich konnte nasse Flecken auf meinem Gesicht spüren.

Erstaunt drehte ich mich nach Daniel um, und er erwiderte meinen Blick, ebenfalls verblüfft, wie es schien, mit weit aufgerissenen Augen. Wir sahen einander ein paar Sekunden an. Er hob leicht die Schultern. »Sie war faul«, erklärte er und verließ den Raum.

Ich stand einen Moment lang benommen da, wußte nicht, was ich fühlen, was ich denken sollte. Endlich drehte ich den Hahn auf und ließ Wasser laufen, bis es warm wurde. Ich wusch mir Hände und Gesicht. Ich befeuchtete ein Geschirrtuch und tupfte damit Ärmel und Haare ab. Mein Herz pochte wie rasend. Wie mußte er ausgesehen haben – Daniel –, als er mich beobachtete, die Tomate nahm! Mit welch haßerfüllter Kraft mußte er sie geworfen haben!

Automatisch wischte ich die an der Wand herunterlaufenden Überreste der Tomate ab. Ich stellte mir Daniel auf einem staubigen Sportplatz als Pitcher vor. Ich sah wie er Schwung holte, ein Bein hob, die Zehen angezogen, ein leichter, eleganter Schritt und dann die wunderbare Kraft, mit der sein schlanker Körper den Wurf ausführte. In der Baseballmannschaft seines Colleges war er Pitcher gewesen und hatte kurz mit der Idee gespielt, Profi zu werden. Bis vor fünf oder sechs Jahren hatte er auch noch jedes Frühjahr für die Ortsliga geworfen.

Ich war verwundert, über das, was er getan hatte, und doch hatte es mich irgendwie berührt. Vor allem das, was er nicht getan hatte. Ich wußte, wenn er gewollt hätte, hätte er mich nicht verfehlt. Wenn er mich hätte treffen wollen, hätte er das sehr leicht tun können. Aber er hatte es nicht getan. Daran dachte ich, als ich die Wand säuberte. Er hatte sich entschieden, mich nicht zu verletzen.

13

Zwei Tage später, am Montag, fuhr ich bei leichtem Schneefall nach Cambridge. Ich fühlte mich beinahe glücklich, weil ich einfach etwas tat, ohne eine klare Vorstellung davon zu haben, was sich daraus ergeben könnte. Alles schien möglich, sogar die Idee – ich hatte mehrmals daran gedacht –, daß dies das war, was Eli eigentlich gewollt hatte, als er mir sein Geständnis machte: Alles sollte endlich ans Licht kommen. Auch eine Wiederaufnahme des Prozesses schien plötzlich möglich – ich hatte es Daniel gegenüber erwähnt –, ein kompliziertes Verfahren, das alle wieder an diese Zeit erinnern würde. Es machte mir nichts mehr aus. Ich verspürte eine seltsame Passivität. Ich würde dies tun, und was immer passierte, würde eben passieren. Ich konnte mich meinem nächsten Problem zuwenden, und das waren Daniel und ich. Ich fühlte jedoch, daß ich in dieser Sache nicht weiterkommen würde, bevor ich nicht angemessen auf Elis Geständnis reagiert haben würde.

Ich sagte Daniel nicht, daß heute der Tag war.

Ich weiß nicht genau, warum ich es ihm nicht sagte. Vielleicht, weil ich wußte, was er sagen würde? (»Oh, gut.« Und dann würde er sich leicht verletzt abwenden.) Weil das, was ich da tat, in gewisser Weise *privat* war? Weil ich, wie Sadie mir vorgeworfen hatte, eine schwer zu fassende Person war, von Natur aus geheimniskrämerisch? Ich bin nicht sicher. Ich saß in meinem Bademantel da und trank Kaffee. Ich sah zu, wie Daniel ging, nachdem er mir den kürzestmöglichen Abriß seines Tages gegeben hatte: »Ich habe einiges in der Kirche zu tun«, und ich sagte nichts.

Draußen ging er gebeugt und müde durch den Garten. Doch plötzlich änderte er seine Haltung – vielleicht war er einfach weit genug von mir entfernt –, und er blieb stehen. Sein Körper stellte sich aufrecht, er hob den Kopf, als wolle er den Himmel und den sanft fallenden Schnee in sich aufnehmen. Als er weiterging, wirkte er auf einmal größer und jünger. Ich war froh für ihn, froh über das, was ihm den Tag erhellt hatte, was immer es sein mochte. Und ich war froh, daß ich nichts gesagt hatte.

Der trockene, pulvrige Schnee wehte in zarten, gekräuselten Wellen über die Straße. Ich brauchte die Scheibenwischer nicht. Es war nach zehn, als ich losfuhr, die Stoßzeit war längst vorbei. Die Fahrt verlief problemlos und schnell. Zu schnell. Ich fühlte mich noch nicht bereit, als ich den Central Square erreichte. Ich parkte einen Block von dem großen steinernen Reviergebäude entfernt an einer Parkuhr und ging dann langsam zurück. Die Luft sirrte, wenn der Schnee die Gebäudemauern berührte.

Das Innere des Reviers war bis auf die hellen, fluoreszierenden Lichter unverändert. Ich fragte nach der Damentoilette und nach dem Leiter des zuständigen Morddezernats.

»In welcher Reihenfolge?« fragte er, und ich erwiderte sein Lächeln.

»A: Damentoilette. B: Morddezernat«, sagte ich.

Hinter dem Empfang unterhielten sich andere Beamte oder riefen ihren Kollegen, die das Gebäude betraten oder verließen, etwas zu. Ich hatte geglaubt aufzufallen, aber als der Beamte vom Empfang mir die Richtung wies, merkte ich, daß niemand von mir Notiz nahm. Was sollte eine Frau in mittleren Jahren aus einem der Vororte auch auffällig machen? Oder auch nur interessant?

Im oberen Stockwerk hatte sich einiges verändert. Die Damentoilette war so verändert, daß ich dachte, es sei gar nicht mehr dieselbe, in der ich vor all diesen Jahren gestanden und meinen blutigen Parka und meine Kleider über die Tür der Kabine der Polizistin gereicht hatte, die mir im Tausch dafür saubere Sachen gab. Und das Morddezernat war in einem bequemen, farbenfrohen Raum mit viel Holz untergebracht; die Beamten, die an den Computern arbeiteten, saßen auf modernen Drehstühlen. Als mir am Empfang jemand entgegenkam, nannte ich den Namen, den man mir unten gesagt hatte, und wartete, während der Beamte gerufen wurde.

Detective Ryan war vermutlich erst Ende Dreißig, doch als ich ihm durch den Raum hinter der Sperre folgte, bemerkte ich eine schüttere Stelle in den dunklen Locken.

»Ich glaube, ich habe einige neue Informationen über einen alten Fall, einen Mord, der hier untersucht wurde«, hatte ich gesagt, nachdem wir uns bekannt gemacht hatten. Er hatte ein weiches, teigiges Gesicht mit einer dicken Unterlippe. Er hatte sie als Reaktion auf meine Worte vorgeschoben und ein paarmal genickt. »Na gut«, hatte er gesagt. »Kommen Sie herein.«

Er führte mich in einen Raum, der für uns beide viel zu groß schien, ein rechteckiger Raum, der von einem riesigen ovalen Tisch und ungefähr fünfzehn Stühlen eingenommen wurde. Ich zog einen der Stühle heraus und wollte mich setzen.

»Kann ich Ihnen etwas anbieten?« fragte er. »Cola? Kaffee?«

»Nein«, sagte ich, »nein, vielen Dank.«

Er zuckte mit den Schultern und setzte sich ebenfalls. Er faltete die Hände vor sich auf der Tischplatte, die Daumen aneinandergelegt, und begann, leicht mit seinem Stuhl zu schaukeln. »Also, Mrs. Becker – es heißt doch Mrs.?« sagte er. »Wann ist dieser Mord passiert?«

»Doktor Becker. Ich bin Tierärztin.«

Wieder dieses abschätzige Nicken mit der vorgeschobenen Unterlippe.

»Aber bitte, sagen Sie Jo zu mir«, sagte ich. »Es war 1969. Es passierte 1969.«

»Und in welcher Verbindung stehen Sie dazu?« Seine Augen waren dunkel und feucht, so daß ich ihre Farbe nicht richtig erkennen konnte. Sie waren ständig in Bewegung, zu meinen Händen, zum Fenster, zu seinen eigenen Händen, wieder zu mir. Ich wehrte die Spannung ab, die langsam in mir hochstieg, und erzählte von Danas Tod, in welcher Verbindung ich zu ihr gestanden hatte und den Verlauf der Ermittlungen, die darauf gefolgt waren.

»Ich kenne diesen Fall nicht«, sagte er, als ich fertig war. »Aber es wird Beamte geben, die sich daran erinnern. Er wurde also am Ende als mißglückter Einbruch und Mord zu den Akten gelegt?«

»Mord ohne Einbruch«, sagte ich. »Es gab keinen Einbruch, weil nichts verschlossen war. Wir waren vertrauensvolle Seelen. Oder glaubten vertrauensvolle Seelen zu sein.« Unter seinem rätselhaften Blick zuckte ich mit den Schultern. »Das war damals so.«

Er nickte, wippte einen Moment, ließ seine Blicke schweifen, wartete auf mehr. »So«, sagte er, »bevor ich den Kasten hole, worin besteht Ihre neue Information?«

»Den Kasten?«

»Die Akte über den Fall. Bevor ich nachschlage.«

»Ach so. Nun, eigentlich handelt es sich um ein Geständnis. Von der Person, die es getan hat.«

Abrupt hörte er zu wippen auf und sah mich fest an.

Ich räusperte mich. »Ich habe ihn kürzlich wiedergetroffen ... Oder vielmehr: Einer der früheren Mitbewohner des Hauses, mit denen die Polizei damals gesprochen hat, ist kürzlich in meine Stadt gezogen – nach Adams Mills. Und wir haben uns wiedergesehen. Und dann, vor ein paar Wochen, hat er mir gesagt, daß er sie umgebracht hat. Er hat Dana umgebracht.«

Detective Ryan beugte sich vor, Ellbogen auf dem Tisch. Jetzt kratzte er sich am Ohr. »Tja«, sagte er. Die Neuigkeit schien seinen Stoffwechsel verlangsamt zu haben. »Nun, das ist ziemlich erstaunlich.«

»Ich weiß«, sagte ich.

»Wie genau ist es passiert?« fragte er. »Hat er Ihnen das erzählt?«

»Ich weiß, es klingt verrückt, es einfach so zu sagen. Ich war selbst mehr oder weniger sprachlos.«

»Er tauchte also eines Tages einfach auf und platzte damit heraus?« Er beobachtete mich jetzt sorgfältig, mit gespannter Aufmerksamkeit.

»Nun, all das zog sich natürlich länger hin. Ich bin Tierärztin. Er brachte mir seinen Hund zum Einschläfern, und wir stellten den Zusammenhang her – wer wir waren, woher wir uns kannten.« Ich merkte, daß ich nervös gestikulierte, hatte meine Hände nicht unter Kontrolle. »Wir trafen uns ein paarmal in gesellschaftlichem Rahmen, bei gegenseitigen Einladungen. Aber immer wieder kamen Hinweise auf jene Zeit und auf Dana zur Sprache.« Ich zuckte mit den Schultern. »Ich nehme an, das ist gar nicht so überraschend. Es war ein so traumatisches Ereignis, und wir waren beide so jung und davon gezeichnet. Aber er wollte sich auch allein mit mir treffen. Ich meine, für ihn schien da noch mehr zu sein. Und als wir uns das zweite Mal sahen, sagte er mir, daß er es getan, daß er sie umgebracht hat.«

»Einfach so?«

»Na ja, nein, natürlich nicht einfach so.« Ich lächelte töricht. Und unterdrückte dann das Lächeln. »Es war verbunden mit einer Art – Rechtfertigung seines anschließenden Lebens, könnte man wohl sagen. Er ist jetzt als Wissenschaftler in der Forschung tätig, ein herausragender und bekannter Mann. Und so hat er mir unter anderem auch gesagt, daß er es wiedergutgemacht hat. Er hat sein Leben so gelebt, daß er es – ausgeglichen hat.«

Detective Ryan lehnte sich zurück und begann wieder zu wippen. Seine Hände, erneut gefaltet, lagen jetzt auf seinem Bauch. Plötzlich runzelte er die Stirn. »*Wo* arbeitet er?« fragte er.

»Beth Israel. Ich weiß nicht, zu welcher Universität das gehört. Harvard vielleicht? Ich weiß es wirklich nicht.«

Nach einer Pause sagte er: »Hat er Ihnen sein Motiv erklärt?«

»Ja. Sie hatten ein Verhältnis – die Polizei wußte das damals. Er und Dana. Sie hatten eine Affäre, lange bevor er ins Haus gezogen war. Ich bin sicher, daß es in der Akte steht. Und Dana hatte ihn verlassen, sie hatte Schluß gemacht. Aber sie hatten vereinbart, nochmals darüber zu reden, und zwar in der Nacht, in der sie umgebracht wurde. Er... er war noch immer sehr in sie verliebt – das hat er mir gesagt – und... nun ja, sie hatte sogar diese Verabredung vergessen, und dann, als sie nach unten kam und er mit ihr reden wollte, da war sie... Nun ja, er beschrieb sie als herablassend. Abschätzig. Er war schrecklich aufgebracht und stach einfach auf sie ein.«

»Mit einem Küchenmesser.« Das hatte ich ihm vorher gesagt.

»Ja. Er nahm es einfach aus der Schublade, schätze ich. Sie standen zusammen in der Küche.«

Er schob die Unterlippe vor. Plötzlich nickte er einmal kurz, als wolle er sagen, ja, er verstehe. Er schaute zu mir auf. »Und wie haben Sie reagiert, als er Ihnen all das gesagt hat? Und wann war das, sagten Sie? Vor einer Woche?«

»Es ist jetzt drei Wochen her.«

»Und Sie haben gewartet, weil...?« Seine Daumen hoben sich aus den gefalteten Händen.

270

»Ich nehme an, ich stand unter einer Art Schock. Ich wußte nicht genau, was ich tun sollte. Es war so lange her. Und er ist jetzt *wirklich* ein anderer Mensch.«

»Sie haben ihm seine ... Rechtfertigung, wie Sie sagten, also mehr oder weniger abgekauft. Für eine Weile zumindest.«

»Nein, das war es nicht. Ich habe sie ihm nicht abgekauft, wie Sie sagen. Aber es war für mich schwierig, ihn anzuzeigen.«

»Sie verstanden sich gut.«

»Ja!« Ich war erleichtert. »Ja, ich mochte ihn, auch damals schon. Aber ich fühlte mich, als würde ich mir zuviel Macht anmaßen.«

Er nickte und wippte in seinem Stuhl. Es wäre der geeignete Moment gewesen, um von Elis Anziehungskraft zu sprechen. Ich hätte sagen können. »Also, es war mehr als Mögen – ich fühlte mich zu ihm hingezogen. Und ich dachte, es beruht auf Gegenseitigkeit.« Aber ich sagte nichts. Es war wie eine Tür, die sich öffnete und rasch wieder schloß. Und nachdem sie einmal geschlossen war, schien es unwichtig. Ich tat es nicht. Ich war froh, es nicht tun zu müssen.

Es war ein Fehler. Aber ich tat es nicht.

Er schüttelte den Kopf und lächelte. »Nun, so passiert das. Es ist immer wieder überraschend.«

»Was?«

»Menschen müssen reden. Am Ende reden sie darüber. Es ist erstaunlich, man sollte meinen, nach dreißig Jahren haben sie sich daran gewöhnt. Sie haben es vielleicht sogar vergessen. Aber es scheint, daß man früher oder später den Drang verspürt, es jemand anderen zu erzählen.« Ihn schien das zu freuen. »Aber in diesem Fall ist es eine lange Zeit. Eine *lange* Zeit.« Er schüttelte den Kopf.

Ich wollte irgendwie zu seinem Vergnügen beitragen. Es war seine erste Reaktion, die ich deuten konnte. »Nun, wir haben uns in alle Winde verstreut«, erklärte ich. »Jeder ging seinen eigenen Weg, und wir sahen uns nicht wieder. Bis jetzt. Also hat diese ... also hat eigentlich unsere Begegnung das Geständnis ausgelöst.«

»Ja«, sagte er. Plötzlich zeigte er mit dem Finger auf mich. Er wippte nicht mehr. »Haben Sie ihm gegenüber durchblicken lassen, was Sie tun würden, daß Sie hierherkommen würden?«

Ich schüttelte den Kopf. »Ich ... ich habe ihn *gefragt*, was er von mir erwartet. Ich schätze, ich habe ihm auch zu erkennen gegeben, wie unbehaglich es mir war, davon zu wissen. Aber ich habe nichts... ich habe nichts darüber gesagt, was ich tun würde.«

»Und wie genau sind Sie mit ihm verblieben?«

»Gar nicht. Ich bin einfach weggegangen.«

»Weggegangen von...«

»Aus dem Ritz. Wir hatten uns an der Bar im Ritz unterhalten.«

»Das Ritz.« Er spitzte die Lippen. »Das ist aber ziemlich weit von ihrem Wohnort entfernt.«

»Nun, er arbeitet in der Stadt. Und ich war für den Tag da.«

»Und seither haben Sie sich nicht mehr gesprochen.«

Ich schüttelte wieder den Kopf.

»Sie nehmen also an, daß er nicht weiß, daß Sie hierher gekommen sind.«

»Nein, obwohl er es sich in dem Moment denken wird, in dem Sie sich mit ihm in Verbindung setzen. Falls es das ist, was Sie tun werden. Nicht wahr?«

»Ja, ich denke schon.« Er nickte mehrmals. »Wir werden folgendes tun: Wir werden die Akte durchgehen und sehen, wie alles zusammenpaßt, und dann werden wir versuchen, mit ihm zu reden.«

»Wieso *versuchen*?«

»Nun, wir werden sehen. Vielleicht wird er ganz bereitwillig sein, vielleicht kommt er direkt hierher und sagt uns dasselbe, was er Ihnen gesagt hat. Vielleicht wird er aber auch einen Anwalt dabeihaben wollen. Vielleicht wird er es leugnen.« Er zog die Schultern hoch. »Und so weiter. Wir müssen sehen, wie alles zusammenwirkt.«

Irgendwie fühlte ich mich in dieses *Wir* einbezogen. »Meinen Sie... Werde ich gegen ihn aussagen müssen? In einem Prozeß?«

»Ich weiß nicht. Wir werden sehen, was wir haben, und es zum Staatsanwalt bringen. Wenn er es für ausreichend ansieht, wird die Staatsanwaltschaft ihn benachrichtigen. Aber zuerst müssen wir ein paar kleine Schritte unternehmen, und wir wollen nichts übereilen. Es gibt für ihn viele Möglichkeiten, darauf zu reagieren, und davon hängt vieles ab.« Er zuckte mit den Achseln. »An diesem Punkt kann ich Ihnen noch nicht mehr sagen.«

»Aber Sie werden der Sache *nachgehen*.«

»Aber ja, natürlich. Machen Sie sich *darüber* keine Sorgen. Die Sache nimmt jetzt ihren Lauf.«

»Werden Sie mich wissen lassen… werden Sie mich darüber informieren… was geschieht?«

»Wenn wir Ihnen etwas zu sagen haben, werden wir das tun. Sie können mich jederzeit anrufen. Wenn noch etwas auftaucht oder Sie sich an etwas erinnern, rufen Sie mich an.« Er war jetzt aufgestanden und nahm eine Karte aus der Brieftasche, die er in der Hosentasche hatte. Während er sie mir reichte, sagte er: »Und wenn er sich wieder meldet, Sie irgendwie bedroht oder erschreckt, rufen Sie an. Sofort.« Wieder zeigte er mit gekrümmtem Daumen wie mit einer Waffe auf mich.

Ich nickte und verspürte eine überwältigende Welle von Dankbarkeit und Erleichterung. Sie würden sich um mich kümmern. Sie würden sich um die Sache kümmern. Es lag jetzt in ihren Händen.

Auf dem Heimweg fuhr ich die Lyman Street hinunter. Ich verfuhr mich zweimal im Gewirr der Einbahnstraßen, aber das Haus hätte ich überall erkannt. Es war erstaunlich unverändert, obwohl die meisten anderen Häuser ringsum renoviert oder drastisch umgebaut worden waren. Mehrere davon waren in üppigen viktorianischen Farben gestrichen, drei oder vier Farbtöne pro Haus, und die Farbunterschiede unterstrichen Details der Schnitzerei oder Muster der Schindeln und der durchbrochenen Verkleidungen, die zu unserer Zeit verdeckt gewesen waren.

Unser Haus hatte noch immer den häßlichen Asphalt, wenn auch der Schimmel beseitigt worden war. Das Geländer der Veranda war herausgerissen und durch dünnes, zerbrechlich aussehendes Schmiedeeisen ersetzt worden. Inzwischen schneite es nicht mehr, aber der Schnee lag noch in dichten Wehen an den Grundmauern des Hauses sowie an Büschen und im klumpigen, unregelmäßig vereisten Stoppelgras des Vorgartens. Die Fenster im Erdgeschoß hatten keine Vorhänge – sie waren leer und schwarz. Doch im ersten Stock hingen noch die alten, schiefen und rissigen Rollos. Der Gedanke, daß dies einmal ein fröhlicher Ort der Wärme und Menschlichkeit gewesen war, schien lachhaft.

Als ich Daniel an diesem Abend erzählte, was ich getan hatte, beugte er den Nacken, als hätte ich ihm einen heftigen Schlag versetzt.

»Aha«, sagte er. Er saß mir im Wohnzimmer gegenüber, die Hände voller Briefumschläge. Er hatte angefangen, die Post durchzusehen. Ich war mir nicht sicher gewesen, ob und wann ich es ihm erzählen würde, aber wie er mir da mit seiner Post gegenübersaß, kam er mir plötzlich so distanziert vor, daß es mir wesentlich schien, mit allem, was mir auf dem Herzen lag, zu ihm durchzudringen. Und Elis Anzeige lag mir auf dem Herzen. Man hätte sogar sagen können, daß ich es als Waffe benutzte.

Daniel lehnte sich zurück und legte die Post wieder auf den Tisch. Er streckte die langen Beine in meine Richtung. Er trug nur alte braune Socken, die an Ferse und Fußballen abgetragen waren. Er hob die Hände ans Gesicht und rieb sich einen Moment fest mit den Daumen die Augen. »Und was passiert jetzt?« fragte er endlich und sah mich plötzlich direkt an. Seine Augen waren gerötet.

»Wie es scheint, können sie mir das nicht genau sagen. Sie werden neu ermitteln. Sie werden Eli verhören. Sie werden seine Aussage abwarten.«

»Aber dadurch wird alles wieder aufgerollt. Es wird einen Prozeß geben.«

»Könnte sein, ja.«

Seine Brust hob sich einmal kräftig und sank dann wieder.

»Daniel, ich bin *froh*. Ich bin froh, daß es getan ist.«

»Getan, Joey?« sagte er. Er schien leise zu lächeln. »Es fängt erst an.« Er sah mich einen Moment an und stand dann auf. Er ging ins Schlafzimmer.

Nach einer Minute folgte ich ihm. Ich stand in der Tür und beobachtete ihn. Er zog sich aus, ohne mich anzusehen. Endlich sagte ich: »Daniel, es wäre so oder so passiert, ob ich mich... zu Eli hingezogen gefühlt hätte oder nicht.«

Er sah zu mir auf. »Was? Was wäre passiert?«

»Ich wäre damit zur Polizei gegangen.«

Er schüttelte den Kopf. Sein Mund war eine angespannte Linie. »Du hättest nie davon erfahren, gar nichts, wenn du dich nicht zu ihm hingezogen gefühlt hättest. Dieses *Hingezogensein* – dein Wort, nicht meines – hat ihn eingeladen, hat ihn dazu eingeladen, dir das… anzuvertrauen.«

Er hatte jetzt all seine Kleider ausgezogen und sich mir zugewandt. Sein blasser, fast unbehaarter Körper war noch so schlank und sehnig wie in seiner Jugend, mit langen, deutlich gezeichneten Muskeln. Doch das Fleisch war schlaffer, und auch sein Penis hing schlaffer herunter. Manchmal, wenn ich ihn betrachtete, wurde ich an ältere männliche Tiere – Löwen, Tiger – und ihre schwingenden, durchhängenden Genitalien erinnert. Für mich war das immer köstlich gewesen. Jetzt war ich von solcher Sehnsucht erfüllt, seine Nacktheit möge für uns etwas bedeuten, sein Körper möge *meinen* wieder fühlen – uns –, daß mir die Tränen in die Augen schossen.

Ich setzte mich auf das Bett. »Daniel«, sagte ich mit zitternder Stimme, »was kann ich tun, was kann ich sagen, um es besser zu machen?«

»Das ist die falsche Frage, Joey. So läuft das nicht.«

»Wie läuft es denn dann?«

»Es geht um etwas, das du *sein* mußt.«

Er verließ das Zimmer. Ich hörte ihn durch die Diele gehen. Dann folgte eine kurze Stille, und ich hörte ihn auf nackten Füßen zurückkommen. Er stand in der Tür. »Warum mußte es wieder ein Geheimnis sein, Jo?«

»Was?«

»Ich verstehe nicht, warum du heute morgen nicht zu mir sagen konntest: ›Heute werde ich zur Polizei gehen.‹ Warum ist es immer nötig, etwas zurückzuhalten?«

»Welchen Unterschied macht das? Hätte es gemacht?«

Er sah mich an, als kenne er mich nicht. Dann drehte er sich um und ging ins Badezimmer zurück. Die Tür schloß sich. Nach ein paar Augenblicken hörte ich das Rauschen von fließendem Wasser und dann, aus dem Keller, das pulsierende Pochen der alten Pumpe.

Als Cass eine schwierige Phase durchmachte, geriet ich gelegentlich in Panik, überzeugt, daß sie Drogen nahm, Gefahr lief, schwanger zu werden, oder im Begriff war durchzubrennen. Ich spionierte ihr nach. Ich durchsuchte ihr Zimmer, wenn sie in der Schule war. Ich wühlte in ihren Schubladen, suchte in all ihren Taschen nach geheimen Verstecken. Ich las Briefe und Notizen, die sie in ihrem Schreibtisch oder in einer Schachtel in ihrem Schrank aufbewahrte. Ich fühlte mich deswegen so schuldig, daß ich mit mehreren anderen Müttern über das sprach, was sie taten – nicht mit Daniel, ich wußte, was er von mir denken würde. Die anderen Mütter und ich zerfielen in zwei Gruppen, diejenigen, die nie herumspionierten, und die anderen, die es taten. Ich fühlte mich deswegen nicht wohler, aber ich entschuldigte mich vor mir selbst. Sogar wenn ich an die vertrauensvollen, ehrenwerten anderen Mütter dachte, entschuldigte ich mich selbst. Ich sagte mir, sie hätten ja auch keine Cassie. Cassie, die einem so kühl in die Augen sehen und Dinge leugnen konnte, von denen man mit absoluter Sicherheit wußte, daß sie stimmten.

Einmal sah ich sie den Wagen eines Freundes fahren, in der einen Hand, die lässig aus dem Fenster hing, eine Zigarette. Damals war sie vierzehn, und sie hatte nicht nur keinen Führerschein, ich hatte auch keine Ahnung, wann und wo sie fahren gelernt hatte. Ab und zu hatte ich den Verdacht gehabt, daß sie rauchte – sie roch oft nach Zigaretten –, aber ich wollte es nicht wahrhaben. Ich schob die Schuld auf ihre Clique. Wenn sie in verrauchten Autos oder Zimmern herumsaß, dann mußte sie natürlich stinken.

Als ich sie eines Tages beiläufig danach fragte, ob sie Auto fahren lerne und vielleicht Fahrstunden wolle –, sah sie mich fest an und verneinte. Als ich ihr daraufhin sagte, daß ich sie gesehen hatte, wurde sie wütend. Sie sagte, ich hätte versucht, ihr eine Falle zu stellen, sie auszutricksen, und warf mir vor, ihr nicht zu vertrauen. Sie sagte, ich sei unehrlich, weil ich so indirekt gewesen war, »so verflucht hinterhältig«. Und so weiter.

Die schmerzlichste Episode für mich war zu dieser Zeit, als ich ein Tagebuch von ihr fand. Ich war in diesem Buch eine Art Teufelin, eine alptraumhafte Gestalt voller Falschheit, Heuchelei und Selbstzufriedenheit. Einmal schrieb sie: »Gott, ich hoffe, ich werde niemals so ahnungslos sein wie Mutter; sie merkt gar nicht, wie dumm sie wirkt, wenn sie ständig versucht, zu allen meinen Freunden *nett* zu sein, lacht und für jemanden in ihrem Alter lächerlich flirtet, während sie sie eigentlich nur nach mir ausfragen will, danach, wohin wir gehen, was wir zusammen machen und so weiter und so weiter.« Und: »Mutter ist gerade aus meinem Zimmer gegangen - *meinem Zimmer*, aber sie benimmt sich, als könnte sie hereinkommen, wann immer sie will. Großes Trara: Ich bin gestern abend zu spät nach Hause gekommen, also muß ich bestraft werden: ›Was meinst du, was angemessen wäre, Cass?‹ Scheiße, woher soll ich das wissen? Warum sagt sie nicht einfach, was sie denkt, warum ist sie nicht ehrlich genug, einfach wütend zu sein und sich selbst eine verdammte Strafe auszudenken? Nein. Immer dieses falsche *Gerede*. Merkt sie das nicht??? Wir sind FEINDE!!! Inzwischen sitzt sie auf *meinem* Bett und faßt *meine* Sachen an. Es gibt nichts an ihr, was mich nicht abstößt.«

Es war natürlich schmerzlich, das zu lesen, aber letztendlich bin ich froh, daß ich es getan habe. Es hat mir geholfen, mich Cass gegenüber richtig zu verhalten. Ich hatte gedacht, am wichtigsten sei, daß sie sich geliebt fühlte und ich mich ihr gegenüber weiterhin so liebevoll benähme wie nur möglich. Aber nun sah es so aus, als brauche sie von mir eine Strenge, die wirklich der Distanz zwischen uns entsprach. Und die gab ich ihr jetzt.

Das machte sie nicht warmherziger oder einfacher, aber für mich war es angenehmer, nicht länger Wärme vorzutäuschen oder mir auch nur einen mühelosen Umgang mit ihr zu wünschen. Einfach für eine Weile aufzugeben und meine Liebe ganz für mich zu behalten, auf ein Signal von ihr zu warten, daß diese Zuneigung vielleicht willkommen wäre. Und vielleicht hat diese Zurückhaltung in gewisser Weise zu unserer langsamen Wiederannäherung beigetragen. Ich weiß es nicht.

Ähnlich bestraft fühlte ich mich jetzt in meiner Beziehung zu Daniel. Ich hoffte, wenn ich so täte, als stünden die Dinge zwischen uns besser, könne ich sie besser machen. Ich hoffte, etwas tun oder sagen zu können, das einen Unterschied machen würde. Doch die Lektion, die ich lernte, war, daß alles, was ich tat, zu mir gehörte. Und mein Verhalten hatte zuallererst bewirkt, daß er sich von mir distanzierte. Ich sah, daß ich für den Augenblick nichts für unsere Beziehung tun konnte. Denn ich war gefangen in den mir eigenen, unwillkommenen Verhaltensmustern, und das würde die Dinge nur verschlimmern. Ich wäre geheimniskrämerisch, weil ich so war. Ich würde zuviel von seinem Schmerz beiseite schieben, weil ich so sehr wollte, daß er vorüber war, weil ich versuchte, Dinge in meinem eigenen Tempo geschehen zu lassen. Ich würde ihn angreifen, kränken, verwunden und abstoßen mit meinem Wunsch, daß die Dinge wieder so würden, wie ich sie haben wollte, und zwar viel zu schnell.

Ich begriff, daß ich, indem ich einfach handelte, mein unvermeidliches Selbst bestätigte und genau die Art von Fehlern machte, die mir *entsprach*. Es schien mir, als wäre ich im Augenblick für Daniel von einer Art hassenswerter Integrität. Wenn man Kinder hat, lernt man, daß Liebe auch die Verachtung jedes Aspekts des eigenen Selbst überleben kann. Daß man nicht zusammenbrechen muß, wenn der Schrei ertönt: *Kapierst du denn nicht? Ich hasse dich!* Man muß es aber begreifen. Man muß begreifen und akzeptieren, daß man gehaßt wird. Ich denke, es ist eines der größten Geschenke, die Kinder einem machen können, wenn dieser Haß nicht andauert.

Durch Cass hatte ich viel gelernt. Jetzt wandte ich mich von Daniel ab. Ich lehrte mich selbst, passiv zu sein.

Ich wartete, wartete darauf, daß die Polizei sich bei mir meldete. Ich wußte nicht, was als nächstes passieren würde. Ich dachte, Eli würde mich vielleicht anrufen. Ich stand bei leichtem Schneefall am Briefkasten und überprüfte rasch alle Absenderadressen, suchte nach... was? Einem Brief von der Staatsanwaltschaft? Der Polizei aus Cambridge? Dem Morddezernat? Mir kam der Gedanke, Eli könne mir schreiben. Oder Larry. Vielleicht hatten sie sich mit Larry in Verbindung gesetzt. Oder mit Sara. Vielleicht waren sie auch zur Befragung bestellt worden. Oder Danas Schwestern.

Am häufigsten stellte ich mir die Notwendigkeit vor, die Antwort auf weitere Fragen zu finden. War es das, was eine große Jury tun würde? Ich wußte es nicht. Oder ich stellte mir Eli vor, wie er mich bedrohte, verfolgte. Oder, die weniger wahrscheinliche Variante, bekümmert – vielleicht sogar reuig und anerkennend, daß das, was ich getan hatte, richtig war. Im Geiste ging ich die verschiedenen Szenarien durch. Ich hielt den Atem an, wenn das Telefon klingelte, und sah täglich hastig die Post durch. Mir kam es so vor, als hätte ich alle Möglichkeiten bedacht.

Aber ich hatte nicht an Jean gedacht. Ich hatte nicht an Sadie gedacht.

Ich kam in die Küche und hörte Daniels Stimme in ihrem kältesten Ton: »Und ich glaube nicht, daß du fair bist.« Das ließ mich innehalten. So kategorisch. So kalt. Mit wem würde Daniel jemals so sprechen? Ich legte Mantel und Mütze ab, während ich aufmerksam lauschte. Ich dachte an irgendeine Unannehmlichkeit in der Kirche.

»Ich *gebe ja zu*, daß es verrückt erscheint. Aber manche Dinge sind verrückt. Punkt... Ja. Ja, das tue ich... Ja, ich stehe voll und ganz hinter ihr.«

Ich hängte meinen Mantel auf. »Nun gut, dann sind wir eben beide verrückt.«

Ich stand still und lauschte. »Sadie, niemand tut *dir* das an. Du warst zufällig in der Schußlinie, aber...«

Und plötzlich begriff ich. Die Sache hatte weitere Kreise gezogen, Konsequenzen für Sadie auf den Nebenschauplätzen. Über Jean natürlich. Ich trat in die Küche. Daniel hatte offensichtlich auf mich gewartet, seit er gehört hatte, wie sich die Hintertür öffnete. Er zeigte auf das Telefon, hob dann die Schultern und zog fragend die Augenbrauen hoch. Ich nickte und ging zu ihm.

»Sadie?« sagte er. »Sade? Mom ist jetzt hier. Möchtest du mit ihr sprechen?«

Für eine Sekunde hielt er mit der Hand den Hörer zu. »Irgendwelche merkwürdigen Auswirkungen«, sagte er.

Ich nickte und nahm ihm den Hörer aus der Hand.

Sie legte los, bevor ich auch nur Hallo gesagt hatte. »Mom, was *machst* du denn bloß?« Ihre Stimme klang fast kreischend.

»Beruhige dich, Schatz, und sag mir, was...«

»Diese Sache mit Jeans Mann. Ich meine, du beschuldigst ihn des *Mordes?*«

»Das hat er selbst getan, Sadie. Er hat mir gesagt, daß er den Mord begangen hat.«

»*Mutter.*« Der Ton war der eines Erwachsenen gegenüber einem Kind mit allzu lebhafter Phantasie.

»Wie hast du davon erfahren?« fragte ich.

»Indem du mein *Leben* ruiniert hast, wenn du's wissen willst! Weil das ganze Sonderprojekt, das ich mit Jean machen sollte, den Bach runtergegangen ist!«

Ich sprach mit ruhiger Stimme. »Weil sie sauer auf mich ist.«

»Weil sie nicht sicher ist, daß sie diese Dinge in ihrem Kopf auseinanderhalten kann, also hat sie mir gesagt, sie würde es lieber nicht machen. Oder ich sollte mir jemand anderen suchen. Ich *will* aber niemand anderen.« Sie hielt inne, um Luft zu holen. Nun sprach sie leiser. »Das waren *zwei Seminarscheine*, Mom. Das war mein ganzes Semester. Es sollte sogar Teil meiner Abschlußarbeit werden.«

»Das tut mir leid, Sadie.«

Ein Schweigen folgte.

»Kannst du das nicht stoppen? Kannst du es nicht rückgängig machen?« Die Stimme eines kleinen Mädchens.

»Ich wüßte nicht, wie.«

»Gott, Mom, indem du zur Polizei gehst. Indem du sagst, daß du einen Fehler gemacht hast.«

»Aber ich habe keinen Fehler gemacht.«

»Was denn? Mr. Mayhew ist ein Mörder?«

»Das hat er mir gesagt. Ja.«

»Mom, er ist ein berühmter Wissenschaftler. Er ist… er ist *Doktor*. Ich meine, warum sollte er so etwas zu dir sagen?« Sie hielt für ein paar Sekunden inne. Dann: »Habt ihr viel getrunken?«

»Deine Frage ist beleidigend, Sadie.«

»Gott, das ist so verrückt.«

»Ich weiß. Aber es ist real.«

»Aber wie kommt es, daß du nie… Ich meine, es ist, als hättest du diese ganze Sache erfunden. Ich meine, ich habe nie auch nur gewußt, daß du eine Freundin hattest, die ermordet wurde…«

»Aber es war so«, sagte ich. »Sie war… sie war meine Freundin.«

»Aha. Danke, daß du so mitteilsam warst.«

»Es tut mir leid, Sadie. Alles.«

Einen Moment lang hörte ich nur ihren Atem. Dann sagte sie: »Schau, Mom, ist es nicht möglich, daß du ihn mißverstanden hast? Ist es nicht möglich, daß du… ich meine, hattest du viel getrunken?«

»Nein. Nein und nein.«

»Ja, was soll ich denn jetzt *machen*?«

»Ich weiß es nicht, Schatz.«

»Du glaubst es also, du glaubst ehrlich, daß Mr. Mayhew diese… diese Freundin umgebracht hat.«

»Ja, das tue ich. Und es tut mir wirklich leid – mehr, als ich sagen kann –, daß das irgendwelche Auswirkungen auf dich hat.«

Wir schwiegen beide. Sie sprach als erste wieder: »Ich bin einfach so fertig von all dem. Es ist, als könnte ich nicht… Du wirst also… du wirst deine Meinung also nicht ändern.«

»Ich kann nicht, Sadie.«

»Tja, da geht meine akademische Karriere dahin.« Ihre Stimme klang spöttisch, aber ich konnte hören, daß sie den Tränen nahe war.

»Sadie, wenn ich die Angelegenheit anders regeln könnte, würde ich es tun.«

»Ja, sicher. Vielen Dank, Mom«, sagte sie. Es folgte ein gedämpftes Klicken, und die Leitung war tot.

Einen Moment hielt ich den Hörer wie erstarrt. Dann legte ich auf. Ich drehte mich um. Daniel und ich standen uns gegenüber und sahen uns an, über die Einkaufstüten mit Lebensmitteln, über die tanzenden, fröhlichen Hunde hinweg, die angelaufen kamen, um mich zu Hause willkommen zu heißen.

»Also«, sagte ich, so normal wie möglich. Meine Kehle schmerzte. »Ich schätze, die Polizei hat sich mit Eli in Verbindung gesetzt.«

14

Liebe Sadie,
ich weiß, daß Du noch immer wütend auf mich bist, und obwohl das schmerzhaft für mich ist, kann ich es verstehen. Es tut mir sehr leid, daß Du in dieser Weise von der ganzen Sache betroffen bist, die letztlich gar nichts mit Dir zu tun hat. Das ist unfair. Es kommt auch mir unfair vor. Ich will nicht sagen, daß ich hoffe, daß Deine tiefe Bewunderung für Jean nachläßt, aber durch Zeit und Erfahrung doch soweit abgeklärt sein wird, daß Du die Möglichkeit in Betracht ziehen kannst, daß sie sich trotz des verständlichen Schocks und der Wut über das, was passiert ist, einfach in Eli Mayhew täuscht. Daß er mir tatsächlich gesagt hat, was ich der Polizei berichtet habe. Daß er tatsächlich getan hat, was er gesagt hat, nämlich in einem Augenblick von Zorn, Leidenschaft und tiefer Verletzung jemanden getötet hat, der mir sehr lieb war, jemanden, dessen Liebenswürdigkeit, Fröhlichkeit und Zuneigung für ihn eine Art Folter waren.

Das ist eine lange Geschichte, Sadie, und vielleicht hätte ich sie Dir erzählen sollen. Ich war immer im Zweifel darüber, was Ihr Mädchen eigentlich über meine Vergangenheit oder die Eures Vaters wissen müßt, welche Geschichten man erzählen und welche man besser für sich behalten sollte. Sicherlich hat jeder, vielleicht sogar auch Du, Sadie, Dinge getan, derer er sich schämt. Vermutlich habe ich Dir von diesen Dingen bei mir nicht viel erzählt, es sei denn, sie waren unterhaltsam. Warum? Vielleicht, weil ich mein eigenes Verhalten nicht immer billigen konnte. Vielleicht, weil ich von gewissen Dingen, die ich getan habe, auch Abstand gewinnen wollte. Und auch, weil ich mich schämte, nehme ich an. Weil ich Eure Liebe und Bewunderung wollte.

Diese Geschichte, die Geschichte von Eli und meiner liebsten Freundin, war anders. Sie erschien mir zu erschreckend, zu furchtbar in ihrer Konsequenz, um Dich oder Nora oder Cass damit zu belasten. Ich wollte Euch solche Informationen über das Leben ersparen.

Diese Angelegenheit birgt noch eine andere Botschaft, die etwas mit unserer Unfähigkeit zu tun hat, die geheimen Tiefen einer anderen Person wirklich zu erkennen oder zu erraten. Vielleicht ist es das, was Du jetzt auch mir gegenüber empfindest, da Du Dir meiner Perversität oder Verrücktheit bei dem, was ich tue, so sicher bist. Wer zum Teufel ist sie?

Aber so habe ich auch in bezug auf Eli empfunden. Ich hätte es nie für möglich gehalten, daß er getan hat, wovon ich jetzt sage, daß er es getan hat. Aber er selbst hat mir gesagt, daß er es getan hat, und er hat es sehr plausibel erklärt, Sadie, auf eine Art und Weise, die ich nicht hätte erfinden können. Es paßte zu allem, was ich über das Geschehen wußte – und ich war diejenige, die meine Freundin gefunden hat, Sekunden nach ihrem Tod. Ihr Name war Dana, und sie war schön und unbekümmert und liebenswert. Du erinnerst mich ein bißchen an sie.

Vermutlich ist dies ein Versuch, mich vor Dir zu rechtfertigen. Aber ich bitte auch um Deine Vergebung. Auf eine Weise, die wirklich sehr kompliziert ist, trage ich eine gewisse Verantwortung für diese Ereignisse. Ich hoffe, Du wirst irgendwann wieder das Gefühl haben, daß ich ein verläßlicher Teil Deines Lebens bin. Daß Du mich doch kennst.

In Liebe
Mom

Ich ging zur Post, um diesen Brief aufzugeben. Ich hätte aus irgendeinem Grund nicht ertragen, ihn bei hochgestelltem Fähnchen zum Abholen in unserem Briefkasten zurückzulassen. Ich hatte mich dazu überwinden müssen, ihn überhaupt zu schreiben. Nun wollte ich ihn auch persönlich abschicken. Aber Sadie hatte seit über einer Woche nicht mehr angerufen, obwohl ich ihr dreimal auf den Anrufbeantworter gesprochen hatte, und auch in Daniel einen Fürsprecher hatte. Ich hatte ein Gespräch belauscht, bei dem er sich für mich eingesetzt hatte.

An diesem Abend blieb ich auf und wartete auf Daniel, um ihm von dem Brief zu erzählen. Ich wollte mich unterhalten, aber er kam und kam nicht.

Um halb elf beschloß ich, die Hunde auszuführen. Es war lange her, daß einer von uns mit ihnen ausgegangen war, und sie waren nur schwer zu überreden. Als sie endlich vor der Tür versammelt waren, sprangen sie aufgeregt mit den Pfoten an mir hoch. Endlich traten wir hinaus in die Dunkelheit.

Ich hatte gar nicht gemerkt, wie kalt es war. Die Temperatur mußte weit unter dem Gefrierpunkt liegen, und die trockene Stille war beinahe erschreckend. Der Himmel kam mir dunkler und die Sterne weiter entfernt vor. Mein Atem gefror, es war beißend kalt. Als wir den Stadtplatz fast durchquert hatten, wollten sogar die großen Hunde nach Hause. Shorty, der hinter mir lief, blieb immer wieder stehen und hob eine Pfote, um den beißend kalten Boden zu vermeiden. Den letzten halben Block des Weges trug ich ihn. Er zitterte in meinen Armen.

Im Haus zog ich mich rasch aus und machte mich fertig, um zu Bett zu gehen. Als ich wieder in unser Zimmer kam, lagen alle Hunde zusammengerollt auf der Tagesdecke und warteten auf mich. Ich mußte sie beiseite drücken und schubsen, um mir Platz zu verschaffen.

Es war kurz nach elf. Für Daniel war es ungewöhnlich spät. Vielleicht war er nach seinem Termin noch auf einen Drink in ein Lokal gegangen.

Welchem Termin?

Ich konnte mich nicht erinnern, was seine Pläne für diesen Abend waren. Wäre Daniel ein anderer Mensch, so hätte ich mir Sorgen gemacht, daß er jemanden gefunden haben könnte, der mitfühlend der traurigen Geschichte vom Verrat seiner Frau lauschte, von dem Aufruhr, den sie in sein Leben gebracht hatte.

Ich schaltete das Licht aus. Im Dunkeln schien sich die Stille des Hauses und des verschlafenen Dorfes zu verändern. Auf einmal hörte ich das Knistern und Knacken des Hauses in der Kälte. Ich hörte das plötzliche Vorbeifahren eines Autos, das langsame Aufkommen von Wind. Einer der Hunde jaulte im Schlaf und leckte sich die Lefzen. Seine Pfoten zuckten, er träumte einen glücklichen Jagdtraum. In gewisser Weise war ich von dem überraschenden Gedanken fasziniert, daß Daniel mich betrügen könnte. Jetzt fragte ich mich, ob Daniel sich selbst und mich damit überraschen konnte, daß er tatsächlich dazu fähig war. Würde er sich so etwas gestatten? Ich konnte es mir nicht vorstellen. Und dann fragte ich mich: Sind wir denn willentlich das, was wir sind? Entscheiden wir uns, formen wir uns selbst ab einem bestimmten Punkt in unserem Leben?

Ich überlegte, ob Eli Dana willentlich oder unwillentlich tötete. Hinterher war es sicherlich Wille, der ihn veranlaßte, seinen Mantel und seine Handschuhe zu beseitigen. Hatte er sich auch gewaschen, fragte ich mich, Danas Spuren von seinen Händen, seinem Gesicht entfernt?

Ich mußte eingenickt sein. Ein Knurren auf dem Bett weckte mich, und dann hörte ich Daniel vorsichtig durchs Haus gehen. Die alten Kieferndielen knarrten, die Scharniere der Badezimmertür quietschen leise. Ich schaute zu den Leuchtziffern der Digitaluhr. Elf Uhr zweiundfünfzig. Die Hunde bewegten sich, aber keiner von ihnen stand auf. Sie waren zu faul und zu bequem.

Ich wollte etwas zu Daniel sagen als er hereinkam, aber da hörte ich sein Flüstern. Er sprach sanft mit jedem Hund, beugte sich über sie, lockte sie einen nach dem anderen vom Bett. Ich lag still und schweigend. Ich liebte ihn so sehr, die besorgte, elegante Ruhe in allem, was er tat. In Zeitlupe schälte er sich aus seinen Kleidern, hängte sein Hemd gewissenhaft an einen Haken. Zischend zog er den Atem ein, als eine der Münzen in seiner Hosentasche leise klimperte, als er die Hose auszog. Wenn ich spräche, würde er sich in den anderen Daniel verwandeln, den Daniel, der mir noch nicht verziehen hatte, der höflich und auf der Hut war. In der Dunkelheit lag ich still da und beobachtete seine Gestalt, die des wirklichen Daniel, wie sie sich langsam hinsetzte, vorsichtig sein Gewicht auf das Bett hinabließ. Ich stellte mir vor, es sei aus zärtlicher Rücksichtnahme auf mich. Er flüsterte einem der Hunde etwas zu.

Ich liebte ihn, ich liebte seine Stimme. Ich nahm mir von ihm, was er mir nicht geben konnte. Ich spürte, wie er langsam zwischen die Flanellaken glitt, einen Schauder des Behagens über die angewärmten Stellen, an denen die Hunde gelegen hatten. Er roch nach Zahnpasta und nach Wein. Er rutschte auf mich zu, vielleicht, um sich an meiner Seite des Bettes zu wärmen. Ich lag ganz still, glücklich – froh – über das, was ich mir von ihm stahl.

Detective Ryan rief mich am nächsten Tag bei der Arbeit an. Ob ich kommen könne? Nichts Dringendes, er wolle die Dinge nur noch einmal durchgehen und sehen, wo wir jetzt stünden. Ich erklärte, Montag sei mein freier Tag. Das passe ihm gut, sagte er. »Wie ich schon sagte, es geht nur darum, Sie auf dem laufenden zu halten.« Wir vereinbarten einen Termin für Montag morgen.

Das Gespräch verfolgte mich den ganzen Tag. Es war ein Mittwoch, mein Operationstag, aber es gab nicht viel zu tun. Wir mußten einem alten Labrador die Zähne reinigen – dabei ging es um die Betäubung, danach standen zwei Sterilisationen an. Bei der Entfernung einer überzähligen Zehe, die einem jungen Mischlingshund zu schaffen machte, assistierte Mary Ellen mir. Eine der Sterilisationen, eine Katze, war trächtig, und wir entnahmen die winzigen, wundervoll geformten Embryonen und legten sie vorsichtig beiseite. Mary Ellen wollte sie in die Kindertagesstätte ihres Sohnes mitnehmen, um sie den Kindern zu zeigen.

Während wir arbeiteten, dachte ich an das Telefonat. Ich stellte mir das betriebsame Büro des Morddezernats vor, das Summen der Maschinen, arbeitende Menschen, die sich unterhielten. »Du kannst immer nur einen Schritt auf einmal tun«, hatte Daniel heute morgen beim Frühstück zu mir gesagt, als ich ihm von dem Brief an Sadie erzählte.

Nun gut, ja. Aber jetzt, während ich auf dem rasierten Fleisch eine Naht anlegte, merkte ich, daß ich ihn machen wollte, diesen nächsten Schritt, und zwar vor Montag. Ich wollte jetzt aktiv werden. Ich hatte es mir selbst untersagt, die Dinge zu forcieren, mit Sadie, mit Daniel. Doch jetzt war mir jeder Schritt, der mich nach vorne brachte, willkommen.

Als wir saubermachten, fragte ich Mary Ellen, ob sie mich am nächsten Tag vertreten könne. Sie bejahte und ich ging zum Empfang, um mit Beattie zu sprechen. Wir gingen zusammen auf dem Computer meinen Terminplan durch, und entschieden, welche Termine verschoben werden konnten, wen Mary Ellen morgen sehen würde und wen Beattie anrufen sollte. Wie immer in solchen Situationen war Beattie hilfsbereit und effizient.

Nachdem wir alles geregelt hatten, lehnte sie sich zurück und blickte zu mir auf. »Arbeit oder Vergnügen?« fragte sie. Sie trug Spangen in ihrem dünnen Haar, eine über jedem Ohr.

»Was?«

»Ihr freier Tag.«

»Oh.« Ich lachte. »Eigentlich keines von beiden«, sagte ich.

Sie rief mir nach: »Schon gut. *Mir* sagt ja keiner was.«

Ich drehte mich in der Tür noch einmal um. »Beattie, Sie wollen das doch gar nicht wissen.« Was eine echte Lüge war, und Beattie, die hinter mir herschnaubte, wußte es ebenfalls.

An diesem Abend rief ich beim Revier an und hinterließ Detective Ryan die Nachricht, ich würde am nächsten Morgen kommen, doch als ich am folgenden Tag im Morddezernat vorsprach, war er nicht da. »Ich hatte eine Nachricht hinterlassen«, sagte ich. »Gestern abend. Vielleicht hat er seinerseits auch etwas für mich hinterlassen?«

»Worum handelt es sich denn?«

Er war älter als Detective Ryan. Ungefähr in dem Alter, in dem der ursprüngliche Ermittler des Falles jetzt vielleicht sein würde – Detective Connor. Sein Haar war gelblich-weiß, dicht und lockig. Auch sein Gesicht war unnatürlich blaß, pergamentfarben.

»Es geht um einen Mordfall, der bereits länger zurückliegt. Dana Jablonksi. So hieß das Opfer.«

»Ich werde mich erkundigen«, sagte er.

Ich beobachtete, wie er von Schreibtisch zu Schreibtisch ging, stehenblieb und lachte. Dann verschwand er in dem Teil des langen Raumes, den ich von meiner Seite des Empfangstisches aus nicht sehen konnte. Ich stand ein paar Minuten da, und meine Hüfte begann zu schmerzen. Endlich erschien ein junger Mann und sagte: »Mrs. Becker?«

»Ja«, sagte ich.

»Ich weiß etwas über den Fall Jablonski. Weshalb sind Sie gekommen?« Er lächelte mich an, ein dümmliches, aufgesetztes Lächeln. Seine Zähne waren für seinen Mund viel zu groß.

»Wohl nur, um auf dem laufenden gehalten zu werden. Ich weiß nicht, ob Detective Ryan noch weitere Fragen an mich hatte oder nicht. Ich hatte ihm gesagt, ich würde am Montag kommen, aber dann wollte ich doch nicht so lange warten. Tut mir leid, wenn ich Ihnen Umstände mache. Falls es nicht anders geht, kann ich am Montag wiederkommen.«

»Nein, das ist schon in Ordnung. Kommen Sie doch herein und nehmen Sie Platz.« Er öffnete die Absperrung, um mich einzulassen. »Ich werde sehen, was wir haben, und bin in einer Minute wieder bei Ihnen.«

»Macht es Ihnen wirklich keine Umstände?« Ich trat bereits ein.

»Nein, das ist kein Problem. Ich habe mit Detective Ryan zusammengearbeitet. Ich werde mich nur informieren und bin gleich wieder bei Ihnen.« Über seinem weißen Hemd mit Button-down-Kragen trug er eine glänzende grüne Celtics-Jacke.

Er führte mich wieder in den Raum mit dem großen Tisch, und ich zog einen Stuhl heraus, um mich zu setzen. »Kann ich Ihnen irgend etwas anbieten?« fragte er von der Tür aus. Offenbar gehörte das zu ihrer Beamtenausbildung.

Ich schüttelte den Kopf. »Nein, danke.«

Es dauerte fast fünfzehn Minuten, bis er wiederkam. »Ich denke, jetzt weiß ich Bescheid«, sagte er und setzte sich mehrere Stühle von mir entfernt ebenfalls hin.

»Gut«, sagte ich. All seine Züge – Lippen, Nase, Ohren, Augenbrauen – wirkten irgendwie zu groß, als sei sein Gesicht noch nicht in sie hineingewachsen.

»Im Grunde«, sagte er, »glaube ich, daß Detective Ryan Ihnen mitteilen wollte, daß wir mit Ihren Informationen aller Wahrscheinlichkeit nach nichts erreichen werden.«

Ein paar Sekunden lang verschlug es mir den Atem. »Aber wieso? Ich meine, er dachte doch, Sie würden damit weiterkommen.«

»Ja, aber na ja, wissen Sie, es müßte sich mit etwas anderem ergänzen. Es müßte...« Seine Hand beschrieb einen Kreis. »Etwas ans Licht bringen. Und das tut es eben nicht. Letztendlich steht Ihr Wort gegen seines.« Er sah mich mit auffallendem, merkwürdigem Desinteresse an und zuckte mit den Schultern.

»Also hat er es geleugnet. Daß er mir gesagt hat, er hätte Dana umgebracht.«

»Dr. Mayhew. Ja. Er hat es geleugnet. Geleugnet, daß er es gesagt, und geleugnet, daß er es getan hat.« Seine Wortwahl schien ihm zu gefallen. »Er war sehr bestimmt.«

Ich dachte einen Augenblick nach. »Aber das war doch zu erwarten, oder?«

»Ja, aber als wir uns angesehen haben, was wir in der Akte haben, fanden wir nicht viel, wenn Sie verstehen, was ich meine. Was er Ihnen angeblich gesagt hat, ergibt auch nicht viel mehr Sinn. Wir bräuchten neue Beweise.« Er zeigte mir seine großen Zähne.

Ich war wirklich verwirrt: »Aber doch, es *ergibt* einen Sinn. Ich meine, es gab keine Fingerabdrücke, und er hat mir gesagt, daß er Handschuhe anhatte. Das paßt doch zusammen. Und er konnte in seinem Labor leicht Kleidungsstücke beseitigen; er hat gesagt, das hätte er getan.«

»Ja, aber das ist alles nicht wirklich schlüssig. Ich meine, wir wissen alle – und Sie wußten das auch«, wieder lächelte er, »daß der Mörder damals Handschuhe getragen hat. Und ich meine, jeder hätte irgendwann darauf hinweisen können, daß Dr. Mayhew die Möglichkeit hatte, Kleidungsstücke zu beseitigen. Das ist nichts Neues, verstehen Sie?« Auch seine Stimme war jungenhaft, sie verriet eine Energie und eine Begeisterung, die mich verwirrten.

»Aber er hat es mir gesagt«, sagte ich. Meine Stimme klang gegen seine trocken und schwach.

»Und er sagt, er hätte es Ihnen nicht gesagt.«

»Aber warum sollte ich all das erfinden?«

»Nun ja, das ist ein Problem, aber es ist nicht unser Problem.«

»Aber er hat viel mehr Grund, es zu leugnen, als ich Grund habe, es zu erfinden.«

Er zuckte mit den Schultern. »Vielleicht.«

»Aber natürlich hat er das. Warum sollte ich mir denn all diese… Umstände machen? Wenn es nicht wahr wäre?«

»Nun, Ihnen macht das Umstände, aber ihm auch, nicht?«

»Na ja, aber warum sollte ich ihm denn Ungelegenheiten bereiten wollen?« Ich merkte, daß ich allmählich klang, als sei ich mit den Nerven am Ende.

Er hob eine Hand. »Das müssen *Sie* mir sagen.«

»Dafür gibt es überhaupt keinen Grund. In gewisser Weise kenne ich den Mann kaum. Ich habe keinen Grund, mich an ihm zu rächen.«

»Vielleicht nicht, vielleicht doch.«

»Aber nein, ich versichere Ihnen, ich habe nichts gegen ihn. Warum in aller Welt sollte ich denn jemanden in diese Lage bringen, wenn es nicht wahr wäre? Ich müßte doch ein Ungeheuer an Böswilligkeit sein, um so etwas zu tun!«

»Ja, es wäre wirklich Böswilligkeit.« Er klang fast erheitert.

»Ich habe aber keinen bösen Willen. Ich habe gar keinen Grund dazu.«

Er ließ ein kurzes Schweigen zwischen uns entstehen, bevor er sagte: »Haben Sie sich jemals... zu Dr. Mayhew hingezogen gefühlt, Mrs. Becker?«

Und plötzlich war mir klar, was Eli gesagt, wie er sich verteidigt hatte. Doch selbst in diesem Moment der Einsicht mit dem drohenden Gefühl von Gefahr war ich verärgert. Am liebsten hätte ich gesagt: »*Ich* bin hier der Doktor, er ist nur Mr. Mayhew.« Für einen Moment war ich sprachlos, aber schließlich sagte ich: »Hat er Ihnen das erzählt?«

»Na ja, wir haben ihn gefragt, warum Sie sich all diese Umstände machen würden. Er hatte nur diese Idee, wissen Sie.«

Ich schüttelte den Kopf. »Das ist nicht wahr.«

»Sie fühlten sich also nicht zu ihm hingezogen.«

Er hatte hellblaue Augen unter den dichten Augenbrauen, und sie waren jetzt stetig auf mich gerichtet.

»Ich fühlte mich von ihm angezogen, aber ich hatte deswegen keine Rachegefühle.«

»Sie wurden also von ihm enttäuscht.« Seine Lippen spannten sich über den großen Zähnen, als er mich angrinste.

»Wie elegant Sie das ausdrücken. Nein. Nein, ich war nicht enttäuscht. Meine Gefühle endeten, als Mr. Mayhew mir erzählte, daß er meine Freundin ermordet hat.«

»Haben Sie ihn darum gebeten, sich mit Ihnen im Hotel Ritz zu treffen? Haben Sie ihn angerufen?«

»Ja, das habe ich, aber...«

»Da fühlten Sie sich also noch zu ihm hingezogen. Als Sie ihn angerufen haben.«

»Warum reden Sie so mit mir? Ich werde keiner Straftat beschuldigt.«

»Doch, in gewisser Weise schon. Sie haben ernste Anschuldigungen gegen Dr. Mayhew erhoben, und es ist möglich, daß Sie das aus Rachegefühlen getan haben.«

»Aber nein!« Er sah mich noch immer an, und ich dachte plötzlich daran, wie ich ihm erscheinen mußte. Alt. Verzweifelt. Enttäuscht. Ich hatte mich unauffällig angezogen, wie ich jetzt bemerkte – ich nehme an, um Detective Ryan verantwortungsvoll und zuverlässig zu erscheinen. Dieser Junge würde das anders sehen.

Jetzt bewegte er sich auf seinem Stuhl. »Was haben Sie erwartet, Mrs. Becker, als Sie ins Hotel Ritz gingen, um sich mit Dr. Mayhew zu treffen?«

»Das weiß ich nicht.«

»Das wissen Sie nicht?«

Ich schüttelte den Kopf.

»Aber eine Möglichkeit war vielleicht, eine Beziehung mit ihm anzufangen, oder?« Ich antwortete nicht. Er lehnte sich zurück. »Warum haben Sie ein Hotel gewählt, Mrs. Becker. Sie haben es doch gewählt, nicht? Sie haben es vorgeschlagen.«

»Die Bar dort ist berühmt. So gut kenne ich Boston nicht. Also habe ich die Bar des Ritz gewählt.«

»Und Sie haben gar nicht daran gedacht, daß Dr. Mayhew da vielleicht die Nacht mit Ihnen verbringen würde?«

»Schauen Sie, Detective Lewis, lüsterne Gedanken zu haben ist eine Sache, aber eine schreckliche Lüge über jemanden zu erfinden, ist eine ganz andere. Und das habe ich nicht getan. Ich habe das nicht erfunden.«

»Ach, Mrs. Becker, das behaupte ich ja auch gar nicht.« Seine großen Hände hoben sich. »Ich sage bloß, daß wir jetzt zwei Leute mit verschiedenen Versionen dessen haben, was sich abgespielt hat, und unser Job besteht darin, daß wir herausfinden, was plausibel ist. Wenn es etwas gegeben hätte, das Ihre Geschichte plausibler gemacht hätte, dann hätten wir weitergemacht. Aber es gab nichts. Und es widerspricht einem Beweis, den wir tatsächlich haben.«

»Was denn? Welchem Beweis?«

»Er hatte ein Alibi. Wußten Sie das nicht?« Jetzt saß er ganz lässig da. Ich sah, wie er das Geschehen genoß. »Jeder von Ihnen hatte ein Alibi, jemanden, der sagte, wo er gewesen war. In seinem Fall war das jemand aus seinem Labor, der ihn ungefähr zur Tatzeit dort gesehen hatte. Und er hat während der ganzen Zeitspanne Testresultate aufgezeichnet.«

Ich schüttelte den Kopf. Das hatte ich nicht gewußt. Wie hatte Eli das arrangiert? In meinem Kopf begannen sich halbausgegorene Szenarien abzuspielen, aber noch während ich sie mir ausmalte, wußte ich, daß ich nur noch verzweifelter und defensiver wirken würde, wenn ich sie äußerte. Ich wußte, sie würden nichts nützen.

»Und dann ist da noch das Geld«, sagte er.

Sofort fiel mir das Geld ein, das ich in meiner Schublade aufbewahrt hatte. Und das ich damals mehrfach hatte erklären müssen. Mein »unorthodoxes System der Geldaufbewahrung«, hatte ein Polizist das genannt. Ich muß verwirrt oder verständnislos ausgesehen haben, denn Lewis sagte: »Es wurde Geld gestohlen, falls sie sich erinnern. Ich glaube, das müssen Sie vergessen haben.«

Da sah ich es wieder vor mir: den Polizisten, der mit der Plastiktüte aus dem hinteren Garten kam. Mit der rot-grünen Büchse von Medaglia d'Oro darin, leer. Larry und Sara, nickend: Ja, das war sie.

Ich räusperte mich. »Aber es wäre für Eli die leichteste Sache der Welt gewesen, sich damit zu entlasten.«

»Hat er Ihnen gesagt, daß er das Geld genommen hat?«

»Nein.«

»Aber in bezug auf andere Dinge war er so offen zu Ihnen.« Er konnte den Sarkasmus in seiner Stimme nicht verhehlen. »Ich kann nicht glauben, daß er das nicht auch erklärt hat.«

Nach einem langen Augenblick schüttelte er den Kopf. Wieder lächelte er. »Ich glaube das nicht, Mrs. Becker. Irgendwie passen die Teile nicht zusammen.«

Ich bin sicher, daß ich niedergeschlagen aussah, vernichtet. Als er wieder sprach, war seine Stimme nicht unfreundlich. »Sehen Sie, ich kann Ihnen sagen, daß wir immer noch meinen, der Mord an Ihrer Freundin war ein verunglückter Einbruch. Und wir denken immer noch, daß vielleicht jemand darüber reden wird, vielleicht sogar jemand, der wegen etwas anderem im Gefängnis sitzt. Aber im Lauf der Zeit – auch das wissen wir – wird das immer unwahrscheinlicher. Und wir glauben nicht, daß Dr. Mayhew etwas damit zu tun hatte. Das kann ich Ihnen sagen.«

»Sie halten mich also für eine pathologische Lügnerin.«

Er lächelte wieder sein verschlagenes Lächeln. »Aus reiner Neugier, Mrs. Becker, warum damals diese falsche Identität? All die Lügen gegenüber Ihren Mitbewohnern?« Und als ich nach einem langen Moment nicht geantwortet hatte: »Tja«, sagte er, »wir haben alles überprüft. Wir haben ihn angerufen. Er war mehr als einmal hier. Wir haben ermittelt. Mehr können Sie nicht verlangen.«

»Wohl nicht«, sagte ich endlich mit leiser Stimme.

»*Also*«, sagte er und schob seinen Stuhl zurück, »ich denke, damit ist das erledigt.«

»Ja«, sagte ich, »ja, das ist es wohl.«

Ich zitterte, wahrscheinlich vor Wut, als ich zu meinem Auto zurückging. Ich saß eine Weile seitlich auf dem Fahrersitz, die Füße noch auf dem Asphalt, ein Schwindelgefühl, das mich denken ließ, ich müsse mich jeden Augenblick übergeben.

Als die Übelkeit vergangen war, überkam mich Erleichterung, die so intensiv war, daß ich beinahe laut gelacht hätte. Es war vorbei, dachte ich. Ich hatte gehandelt, so wie ich es für richtig hielt, hatte Angst gehabt, wozu das führen würde, und es hatte zu nichts geführt. Es hatte nur dazu verholfen, daß mein Leben zu mir zurückkam. Ich konnte von neuem beginnen.

Ich ließ den Wagen an. Ich fuhr durch Cambridge zur Route 2, entlang der Brattle Street mit ihren weit auseinanderstehenden, prachtvollen Häusern und den riesigen Gärten. Ich mußte an Dana denken, wie so oft in diesen Wochen und Monaten; aber diesmal war meine Erinnerung an sie so real, daß ich beinahe ihre heisere, abgehackte Stimme zu mir sprechen hören konnte. Plötzlich strömten Tränen aus meinen Augen. Ich fuhr an den Straßenrand, um innezuhalten.

Als ich meine Beherrschung wiedergefunden hatte und die Tränen versiegten, schaute ich mich um. Neben dem Bürgersteig verlief ein Zaun. Er bestand aus hohen, eckigen Pfosten, von denen hier und da der Anstrich ein wenig abblätterte. Etwa alle zehn Meter wurde er von einem erhöhten Pfahl unterbrochen, auf dem eine kunstvoll geschnitzte hölzerne Urne stand. Der Garten hinter dem Zaun stieg zu einem georgianischen Haus an. Es war grau und hatte schwarze Fensterläden. Davor stand eine ältere Frau – zuerst dachte ich, es wäre ein Mann, aber dann sah ich unter ihrem Stoffhut lange Haarsträhnen hervorschauen –, die beinahe zeremoniell Zweige von einem großen, struppigen Forsythienbusch abschnitt, um den neuen Trieben Platz zu machen, nahm ich an. Vielleicht beschnitt sie auch nur den Busch. Ich beneidete sie um die Hingabe, mit der sie in ihre Arbeit vertieft war. Plötzlich überkam mich eine merkwürdig freudige Erregung. Vielleicht war es doch auch mir möglich, in Frieden alt zu werden, meine alltäglichen Arbeiten im blassen Sonnenlicht des beginnenden Frühlings zu verrichten. Ich war wieder frei, ich war in mein altes Leben zurückgekehrt.

Was spielte es für eine Rolle, wessen Eli mich beschuldigt hatte? Die Leute, die das glaubten – Detective Lewis, Detective Ryan, sogar Jean –, waren Leute, an denen mir nichts lag. Natürlich lag mir an Sadie. Aber Sadie hatte das Schlimmste nicht gehört. Und sie und ich hatten Zeit, alle Zeit der Welt, dachte ich. Ich ließ den Wagen an und fuhr weiter.

Bei dem großen Supermarkt am Highway zwischen Adams Mills und Shirley kaufte ich zum ersten Mal seit Monaten wieder richtig ein. Es gab so viele Dinge, die ich brauchen konnte. Voller Euphorie und Lust schob ich meinen Einkaufwagen durch die Abteilungen und füllte ihn langsam. Die Angebotsfülle und ihre verführerische Darbietung erschienen mir wie ein Geschenk. Ebenso wie meine wiedererlangte Fähigkeit, das zu bemerken und dafür dankbar zu sein.

Zu Hause ging ich viele Male ein und aus, um alle Tüten ins Haus zu tragen. Die Hunde waren glücklich, mir zu folgen, jeder Gang war ein Abenteuer, je mehr, desto besser. Sie schnüffelten an den Tüten, sie jagten einander, bellten in wilder Freude – auch ihr Leben kehrte zurück. Sie jagten einander in die Küche und wieder nach draußen, während ich Dinge verstaute, als könnten sie die Veränderung in mir förmlich spüren.

Ich hatte alle Zutaten für ein Risotto zum Abendessen eingekauft. Nachdem ich alle Lebensmittel eingeräumt hatte, hackte ich die Schalotten und die Pilze, setzte in einem Topf die Brühe auf, maß den Reis ab und goß Olivenöl in die schwere, emaillierte Pfanne. Ich deckte den Tisch. Ich wusch Kopfsalat und bereitete ein Dressing zu. Ich stellte mir vor, wie wir am Tisch saßen und uns unterhielten. Doch wenn Daniel noch immer nicht reden wollte, war das auch in Ordnung. Auch da hatte ich Zeit. Zeit und Daniels Charakter, der von vergebender und großzügiger Natur war. Damals, als ich von meinen Gefühlen für unseren Assistenten Eric so überwältigt gewesen war, hatte Daniel mit mir geweint und mich eng umschlungen, als sei meine Versuchung eine Sache, ein Geschehnis, das uns beiden zugestoßen war und uns beiden Schmerz verursachte. Schmerz, den wir zusammen durchleiden würden.

Im Garten war es noch immer halbwegs hell, als Daniel kam, obwohl ich im Haus schon vor einer Weile das Licht eingeschaltet hatte. Die Hunde jaulten und rannten in die hintere Diele, um auf ihn zu warten. Ich konnte seine leise, liebevolle Stimme hören, als er sie begrüßte. Ich spürte den kalten Luftzug. Und dann stand er in der Tür und nickte, ein höfliches, pflichtbewußtes Lächeln im Gesicht.

»Hallo«, sagte ich. Ich hatte die Schalotten in die Pfanne gegeben, als ich ihn hereinfahren sah, und jetzt rührte ich sie um. Sie zischten.

»Hallo«, antwortete er. Er kam auf mich zu und blieb dann mitten im Raum stehen. Ich hatte mich seitlich zu ihm umgedreht, und jetzt sah er, was ich machte.

»He, was gibt's zum Abendessen?« fragte er, und seine Stimme konnte seine Freude nicht verbergen.

»Risotto.«

»Risotto!« Und erst da fiel mir ein, wann ich zum ersten Mal Risotto für ihn gekocht hatte – unmittelbar nachdem die Nachricht, es sei kulinarisch »in«, unsere Ecke des Universums erreicht hatte. Es war an einem Wochenende gewesen, und Sadie war ausgegangen, sonst hätte ich es niemals ausprobiert. Daniel hatte seine Zweifel. »Du kannst ja Risotto dazu sagen, aber für mich sieht es wie Reis aus«, sagte er gespielt zynisch.

»Aah«, hatte er nach dem ersten Bissen gesagt. »Sehr wohltuend.«
Und nach dem zweiten: »Wunderbar. Wie Babynahrung für Erwachsene. Danke, daß du es gekocht hast.« Er war während der Zubereitung immer wieder in die Küche gekommen und hatte gesehen, wie lange es dauerte. Jetzt beugte er sich über den Tisch und küßte mich mit einem Kuß, der sich langsam vertiefte und uns beide verblüffte. Wir lehnten uns zurück, und er sah mich mit dem etwas dümmlichen Blick von jemandem an, der sich in den Fängen eines sexuellen Impulses befindet. »Eigentlich«, sagte er, »hätte ich jetzt ganz gern, daß du mich fütterst.« Ich lachte, aber dann nahm ich seine Gabel und hob sie an seinen geöffneten Mund.

Daran mußte ich gedacht haben, als ich den Reis kaufte, irgendeine Assoziation mußte ich gehabt haben: das halbgegessene Abendessen, das eifrige Stolpern durch den Wohnraum, die wegen unserer Geräusche jaulenden Hunde, die sich diese Unterbrechung des Essens, ihrer bevorzugten menschlichen Aktivität des Tages, nicht erklären konnten.

Jetzt ging Daniel auf das Wohnzimmer zu. »Ich will mich bloß frischmachen, wie man sagt.« Er ging aus der Tür, und kam dann wieder zurück. Er hatte sich erinnert. »He, was war eigentlich bei der Polizei?«

»Na ja, es gibt gute und schlechte Nachrichten«, sagte ich, während ich rührte. »Ich erzähle sie dir nachher.«

Als er zurückkam, hatte er einen Pullover übergezogen. Er fragte, ob ich Wein wolle, und ich bejahte. Er öffnete eine Flasche und schenkte uns zwei Gläser ein. Als er mir meines reichte, trafen sich unsere Blicke, und zum ersten Mal seit Wochen kam es mir vor, als sei eine Offenheit in seinem Blick, eine Bereitschaft, mich zu sehen, zu sehen, wer ich war. »Also«, sagte er, »zuerst die gute Nachricht, was immer sie besagen mag. Wir haben sie nötig.«

»In der Tat«, sagte ich und hob mein Glas in seine Richtung, ehe ich trank. Dann stellte ich es ab. Ich schüttete mehr Brühe in das Risotto. Daniel ging zum Tisch und setzte sich. Allie kam und hockte sich zwischen seine gespreizten Beine, die Schnauze auf seinen Schenkel gelegt. Er streichelte ihren Kopf. Er sah zu mir auf, während ich ihn beobachtete. »Erzähl's mir«, sagte er.

Erzähl's mir! Mein Herz hüpfte. Es war wie eine Liebkosung. Ich lächelte ihn an. »Na ja, im Grunde ist es vorbei«, sagte ich.

Ein paar Sekunden lang sah er verwirrt aus, und dann sagte er: »Sie gehen der Sache nicht nach?«

Ich schüttelte den Kopf. »Nein.«

»Aber wieso?«

»Weil er geleugnet hat. Irgendwie habe ich gewußt, daß er das tun wird, vor allem nach Sadies Anruf. Aber er hat jedenfalls geleugnet, es sei nie passiert.«

»Das war's also.«

Ich nickte.

»Gott, das ist eine Erleichterung.« Er trank und stellte sein Glas ab. Eine Hand blieb um den Stiel gelegt, und er drehte es einen Moment. Er sah mich an und runzelte die Stirn. »Trotzdem, ich hätte gedacht, sie würden noch weiterermitteln.«

Ich zuckte mit den Achseln, während ich umrührte. »Eigentlich gab es nichts zu ermitteln. Keine neuen Beweise. Und es gibt noch immer Dinge, die nicht durch das erklärt werden, was er mir erzählt hat. Ich meine, sie haben mir zu verstehen gegeben, daß ich sie durch meine Aussage nicht gelöst hätte. Und so ...«

»Im Grunde haben sie also gesagt, sie könnten nichts machen.«

»Mehr oder weniger.«

»Na ja, irgendwie überrascht mich das schon.«

»Es läuft darauf hinaus, daß mein Wort gegen seines steht.«

»Ach ja?« Er trank von seinem Wein, und ich hörte auf zu rühren, um ebenfalls zu trinken. »Ich meine, er ist derjenige, der einen Grund zum Lügen hat. Gibt das der Sache nicht ein bißchen Gewicht? Deinem Bericht?«

»Das sollte man meinen. Aber man hätte sich wohl geirrt.«

»Dann bin ich an deiner Stelle beleidigt, Madam.« Er lächelte beinahe. Für mich war das, als werde es hell.

Ich lächelte zurück und neigte den Kopf vor ihm. »Danke. Aber es *ist* die Beleidigung, die uns davon befreit.«

»Vermutlich. Nun, wie haben sie sich denn aus der Affäre gezogen? Einfach gesagt: ›Tut uns leid, auf dieser Basis können wir nichts unternehmen?‹«

Ich wandte mich ab, um weitere Brühe in das Risotto zu gießen. Nach einem Augenblick sagte ich: »Na ja, ganz so freundlich waren sie nicht.«

»Wie meinst du das?«

Ich schaltete die Temperatur ein wenig niedriger.

»Jo?« sagte er.

»Nun, Eli hat ihnen einen Grund genannt, warum *ich* vielleicht nicht die Wahrheit gesagt hätte.«

»Welchen denn?« In seiner Stimme klang Ungeduld und Entrüstung mit.

»Es war...« Ich sah ihn an. »Das ist übrigens die schlechte Nachricht, Daniel.« Ich versuchte, das in einem leichten Ton zu sagen. »Er hat gesagt, ich wäre wütend auf ihn gewesen, weil er mich *enttäuscht* hätte.« Ich bemühte mich, das Wort komisch klingen zu lassen, und zog eine Grimasse.

»Er hätte dich enttäuscht?«

»Ja.«

Daniel sah mich fragend an, eine scharfe Falte zwischen den Brauen.

»Sexuell«, erklärte ich. »Weil er keine Affäre gewollt hätte, ich dagegen schon. Das hat er ihnen erzählt.«

»Und deswegen sollst du ihn des Mordes beschuldigen? Ich meine, dauernd werden Leute enttäuscht, ohne daß so etwas passiert.«

»Nun, er hat mich als sehr... aggressiv dargestellt, glaube ich. Vielleicht hat er gesagt, ich sei früher auch in ihn verliebt gewesen. Ich weiß nicht, ich bin sicher, daß er phantasiert hat.« Ich legte den Löffel hin und drehte mich um, um Daniel anzusehen, um ihm alles zu erzählen. »Und sie wußten, daß ich ihn angerufen hatte, daß ich das Ritz gewählt hatte. Daß es ein Hotel ist, nicht nur eine Bar. Praktisch, verstehst du.«

»Ich verstehe.« Er schaute auf Allies Kopf nieder, der noch immer auf seinem Bein lag. Nachdenklich kraulte er ihre Ohren. Ich ging wieder an die Arbeit, beobachtete ihn aber weiter. Endlich blickte er auf. »Also *hast* du ihn angerufen«, sagte er.

»Ja.«

»Du hast das Ritz vorgeschlagen.«

»Ja.«

»Weil es ein Hotel ist?«

»Ich glaube, ich habe daran gedacht, ja.«

»Und du warst also auch enttäuscht?«

Seine Augen waren auf einmal so dunkel – kann die Pupille sich vor Schmerz erweitern oder vor Ärger? –, daß ich seinen Gesichtsausdruck nicht deuten konnte.

»Worüber ich enttäuscht war, Daniel, war, als was er sich entpuppte. Was er getan hatte. Das… überlagerte alles, nachdem er es mir gesagt hatte.«

Daniel schaute wieder nach unten. Seine Hand hatte den Kopf des Hundes festgehalten. Jetzt nahm er sie weg. Einige Sekunden saß er da wie erstarrt.

»Daniel«, sagte ich. Er sah mich nicht an. Ich hatte aufgehört zu rühren. »Ich habe dir das erzählt. Ich habe dir alles erzählt, Daniel. Wir brauchen nicht von vorn anzufangen. Das ist nichts *Neues.*« Meine Stimme klang flehend.

Endlich sagte er: »Nein.« Er klang, wie er bis zu diesem Abend geklungen hatte – bis zu seiner Leichtigkeit vorhin: erschöpft. Auf einmal wirkte er kleiner, defensiv.

»Obwohl ich nicht wußte«, und ich hörte, wie er versuchte, einen trockenen Ton anzuschlagen, eine reumütige Distanz herzustellen, »obwohl ich eigentlich nicht wußte, daß du die Aktive warst, die alles arrangiert hat. *Diejenige, die das Ritz gewählt hat.*« So wie er es sagte, klang es wie der Titel eines Romans oder eines Films.

Ich war versucht, verwarf den Gedanken aber sofort wieder, mich auf dem winzig kleinen Territorium zu verteidigen, das noch zu verteidigen war: Eli hatte als erster angerufen, hatte mich als erster ausgeführt und mich dann aufgefordert, ihn anzurufen. Weil es eigentlich keinen Unterschied machte.

Denn auf Daniels Gesicht hatte ich, als ihm klarwurde, daß die Polizei mir nicht glaubte, kurz ebenfalls den Schatten eines Zweifels gesehen, der Eindruck, er kenne mich überhaupt nicht. Der Eindruck, ich sei eine Person, für die *sie* mich hielten, die Person, als die Eli mich geschildert hatte – die alles erfunden hatte, die um sich schlug, die log. Die log, weil sie *enttäuscht* war.

Und trotz meines Entsetzens, das erkennen zu müssen, empfand ich so hungrige, erbärmliche Dankbarkeit, als es verging, daß in mir kein Kampf, kein Stolz mehr war. Und so sagte ich schließlich: »Nein. Nein, das hast du nicht gewußt.«

15

Das Leben ging weiter.

Nora bekam ein Stipendium, um ihren Film zu beenden, und um das zu feiern, schnitt sie sich die Haare ab.

»Ich kann es mir nicht vorstellen«, sagte ich am Telefon. »Wie siehst du aus?«

»Tja, das ist es ja eben.« Sie lachte grunzend, offensichtlich amüsierte sie sich königlich. »Natürlich sehe ich aus wie Cass.«

Nach einer Pause – ich stellte mir eine weichere, rundere Cass vor – sagte ich: »Nun ja, wollen wir nicht alle aussehen wie ein Rock 'n' Roll-Star?«

Jetzt lachte sie richtig. »Ja, vermutlich. Außer – merk es dir, Mutter – sie nennen es nicht mehr Rock 'n' Roll.«

Es war Anfang März, als ich ein paar Sachen auf dem Speicher verstaute, und einen Umschlag fand, den ich im Herbst dort zurückgelassen hatte. Ich erkannte ihn sofort: Er enthielt ein Bild, das Beattie bei der Arbeit von mir aufgenommen hatte. Zur Abwechslung war es einmal eine gelungene Aufnahme von mir. Ich hatte es vergrößern lassen und vorgehabt, es Daniel zu Weihnachten zu schenken.

Aber ich hatte es in meiner Zerstreutheit wegen Eli vergessen. Jetzt setzte ich mich auf eine Truhe und öffnete den Umschlag. Beattie hatte mit mir gesprochen, während ich die letzte Akte wegräumte. Ich hatte gerade den Kopf zu ihr gehoben, mein Haar fiel leicht nach vorn, und ich lachte gerade über die Tiermaske, die sie auf dem Gesicht trug – einen Schweinerüssel –, als sie den Schnappschuß aufnahm. Als ich jetzt mein glücklich lächelndes Gesicht von damals betrachtete – das Geschenk, das ich Daniel hatte machen wollen –, hätte ich weinen können.

Der Frühling hielt Einzug, allerdings nur für zwei Tage. Ich ließ die Hintertür offen, und die Hunde liefen frei im Garten herum und trugen Schmutz in die Küche. Ich saß im schwachen Sonnenlicht auf der hinteren Treppe und beobachtete sie. Ich wünschte mir das Ende des Winters, ein Ende unserer schrecklichen Zeit herbei.

Am nächsten Tag fiel Eisregen. Meine Türschlösser waren eingefroren, und ich mußte Beattie, deren Wagen nachts in der Garage stand, bitten, mich abzuholen.

Sadie schrieb uns eine Postkarte, und teilte uns mir, sie werde in der Frühjahrspause nicht nach Hause kommen, sondern nach New York gehen, »um mit meinen Schwestern zusammenzusein«. Es klang, als seien das Menschen, mit denen wir keine Verbindung hatten.

Daniel fuhr zu einer Kirchenkonferenz für vier Tage nach Philadelphia. In seiner Abwesenheit empfand ich eine solche Erleichterung von meinen bedrückenden Schuldgefühlen, daß ich mich fragte, ob es nicht vielleicht für uns beide besser wäre, uns zu trennen. Uns scheiden zu lassen. Mein Herz pochte unregelmäßig, wenn ich nur daran dachte, aber ich zwang mich dazu. Denn sicherlich war auch Daniel mehr er selbst, wenn er arbeitete oder draußen in seinem Arbeitszimmer war. Sicher war auch er glücklicher in den Augenblicken, in denen er meine Existenz vergessen konnte. Ich stellte mir ein Leben allein vor, in einem kleinen Apartment – das Haus würde ich natürlich Daniel überlassen. Ich stellte mir die Bequemlichkeiten des Alleinseins vor, die Mahlzeiten im Stehen oder auf der Couch liegend, lesend. Nicht immer darauf achten zu müssen, was ich sagte, wie er reagierte; was er sagte, wie ich reagierte.

Aber dann kam Daniel zurück, und mit ihm der Alltag. Drei Tage vergingen. Eine Woche. Ich maß die Zeit daran, daß mein Schuldbewußtsein nachließ, und fragte mich, ob das eines Tages genügen würde: mich einfach nicht mehr schuldig zu fühlen.

Anfang April, ungefähr zehn Tage nach Daniels Rückkehr, stürzte meine Mutter. Sie brach sich den Fuß und nicht, wie befürchtet, die Hüfte, aber sie würde mindestens einen Monat an Krücken gehen müssen. Ich nahm eine Woche Urlaub, um nach Maine zu fahren und ihr zu helfen.

Daniel fuhr mich zum Flughafen – einer von Mutters Studenten würde mich mit Mutters altem Buick in Bangor abholen. Auf der

Fahrt nach Boston waren wir so höflich und vorsichtig im Umgang miteinander wie üblich. Ich zeigte ihm die gelb werdenden Weidekätzchen, gelegentliche Farbflecken von Krokussen oder Blausternen. Daniel lächelte und nickte, er erzählte seinerseits von der Lösung eines Konflikts, bei dem es um kirchenpolitische Fragen ging. Ich schloß für einen Moment die Augen und ruhte mich aus – sollte er ruhig annehmen, ich schliefe, wenn er das wollte. Doch als wir langsam durch die Stadt fuhren, setzte ich mich auf und schaute ihn an.

Wir hatten den Flughafen erreicht. Plötzlich sagte Daniel: »Es wird uns guttun, eine Zeitlang getrennt zu sein.«

Ich sah ihn an. »Wir waren doch gerade erst getrennt. Als du in Philadelphia warst.«

Er lächelte mich schmallippig an. »Ja, sicher. Aber da war ich unterwegs und hatte viel zu tun. Bei dieser Trennung haben wir Zeit zum Nachdenken.«

»Ich habe auch nachgedacht, als du fort warst.«

»Du hattest Zeit dazu.«

»Ja«, sagte ich und wollte mir gar nicht erst überlegen, worüber er vielleicht nachdenken würde. Aber dann hatten wir das Terminal erreicht und wurden durch die Parkplatzsuche abgelenkt. Daniel überlegte, ob er überhaupt aussteigen sollte. Schließlich parkten wir in der zweiten Reihe, und er stieg aus, umarmte mich schnell und berührte mit seinen kühlen Lippen meine Wange. Dann betrat ich das Terminal.

Auf meinem Flug schien ich in ein anderes Land zu fliegen, zurück in eine frühere Zeit. In den Wäldern lag noch Schnee unter den Bäumen, und die restliche Landschaft war öde und farblos bis auf das tiefe Grün der Tannen.

Es war Susie, die mich abholte. Sie trug ein Schild mit meinem Namen vor ihrer Brust, um mich nicht zu verfehlen. »Gute Idee«, sagte ich, als wir zum Auto gingen. »Ich hatte mich schon gefragt, wie ich Sie erkennen sollte.«

»Ihre Mutter hat das vorgeschlagen«, sagte sie. Sie war klein und untersetzt und hatte dunkles, krauses Haar. Ich versuchte mich zu erinnern, was Mutter mir über sie erzählt hatte. Mathe? Oder Physik?

Etwas Ungewöhnliches für eine Frau, meinte ich mich zu entsinnen. »Ich hatte mich auch gefragt, wie ich Sie erkennen sollte.«

»Wie geht es ihr?« fragte ich.

»Oh, sie ist wirklich ganz unverändert. Ich glaube, im Krankenhaus haben sie sie mit Medikamenten vollgestopft, und sie wirkte richtig alt, nicht?« Sie benutzte denselben Slang wie alle jungen Leute in ihrem Alter, welches Fach sie auch studieren mochten.

»Sie *ist* alt.«

»Aber irgendwie desorientiert, nicht? Und reizbar. Mir ist aufgefallen, wie reizbar sie war. Sonst ist sie nie nörglerisch. Sie ist so … na ja, *tapfer,* finden Sie nicht?«

»Doch«, sagte ich und mir wurde bewußt, daß es stimmte.

Im Wagen bat ich Susie, mir von sich und den anderen Studenten zu erzählen. Sie war mitteilsam und schien sich wohl zu fühlen. Sie studierte Mathematik, aber momentan machte sie eine Krise durch und wisse nicht, ob sie weitermachen solle.

»Scheint, als ob es verschiedene Dimensionen von ›Begabung‹ gibt, verstehen Sie, was ich meine? Und ich hatte immer gedacht, ich wäre wirklich wahnsinnig begabt. Aber wenn ich mich umschaue und mir all diese Mathe-Jungs ansehe …« Sie schüttelte den Kopf. »Ich *glaube* nicht mehr daran.«

Ich äußerte mein Mitgefühl, weil sie vor der Entscheidung stand, in ihrem Alter noch einmal von vorne zu beginnen, und fragte, wie alt sie sei.

»Vierundzwanzig.«

»Vierundzwanzig«, sagte ich.

Als wir das Haus betraten, schallte Mutters Stimme die Treppe herunter. »Juhuu!«

»Selber juhuu«, schrie ich zurück, und Susie lachte.

Ich ging nach oben und ließ meine Tasche vor Mutters Tür stehen. »Josie«, sagte sie und streckte mir die Arme entgegen. Sie war ganz weiß, ihre Haut, ihr Pullover, ihr Haar, das in einem langen, krausen Zopf auf ihrer Schulter lag. Vereinzelte zimtbraune Strähnen sah man noch, Reste des früheren Kastanienbrauns. Sie trug normale Kleidung: der Pullover unter einer Strickjacke, marineblaue Hosen, ein Hosenbein über dem Gips aufgekrempelt. An dem Gipsfuß trug sie eine große Wollsocke. Ihre Hände, die sie erhoben hielt, waren knochig und krumm und wirkten irgendwie hilflos.

Ich beugte mich über sie, um sie zu küssen, dabei roch ich ihr Talkum und den leichten Kampferduft von ihren schweren Wolldecken – mein Bett würde auch welche haben, eine über der anderen, ihr schieres Gewicht schien einen in der Nacht fast zu erdrücken. Die Mädchen hatten sich bei ihren Besuchen immer darüber beschwert. »Als ich aufwachte, hatte ich *Dellen* im Körper«, hatte Sadie gesagt. Sadie.

Wir unterhielten uns ein paar Minuten, und dann ging ich, um mich umzuziehen und auszupacken. Als ich mich endlich neben ihr Bett setzte und ihr Tee einschenkte – Tee mit Zitrone und Pfeilwurzkekse, die alte, vertraute Nachmittagsvesper –, warf sie sich dramatisch in die Kissen zurück und sagte. »Verdammt, es ist meine eigene Schuld. Wenn ich bloß vernünftige Schuhe getragen hätte.«

»Wieso, hast du Schuhe von Manolo Blahnik getragen?«

Sie blinzelte mich hinter ihren Zweistärkengläsern an. »Was ist das denn?«

»Das war ein Scherz. Designerschuhe mit Pfennigabsätzen.«

»Nein, nein.« Sie lächelte. »Ich trug die Schuhe, die ich auch in Boston anhatte.«

»Mutter, vernünftigere Schuhe als die gibt es nicht.«

»Nun ja, ich hätte flache Absätze tragen sollen, am besten solche mit Kreppsohlen.«

»Oh! Winterreifen.«

Sie lachte. »Mehr oder weniger. Es war Eitelkeit. Und jetzt bezahle ich den Preis dafür.«

Ich lachte ebenfalls. »Na, früher oder später bezahlen wir alle diesen Preis, schätze ich.«

»Aber dies hier ist ernst, weißt du.«

»Du wirst im Nu wieder gesund«, sagte ich leichthin. Die Ärzte hatten mir versichert, daß es so sein würde.

»Nein, sag das nicht. Ich weiß, daß es nichts Ernstes ist, aber es ist der Anfang.«

»Es ist der Anfang von überhaupt nichts«, sagte ich.

»Josie, mein Mädchen, es ist der Anfang vom Ende, und du weißt das. Langsam oder schnell, von jetzt an spielt das keine Rolle mehr. Es *ist* der Anfang.« Sie hob die Hand gegen meinen Protest. »Und erzähl mir nicht, daß das nicht das erste war, woran du gedacht hast.«

»Mutter, das stimmt nicht.«

»Na gut, dann das zweite oder dritte.«

Ich stellte meine Tasse ab. »Hör zu, meine Liebe«, sagte ich. »Ich gebe es zu, der Gedanke ist mir gekommen, aber er stand ganz weit unten auf der Liste. Als ich dann mit den Ärzten gesprochen hatte, habe ich überhaupt nicht mehr daran gedacht.« Das stimmte beinahe. »Du wirst wieder in Ordnung kommen. Sie sagen es. Ich weiß es. *Susie* weiß es.«

Sie schnaubte, und stieß den Atem aus, dann nahm sie zierlich einen Bissen von ihrem Keks. Nachdem sie geschluckt hatte, sah sie mich an. »Ich habe keine Angst. Ich möchte, daß du das weißt. Das einzige, wovor ich Angst habe, ist Demenz. Und davor, daß ich mein Haus verlassen muß. Ich möchte zu Hause sterben.«

»Also, *das* ist wirklich verfrüht.«

Sie ignorierte mich. »Ich möchte, daß du etwas weißt«, sagte sie. »Ich habe eine Willenserklärung abgegeben. Ich weiß, daß sie nicht bindend ist, aber ich habe sie unterschrieben. Fred hat sie. Er ist der Vollstrecker.« Sie sprach es hart aus: Vollstrecker. »Ich lasse dir vom Anwalt auch eine Kopie zuschicken. Aber ich wollte, daß du es auch aus meinem Mund hörst: Ich möchte *zu Hause* sterben.« Sie schlug dazu mit der Hand den Takt auf die Bettdecke. »Ich würde lieber früher zu Hause als später im Krankenhaus sterben. Diese beiden Nächte haben mir gereicht, vielen Dank. Ich fühlte mich, als wäre ich schon tot. Es war der Hölle ähnlicher als irgend etwas, was ich je erlebt habe.«

Das war ihre Stimmung zu dieser Zeit. Als ich am Abend mit Daniel telefonierte, bezeichnete ich ihre Laune als »fröhliche Morbidität«, was ihn zum Lächeln brachte; ich hörte es an seiner Stimme, als er wieder sprach.

Die Tage bei meiner Mutter vergingen langsam und eintönig, und darüber war ich sehr erleichtert – in gewisser Weise machte es mich sogar glücklich. Wir spielten Schach und Gin Rummy. Sie gewann immer, weil ich, wie sie angewidert sagte, nicht einmal versuchte, mich zu erinnern, welche Karten bereits gespielt worden waren. In den ersten Tagen ließ ich sie immer längere Strecken durch den langen Flur zurücklegen. Am zweiten Nachmittag überredete ich sie, nach unten zu kommen, indem sie sich zuerst auf die oberste Stufe setzte und dann die Krücken mitzog. Ich stand ein paar Stufen unter ihr und ging rückwärts, während sie herunterkam. Ich lobte ihre Fortschritte, half ihr aber nicht. Nachdem sie sich hochgerappelt und die Krücken wieder unter den Achseln hatte, sagte sie: »Gut, daß sie diese alten Häuser mit kräftigen Treppengeländern gebaut haben«, und brach in Tränen aus.

Ich versuchte jeden Tag ein oder zwei Arbeiten für sie zu erledigen. Ich ging einkaufen, ich kochte ihr Mahlzeiten für ungefähr eine Woche, die ich einfror. Ich kaufte ihr einen kleinen Rucksack, in dem sie Dinge transportieren konnte. Sie trug ihn auf der Brust statt auf dem Rücken, damit sie ihn leichter öffnen konnte. Ich erledigte ihre Wäsche, da es so aussah, als würde es eine Weile dauern, bis sie ohne Schwierigkeiten in den Keller gehen und dabei etwas tragen konnte. Ich brachte ihre Bibliotheksbücher zurück und lieh neue aus.

Ich ging in ein Geschäft und kaufte ein Puzzle, und wir begannen es auf einem Kartentisch, den ich vor dem Kamin aufgestellt hatte. Es war ein angenehmer Zeitvertreib, die beiläufige Konversation über Farbe und Form, darüber, wer den Rand legen sollte, und wo unsere bereits zusammengelegten Stücke aneinanderpassen würden. Eines Tages gegen Ende der Woche, während wir an dem Puzzle arbeiteten, sagte sie aus heiterem Himmel: »Ich habe ein ganz schlechtes Gefühl, weil ich dich so lange von Daniel fernhalte.«

»So lange ist es nicht, Mutter.«

»Trotzdem. Es stört euer Leben.«

Ich lächelte. »Unser Leben *war* schon gestört«, sagte ich. Scharf blickte sie auf. »Wir hatten eine schwere Zeit miteinander. Tatsächlich ist es ganz gut, daß wir eine Weile getrennt sind.«

»Nun ja, schwere Zeiten kommen vor, Josie.« Sie betrachtete mich jetzt.

»Ich weiß«, sagte ich.

»Wirklich? Ich habe immer befürchtet, du wüßtest es nicht. Daß es das wäre, was dich so …«

»So was?«

»So rastlos macht, vermute ich. Wie damals, als du dem unglückseligen Ted davongelaufen bist.«

»Aber Mom, das war doch die einzig vernünftige Entscheidung.«

Sie seufzte gereizt. »Vermutlich.«

Wir verstummten wieder. Das Puzzle war ein Heuschober von Monet, und die einzelnen Teile waren mit verschwommenen, pastellfarbenen Pinselstrichen bedeckt.

Plötzlich sagte sie: »Weißt du, Josie, es gibt etwas, das ich dir immer erzählen wollte, und es hat mich belastet, daß ich es nicht getan habe. Ich weiß nicht, ob es jetzt noch irgendeinen Unterschied macht, aber ich habe das Bedürfnis, es dir mitzuteilen. Ich habe das Gefühl, ich *müßte* Dinge tun, die ich bisher vernachlässigt habe.«

Ich hob die Hand, abwehrend, um welche Vertraulichkeit *es* sich auch handeln mochte. Ich wollte das nicht. Ich wollte, daß das Bild, das ich von meiner Mutter hatte, unverändert blieb.

»Nein, jetzt hörst du mir zu. Sitz still und hör mir zu.« Und plötzlich war das Puzzle vergessen. Ich sah sie an. Ihre Lippen waren fest und entschlossen zusammengepreßt. Und dann begann sie: »Es handelt sich um deinen Vater. Du weißt, deinen Vater und mich … Nun ja, er war vorher schon einmal verheiratet. Bevor er und ich geheiratet haben.«

Ich war schockiert und wandte rasch den Blick ab. Hatte sie sich tatsächlich eingebildet, ich hätte das nie gewußt? Wir hatten zwar nie darüber gesprochen, aber es gab viele Themen, die in unserem Hause mehr oder weniger tabu waren: Sex, Geburt, Wut, Liebe, Kummer – alle emotionalen Bereiche wurden in der Unterhaltung ausgespart. Plötzlich hatte ich das Gefühl, ich müßte in Lachen ausbrechen. Vor Erleichterung vermutlich, weil das alles war, das schrecklichste Geheimnis im Leben meiner Mutter, das sie mir noch mitteilen wollte, bevor sie starb. Ich fand es einfach wunderbar.

»Als seine erste Frau starb«, sagte sie feierlich, »kannte ich ihn schon einige Jahre. Ich arbeitete für ihn. Sie erlitt einen qualvollen, langsamen Tod. Sie wußte es nicht, aber sie war schon vor ihrer

Hochzeit krank, und so hatten sie von Anfang an damit zu kämpfen. Am Ende war ihr ganzer Körper mehr oder weniger vom Krebs zerfressen.« Sie wies auf ihren eigenen Bauch.

»Ich vermute, es hing damit zusammen, daß man damals über Krebs einfach nicht redete. Das machte die Sache irgendwie... privat. Und dann nehme ich an, daß dein Vater und ich uns... geschämt haben, sollte ich wohl sagen. Rückblickend nimmt sich das merkwürdig aus. Aber wir waren glücklich zusammen, schon bevor sie starb, du weißt, was ich meine...«

Ich nickte rasch.

»Und das beschämte uns. Wir... wir haben nicht wirklich darüber geredet, nicht einmal miteinander. Wie glücklich wir waren, auf ihre Kosten sozusagen. Wir haben bloß... Nun ja, ich nehme an, wir waren machtlos gegen unsere Gefühle. Mir erging es jedenfalls so. Ich habe mich einfach in ihn verliebt. Er war so schüchtern. Er verlangte so wenig für sich selbst, daß es mir wirklich das Herz brach. Ich fing einfach an, für ihn Dinge zu tun, die eine Ehefrau tun würde. Ich packte ihm Lunchpakete, wenn er botanisieren ging. Manchmal ging ich sogar mit. Es war wunderschön.« Ihr Gesicht war weicher geworden. »Ich nahm dann ein Buch mit, setzte mich auf eine Decke und las, und dein Vater zog los und kam ab und zu zurück, um mir zu zeigen, was er gefunden hatte.«

Ich mußte an Daniel und unsere gemeinsamen Angeltage denken. »Das hört sich gut an«, sagte ich.

»Aber dieses frühe Glück hat uns einiges gekostet. Später. Da gab es Dinge, die wir nie...«

Sie setzte sich gerader auf. »Wir haben einen Preis bezahlt«, sagte sie fest. »Nichts ist umsonst, oder?« Ihre Stimme war härter geworden und klang jetzt lauter. Sie lächelte mich vage an. »Nun, er sagte es Freddie, und ich sollte es dir sagen. Aber du warst kleiner, und irgendwie schien es nie der richtige Zeitpunkt zu sein. Und dann war er so plötzlich fort. Und du hingst so an ihm, da erschien es mir so schrecklich, etwas zu tun, was die Erinnerung an ihn hätte verletzen können.«

Wieder wunderte ich mich, daß sie geglaubt hatte, ich wüßte es nicht, vor allem, nachdem Fred es erfahren hatte. Kannte sie nicht die harte Währung schmerzlichen Wissens, mit der Geschwister einander bezahlen? Wußte sie nicht, daß innerhalb einer Familie alles über kurz oder lang ans Licht kommt?

»Nun, das ist mein Geheimnis«, sagte sie. Sie wartete auf meine Reaktion.

»Es ist doch gar nicht so schrecklich, oder?«

»Ich hoffe nicht, Liebes.«

»Nein, das ist es nicht.«

»Es ändert nichts, nicht wahr?«

Ich schüttelte den Kopf.

»Ich hoffe, du kannst... nun ja, genauso an deinen Vater und mich denken wie vorher. Wir sind dieselben, nicht?«

Ich streckte den Arm aus und berührte ihre Hand. »Natürlich, Mutter.« Sie ließ meine Hand einen Moment auf ihrer liegen.

»Viel schlimmer war vermutlich, daß ich es dir nicht erzählt habe.«

»Es hat mich nicht verletzt, Mutter.«

»Tja, das sagst du, Josie. Aber du weißt das jetzt eigentlich nicht, oder?«

»Nein, aber ich denke, es ist ein Teil von dem, was ich heute bin.« Natürlich meinte ich nicht die Unkenntnis, denn ich *hatte* es gewußt. Ich meinte das *Schweigen,* das Wahren des Geheimnisses. Und das, was das Geheimnis selbst mir in so jungen Jahren gegeben hatte: das verführerische Gefühl eines anderen Selbst, einer anderen Möglichkeit.

Und was wäre gewesen, wenn wir ohne Tabus darüber gesprochen hätten? Wenn wir über Vaters erste Frau Witze gemacht hätten? Wenn wir diese Art von Familie gewesen wären? Nun, dann wäre ich sicher anders geworden. Aber nicht, weil ich um das Geheimnis wußte. Denn es war nicht das Geheimnis – das ohnehin keines war –, das zu der Strenge in unserem Leben führte. Es war die Strenge, die zu dem Geheimnis führte. Und die Strenge war es, die mich wohl am meisten geprägt hatte. Sie hatte auch in meinem Leben Geheimnisse erzeugt. Unser Schweigen führte zu Geheimnissen, die schließlich zu Lügen wurden. Ich dachte an Dana, die das liebte, was sie für meine Würde hielt. Und nie meinen wirklichen Namen gekannt hatte. Ich dachte an meine Töchter, die mich schwer durchschaubar fanden. An Sadie, die jetzt nicht mehr an mich glauben konnte. An meinen Mann, den ich betrogen hatte. Der, wenn auch nur kurz, zu dem Gedanken bereit gewesen schien, ich sei zu noch Schlimmerem fähig. Der jetzt soweit von mir entfernt war, daß ich mich bereits gefragt hatte, ob wir unsere Ehe nicht beenden sollten.

Mir wurde klar, daß ich meiner Mutter ein oder zwei Fragen stellen sollte. »Hast du sie gekannt?« fragte ich nach einem Moment. »Daddys erste Frau?«

»Ganz am Anfang habe ich sie ein paarmal getroffen. Aber da war sie schon sehr krank. Nicht mehr sie selbst.« Müßig nahm sie ein Puzzleteil in die Hand und bewegte es in der Luft über den schon zusammengesetzten Teilen. »Nun ja«, sagte sie, »vielleicht bedeutete *sie selbst sein* für sie damals schon, krank zu sein. Ich weiß es nicht. Ich weiß nur, daß dein Vater das Gefühl hatte, sie verloren zu haben. Er hatte sie schon Jahre vor ihrem Tod verloren.«

Dann sagte sie: »Schau mal, paßt dieses Stück nicht zu deinem Teil da drüben?« Und sie hielt mir das Puzzleteil hin.

An diesem Abend saß ich noch am Feuer, nachdem meine Mutter zu Bett gegangen war. Die Studenten gingen in der Küche ein und aus und holten sich einen nächtlichen Imbiß oder etwas zu trinken, kamen kurz herein, um mit mir zu sprechen. Ich verspürte eine gewisse Erheiterung, als ich mir klarmachte, daß meine Mutter in gewisser Weise das Leben führte, dessentwegen ich vor so vielen Jahren weggelaufen war – unbehindert, frei, in einem unkonventionellen Haushalt mit anderen unbehinderten, freien Menschen. Ich rief mir ihr Gesicht vor Augen, ihre stahlblauen Augen, die altersfleckige, faltige Haut, die wie ein zartes Netz über ihren Zügen lag. Ich staunte wieder über ihr unschuldiges Geheimnis und ihren Impuls, es mir zu erzählen. Nach all den Jahren, dachte ich. Und dann hörte ich Detective Ryans erfreute Stimme über Eli reden, über Mörder, die davongekommen waren: *Sie müssen sprechen,* hatte er gesagt.

Nun, offenbar.

Aber warum? Was bringt das Sprechen?

Natürlich eine gewisse Erleichterung. Ein Geheimnis lastet auf uns, und ein Geheimnis kann eine schrecklich schwere Last sein.

Ich dachte an Eli und sah ihn wieder in der Bibliothek: die erhobene Hand, das scheue Lächeln – das mir so korrumpierend erschie-

311

nen war, in dem Versuch, mich irgendwie in seine Schuld einzubeziehen. Aber wie war seine Begründung, als ich *ihn* gefragt hatte, warum er es erzählt hatte, warum er mich dafür gewählt hatte? »Ich brauche deine Vergebung.« »Ich nehme an, ich brauche deine Vergebung.« Das war es, was Mutter gebraucht hatte: Warum nicht auch Eli?

Also hatte ich ihn vielleicht an diesem Tag in der Bibliothek mißverstanden. Vielleicht hatte er durch die Sonnenstrahlen hindurch nur *bitte* gesagt; und als Antwort sah er mich nur *nein* sagen. Vielleicht ist die Härte in mir das, was ihn hart gemacht hat, indem er mich beschuldigte. Weil ich ihn verurteilt, ihn zurückgewiesen hatte. Weil er mich nicht länger als die großzügige, reife Person sah, für die er mich gehalten hatte.

Ich dachte an meine Mutter, die mich fragte: »Wir bleiben dieselben, nicht?« *Es hat uns in deinen Augen nicht verändert, dies zu wissen.* Und der Trost, den sie aus dem Wissen schöpfte, daß es sie nicht verändert hatte. Ich dachte daran, wie ich Daniel gegenüber mit dem herausgeplatzt war, was ich getan hatte, und an meine Hoffnung, er könne mich irgendwie weiterhin lieben.

Anscheinend brauchen wir jemanden, der uns kennt, *wie wir sind* – mit allem, was wir getan haben –, und uns vergibt. Wir brauchen es, in jemandes Augen ganz zu sein: Wisse dies über mich und liebe mich trotzdem. *Bitte.*

Aber damit verlangt man soviel von anderen Menschen! Daniel macht es seinen Mitmenschen leichter. Er bittet Gott, ihn zu kennen, wie er ist, ihn ganz zu sehen und trotzdem zu lieben. Aber für uns andere scheint es, als müsse es eine Person geben, die uns von uns selbst erlöst. Anscheinend genügt es nicht, sich selbst zu kennen. Sich selbst insgeheim zu vergeben.

Ich zerstieß die Scheite im Feuer zu Asche und stellte den Schirm wieder auf. Und als ich die Treppe hinaufging und mich auszog, als ich unter die kalten, schweren Decken glitt (»flach wie ein Pfannkuchen bis zum Morgen!« pflegte meine Mutter zu sagen), empfand ich zum ersten Mal eine Art Mitleid mit Eli Mayhew.

Den Nachmittag vor meiner Abreise verbrachte ich damit, den feuchten Mulch von Mutters Blumenbeeten im Vorgarten zu ent-

fernen. Ich war besorgt, es könne noch zu früh sein, es könne noch
einmal frieren, aber sie war entschlossen: »Oh, es ist immer zu früh,
ganz gleich, wann man es macht, sie sind so blaß und schwach. Zu
früh und zu spät gleichzeitig. Es könnte noch einmal kalt werden,
aber andererseits ist es nicht gut, wenn sie zu lange im Dunkeln
wachsen. Das ist eine von diesen Arbeiten, bei denen du dir die Nase
zuhältst, und hoffst, daß alles gutgeht. Ich jedenfalls«, hatte sie gesagt,
»mache es immer zu der Zeit, zu der die Steuer fällig wird. Und jetzt
ist es bald soweit.«

Es war der erste etwas wärmere Tag, und ich saß im fahlen Sonnenlicht auf dem feuchten Boden. Sie hatte recht, die Pflanzen hatten ihre ersten Triebe durch die Erde geschoben und dabei oft die
Blätter durchbohrt, so daß ich die alten Blätter vorsichtig wegzupfen
mußte, um die zarten Spitzen nicht abzubrechen. Sie waren weiß und
wirkten seltsam nackt, als ihr geheimes Wachstum plötzlich so ent-
blößt wurde. Zuerst schienen sie in Licht und Luft ein wenig zu
schrumpfen und auszutrocknen. Doch noch während ich arbeitete,
änderten sie ihre Farbe in ein zartes Grün.

Das Sonnenlicht wärmte meinen Rücken, die Beine und der Po
blieben jedoch kalt und feucht. Nach ein paar Minuten zog ich die
Gartenhandschuhe meiner Mutter aus – sie erschwerten nur die
Arbeit mit den Trieben. Ich rutschte von einer Seite zur anderen und
hockte mich auf die Knie, als meine Hüfte zu schmerzen begann.
Aber es machte mir trotzdem Spaß. Ich fühlte – zum ersten Mal,
schien mir, seit ich Eli wiedergetroffen hatte – Zufriedenheit bei
dem, was ich tat. Ich fühlte mich auf befriedigende Weise *nützlich*.

In dieser Nacht träumte ich von Daniel, was ansonsten selten geschah. Er war in meinen Träumen vielmehr eine selbstverständliche
Präsenz, so daß ich, wenn ich ihm morgens meine Träume erzählte,
oft sagte: »Oh, und du warst auch da«, was so viel bedeutete wie: *Ich
fühlte dich in meiner Nähe.*

Doch in dieser Nacht war Daniel eine eigenständige Person, von
mir getrennt, und davon handelte der Traum. Er lief hastig eine
ungepflasterte Straße in einer schönen Landschaft entlang. Zu
beiden Seiten lagen hügelige Wiesen. Ich schwebte wie ein Geist
über ihm. Vielleicht sogar tot, denke ich. Aber ich versuchte trotz-

dem verzweifelt, ihn zu rufen, von ihm wahrgenommen zu werden. Er bemerkte mich nicht. Er wirkte glücklich, und schien auch ohne mich ganz und vollständig.

Aber irgendwann wußte ich, wie man diese Dinge im Traum weiß, daß ich zu ihm vorgedrungen war – obwohl er mich noch immer nicht sah, nicht erkannte. Ich streckte die Hand aus und berührte sein Gesicht, und er schrie angstvoll auf, ein hartes, lautes Geräusch.

Ich erwachte sofort, gab selbst einen erstickten Laut von mir und zuckte unter den schweren Decken zusammen.

Mein erster Gedanke war, wie real das war! Ich konnte es noch immer *fühlen,* Daniels kühle Wange unter meinen Fingerspitzen. Und dann lächelte ich, als ich an die schlafenden Hunde dachte, wie sie saugten, rannten, andere Tiere jagten, so real war ihr Traumleben für sie. Kannten sie den Unterschied? Oder waren sie wie geistesgestörte Menschen, für die Realität und Träume gleichwertige Erfahrungen sind?

Als ich dort lag, wurde mir klar, daß ich genau dasselbe tat. Weil ich glücklich war mit meinem Traum von Daniel, der schlafenden Erinnerung an ihn. Ich hatte ihn zum Leben erweckt, während ich im Dunkeln im Haus meiner Mutter lag. Ich hatte ihn gefühlt und berührt, er war zu mir zurückgekommen. Und in meinem halb wachen, halb schlafenden Zustand fühlte sich die Freude, die mir das gab, als ausreichend an.

Am nächsten Morgen hatte ich den Traum vergessen. Der Traum hatte jedoch zur Folge, daß ich ein seltsames Gefühl der Hoffnung empfand, als ich nach Boston zurückflog. Ich hatte das Gefühl, ich könne es aussitzen, wieviel Zeit Daniel auch immer brauchen würde.

Nachdem die Maschine in Logan gelandet und wir langsam ausgestiegen waren, fuhr ich mit den anderen Passagieren zur Gepäckausgabe. Vor mir im Aufzug versuchte ein kleiner Junge von etwa vier Jahren, seiner Mutter Witze zu erzählen, wobei ihm jedesmal die Pointe mißlang. Doch sie lachte höflich darüber, und das reichte ihm. »Der war doch gut, Mum«, sagte er dann. »Nicht, Mum? *Der* war doch gut.«

Ich ging durch die große Halle hinunter zu der Wand mit Fenstern und Drehtüren. Durch die Fenster konnte ich geparkte Autos warten sehen. Und dann sah ich unseren Wagen. Daniel lehnte an der Beifahrertür – den Rücken zu mir gewandt. Ich schaffte es, meine Tasche in die Drehtür zu zwängen. Draußen startete eine Maschine unter ohrenbetäubendem Lärm.

Die Hunde waren im Wagen, ich konnte sie bellen und wild herumspringen sehen. Vielleicht störte sie der Lärm, vielleicht waren es die Leute, die zu dicht an ihrem Territorium vorbeigingen. Daniel wandte mir das Profil zu. Er beobachtete eine Gruppe von Reisenden, die auf der Verkehrsinsel zwischen den Zufahrtsbereichen einen Bus bestieg. Das Dröhnen des Flugzeugs war jetzt so laut, daß er mich nicht kommen hörte und nicht spürte, daß ich neben ihm stand.

Ohne zu überlegen, ob ich das tun sollte, hob ich meine Hand an sein Gesicht – ich sah es wie in dem Traum, an den ich mich jetzt erinnerte – und berührte seine Wange. Er zuckte zusammen und wandte sich mir zu. Nach einem winzigen Zögern hob er die Arme in der scheinbar fast automatischen Reaktion, mich zu umarmen.

Wir lehnten uns aneinander, leicht zuerst. Dann spürte ich, wie seine Hände mich plötzlich packten – Daniel! –, und er zog mich impulsiv an sich. Seine Hände umfaßten meinen Rücken, ich spürte seine angespannte Kraft. Der Moment erschien mir traumähnlich in seiner Zeitlosigkeit. Mein Körper trank gierig jede seiner Berührungen, und ich war atemlos vor Erleichterung ob ihrer süßen Vertrautheit. Ja, dachte ich, ihn umarmend. Endlich. Langsam bekam ich wieder Luft.

Doch bevor wir uns wieder voneinander lösten, zwang ich mich, bewußt den Ausdruck zu registrieren, der kurz auf seinem Gesicht erschienen war, als er sich mir zugewandt hatte, um mich zu umarmen. Es war eine Traurigkeit, ein sichtbares Bedauern in seinem Gesicht zu lesen gewesen.

Weswegen?

Wegen seiner Aufgabe, nehme ich an. Seiner Kapitulation. Vor mir. Vor uns.

Und das habe ich nicht vergessen. Ich denke oft daran, und stelle dann fest, daß in mir ein zärtlicher Kummer seinetwegen aufsteigt.

Wegen der Entfernung, die er zurücklegen mußte, wegen des Ortes, den er verlassen mußte, um mir zu erliegen. Weil er eine Härte in sich selbst aufgeben mußte – eine Härte, die ihn irgendwie überrascht oder ihm gefallen hatte –, um wieder so zu sein, wie ich ihn kannte. Um derjenige zu sein, der mir vergab.

Wir haben von vorne angefangen, nehmen langsam das Gespräch wieder auf, das unser Zusammenleben war. Wir reden. Und die Worte machen unser Schweigen einfacher – sie sind die Strömung, die darunter fließt.

Wir schlafen auch wieder zusammen, ein wenig scheu zuerst, als sei es peinlich und man schäme sich dafür, etwas wieder anzufangen, nachdem man es so lange nicht getan hat.

Und es kommen mehr und mehr jene anderen Momente des Berührens, nach denen ich mich am meisten gesehnt habe. Daniels Hand, die auf meiner Schulter ruht, während er sich über mich beugt, um zu sehen, was ich zum Abendessen anrichte. Seine Hand auf meinem Arm: »Liebling, laß mich das tragen.« Seine Hand auf meinem Oberschenkel – eine Behauptung, eine Versicherung: Du bist zurück. Ich bin zurück. Wir sind wieder zu Hause. Ich kenne dich.

Der Sommer kommt, und wir gehen wieder abends mit den Hunden auf unseren vertrauten Wegen spazieren. In der sanften Dunkelheit fallen die Worte leicht, sie scheinen wie eine gesprochene Version der Berührungen unserer Körper zu sein. Alles ist eine Wiederherstellung dessen, was es bedeutet, zusammenzusein, einander zu berühren, zu lieben.

Dennoch gibt es Dinge, die mich verblüffen, Dinge, die mir neu sind.

Eines Tages beispielsweise, als ich spät zur Arbeit aufbreche, will ich mich gerade hinter das Steuerrad meines Wagens setzen, als ich Daniel bemerke. Er steht in der Scheune, im Schatten, und verläßt sein Arbeitszimmer, um ins Haus zu gehen. Er hat mich im Wagen gesehen und wartet. Er weiß nicht, daß ich ihn gesehen habe. Er möchte nicht, daß ich ihn sehe. Möglicherweise hat er wieder an alles denken müssen und will nicht mit mir darüber reden, will nicht liebevoll sein müssen. Vielleicht will er auch nur an etwas festhalten, worüber er nachgedacht, woran er gearbeitet hat. Jedenfalls steht er still, ein bleicher Geist im Schatten, und wartet darauf, daß ich fort bin.

Also gehe ich. Denn darin besteht meine Aufgabe, wie ich sie sehe, und ich versuche, sie zu erfüllen. Ich versuche, die Veränderungen zu akzeptieren, die ich bewirkt habe, ohne es zu wollen. Ich versuche, diesen Abstand zwischen uns zu akzeptieren. Ihn mich manchmal nicht wollen zu lassen. Ihn manchmal nicht zu brauchen. So daß wir, zu gegebener Zeit, die Rückkehr haben können, die Annäherung – an das, was wir voneinander wünschen, was wir brauchen.

Ab und an sehe ich Eli in der Stadt. Entweder allein oder zusammen mit Jean. Einmal gingen sie am Rand der Straße spazieren, wo ich gerade entlangfuhr. Das war im Frühsommer, einer dieser langen Juniabende, an denen die Sonne ewig am Horizont steht und der Tag in ihrem warmen, letzten Licht nicht enden will. Zuerst erkannte ich sie nicht, ich sah nur ihre Silhouetten vor mir, ein Mann und eine Frau, nicht mehr jung, aber stark und kraftvoll, ihre Schritte paßten perfekt zusammen, ihre Beine waren schlank und muskulös. Aus der Nähe sah ich, daß sie in meinem Alter waren, und ich beneidete sie um ihre trainierten Körper, ihren mühelosen Lauf.

Und dann, unmittelbar bevor ich sie überholte, erkannte ich sie, und wandte das Gesicht ab. Im Rückspiegel fiel das Sonnenlicht voll auf sie. Sie sahen aus wie kostümierte Zwillinge in ihren bunten Jogginganzügen, ihre Gesichter von der Sonne in ein orangefarbenes Licht getaucht, ihr kurzgeschnittenes Haar versilbert. Ich sah, wie sie am Straßenrand immer kleiner und kleiner wurden. Sie hatten mich nicht bemerkt.

Einmal sah ich ihn allein im Eisenwarenladen. Ich beugte mich gerade über einen Werkzeugkasten und zählte galvanisierte Nägel ab, als ich aufblickte und ihn sah, in Hemdsärmeln und einer alten Khakihose, das Haar ein wenig länger als sonst. Er stand an der Theke und erkundigte sich nach Farben – Öl im Vergleich zu Latex. Ich wandte mich ab und ging in einen anderen Gang, bis er wieder fort war.

Aber das erinnerte mich an etwas. Auf dem Heimweg hielt ich bei der Bibliothek, obwohl Daniel auf diese Nägel wartete. Ich ging in den Computerraum und rief noch einmal das Zeitungsbild von uns allen ab, wie wir nach Danas Tod das Polizeirevier verließen. Da waren wir, jung und voller Trauer und Wut.

Eli und ich waren die einzigen, die keinen Mantel trugen.

Am vierten Juli, dem Nationalfeiertag, ging Eli an unserem Haus vorbei. Er folgte der Parade, fast die halbe Stadt war unterwegs. Als ich Eli und Jean sah, trat ich zurück in die Dunkelheit der Eingangsdiele, bis sie vorbeigegangen waren, bis dieser Teil der Parade – die antiken Wagen, die Feuerwehrleute, die gierigen Kindern Bonbons zuwarfen – unser Haus passiert hatte. Sie waren in Begleitung eines anderen Ehepaares, das ich in der Stadt schon öfter gesehen hatte, aber nicht persönlich kannte. Sie unterhielten sich und lachten. Die beiden Frauen hatten Kaffeebecher in den Händen, während sie im Sonnenlicht unter den alten, weit ausladenden Bäumen dahergingen. Sie haben Freunde gefunden, dachte ich, integrierten sich. Mein Wunsch, daß sie wegziehen werden, wird anscheinend nicht in Erfüllung gehen.

Aber vielleicht ist all das nur gut so. Vielleicht ist es das Beste, mit der Möglichkeit zu leben, daß man jederzeit auf die Person treffen kann, die einen an die eigenen Untiefen erinnert, sich selbst zu überraschen und Dinge aufs Spiel zu setzen, die einem lieb und wert sind. Die einen an die Entfernung erinnert, die wir zurücklegen müssen, um uns selbst näherzukommen. Die einen daran erinnert, daß das, was man für gegeben erachtet, sich vielleicht ganz anders verhält. Daß wir ebenso der Vergebung bedürfen wie diese andere Person.

Ich sage mir selbst, all das sei nur gut so.

Dennoch wende ich mich ab, wenn wir zufällig aufeinandertreffen, so als würde ich ihn nicht erkennen. Als wüßte ich nicht, wer er ist.

Und bislang tut er das auch.

Danksagung

Ich möchte mich herzlich bei den Detectives Brian P. Branley und John F. Fulkerson sowie Sergeant Joseph J. McSweeney vom Cambridge Police Department bedanken, die sich soviel Zeit für mich und meinen Roman genommen haben.

Dank schulde ich auch meinem Bruder, David Beach Nichols, Tierarzt und Tierliebhaber *extraordinaire*, für seine einfallsreichen und gewissenhaften Ratschläge – für etwaige Fehler und unglaubwürdige Details trage ich allein die Verantwortung.